folio junior

Né en 1835, **Mark Twain** grandit à Hannibal, petit village de la rive droite du Mississipi. A dix-huit ans, il s'engage comme pilote sur le fleuve, là il amasse les connaissances qui lui permettront plus tard d'écrire *Tom Sawyer*. Il a vingt-six ans quand éclate la guerre de Sécession. Né dans le Sud, il refuse de se battre pour le maintien de l'esclavage et s'enfuit dans les montagnes de l'Ouest où il se fait chercheur d'or, mais sans succès. Il devient alors journaliste et publie *Tom Sawyer* en 1876, suivi huit ans plus tard de *Huckleberry Finn*. Mort le 21 avril 1910, il est considéré comme l'un des meilleurs écrivains américains.

Nathaële Vogel a réalisé les illustrations de *Huckleberry Finn*. Elle est née le 5 avril 1953 à Strasbourg, mais jusqu'à l'âge de vingt ans, elle a habité à Boulogne-sur-Mer. Très vite, elle est conquise par la mer, les falaises, l'immensité des plages à marée basse. Elle fait des études aux beaux-arts de Tourcoing et réalise des bandes dessinées pour la presse (*Le Monde*, *Okapi*) avant de se consacrer à l'illustration de livres et d'albums pour enfants. Pour Folio Junior, elle a illustré, entre autres, *Les Disparus de Saint-Agil* de Pierre Véry, *Lancelot, le chevalier à la charrette* de Chrétien de Troyes et *Le Jour des baleines* de Michael Morpurgo.

Mark Twain

Les aventures de Huckleberry Finn

Traduit de l'américain
par Suzanne Nétillard

Illustrations de Nathaële Vogel

Gallimard

AVERTISSEMENT

Quiconque essaiera de trouver un motif à ce récit sera poursuivi ; quiconque essaiera d'y trouver une morale sera exilé ; quiconque essaiera d'y trouver une intrigue sera fusillé.

Par ordre de l'Auteur.

I
Je découvre Moïse et les roseaux

Si vous n'avez pas lu *Les Aventures de Tom Sawyer*, vous ne savez pas qui je suis, mais ça n'a pas d'importance. C'est M. Mark Twain qui a fait ce livre, et ce qu'il y raconte, c'est la vérité vraie, presque toujours. Il exagère quelquefois, mais il n'y dit guère de menteries. Bah! ce n'est pas bien grave... Ça arrive à tout le monde de mentir de temps à autre, sauf à tante Polly peut-être, où à la Veuve, ou encore à Mary ? On parle de tante Polly dans ce livre – la tante Polly de Tom – et de Mary, et de la veuve Douglas ; et presque tout ce qui s'y passe est vraiment arrivé, malgré quelques exagérations, je vous l'ai déjà dit.

Eh bien ! voici comment finit le livre : l'argent que les voleurs avaient caché dans la caverne Tom et moi, nous l'avons trouvé. Nous étions riches. Nous avons partagé : six mille dollars en pièces d'or ! Quel tas d'argent ça faisait quand on les mettait en pile ! Alors, le juge Thatcher les a emportés pour les mettre à la banque, et depuis nous touchons un dollar d'intérêt, Tom et moi, chaque jour que Dieu fait. Qui pourrait dépenser tout ça ! La veuve Douglas m'a adopté et a juré de me transformer en civilisé ; mais la vie était dure chez elle, car toutes ses habitudes étaient terriblement régulières et convenables. Aussi, quand j'en ai eu assez, j'ai filé. J'ai remis mes loques et repris mon tonneau[1], et me voilà libre et content. Mais Tom Sawyer m'a retrouvé : il voulait former une bande de brigands : « Tu seras des nôtres, me dit-il, si tu retournes chez la Veuve et si tu te conduis bien. » C'est pour ça que je suis revenu.

La Veuve s'est mise à pleurer en me regardant, à m'appeler son pauvre agneau perdu et à me donner toutes sortes de noms du même genre, mais sans méchanceté au fond. Elle m'a remis les habits neufs qui me faisaient suer, mais suer ! et qui me serraient de partout. Et alors tout a recommencé comme avant. La Veuve a sonné la cloche du dîner pour que j'arrive à la minute, mais, en nous mettant à table, il a fallu attendre au lieu de commencer à manger ; car la Veuve, comme d'habitude, a rentré son menton dans son cou et a grommelé un bout de temps en regardant le manger qui n'était pas mauvais pourtant, qui était même bon, sauf que tout était cuit séparément ; quand on met tout ensemble dans la marmite, les choses se mélangent, s'imprègnent de jus, et c'est meilleur.

Après le dîner, elle sortit sa Bible, se mit à me parler de Moïse et des roseaux. Au début, j'avais hâte de tout savoir sur son compte, mais, petit à petit, j'ai compris que Moïse était mort depuis belle lurette, et je ne m'en suis plus soucié, car les morts ne m'intéressent pas.

Je me sentis bientôt envie de fumer et demandai à la Veuve la permission de sortir ma pipe. Mais elle ne voulut rien entendre. « C'est une habitude vulgaire et malpropre, me dit-elle. Il faut essayer de la perdre. » Il y a des gens comme ça. Quand ils ne connaissent pas quelque chose, ils critiquent. Celle-ci se tracassait pour Moïse, qui n'était même pas son parent et qui ne pouvait plus rien pour personne, défunt qu'il était, et elle me houspillait parce que je trouvais bon de fumer. Et le pire, c'est

1. *Cf.* Les Aventures de Tom Sawyer. (Editions La Farandole).

qu'elle prisait, elle ! Mais à ça il n'y avait rien à dire, bien sûr, puisque ce n'était pas moi le coupable.

Sa sœur, Miss Watson, une vieille fille assez maigre et portant bésicles, qui habitait avec elle depuis quelque temps, s'attaqua alors à moi avec un abécédaire. Elle s'en donna pendant près d'une heure, jusqu'à ce que la Veuve se décidât à la calmer ; je n'aurais pu la supporter beaucoup plus longtemps. Pendant l'heure suivante, je m'ennuyai à mourir, j'avais des fourmis dans tout le corps : « Ne mets donc pas tes pieds sur la table, Huckleberry, disait Miss Watson. Ne te casse pas en deux comme cela, Huckleberry, ne t'étale pas ainsi. Pourquoi n'essayes-tu pas de te tenir convenablement ? » Après ça, elle se mit à me parler de l'enfer, et je lui dis que j'aurais bien voulu y être ; ça la rendit folle, et pourtant je n'y avais pas mis de mauvaise intention. Tout ce que je voulais, c'était partir, c'était aller ailleurs, n'importe où ! Elle me répondit qu'il était mal de parler ainsi, qu'elle n'aurait jamais osé dire pareilles choses et qu'elle, en tout cas, ferait tout son possible pour aller au ciel. Pour moi, comme je n'avais nulle envie d'aller là où elle serait, je décidai que ce n'était pas la peine d'essayer. Inutile de le raconter, d'ailleurs, ça n'aurait servi qu'à faire encore des histoires.

Quand elle avait commencé, elle ne s'arrêtait plus, et la voilà partie à me parler du ciel ; cette fois, à l'en croire, les gens n'y faisaient rien que se promener en chantant du matin au soir, avec une harpe dans les bras, jusqu'à la fin des siècles et des siècles. Cela ne me disait pas grand-chose, mais je n'en soufflai mot, et je lui demandai seulement si Tom Sawyer irait au ciel. « Sûrement pas !» me répondit-elle. Ça m'a fait plaisir, car je souhaite que nous restions toujours ensemble, lui et moi.

Miss Watson n'arrêtait pas ses coups de bec, et je me sentais bien triste et bien seul. Bientôt, on fit rentrer les nègres, on dit les prières du soir, et chacun s'en alla au lit.

Je montai dans ma chambre avec un bout de chandelle que je posai sur la table. Puis je m'assis sur une chaise, près de la fenêtre, et je tâchai de penser à quelque chose de réjouissant, mais je ne pus y parvenir. J'avais le cœur si gros que j'aurais presque voulu mourir. Les étoiles brillaient, les feuilles bruissaient si lugubrement dans les bois ! Au loin, j'entendis un hibou hululer hou-hou, car quelqu'un venait de mourir ; puis un engoulevent et un chien se mirent à hurler, c'est que quelqu'un allait trépasser. Le vent essayait de me chuchoter je ne sais quoi, et j'en frissonnais de peur. Là-bas, dans le bois, je reconnus le bruit que font les fantômes quand ils veulent nous dire pourquoi ils ont l'âme en peine et ne peuvent nous le faire comprendre. Alors, ils ne trouvent plus le repos dans leur tombe, et, la nuit, ils errent en gémissant. J'étais si découragé et j'avais une telle frousse que j'aurais bien voulu avoir quelqu'un à côté de moi. Peu après, une araignée se mit à grimper sur mon épaule, je voulus lui donner une pichenette et elle tomba dans la flamme ; avant que j'aie pu faire un geste, elle était grillée. Tout le monde sait que c'est là un des plus mauvais signes qui soient, et j'étais sûr qu'il allait m'arriver malheur, aussi je me mis à trembler si fort que j'étais près d'en perdre ma culotte. Je me levai de ma chaise, je fis trois tours sur moi-même en me signant trois fois, puis j'attachai une mèche de mes cheveux avec un bout de fil pour écarter les sorcières. Mais je n'avais pas confiance. Ce sont des choses qu'on fait lorsqu'on a égaré un fer à cheval trouvé sur la route, qu'on voulait clouer à la porte de sa maison. Mais je n'avais jamais entendu dire que ça pût conjurer le mauvais sort quand on a tué une araignée.

Je me rassis tout grelottant et tirai ma pipe de ma poche. La Veuve n'en saurait rien, car, à cette heure, un silence de mort régnait dans la maison. Longtemps après, l'horloge de la ville se mit à sonner : dong, dong, dong, douze coups, et, de nouveau, ce fut le silence, plus profond que jamais. Mais bientôt j'entendis une petite branche craquer dans l'ombre des arbres. Quelque chose remuait par là. Je ne bougeai plus, je tendis l'oreille. Et, tout de suite, je distinguai un « miaou, miaou » très faible, tout près de moi. Chic ! « Miaou, miaou », fis-je à mon tour, aussi doucement que possible. Puis je soufflai ma chandelle et dégringolai par la fenêtre jusqu'au toit de l'appentis. Je me laissai glisser jusqu'à terre et m'enfonçai parmi les arbres en rampant.

Tom Sawyer était là, il m'attendait.

II
Notre bande prête serment

Sur la pointe des pieds et le dos courbé pour que nos têtes ne heurtent pas les branches, on suivit un petit sentier parmi les arbres jusqu'au fond du jardin de la Veuve. En passant devant la cuisine, mon pied se prit dans une racine et je dégringolai avec fracas. Aussitôt, nous voilà tous les deux à croupetons, sans un souffle. Le grand nègre de Miss Watson, un nommé Jim, était assis à la porte de la cuisine, bien en vue, car il y avait une lumière derrière lui. Il se leva, resta une minute le cou tendu, et il dit enfin :

— Qui c'est qui est là ?

Il écouta encore, puis il sortit sur la pointe des pieds et vint se planter juste entre nous deux ; on aurait presque pu le toucher. On resta là des minutes et des minutes, sûrement, sans un bruit et tous trois serrés les uns contre les autres ! Bientôt, je sentis une démangeaison sur ma cheville, mais je n'osais pas me gratter, et puis c'en fut une autre, sur mon oreille, et une autre encore dans mon dos, juste entre les épaules. Je sentais que, si je ne réussissais pas à me gratter, j'allais éclater. C'est d'ailleurs une chose que j'ai souvent remarquée depuis : si on est dans le grand monde, ou à un enterrement ou encore dans son lit à essayer de s'endormir sans en avoir envie.

bref, dans un endroit où il ne faudrait vraiment pas se gratter, on sent au moins mille démangeaisons tout partout.

Jim reprit bientôt :

– Hé là ! qui c'est qui est là ? Où c'est que vous êtes ? Je mettrais ma main à couper que j'ai entendu quéque chose. Mais je sais bien ce que je m'en vais faire : je m'en vais m'asseoir par terre, pour attend' que ça recommence.

Il s'assit donc, entre Tom et moi, le dos appuyé à un arbre et les jambes allongées, tant et si bien qu'elles touchaient presque les miennes. Quelque chose me chatouilla le nez, au point que les larmes me sortirent des yeux, et puis ça rentra dans mon nez, mais je n'osais pas me gratter. Après, ça passa sous moi. Je me demandais comment j'arriverais à rester tranquille ; cette torture dura bien sept à huit minutes ; mais c'était de longues minutes. Je sentais des gratouillis dans onze endroits de mon corps, à présent. Je compris que je ne pourrais pas tenir plus d'une minute, mais j'étais décidé à essayer, et je serrais déjà les dents quand, tout d'un coup, Jim se mit à respirer fort et puis à ronfler. Ouf ! tout rentra dans l'ordre, pour moi.

Tom fit une sorte de petit bruit avec ses lèvres ; c'était le signal du départ ; et je le suivis en rampant sur les mains et les genoux. Dix pas plus loin, il s'arrêta et me chuchota que ce serait amusant d'attacher Jim à l'arbre. Mais ça n'était pas mon avis, car, s'il se réveillait, il ameuterait tout le monde et on s'apercevrait que j'étais sorti. Ensuite, il me dit :

– J'ai pas assez de chandelles, je vais me faufiler dans la cuisine pour en prendre d'autres.

Moi, je répondis :

– N'essaye pas, Jim pourrait se réveiller et te trouver là !

Mais il voulait risquer le coup, et on se glissa dans la maison. Tom prit trois bougies et posa cinq cents sur la table pour les payer. J'avais une hâte de m'en aller ! Mais il a fallu que Tom rampe jusqu'à Jim, une fois de plus, car il avait trop envie de lui faire une farce. Que le temps me parut long à l'attendre, tout seul dans le noir !

Dès qu'il fut de retour, on prit le sentier au pas gymnastique, on longea la clôture et on se mit à grimper la pente de la colline qui se trouve de l'autre côté de la maison. Tom me raconta qu'il avait enlevé le chapeau de Jim et qu'il l'avait suspendu à une branche au-dessus de sa tête ; il avait remué, mais il ne s'était pas réveillé. Le lendemain, Jim dit à tout le monde que les sorcières l'avaient ensorcelé, qu'elles étaient montées sur son dos et l'avaient obligé à les promener dans tout le Missouri, avant de le ramener sous son arbre ; et puis qu'après elles avaient attaché son chapeau à la branche pour lui montrer à qui il avait eu affaire ; le surlendemain, il était allé à La Nouvelle-Orléans, et par la suite, chaque fois qu'il racontait l'histoire, il allongeait son voyage, si bien qu'il en vint à dire que les sorcières lui avaient fait faire le tour du monde, qu'il était pétri de fatigue et que son dos était couvert d'escarres. Jim en était tellement gonflé d'orgueil qu'il ne regardait plus les autres nègres. Eux faisaient des lieues pour venir l'écouter, et il n'y en avait pas de plus célèbre que lui. On en voyait arriver de loin qui le contemplaient bouche bée, comme un phénomène. Les nègres, c'est des gens qui passent leur temps à parler de sorcières, le soir, au coin du feu de la cuisine ; mais, quand un autre que lui commençait une histoire d'un air entendu, Jim ne manquait pas de l'interpeller : « Tu y connais quéque chos', aux sorcières, toi ? » Et l'autre en avait le sifflet coupé et lui cédait la place. Jim portait autour du cou une pièce de cinq cents passée dans une ficelle, et il faisait croire aux gens qu'il l'avait reçue du diable en personne, qu'elle lui donnait le pouvoir de guérir n'importe qui et de faire venir les sorcières quand ça lui plaisait rien qu'en chuchotant quelques mots ;

mais il ne voulut jamais nous révéler lesquels. De tous les coins, il en venait, des nègres, qui lui faisaient cadeau de tout ce qu'ils possédaient rien que pour voir cette pièce, mais ils ne voulaient pas la toucher parce que le diable l'avait tenue dans ses mains. Jim ne faisait plus rien dans la maison tellement il était fier d'avoir vu le diable et d'avoir porté des sorcières sur son dos.

Donc, en arrivant tout en haut de la colline avec Tom, je regardai le village, en bas, où trois ou quatre lumières clignotaient dans des chambres de malades, peut-être ; au-dessus de nous, c'était beau de voir les étoiles scintiller, et au fond, près du village, la rivière, large d'un mille au moins, si calme et si impressionnante. On redescendit de l'autre côté et on retrouva Joe Harper, Ben Rogers et deux ou trois autres copains cachés dans la vieille tannerie. Après ça, on grimpa tous dans un canot et on rama jusqu'à la grande carrière, une demi-lieue plus bas, sur la rivière.

Tom nous mena jusqu'à un fourré et nous fit jurer de garder le secret, puis il nous montra un trou dans le flanc de la colline, au plus épais des buissons. On alluma les chandelles et on rampa pendant deux cents mètres environ, et puis la caverne s'élargit. Tom se mit à explorer pour chercher le passage, et il disparut bientôt au bas d'une paroi où personne n'aurait remarqué l'ouverture d'un couloir. On le suivit jusqu'à une sorte de salle, froide et ruisselante d'humidité. Et là, Tom commença :

– Nous allons former une bande de brigands ; on l'appellera « la bande à Tom Sawyer » ; tous ceux qui veulent en faire partie doivent prêter serment et signer de leur sang.

Tout le monde était d'accord. Tom sortit donc de sa poche une feuille de papier où il avait écrit le texte du serment. Il fallait que les gars jurent d'être fidèles à la bande et de ne jamais trahir aucun secret ; si quelqu'un faisait tort à un membre de la bande, tout autre membre désigné par le chef devait accepter d'exécuter le coupable et sa famille ; il ne devait ni manger, ni dormir avant de les avoir tués et d'avoir marqué leur poitrine d'une croix au couteau, le signe de la bande. Mais, si un étranger utilisait ce signe, il faudrait le poursuivre en justice la première fois, et le tuer en cas de récidive. Si un membre révélait les secrets de la bande, il aurait la gorge tranchée, son cadavre serait brûlé, ses cendres éparpillées ; nul ne prononcerait plus son nom, qui serait rayé de la liste avec du sang · il serait maudit et oublié pour toujours.

On était tous d'avis que, pour un serment, c'était un serment, et on voulut savoir si Tom avait trouvé tout ça tout seul :

— Presque tout, dit-il ; le reste, je l'ai tiré de bouquins de pirates et de voleurs, car toutes les bandes dignes de ce nom en font un pareil.

Il y en avait qui pensaient que les familles des traîtres devaient être aussi exécutées :

— C'est une bonne idée, répondit Tom, qui prit un crayon pour l'ajouter au reste.

— Et Huck Finn, alors ? dit Ben Rogers. Il n'a pas de famille, lui ?

— Il a bien un père, dit Tom Sawyer.

— Bien sûr, mais personne ne sait où il est, maintenant. Dans le temps, il couchait avec les cochons de la tannerie quand il était saoul, mais voilà plus d'un an qu'on ne l'a pas vu ici.

Ils se mirent à discuter, et ils voulaient me rayer de la bande, car ils disaient que ce n'était pas juste pour les autres, puisque je n'avais personne qu'on pourrait tuer.

Aucun ne voyait le moyen d'en sortir, tout le monde était perplexe et silencieux, et j'étais près de pleurer quand, tout d'un coup, il me vint à l'idée que Miss Watson ferait bien l'affaire et qu'ils pourraient la tuer s'ils en avaient envie.

— Entendu ! dirent-ils tous ensemble. Ça va ! Huck est des nôtres.

Alors chacun se piqua le doigt avec une épingle pour avoir de quoi signer, et moi je fis une croix sur le papier.

— Voyons, dit Ben Rogers, quel genre de travail est-ce qu'on va faire ?

— Meurtre et vol, répondit Tom, rien d'autre !

— Mais qu'est-ce qu'on va voler ? Des affaires dans les maisons ? Des volailles dans les cours ?

— Allons donc ! Chiper des poules, c'est pas du vol, c'est de la cambriole. On n'est pas des cambrioleurs, ça n'a aucune allure. On est des voleurs de grands chemins. On arrête les diligences et les voitures sur la route, masqués, ça va de soi ; on tue les gens et on rafle leurs montres et leurs bourses. Voilà !

— C'est indispensable de les tuer ?

— Bien sûr, c'est comme ça qu'on fait. Il y en a qui ne sont pas de cet avis-là, mais ceux qui s'y connaissent disent qu'il est préférable de tuer les voyageurs, sauf quelques-uns qu'on gardera prisonniers dans la caverne pour les rançonner.

— Rançonner, qu'est-ce que c'est que ça ?

— J'en sais rien, mais ça se fait, je l'ai lu dans les livres. Il faut bien faire comme tout le monde.

— Mais comment veux-tu le faire si tu ne sais pas ce que ça veut dire ?

— Vous m'embêtez, à la fin, puisque je vous répète que c'est obligé ! C'est dans les livres, je vous dis. Est-ce que vous voulez faire à votre tête pour que tout aille de travers ?

— C'est facile à dire, Tom Sawyer, mais, au nom du ciel, comment va-t-on rançonner ces bonshommes si on ne sait pas ce que ça veut dire ? Je voudrais bien que tu me répondes. Qu'est-ce que tu crois que c'est ?

— Je sais pas trop. Les garder pour les rançonner,

ça veut peut-être dire : les garder jusqu'à ce qu'ils soient morts ?

— Ça doit sûrement être ça. Je comprends, maintenant ; pourquoi ne l'as-tu pas dit plus tôt ? On les gardera pour les rançonner à mort. Mais ils vont nous empoisonner l'existence, à manger toutes nos provisions et à essayer de s'enfuir du matin au soir.

— Tu dis des bêtises, Ben Rogers. Comment veux-tu qu'ils s'échappent avec un garde prêt à leur tirer dessus au moindre geste !

— Un garde ! Tu vas fort ! Tu veux qu'on reste ici toute la nuit, sans dormir, pour les surveiller. Je trouve ça idiot. Vaudrait mieux les rançonner tout de suite d'un bon coup sur la tête dès qu'ils arriveront !

— Je te dis que ça ne se passe pas comme ça dans les livres, voilà tout. Alors, Ben Rogers, tu veux faire les choses régulièrement, ou non ? Tu crois que les gens qui écrivent des livres ne savent pas de quoi ils parlent ? Tu imagines que, toi, tu peux leur apprendre quelque chose ? Tu te fais des illusions ! Non, mon vieux, on les rançonnera correctement, ou pas du tout.

— Bon, je veux bien, mais je trouve ça bête. Dis donc, est-ce qu'on tuera les femmes aussi ?

— Ben Rogers, si j'étais aussi ignorant que toi, je n'irais pas le crier sur les toits. Tuer les femmes ! Personne n'a jamais vu une chose pareille dans aucun livre, tu entends ? Les femmes, tu les amènes à la caverne et tu leur fais toutes sortes de politesses, si bien qu'à la fin elles tombent amoureuses de toi et elles ne veulent plus retourner chez elles.

— Si c'est l'habitude, je veux bien, mais ça ne me dit pas grand-chose. Il viendra un moment où notre caverne sera tellement encombrée de femmes et de types à rançonner qu'il n'y aura plus de place pour les brigands. Enfin, continue, fais comme si je n'avais rien dit.

Le petit Tommy Barnes s'était endormi, et, quand

on le réveilla, il eut si peur qu'il se mit à pleurer et à réclamer sa maman ; il voulait retourner à la maison et n'avait plus envie d'être brigand.

Ils se moquèrent tous de lui en l'appelant poule mouillée, et, de rage, il leur répondit qu'il raconterait tous leurs secrets. Aussi Tom lui donna cinq cents pour qu'il se taise et dit qu'il était temps de rentrer, mais que dans huit jours la bande se réunirait pour voler et tuer des gens.

Ben Rogers ne pouvait sortir que le dimanche ; aussi il aurait voulu commencer le dimanche suivant, mais tous les copains furent d'avis que ça serait un péché de faire ces choses-là le dimanche, ainsi l'affaire fut réglée. On décida de se retrouver le plus tôt possible pour fixer un jour, puis, après avoir élu Tom Sawyer capitaine et Joe Harper lieutenant, on reprit le chemin de la maison.

Après avoir escaladé l'appentis, je me hissai jusqu'à la fenêtre de ma chambre comme le jour allait se lever.

Mes habits neufs étaient pleins de terre et de taches, et j'étais mort de fatigue.

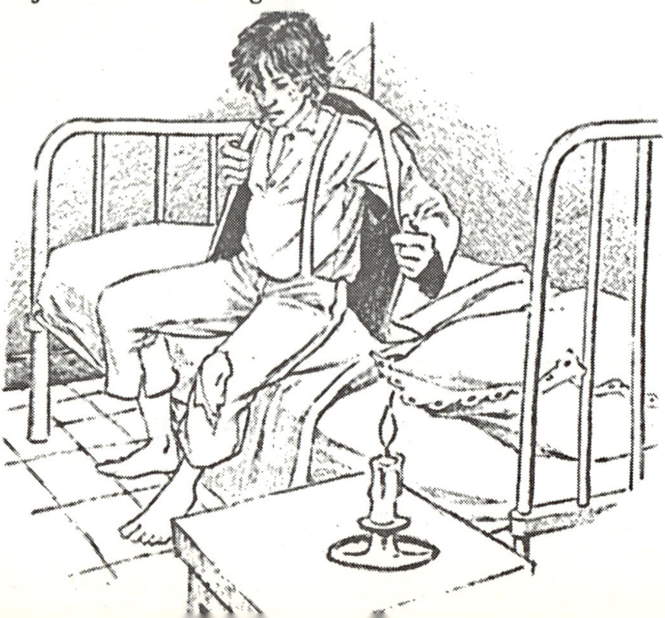

III
On prend les Arabes en embuscade

Le lendemain matin, Miss Watson me passa un fameux savon à cause de mes habits gâchés, mais la Veuve ne me gronda pas ; elle se contenta d'enlever les taches de graisse et d'argile d'un air si triste que je pris la résolution d'être raisonnable pendant un bout de temps, si j'y réussissais. Miss Watson m'amena dans un petit cabinet pour prier, mais ça ne servit à rien. Elle prétendait que, si je priais tous les jours, j'obtiendrais tout ce que je demanderais. Loin de là ! j'ai pourtant essayé. J'ai bien eu une ligne, un jour, mais sans hameçons. Que voulez-vous faire d'une ligne sans hameçons ? Trois ou quatre fois, j'ai réclamé les hameçons, mais ça n'a jamais marché, je ne sais pas pourquoi. Enfin, un jour, j'ai demandé à Miss Watson d'essayer de les avoir pour moi, et elle m'a répondu que j'étais un imbécile. Je n'ai jamais compris la raison, et elle ne me l'a jamais expliquée.

Un jour, je suis allé m'asseoir au fond des bois pour réfléchir à la question. Je pensais en moi-même : « Enfin, puisqu'on obtient tout ce qu'on veut en priant, pourquoi donc Deacon Winn ne retrouve-t-il pas les sous qu'il a perdus avec ses cochons ? Pourquoi la Veuve ne retrouve-t-elle pas la tabatière d'argent qu'on lui a volée ? Pourquoi Miss Watson ne réussit-elle pas à engraisser ?

Non, tout ça c'est de la blague ! » Alors, je suis allé trouver la Veuve, et elle m'a répondu que ce qu'on recevait en priant, c'étaient des « dons spirituels ». Ça, c'était trop compliqué pour moi, mais elle m'a bien expliqué ce qu'elle voulait dire : il fallait que j'aide les autres gens, que je fasse tout mon possible pour eux, que je m'occupe d'eux tout le temps, sans jamais penser à moi. Et Miss Watson faisait partie des autres gens, à ce qu'il me semblait ! Aussi, je m'en suis de nouveau allé au bois, j'ai tourné et retourné tout ça dans ma tête, mais je n'ai pas vu le moindre avantage dans l'affaire, excepté pour les autres gens ; c'est pourquoi, ma foi, j'ai décidé de ne plus m'en soucier et de continuer comme devant. De temps en temps, la Veuve me prenait à part et me parlait de la Providence, à m'en mettre l'eau à la bouche. Mais, le lendemain, Miss Watson disait son mot, et ça suffisait pour tout jeter par terre. Je finis par me rendre compte qu'il y avait deux Providences ; la Providence de la Veuve faisait grand cas des pauvres types, mais, s'ils tombaient aux mains de celle de Miss Watson, gare à eux ! Après avoir bien réfléchi, donc, je me dis que j'appartiendrais à la Providence de la Veuve, si elle voulait bien de moi, mais je me demandais quel avantage elle y trouverait, la pauvre, de voir arriver un ignorant comme moi, un gars tout ce qu'il y a de vulgaire et d'ordinaire, enfin !

Depuis plus d'un an, Pap ne s'était pas montré, et j'en étais bien aise, car je ne voulais plus le voir. Quand il était dessaoulé et qu'il pouvait mettre le grappin sur moi, il passait son temps à me rosser ; aussi, quand je le savais dans le voisinage, je me cachais dans les bois. Mais voilà que vers ce moment-là les gens se mirent à raconter qu'on l'avait trouvé noyé dans la rivière à trois lieues avant la ville ; du moins, on pensait que c'était lui, car le noyé était de la même taille que Pap, avec des loques sur le dos et des cheveux d'une longueur extraordinaire, tout comme lui. Mais, pour la figure, on ne pouvait, rien dire: il était resté si longtemps dans l'eau qu'il n'en avait plus, pour ainsi dire. Il paraît qu'il flottait sur le dos. On le sortit de l'eau et on l'enterra sur la berge, mais je ne fus pas tranquille longtemps, car il me vint à l'idée qu'un noyé ne flotte pas sur le dos, mais sur le ventre, et je fus certain alors que ce n'était pas Pap qu'on avait trouvé, mais une femme habillée en homme. Aussi je recommençai à avoir peur, car je savais bien que mon vieux reviendrait un jour, et pourtant j'aurais bien souhaité le contraire.

Donc, pendant un mois, on a joué aux brigands, et puis j'ai tout plaqué, et les autres en ont fait autant. On n'avait volé personne, ni tué personne pour de vrai ; tout ça, c'était de la frime. De temps en temps, on sortait brusquement du bois et on fonçait sur les marchands de cochons et les femmes qui portaient leurs légumes au marché, mais on n'en captura jamais aucun. Tom Sawyer appelait les cochons des « lingots », et les navets et le reste de la « jouaillerie », et après on retournait à la caverne raconter des blagues sur notre expédition et sur les gens qu'on avait tués ou marqués du signe. Mais ça ne m'amusait guère. Un jour, Tom Sawyer envoya un garçon parcourir la ville avec un bâton enflammé à la main (c'était le signal convenu pour le rassemblement de la bande), et il nous dit que ses espions venaient de l'avertir secrètement que, le lendemain, toute une compagnie de marchands espagnols et de riches Arabes allaient camper dans le vallon de la caverne avec deux cents éléphants, six cents chameaux et plus de mille mulets, tous chargés de diamants, et une escorte de quatre cents soldats seulement pour les garder ; aussi on allait tendre une embuscade, massacrer tout le monde et emporter le butin. Il donna l'ordre d'astiquer les sabres et les fusils et de se tenir prêts. Avec Tom, c'était toujours pareil : avant d'attaquer la moindre charrette de raves, il fallait toujours fourbir nos armes, et pourtant, comme c'étaient des bouts de bois et des manches à balais, on aurait pu se crever à les frotter sans qu'ils soient bons à autre chose qu'à faire du feu. Je pensais bien qu'on n'arriverait pas à écraser une pareille troupe d'Arabes et d'Espagnols, mais j'avais envie de voir les chameaux et les éléphants ; aussi, le samedi, j'étais à mon poste pour l'embuscade. Au commandement, on sortit du bois au galop et on dégringola la pente. Pas trace d'Arabes ni d'Espagnols, pas trace de chameaux ni d'éléphants, rien que les gosses du catéchisme qui déjeunaient sur l'herbe, et la petite classe par-dessus le marché ! On les dispersa et ils s'enfuirent ; tout ce qu'on en tira, ce fut quelques beignets et de la confiture, sauf Ben Rogers, qui trouva une poupée de chiffons, et Joe Harper, un livre de cantiques ; et ensuite le maître nous tomba dessus et nous obligea à tout lâcher et à déguerpir ! Comme je n'avais pas vu de diamants, je l'ai dit à Tom Sawyer, et il m'a répondu qu'il y en avait pourtant des tas, et des Arabes, et des éléphants, et toutes sortes de trucs. Je lui dis :

— Mais, alors, pourquoi je n'ai rien vu, moi ?

— Si tu n'étais pas aussi ignorant, et si tu avais lu un livre qui s'appelle *Don Quichotte,* tu saurais bien pourquoi sans avoir besoin de le demander. Tout ça, c'est de la magie, répondit Tom Sawyer.

A le croire, il y avait là des centaines de soldats, d'éléphants et de trésors, mais nos ennemis, qu'il appelait des magiciens, les avaient tous changés en gosses du catéchisme, par méchanceté.

— Bon, que je dis. Alors, il faut s'attaquer aux magiciens !

Mais Tom Sawyer trouva que je n'étais qu'une andouille.

— Tu ne sais donc pas, me dit-il, qu'un magicien pourrait faire apparaître des quantités de génies qui te hacheraient comme chair à pâté avant que tu aies eu le

temps de dire ouf ? Ils sont grands comme des arbres et gros comme des églises !

— Alors, il faudrait qu'on trouve des génies pour nous aider, nous aussi, et on pourrait battre les autres !

— Mais où vas-tu aller les chercher ?

— Je ne sais pas ; comment font les géants ?

— Eux, ils frottent une vieille lampe d'étain ou un anneau de fer, et les génies s'amènent en vitesse, tout entourés de tonnerre et d'éclairs, au milieu de gros tourbillons de fumée, et, dès qu'on leur dit de faire quelque chose, ils obéissent. Pour eux, ça n'est rien de déraciner une tour et d'assommer quelqu'un avec, le surveillant du catéchisme ou n'importe qui.

— Et qui les fait travailler comme ça ?

— Celui qui frotte la lampe ou l'anneau, naturellement. Il devient leur maître, et ils doivent lui obéir. S'il leur dit de construire un palais en diamants de dix lieues de long et de le remplir de chewing-gum ou de n'importe quoi, ou bien d'aller chercher la fille de l'empereur de Chine qu'il a envie d'épouser, ils sont obligés de le faire et d'avoir fini avant le lever du soleil. Et, encore mieux, ils sont obligés de transporter le palais dans n'importe quel coin du pays, si on le leur ordonne. Tu as compris ?

— En tout cas, je trouve qu'ils sont fameusement idiots de ne pas garder le palais pour eux, au lieu d'aller le donner à n'importe qui. Et, ma foi, si j'étais un génie, je ne me gênerais pas pour envoyer paître celui qui essayerait de me déranger en frottant une vieille lampe d'étain.

— Cause toujours, Huck Finn. Tu ne comprends donc pas que tu serais forcé de venir, s'il frottait, que tu le veuilles ou non ?

— Forcé ! Et moi, grand comme un arbre et gros comme une église ! J'ai compris, je viendrais ; mais je te jure que le bonhomme ne me dérangerait pas pour rien et que je lui en ferais voir des vertes et des pas mûres !

— Ce que tu m'énerves, Huck Finn ! On dirait que tu n'as jamais rien appris. Espèce de crétin, va !

Tout ça me tourna si bien dans la tête pendant deux ou trois jours que je me sentis envie de voir ce qu'il y avait de vrai dans ces histoires. Je pris une vieille lampe d'étain et un anneau de fer, je les emportai dans le bois et, là, je me mis à les frotter, à les frotter comme un nègre, au point que j'en étais trempé de sueur ; je me disais pendant ce temps-là que je me ferais construire un palais et que je le vendrais. Mais, j'ai eu beau attendre, je n'ai pas vu le moindre génie. Alors,. j'ai compris que c'était encore un mensonge de Tom Sawyer. Au fond, il croyait peut-être que c'étaient des Arabes et des éléphants, mais, moi, j'avais bien reconnu les gosses du catéchisme.

IV
Les prédictions de la balle de crin

Trois ou quatre mois passèrent, et l'hiver était bien avancé déjà. J'étais allé presque chaque jour à l'école, je savais épeler, écrire un peu et réciter la table de multiplication jusqu'à six fois sept trente-cinq, et je crois que je ne pourrai jamais aller plus loin, même si je devais vivre éternellement ; je ne mords pas à l'arithmétique, c'est certain.

Je détestais l'école, au début, mais, peu à peu, je finis par m'y accoutumer. Quand j'étais fatigué plus qu'à l'ordinaire, je courais les champs, et la raclée que je recevais le lendemain matin me remettait d'aplomb. Donc, plus j'allais à l'école, plus ça me paraissait facile, et puis je commençais à m'habituer aux façons de la Veuve, qui me crispaient un peu moins. Ce qui me coûtait le plus, c'était d'habiter dans une maison et de coucher dans un lit, mais, avant les jours froids, je me sauvais parfois, la nuit, pour aller dormir dans les bois ; rien de tel pour vous délasser. Bien sûr, je regrettais mon ancienne vie, mais je finissais par prendre goût à la nouvelle. La Veuve disait que j'allais lentement, mais sûrement, qu'elle était contente de moi et que je ne lui faisais plus honte.

Un matin, à déjeuner, j'eus le malheur de renverser la salière. J'allongeai la main aussi vite que je pus pour lancer un peu de sel par-dessus mon épaule gauche et écarter le mauvais sort, mais Miss Watson prit les devants et m'arrêta le bras.

– Enlève tes mains de là, Huckleberry, me dit-elle, quelle maladresse que la tienne !

La Veuve essaya de m'excuser, mais je savais bien que ça ne suffirait pas pour conjurer la guigne. Je sortis après le déjeuner, inquiet et tremblant, me demandant ce qui allait m'arriver et quand je verrais venir le malheur. Il y a des sortes de déveines qui peuvent être écartées de cette manière-là, mais pas celle-ci ; aussi je me dis que ça n'était pas la peine d'essayer de faire quelque chose, et je me mis à déambuler, tout démoralisé d'attendre.

Je descendis jusqu'au jardin de devant et j'escaladai la barrière du côté où il y a une haute clôture de planches. Un pouce de neige fraîche couvrait le sol, et j'y vis des traces de pas. On était venu de la carrière, on avait un peu piétiné autour de la barrière et on était reparti le long de la clôture. Pourquoi donc n'était-on pas entré après être ainsi resté devant la porte ? Je n'y comprenais rien. C'était assez bizarre. J'allais suivre les traces, quand je me baissai pour les examiner. Je ne remarquai rien, d'abord, mais bientôt je vis que sur le talon gauche il y avait une croix faite avec de gros clous, pour éloigner le malin.

Aussitôt, me voilà debout, dévalant la colline. De temps en temps, je jetais un coup d'œil en arrière, mais je ne vis personne. Je fus chez le juge Thatcher en un temps record.

– Voyons, mon garçon, me dit-il, te voilà tout essoufflé. Es-tu venu toucher tes rentes ?

– Non, monsieur, que je lui fais, y en a-t-il pour moi ?

– Mais oui, tes intérêts de six mois sont arrivés hier soir, plus de cent cinquante dollars, une fortune pour toi ! Il vaut mieux que tu me laisses les placer avec les autres, car, si je te les donne, tu vas les dépenser.

Alors, je lui dis :

— Non, monsieur, je ne vais pas les dépenser, et puis je ne veux pas les emporter, ni les autres non plus. Je veux que vous preniez tout, je vous donne tout, les six mille dollars et le reste !

Il n'avait pas l'air de comprendre et il me répondit d'un air étonné :

— Que veux-tu dire, mon garçon ?

— Ne me posez pas de questions, je vous en prie ! que je lui dis. Vous prendrez l'argent, n'est-ce pas ?

— Tu peux dire que tu me surprends ! Est-il arrivé quelque chose ?

— Je vous en supplie, prenez-le ! que je lui fais encore une fois, et ne me demandez rien, ainsi je ne serai pas obligé de vous répondre des menteries.

Il réfléchit un peu :

— Ah ! ah ! ah ! je crois que j'y suis ! dit-il. Tu veux me vendre ton bien, non me le donner ; voilà l'idée !

Alors il écrivit quelque chose sur un papier, le relut et me dit

— Tu vois, j'ai mis « en compensation ». Cela veut dire que j'ai tout acheté et tout payé. Voici un dollar pour toi. Signe !

Je signai donc et je repartis.

Le nègre de Miss Watson, Jim, avait une balle de crin grosse comme le poing, qu'on avait trouvée dans la quatrième poche de l'estomac d'un bœuf, et il s'en servait pour faire de la magie. Il disait qu'un esprit qui savait tout était enfermé dedans. C'est pourquoi j'allai le voir, un soir, pour lui dire que Pap était revenu, car j'avais vu ses traces dans la neige. Je voulais savoir ce qu'il allait faire et s'il resterait longtemps. Jim alla chercher sa balle, l'approcha de sa bouche et murmura quelques mots, et puis il leva le bras et la laissa tomber sur le plancher. Elle tomba lourdement et ne roula pas plus d'un pouce. Il essaya une deuxième fois, puis une troisième : c'était toujours pareil. Il se mit à genoux, colla son oreille sur la balle et écouta, mais il n'y avait rien à faire, dit-il, elle ne voulait rien entendre. Ça arrivait quelquefois qu'elle refusât de parler pour rien. Je me rappelai que j'avais une vieille pièce fausse dont personne ne voulait, car on y voyait un peu le cuivre, et même sans ça, elle n'aurait pu passer pour bonne, car elle était tellement usée qu'elle paraissait grasse au toucher. (Je n'avais pas l'intention de parler du dollar du juge.)

— Ça n'est pas une bien bonne pièce, mais peut-être que la boule de crin ne s'en apercevra pas !

Jim la flaira, la mordit, la frotta et dit qu'il allait essayer de s'arranger pour faire croire à la balle que c'était une bonne pièce. Il allait fendre une pomme de terre d'Irlande, y fourrer la pièce et la laisser dedans toute la nuit ; et, le lendemain, on ne verrait plus le cuivre, elle ne serait plus lisse, et n'importe quel marchand l'accepterait. Je connaissais le truc depuis longtemps, mais je l'avais oublié.

Jim posa la pièce sous la balle de crin et écouta de nouveau. Cette fois, il me dit que tout allait bien et que, si je voulais, la balle me raconterait tout mon avenir. Je lui répondis : « Vas-y ! » Aussitôt, la balle se mit à parler à Jim, et Jim à me répéter ses paroles :

— Ton vieux père, il ne sait pas encore ce qu'il va faire. P'têt' qu'il va partir, et p'têt qu'il va rester. Le mieux, c'est de te tenir tranquille et de le laisser faire comme il voudra. Y a deux anges qui sont à voltiger autour de lui ; un qu'est tout noir et l'aut' qu'est tout blanc ! Le blanc le pousse au bien un p'tit bout de temps, et pis c'est le noir qui vient tout gâcher. Mais celui qui va gagner à la fin des fins, ça, personne ne peut le savoir.

« Pour toi, tout va bien. Tu auras des grands malheurs dans l'existence, et des grands bonheurs. Quelquefois, tu auras de la souffrance, et pis de la maladie, mais toujours tu t'en sortiras. Dans ta vie, y a deux filles qui vont tourner autour de toi, une est blonde, et l'aut' est brune ; une est riche, et l'aut' est pauv'. Tu vas d'abord te marier avec la celle qui est pauv', et pis après avec la celle qui est riche. Faut que tu fasses attention à l'eau, et pis sois prudent, méfie-toi, car c'est écrit que tu finiras la corde au cou. »

Quand je montai dans ma chambre ce soir-là, après avoir allumé ma chandelle, Pap en chair et en os était assis sur ma chaise.

V
Pap commence une nouvelle vie

Je venais de refermer la porte. Je me retournai : il était là. Avant, j'avais toujours peur de lui, tant il me rossait. Je croyais bien avoir peur cette fois-ci encore ; mais, en un clin d'œil, je compris que c'était fini ; après le premier sursaut, pour ainsi dire, après que la surprise m'eut quasiment coupé le souffle, tant je m'attendais peu à le voir, je vis bien vite que la sainte frousse qu'il m'inspirait autrefois, ce n'était plus la peine d'en parler.

Il avait presque cinquante ans et n'en paraissait pas moins. Ses cheveux étaient longs, sales et broussailleux, et on voyait ses yeux briller sous les mèches comme s'il avait été caché derrière un rideau de feuilles. Ils étaient encore noirs, sans trace de gris, ainsi que ses longs favoris. Là où son visage apparaissait, il n'avait pas la moindre couleur ; il était blanc à vous tourner les sangs, à vous donner la chair de poule ; blanc comme un crapaud grimpeur, blanc comme un ventre de poisson. Et ses habits n'étaient que loques. Un de ses pieds était posé sur son genou, et, à travers son soulier crevé, on voyait dépasser deux orteils qu'il tortillait de temps en temps. Il avait posé son chapeau par terre, un vieux feutre noir au fond aplati comme un couvercle.

J'étais là, debout, à le regarder, et lui, assis, à me regarder, sa chaise un peu renversée en arrière. En posant la chandelle, je remarquai que la fenêtre était ouverte ; il s'était donc hissé sur le toit de l'appentis. Il n'arrêtait pas de me lorgner sur toutes les coutures. A la fin, il se mit à parler :

— Mâtin ! Quelles nippes ! Tu te prends pour quelque chose maintenant, hein ?

— P'têt ben qu'oui, p'têt' ben qu'non, que je lui fais.

— Ne fais pas le malin avec moi, tu as compris ? Tu es devenu un joli coco depuis mon départ, mais je te rabattrai le caquet avant d'en avoir fini avec toi. Et tu as de l'éducation, à ce qu'on raconte ; paraît que tu sais lire et écrire, maintenant ? Tu crois que tu vaux mieux que ton père, hein ? Mais je t'en ferai passer le goût. Qui t'a permis de faire tous ces embarras ? Hein, qui te l'a permis ?

— C'est la Veuve. C'est elle qui me l'a dit.

— La Veuve, hein ? Et qui lui a dit à elle de fourrer son nez dans ce qui ne la regarde pas ?

— Personne.

— En tout cas, je lui apprendrai à se mêler de ses affaires. Et tu vas me laisser ton école tranquille, tu m'entends ? En voilà du monde, qui enseigne à un gosse à prendre de grands airs avec son propre père et à essayer de se faire passer pour ce qu'il n'est pas ! Que je t'y reprenne, à faire l'imbécile à ton école, et tu verras. Ta mère ne savait ni lire, ni écrire de son vivant, ni personne de ta famille, moi pas plus que les autres ; et te voilà à faire le singe savant ! Mais je ne le supporterai pas, tu as compris ? Dis donc, lis-moi un coup, pour voir !

Alors, j'ouvris un livre et je commençai une page sur le général Washington et la guerre. Au bout d'une demi-minute, à peu près, il envoya le livre valser à travers la pièce d'un revers de main.

— Ma foi, c'est vrai ! Tu sais lire ! Je ne l'aurais jamais cru. Eh bien ! écoute-moi maintenant : ça suffit comme ça. Je ne te quitterai pas de l'œil, mon bonhomme, et, si je t'attrape autour de cette école, je te tannerai le cuir de belle façon. Un de ces quatre matins, tu es capable de devenir bigot ; je n'ai jamais vu un fils pareil.

Il prit alors ma petite image bleue et jaune où il y avait des vaches et un pâtre.

— Qu'est-ce que c'est que ça ?

— C'est quelque chose qu'on m'a donné parce que j'avais bien appris mes leçons.

Il la déchira en deux et me dit :

— Et moi, je te donnerai quelque chose de mieux, je te donnerai une bonne raclée.

Il resta à marmonner et à grommeler quelque temps, puis il continua :

— Ah ! on peut dire que tu es un joli monsieur ! Un lit, des draps, une armoire à glace, un bout de tapis sur le plancher ! Si c'est pas malheureux ! Et, pendant ce temps-là, ton père est obligé de coucher avec les cochons dans la tannerie. Jamais j'ai vu un fils pareil ! Mais je te défriserai avant longtemps ! D'où te crois-tu sorti ? Et il paraît que tu es riche, en plus ? Allons, raconte-nous ça un peu !

— C'est des blagues, voilà tout !

— Écoute voir, fais attention à ce que tu me racontes ; je suis à bout de patience, tu m'entends ? Aussi ne jette pas d'huile sur le feu. Voilà deux jours que je suis en ville et je n'entends parler que de toi et de ton fric. Et là-bas, sur la rivière, on m'en avait causé aussi. C'est pour ça que je suis revenu. Demain, tu iras chercher tes sous, j'en ai besoin.

— J'ai pas de sous !

— Allons donc ! C'est le juge Thatcher qui les a chez lui. Tu iras les chercher ; je te dis que j'en ai besoin.

— Je te répète que je n'en ai pas Va le demander au juge, il te dira la même chose.

— Entendu ! J'irai le trouver. Et je le ferai cracher, ou je saurai pourquoi. Dis donc, combien as-tu dans ta poche ? Aboule-le.

— J'ai rien qu'un dollar, et j'ai l'intention d'acheter . . .

— Tant pis pour tes intentions ; allez, amène ton dollar.

Il prit la pièce, la mordit pour s'assurer qu'elle était bonne et me dit qu'il descendait en ville pour acheter du whisky, vu qu'il n'avait pas bu une goutte de la journée. Quand il eut sauté sur le toit de l'appentis, il passa la tête par la fenêtre et recommença à m'injurier parce que j'étais bien nippé et que j'essayais de prendre des airs supérieurs avec lui. Et, quand je le croyais parti, il apparut une deuxième fois et me répéta de ne pas oublier ce qu'il m'avait dit pour cette école, car il me guetterait et il me donnerait une volée si jamais j'y retournais.

Le jour suivant, il était saoul ; il alla trouver le juge Thatcher et lui fit une scène pour essayer de lui soutirer de l'argent, mais il n'y réussit pas et jura qu'il lui ferait un procès.

Le juge et la Veuve allèrent au tribunal pour demander qu'on m'enlève à mon père et que l'un d'eux me prît en tutelle. Mais il y avait là un nouveau juge qui venait d'arriver et ne connaissait pas mon vieux ; il répondit que la justice ne devait pas se mêler des affaires personnelles, qu'il fallait autant que possible éviter de séparer les membres d'une même famille, et que, d'ailleurs, il préférait pour sa part ne pas arracher un enfant à son père. Le juge Thatcher et la Veuve n'eurent plus qu'à s'en aller.

Le vieux fut fou de joie en apprenant la chose et il déclara qu'il me frictionnerait les côtes jusqu'à ce que je sois bleu et noir si je ne lui donnais pas d'argent. Aussi j'allai trouver le juge Thatcher pour lui emprunter trois dollars. Pap s'en empara, descendit se saouler et, jusqu'à minuit, il se promena en ville en chantant à tue-tête, en poussant des cris et des jurons et en tapant sur une casserole. On l'emmena au poste, et, le lendemain, il passa en correctionnelle ; il fut condamné à huit jours de prison, mais il répétait qu'il s'en fichait, qu'il était le maître dans sa famille et qu'il en ferait voir au garçon.

Quand il fut libéré, le nouveau juge décida de le réformer. Il l'emmena chez lui, lui donna un costume propre, le fit manger avec lui, matin, midi et soir : un vrai père Noël, quoi ! Et, après dîner, il lui fit un sermon sur la tempérance et la vertu, tellement bien senti que le vieux éclata en sanglots en disant qu'il était un misérable et qu'il avait gâché sa vie, mais que, cette fois, il était bien décidé à repartir à zéro et à se rendre digne de l'estime du monde, si le juge voulait bien l'aider et ne pas le mépriser. Le juge lui répondit qu'après de telles paroles il était prêt à le serrer dans ses bras ; et il se mit à pleurer à son tour, et sa femme avec lui ; Pap assura qu'il avait toujours été un incompris.

– J'en suis sûr, dit le juge.

– Ce qu'il faut à un homme, continua Pap, quand il est au bas de l'échelle, c'est de la sympathie !

Comme le juge était de son avis, ils recommencèrent à fondre en larmes tous les deux. Avant d'aller au lit, le vieux se leva et leur tendit la main :

– Regardez c'te main, messieurs dames, prenez-la, serrez-la dans la vôtre. C'était la main d'un cochon, autrefois ; mais maintenant c'est celle d'un homme qui commence une nouvelle vie et qui mourra plutôt que d'y renoncer. Écoutez bien ces paroles et ne les oubliez pas. C'est une main propre maintenant ! Allez, serrez-la, n'ayez pas peur !

Toute la famille lui serra la main, et la femme du juge alla même jusqu'à la lui baiser. Ensuite, le vieux signa un serment, ou du moins il fit une croix dessus, et le juge dit qu'ils vivaient un moment sacré, ou quelque chose d'approchant. Après ça, ils fourrèrent Pap dans une belle chambre. Mais voilà qu'au milieu de la nuit il eut soif, descendit sur le toit du porche et se laissa glisser jusqu'en bas.

Il s'en alla échanger son pardessus neuf contre un pot, puis il remonta et passa une joyeuse nuit. Vers l'aube, il sortit de nouveau en catimini, saoul comme une barrique, dégringola jusqu'en bas du perron et se cassa le bras en deux endroits. Il était presque mort de froid quand on le trouva après le lever du soleil ; et, quand ils vinrent jeter un coup d'œil dans la belle chambre, ils furent obligés de faire des sondages avant de s'y aventurer.

Le juge était furieux ! Il dit qu'on pourrait peut-être réformer le vieux d'un coup de fusil, mais qu'il ne voyait guère d'autre moyen.

VI
Pap lutte avec l'ange de la mort

Pap ne tarda pas à se remettre sur pied, et il alla plaider pour obliger le juge Thatcher à lui donner mes sous ; il voulut aussi me forcer à quitter l'école. Une ou deux fois, il réussit à m'attraper et à m'étriller, mais je continuai à aller en classe, malgré tout, car je m'arrangeais la plupart du temps pour l'éviter ou pour lui échapper en courant. Je n'aimais pas beaucoup l'école avant, mais je me promis d'y aller pour faire enrager Pap. Ce procès n'en finissait pas, on se demandait même s'ils allaient jamais s'y mettre : aussi, de temps en temps, j'empruntais deux ou trois dollars au juge pour les donner à mon père et me tirer de ses pattes. Toutes les fois qu'il avait de l'argent, il se saoulait ; toutes les fois qu'il était saoul, il faisait du grabuge, et toutes les fois qu'il faisait du grabuge, on le fourrait au bloc. C'était réglé, il était fait pour ce genre de vie.

Il prit l'habitude de venir rôder un peu trop souvent autour de la maison de la Veuve, et elle lui dit un jour que, s'il continuait, il lui en cuirait. Cette fois-là, il était furieux et il répondit qu'on verrait bien à qui était Huck Finn. Aussi, un jour de printemps, il me guetta, m'attrapa par surprise et m'emmena en canot, à trois milles de là, de l'autre côté de la rivière, en Illinois, dans un endroit boisé, sans autres maisons qu'une vieille cabane de rondins entourée d'arbres si serrés qu'elle était invisible pour les gens non prévenus.

Tout le temps, il me gardait près de lui, et je ne trouvais pas la moindre occasion de m'enfuir. On habitait cette vieille cabane, et le soir, après avoir fermé la porte, il mettait la clé sous son oreiller. Il avait un fusil, sans doute volé, et on vivait de ce qu'il prenait à la pêche et à la chasse. De temps en temps, il m'enfermait et il allait jusqu'au bazar de l'embarcadère, à trois milles de chez nous, où il échangeait son poisson ou son gibier contre du whisky qu'il ramenait à la maison. Et puis il se saoulait et il faisait voler la trique ! La Veuve finit par découvrir l'endroit où j'étais, et elle envoya un homme pour me reprendre, mais Pap le chassa à coups de fusil. J'en vins bientôt à m'habituer à cette vie-là, sauf aux raclées ! On ne faisait rien, on était à l'aise ; la journée se passait à fumer ou à pêcher, sans livres, sans études. Deux mois passèrent. Mes habits n'étaient plus que des haillons crasseux, et je me demandais comment j'avais pu supporter d'habiter chez la Veuve, où il fallait se laver, se peigner, manger sur une assiette et coucher dans un lit, et se lever à l'heure, et se casser la tête sur des bouquins en compagnie de Miss Watson, qui n'arrêtait pas de vous chicaner. Je ne voulais plus retourner là-bas ; j'avais perdu l'habitude de dire de gros mots parce que ça ne plaisait pas à la Veuve, mais ici je recommençai ; à Pap, ça lui était égal. En somme, je me plaisais dans les bois.

Mais, petit à petit, Pap devint trop habile à manier son bâton de noyer pour mon goût ; j'étais tout couvert de bleus. Et puis il prit l'habitude de s'en aller trop souvent en me laissant dans la cabane. Une fois, après m'avoir enfermé à clé, il ne revint pas de trois jours ; je me disais qu'il était sûrement noyé et que je ne réussirais jamais plus à sortir de là. Quelle peur j'avais ! Il fallait que je découvre un moyen de sortir de cette cabane. J'avais souvent essayé, mais sans succès. Aucune fenêtre n'était assez large pour laisser passer un chien ; impossible de grimper par la cheminée, elle était trop étroite ; la porte était en planches de chêne. Pap faisait bien attention de ne jamais laisser traîner de couteaux pendant ses absences ; j'avais bien fouillé cent fois dans tous les coins. Mais, ce jour-là, je découvris enfin quelque chose : une vieille scie sans poignée, toute rouillée, qui était cachée entre une poutre et les bardeaux du toit. Après l'avoir graissée soigneusement, je me mis à l'œuvre. Au bout de la cabane, derrière la table, une vieille couverture de cheval était clouée au mur pour empêcher le vent de souffler par les fissures et d'éteindre la bougie. Je me glissai sous la table, je soulevai la couverture et j'entrepris de scier un tronçon du gros rondin du bas, assez grand pour me laiser un passage. C'était un fameux boulot, et je touchais au but quand j'entendis un coup de fusil de Pap dans le bois. Je fis disparaître toutes les traces de mon travail et retomber la couverture, je cachai la scie, et bientôt Pap entra.

Pap était comme d'habitude, c'est-à-dire de mauvais poil. Il me raconta qu'il revenait de la ville et que tout allait de travers. Son homme de loi pensait qu'il pourrait gagner son procès et palper l'argent s'ils se décidaient à s'y mettre, mais qu'il y avait de nombreux moyens de faire traîner les choses, et le juge Thatcher les connaissait tous. Et les gens racontaient qu'il y aurait un autre procès pour m'enlever à sa garde et me confier à la Veuve, et qu'il perdrait, cette fois.

Ça me donna un choc, car je ne voulais plus retourner chez la Veuve où je serais obligé de vivre en civilisé, comme ils disaient, sans jamais être à mon aise. Après ça, le vieux se mit à proférer des malédictions, maudissant tout ce qui lui passait par la tête, choses et gens, et puis recommençant pour être sûr de n'avoir rien oublié. Il disait qu'il ferait beau voir la Veuve mettre le grappin sur moi et qu'il allait ouvrir l'œil, et le bon ; et puis, s'ils essayaient leurs tours, il me cacherait dans un coin qu'il connaissait, à deux ou trois lieues de là, et ils pourraient se tuer à me chercher sans jamais me trouver. Je n'étais pas très content de ça, mais je me dis bien vite que je ne resterais pas à sa disposition si longtemps.

Le vieux me dit d'aller au canot chercher les provisions qu'il rapportait. Il y avait un sac de farine de cinquante livres, une flèche de lard, des munitions et une cruche d'un « gallon » de whisky avec un vieux livre et deux journaux en guise de bourre, ainsi que de l'étoupe. Je fis un premier voyage et, en retournant au canot, je m'assis à l'avant de la barque pour me reposer. Je décidai de m'échapper avec le fusil et des lignes pour aller vivre dans les bois. Je n'avais pas l'intention de rester toujours au même endroit, mais de traverser le pays, en marchant la nuit, pêchant et chassant pour vivre, afin de m'éloigner tant, que le vieux ou la Veuve ne pourraient plus jamais me trouver.

Je me décidai à finir de scier le rondin et à filer cette nuit-là si Pap était assez saoul, ce qui était probable. Je pensais tellement à mes projets que j'oubliai l'heure et j'entendis tout d'un coup la voix du vieux qui me demandait si j'étais noyé ou endormi.

Quand toutes les provisions furent dans la cabane, il faisait presque nuit. Pendant que je préparais le dîner, Pap but une ou deux lampées qui lui réchauffèrent si bien le sang qu'il recommença à jurer. Il s'était saoulé en ville, il avait passé toute la nuit dans le ruisseau et il n'était pas beau à voir ! On l'aurait pris pour Adam ; il n'était que boue de la tête aux pieds. Toutes les fois que la boisson commençait à lui monter à la tête, il s'en prenait au gouvernement.

— On appelle ça un gouvernement, dit-il cette fois, mais à quoi est-ce que ça ressemble ? Voilà la justice du pays qui est prête à enlever un fils à son père, à sonpropre père qui a eu tant de soucis, tant de mal et tant de frais pour l'élever ! Et, au moment où le fils de cet homme-là est enfin capable de gagner sa vie et de commencer à faire quelque chose pour que son père se repose, voilà la loi qui s'en mêle ; et on appelle ça un gouvernement ! Et c'est pas tout ! La loi soutient le vieux juge Thatcher et se met contre moi pour m'empêcher de toucher mon dû. C'est ça leurs lois : obliger un homme qui a plus de six mille dollars en banque à habiter un vieux nid à rats comme celui-ci et à se promener dans des habits qu'un cochon ne voudrait pas ! Et on appelle ça un gouvernement ! Un jour, je crois que je me déciderai à quitter le pays pour de bon ! Oui, je ne l'ai pas envoyé dire au vieux Thatcher. Il n'en manque pas qui m'ont entendu et qui peuvent le répéter. « Oui, que j'y ai dit, pour deux ronds, je quitterais ce satané pays et je n'y remettrais jamais les pieds. » Tel que ! Regardez mon chapeau, que j'y ai fait, si on peut appeler ça un chapeau : le fond bâille et le reste me descend jusqu'au menton, tant et si bien que j'ai l'air d'avoir la tête enfoncée dans un tuyau de poêle. Regardez-moi ça, un chapeau pareil pour un homme qui serait le plus riche de la ville si on lui donnait son dû. Ah ! c'est un fameux gouvernement, ça, on peut le dire ! Écoute ceci : une fois, j'ai vu un nègre libre, de l'Ohio, un mulâtre presque aussi blanc que moi ; il avait une belle chemise, y a pas plus blanche, et un chapeau bien lustré, une montre avec une chaîne en or et une canne à pomme d'argent, et, le croirais-tu, ils disaient qu'il était professeur dans une université, qu'il parlait toutes sortes de langues et qu'il savait tout. Et, le pire, c'est que chez lui il avait le droit de voter. Alors, j'ai pas pu me contenir. Je me disais : « Où allons-nous ? » C'étaient justement les élections, et j'avais l'intention d'aller voter moi-même si je n'étais pas trop saoul pour trouver mon chemin. Mais, quand on m'a dit qu'il y avait un État dans ce pays qui permettait aux nègres de voter, j'ai renoncé. Je leur ai dit : « J'irai plus jamais aux urnes. » Tel que ! Tout le monde m'a entendu. Le pays peut aller au diable, je ne voterai plus une seule fois dans ma vie. Et l'air insolent de ce nègre ! Ma parole, si je ne l'avais pas écarté, il ne m'aurait pas cédé le passage ! J'ai dit aux gens : « Pourquoi ne vend-on pas ce nègre aux enchères, c'est ce que je voudrais savoir ? » Tu ne sais pas ce qu'ils m'ont répondu ? Qu'il ne pouvait pas être vendu avant d'avoir habité six mois dans l'État, et il n'y avait pas six mois qu'il était là. Alors, voilà un gouvernement qui s'appelle un gouvernement, qui se fait passer pour un gouvernement, qui se croit un gouvernement et qui est obligé de rester six mois tranquille avant d'avoir le droit de mettre la main sur un voleur de nègre en chemise blanche qui vient rôder par ici et . . .

Pap était tellement lancé qu'il ne vit pas où le menaient ses vieilles jambes branlantes et il culbuta sur le tonneau de cochon salé et s'écorcha les deux tibias. Aussi le reste de son discours fut d'un vert ! Toujours contre le nègre, le gouvernement et le tonneau aussi, de temps en temps. Il se mit à sauter à cloche-pied autour de la cabane, levant tantôt une jambe, tantôt l'autre, et brusquement il lança un coup de pied en plein dans le tonneau. Mais ce n'était pas une bonne idée, car c'était justement de ce côté-là que le soulier crevé laissait passer deux orteils. Il poussa un hurlement à vous faire dresser les cheveux sur la tête et se roula dans la poussière en tenant ses doigts de pied dans sa main, et il se mit à dévider des jurons qui dépassaient tout ce qu'il avait fait jusque-là dans le genre. Il le reconnut lui-même plus tard. Il avait entendu le vieux Sowberry Hagan dans ses meilleurs jours et disait qu'il était enfoncé, cette fois. Mais je crois qu'il exagérait !

Après le souper, Pap prit la cruche en disant qu'il y avait assez de whisky pour deux cuites et un *delirium tremens* ; c'était son mot. Je pensais qu'avant une heure il serait ivre mort et que je pourrais voler la clef ou finir de scier le rondin. Il but longtemps et finit par dégringoler sur son lit. Mais la chance était contre moi. Au lieu de s'endormir, il s'agitait, gémissait, se plaignait, se tournait de côté et d'autre. Enfin, j'avais tellement sommeil que je fus obligé de fermer les yeux malgré mes efforts et, en un rien de temps, je fus endormi, sans avoir soufflé la chandelle.

Je ne sais pas combien de temps dura mon sommeil, mais, tout d'un coup, j'entendis un hurlement terrible et je fus debout. Pap sautillait par-ci, par-là, l'air comme fou, en criant à tue-tête que des serpents grimpaient à ses jambes. Tout d'un coup, il fit un bond en hurlant qu'il y en avait un qui venait de lui mordre la joue. Mais je ne voyais pas de serpents. Il se mit à courir tout autour de la cabane en poussant des clameurs : « Enlève-le, tire-le de là, il me mord le cou. » Je n'ai jamais vu des yeux aussi égarés. Il fut épuisé et s'écroula, haletant, puis il se mit à se rouler de côté et d'autre, incroyablement vite, lançant ses pieds dans tous les sens, faisant le geste de saisir et de frapper en criant que des diables essayaient de le prendre. Il se tut peu à peu et resta un moment immobile, à gémir. Puis il ne fit plus de bruit ; j'entendais les loups et les hiboux hurler dans les bois, et ce silence dans la cabane était effrayant. Un peu plus tard, il se redressa à demi et se mit à écouter, la tête inclinée. Je l'entendis murmurer tout bas : « Une, deux ; une, deux, c'est les morts ; une, deux, ils viennent me prendre. Mais je ne veux pas les suivre. Oh ! les voilà ! Ne me touchez pas, non ! Enlevez vos mains, elles sont froides ! Oh ! ayez pitié d'un pauvre diable ! »

Puis il se mit à ramper à quatre pattes, les suppliant de le laisser ; il s'enroula dans une couverture et se fourra sous la vieille table de pin sans cesser ses prières. Ensuite je l'entendis pleurer sous sa couverture.

Quelque temps après, il sortit de là, sauta sur ses pieds, l'air d'un fou, et, lorsqu'il me vit, il se diriga vers moi : il me poursuivit tout autour de la pièce, son couteau à la main, m'appelant l'Ange de la Mort et disant qu'il me tuerait pour que je ne l'emporte pas. Je me mis à le supplier, à répéter que j'étais Huck. Mais il éclata d'un rire perçant et continua à me pourchasser avec des cris et des jurons ! Une fois, comme je faisais une feinte et passais sous son bras, il me saisit par ma veste, entre les deux épaules. Je crus que ma dernière heure était arrivée. Mais je me glissai hors de ma veste aussi vite que je pus et je me tirai d'affaire. Bientôt, comme il ne tenait plus debout, il s'assit le dos à la porte, en disant qu'il allait se reposer une minute et qu'il me tuerait ensuite. Il mit son couteau sous lui, répéta qu'il allait reprendre des forces en dormant et qu'après on verrait.

Une minute après, il ronflait. Aussi je grimpai sur la vieille chaise cassée aussi légèrement que possible pour ne pas faire de bruit et je décrochai le fusil. J'enfonçai la baguette pour m'assurer qu'il était chargé. Puis je le posai sur le tonneau de raves, pointé vers Pap, et je m'assis derrière en attendant qu'il bougeât. Et avec quelle lenteur et quel silence s'écoulèrent les heures, cette nuit-là !

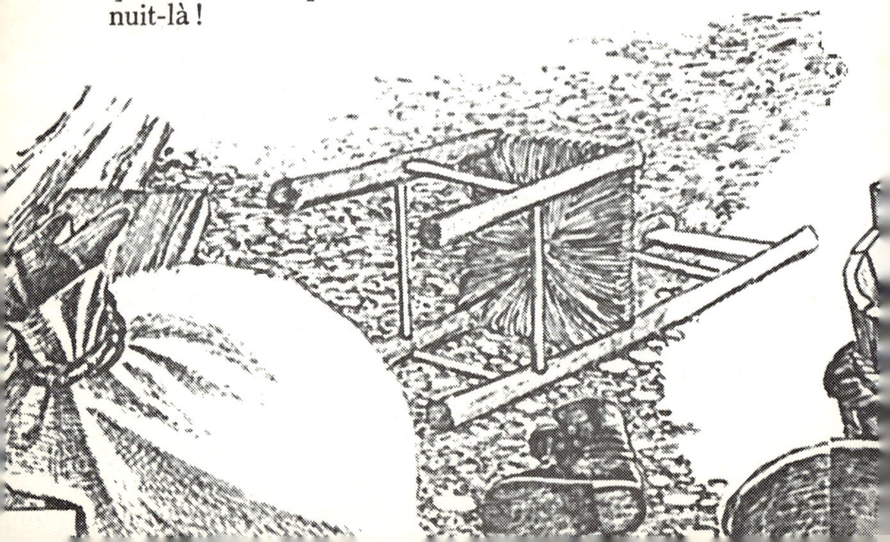

VII
J'emploie la ruse et je m'enfuis

— Allons, debout ! Tu dors ?

J'ouvris les yeux et regardai autour de moi, essayant de comprendre où je me trouvais. Le soleil était levé et j'avais dormi comme une souche. Pap était debout près de moi, l'air mauvais, et malade aussi !

— Qu'est-ce que tu fabriques avec ce fusil ?

Je compris qu'il avait oublié tout ce qui s'était passé pendant la nuit, aussi je lui répondis :

— Quelqu'un a essayé d'entrer et j'ai fait le guet.

— Pourquoi ne m'as-tu pas réveillé ?

— J'ai bien essayé, mais je n'ai pas réussi à te faire broncher.

— Ça va ! ne reste pas là toute la journée à faire des discours. File voir s'il y a un poisson au bout de la ligne pour le déjeuner, je te suis.

Il ouvrit la porte, et je courus vers la rive. Je remarquai que de grosses branches et des bouts d'écorce flottaient sur l'eau et je compris que la rivière avait commencé à monter. Je pensais au bon temps que je passerais maintenant si j'étais resté en ville. La crue de juin me portait toujours veine, car dès qu'elle est commencée l'eau charrie du bois de corde, du bois de flottage, quelquefois on trouve une douzaine de troncs liés ensemble, et on n'a que la peine de les sortir de l'eau et de les vendre aux marchands ou à la scierie.

Je suivis la berge, guettant l'arrivée de Pap d'un œil et surveillant l'eau de l'autre. Tout d'un coup, voilà un canot qui s'amène, une merveille d'environ treize ou quatorze pieds de long, haut sur l'eau comme un canard. D'un bond de grenouille, je me jetai dans la rivière tout habillé et me mis à nager vers lui. Je me disais qu'il y avait sûrement quelqu'un dedans, car souvent des gens s'amusent à ça pour se moquer du monde, et, quand un gars a presque réussi à sortir la barque de l'eau, ils se redressent et lui rient au nez. Mais, cette fois, ce n'était pas le cas, le bateau était bien à la dérive. Aussi je me hissai à bord et le ramenai à la berge. « Eh bien ! le vieux sera content de le voir, il vaut bien dix dollars. » Mais, quand je touchai la rive, Pap n'était pas encore en vue et, tandis que je le poussais dans une petite anse étroite comme une gorge, l'idée me vint de n'en rien dire et de le dissimuler sous la vigne vierge et les saules. Ainsi, quand je m'enfuirais, au lieu de marcher dans les bois, je descendrais la rivière pour camper à cinquante milles plus bas ; ce serait plus facile que de m'en aller à pied.

Je n'étais pas loin de la baraque, et je croyais à chaque instant entendre les pas du vieux. Une fois le bateau caché, je glissai un œil derrière une touffe de saules, et je vis Pap sur le sentier en train de viser un oiseau avec son fusil. Donc, il ne s'était aperçu de rien. Quand j'arrivai près de lui, il était très occupé à sortir une ligne flottante et m'attrapa un peu pour être resté si longtemps. Mais je lui dis que j'étais tombé dans l'eau, car je savais bien qu'il s'apercevrait que j'étais mouillé et qu'il poserait des questions. Il y avait cinq poissons-chats sur les lignes ; après ça, on reprit le chemin du retour.

Après déjeuner, on se recoucha pour dormir un peu,

car on ne tenait debout ni l'un ni l'autre. Je me dis que ce serait chic si je pouvais imaginer un truc pour empêcher Pap ou la Veuve de me courir après. Ce serait plus sûr que de compter sur la chance d'être assez loin avant qu'ils s'aperçoivent de ma fuite... Mais, malheureusement, je ne trouvai rien. Quelque temps après, Pap se leva une minute pour aller boire un coup et il me dit :

— La prochaine fois que quelqu'un viendra rôder par ici, tu me réveilleras, tu entends ? Cet homme n'est pas venu ici pour rien. Je lui aurais tiré une balle dans la peau. La prochaine fois, tu me réveilleras, tu entends !

Puis il se recoucha et s'endormit. Mais ces paroles venaient de me donner une idée. Cette fois, personne ne penserait à me suivre.

Vers midi, on retourna à la rivière. Le courant était assez rapide maintenant, et beaucoup d'épaves flottaient à la dérive. Bientôt, quelques troncs détachés d'un train de bois passèrent devant nous. Il y en avait neuf ensemble. On prit le canot pour les ramener à terre. Puis ce fut l'heure du dîner. N'importe qui aurait continué à surveiller le fleuve pour en trouver d'autres, mais ce n'était pas le genre de Pap. Neuf troncs d'arbre lui suffisaient pour une fois, et il n'avait plus qu'une idée, aller les vendre en ville.

Aussi, vers trois heures un quart, il m'enferma dans la cabane et s'éloigna dans la barque en remorquant le bois. Je pensais bien qu'il ne rentrerait pas ce soir-là. Je lui laissai le temps de prendre du large, puis je sortis ma scie et retournai à mon rondin.

Avant que Pap eût atteint l'autre rive, je m'étais glissé dehors. Il n'était plus qu'un point au loin, avec son radeau. J'emportai le sac de farine de froment jusqu'à l'endroit où était caché le canot et le hissai à bord après avoir écarté les plantes grimpantes et les branches. Puis j'allai chercher la flèche de lard et la cruche de whisky. Je pris tout le café, tout le sucre, toutes les munitions de la cabane, la bourre et puis la cuillère à pot et une tasse d'étain, ma vieille scie, deux couvertures, la marmite, la cafetière, et puis encore des lignes, des allumettes ; enfin, tout ce qui pouvait me servir, je le raflai. J'aurais voulu une hache, mais il n'y en avait qu'une au tas de bois et, là-dessus, j'avais mon idée. Puis je décrochai mon fusil et préparai ma disparition.

J'avais laissé des traces sur le sol en me glissant par le trou et en traînant tant de choses. Je tâchai de les dissimuler en éparpillant de la terre sur la sciure de bois et les marques de mon passage. Puis je replaçai le rondin, le calai dessous et sur le côté au moyen de deux pierres, car il n'était pas tout à fait droit et ne touchait pas le sol. A quatre ou cinq pieds, on n'y voyait que du feu, et d'ailleurs j'étais sorti par l'arrière de la cabane, et personne, sûrement, n'irait fourrer son nez par là.

Le sol était couvert d'herbe entre le canot et la maison, aussi il n'y avait pas de traces ; je m'en assurai un peu plus tard. De la rive, j'observai la rivière : personne. Je pris mon fusil pour essayer de trouver quelque gibier dans le bois et je vis un cochon sauvage. Les porcs retournaient facilement à la vie sauvage dans la vallée, après s'être enfuis des fermes de la prairie. Je tuai celui-là et le ramenai au campement. Je pris la hache, et j'enfonçai la porte, que j'entaillai de nombreux coups. Je portai le cochon jusqu'à la table et lui tranchai la gorge d'un coup de hache, puis je le fis saigner sur le sol. Je dis le sol, car c'était de la terre battue, non du plancher. Après ça, j'emplis un vieux sac d'autant de vieilles pierres que je pouvais tirer ; je le plaçai près du cochon et me mis à le traîner jusqu'à la porte, et puis à travers le bois et jusqu'à la rivière, où je le précipitai dans l'eau. et il coula tout de suite hors de vue. Un coup d'œil suffisait pour voir que quelque chose avait été traîné par terre. J'aurais bien voulu que Tom Sawyer fût là ; je savais qu'il aimait ce genre d'histoires et qu'il y mettrait sa touche personnelle ; personne ne savait vivre une aventure aussi bien que Tom Sawyer.

Pour en finir, je m'arrachai quelques cheveux et, après avoir plongé la hache dans le sang, je les collai sur le revers et la lançai dans un coin. Ensuite, je pris le cochon dans mes bras, enveloppé dans ma veste pour empêcher le sang de dégouliner, et, à une bonne distance plus bas que la cabane, je le jetai à la rivière. A ce moment, une autre idée me vint : je retournai au canot chercher le sac de farine et ma vieille scie et je les ramenai dans la maison. Je remis le sac à sa place et je fis un trou dans sa toile à l'aide de la scie, car il n'y avait ni couteau, ni fourchette chez nous, et Pap faisait tout ce qu'il avait à faire avec son couteau à cran d'arrêt. Puis je portai le sac vers l'est, à travers la prairie et la saulaie, jusqu'à un lac peu profond, large de cinq milles et plein de roseaux, et aussi de canards à la saison. Un ruisseau marécageux s'en échappait de l'autre côté, et se perdait bien loin, je ne sais où, mais il ne se jetait pas dans la rivière. La farine sortait en un mince filet et saupoudrait l'herbe. J'y jetai aussi la pierre à aiguiser pour faire croire qu'elle était tombée d'une poche.

Ensuite, je nouai une ficelle autour de la déchirure du sac pour arrêter la farine et le rapportai au canot avec ma scie.

Il faisait presque noir, maintenant. Je descendis à la rivière et dissimulai le canot sous les saules qui surplombaient la berge, afin d'y attendre le lever de la lune. Je l'amarrai à une branche et, après avoir mangé un morceau, je m'étendis au fond du bateau pour fumer une pipe et réfléchir à mes projets.

Je pensais qu'on suivrait la trace de ce sac de pierres et qu'on draguerait la rivière pour me trouver. Puis on suivrait la coulée de farine jusqu'au lac et on fouillerait les buissons le long du ruisseau qui s'en échappait pour découvrir les bandits qui avaient emporté le matériel après m'avoir assassiné. Je me disais qu'on n'aurait jamais idée de chercher autre chose que mon cadavre dans la rivière ; et que, d'ailleurs, on en aurait vite assez et qu'on ne se soucierait plus de moi. Ça allait bien. Je pourrais m'arrêter où j'en aurais envie. L'île Jackson ne me déplaisait pas. Je la connaissais à fond, et personne n'y mettait jamais les pieds. Et puis, des fois, la nuit, je pourrais traverser l'eau pour aller faire un tour en ville et y chercher ce dont j'aurais besoin. Entendu pour l'île Jackson.

J'étais moulu de fatigue et, sans savoir comment, tout d'un coup je m'endormis. Au réveil, je restai bien une minute sans me rappeler où j'étais ; je m'assis et regardai autour de moi, un peu inquiet. Mais le souvenir me revint alors. La rivière semblait large de plusieurs lieues. Il y avait un tel clair de lune que j'aurais pu compter les troncs noirs qui filaient sans bruit sur l'eau, à des centaines de mètres de la rive. Tout était profondément silencieux et il paraissait être tard ; je le sentais à l'odeur, vous voyez ce que je veux dire ? Je ne trouve pas les mots pour vous faire comprendre.

Après avoir bâillé et m'être étiré un bon coup, j'étais sur le point de détacher le bateau pour le départ quand j'entendis du bruit sur l'eau. Je tendis l'oreille et je reconnus bientôt le son mat et régulier que font les rames dans les tolets pendant les nuits calmes. Je regardai à travers les branches des saules ; c'était bien ça, un canot sur la rivière. Je ne distinguais pas combien de gens il y avait à bord. Il se rapprochait toujours, et je vis bientôt qu'il n'y avait qu'un homme tout seul. Je me dis : «Peut-être bien que c'est Pap », mais sans le penser vraiment. Le courant le porta en aval de l'endroit où je me trouvais, mais il remonta dans l'eau calme du bord, si près que j'aurais pu le toucher en tenant le fusil à bout de bras. Pas d'erreur, c'était Pap ; et, à la façon dont il posa ses rames, je vis qu'il n'était pas saoul, cette fois.

Je ne perdis pas de temps et, une minute après, je ramais sans bruit, mais vivement, dans l'ombre de la berge. Je parcourus deux milles et demi, puis obliquai pendant un quart de mille vers le milieu de la rivière, pour éviter le débarcadère du ferry-boat, où des gens auraient pu me voir et me héler. Je me trouvai au milieu d'un train de bois, me couchai au fond du canot et le laissai filer. Je pus me reposer là en fumant ma pipe et en regardant le ciel. Pas un nuage. Comme il paraît profond lorsqu'on le regarde, au clair de lune, allongé sur le dos. Je ne l'avais jamais remarqué avant ; et comme les sons portent par des nuits pareilles ! J'entendais des gens parler sur le débarcadère. Et je comprenais leurs paroles, pas un mot ne m'échappait. Un bonhomme disait que les jours devenaient plus longs et les nuits plus courtes. « Je crois bien que nous ne sommes pas tombés sur une courte, alors », répondit un autre, et ils se mirent à rire tous les deux. Et puis il répéta son histoire et ils recommencèrent à rire. Après ça, ils réveillèrent un autre type pour lui raconter la chose, en rigolant toujours, mais celui-là ne trouva pas ça drôle, il leur lâcha un mot bref et leur demanda de lui ficher la paix.

Le premier bonhomme reprit qu'il raconterait l'histoire à sa vieille et qu'elle la trouverait bien bonne ; mais il lui en avait dit d'autres, et de fameuses autrefois ! Une autre voix annonça qu'il était près de trois heures et ajouta : « J'espère que le soleil ne va pas nous faire attendre une semaine ici ! »

Après ça, le bruit des paroles s'éloigna de plus en plus, et je n'en compris plus le sens. J'entendais seulement des voix indistinctes et de temps en temps un rire, mais qui paraissait bien lointain.

J'avais depuis longtemps dépassé le débarcadère. Me redressant alors, je vis l'île Jackson, deux milles et demi plus loin, couverte de grands arbres, affrontant le courant en plein milieu de la rivière, énorme, massive et obscure comme un navire sans lumière. On ne voyait plus la barre à sa proue, car elle était sous l'eau.

Je ne tardai pas à l'atteindre. Je doublai la pointe de l'île, comme une flèche, porté par la vitesse du courant, puis je pénétrai dans les eaux calmes du bord et accostai du côté de l'Illinois. Je poussai le canot dans une étroite crique que je connaissais et où je dus, pour entrer, écarter les branches des saules. Et, lorsque je l'eus amarré, il était tout à fait invisible de la rivière.

J'allai m'asseoir sur un tronc d'arbre, au bec de l'île, pour regarder l'immense rivière, le bois flotté qui suivait le courant, tout noir dans la nuit, et plus loin, à une lieue environ, la ville où clignotaient trois ou quatre lumières. Un énorme radeau arrivait, à un mille plus haut, une lanterne en son milieu. Il descendait lentement et, lorsqu'il fut presque en face de moi, j'entendis une voix qui criait : « A l'arrière, là-bas, souquez sur tribord ! » Je l'entendais aussi clairement que si j'avais été aux côtés de l'homme qui parlait.

Il y avait maintenant un peu de gris dans le ciel, aussi je retournai dans le bois et me préparai à faire un somme avant de casser la croûte.

VIII
Je fais une promesse à Jim

Il devait être huit heures passées quand je me réveillai, car le soleil était déjà haut dans le ciel. Allongé sur l'herbe, dans l'ombre fraîche, je pensais à des choses ; j'étais bien, j'étais tranquille et content. Par deux ou trois ouvertures dans le feuillage, j'apercevais le soleil ; mais presque partout les arbres étaient très touffus, il faisait sombre sous leurs branches. Par terre, je voyais des petites mouches de lumière, là où les feuilles laissaient filtrer le jour comme à travers un crible, et les taches bougeaient un peu, car il y avait une légère brise là-haut. Deux écureuils s'installèrent sur une fourche et se mirent à jacasser en me regardant familièrement.

J'étais fameusement bien et j'avais la flemme de me lever pour préparer mon déjeuner. Et, ma foi, j'allais me rendormir quand je crus entendre une forte détonation plus haut sur la rivière. Je me redresse, je m'appuie sur un coude pour écouter, et voilà que ça recommence. Je saute sur mes pieds, je vais regarder entre les feuilles, et je vois un nuage de fumée près du ferry-boat, et le ferry-boat lui-même, plein de gens, qui s'amène. J'y étais maintenant. Boum ! la fumée blanche jaillit du flanc du bateau. Vous comprenez, ils tiraient le canon au-dessus de l'eau pour essayer de faire remonter mon corps.

J'avais joliment faim, mais ce n'était pas le moment de faire du feu, car ils pouvaient voir la fumée. Aussi je restai là, à observer, en écoutant le bruit du canon. La rivière avait un mille de large à cet endroit, et les matins d'été sont toujours beaux, aussi je ne me serais pas ennuyé à les regarder chercher mes restes si j'avais eu quelque chose à me mettre sous la dent. Tout à coup, je me souvins qu'on avait l'habitude de fourrer du vif-argent dans des miches de pain et de les poser sur l'eau parce qu'elles vont droit aux corps des noyés. Je me dis : « Tiens, si j'en vois passer une ou deux, elles ne seront pas perdues. » J'allai voir du côté de l'Illinois si j'aurais cette chance, et bien m'en prit : une énorme miche approchait. Je réussis presque à l'atteindre à l'aide d'un bâton, mais mon pied glissa et elle continua son chemin. Naturellement, je savais que j'étais à l'endroit où le courant se rapproche le plus de la rive. Quelque temps après, j'en vis une autre et, cette fois, j'eus plus de veine. Après avoir enlevé le bouchon et fait sortir la petite boule de vif-argent, j'y plantai les dents. C'était du pain de boulanger, du pain de riches, et non de la galette de maïs comme en mangent les pauvres.

Donc, ayant trouvé une bonne place sur un tronc d'arbre, je mâchais mon pain en regardant le ferry-boat, tout content de mon sort, quand une idée me vint à l'esprit. Je me dis que le pasteur ou la Veuve avaient sûrement prié pour que ce pain vînt vers moi ; et c'est ce qu'il avait fait ! Il y avait donc du vrai là-dedans, du moins quand c'était la Veuve ou le pasteur qui priaient, car, pour moi, rien à faire : les gens bien seulement étaient exaucés.

J'allumai ma pipe et je me mis à fumer tout en faisant le guet. Le bateau descendait le courant, et je me dis qu'il fallait que je me débrouille pour voir qui était dedans au moment où il se rapprocherait du bord comme l'avait fait la miche. Quand je le vis arriver, j'éteignis ma pipe et descendis sur la berge à l'endroit où j'avais repêché le pain. Je m'allongeai derrière un tronc, là où les branches fourchaient, et je pus glisser un œil.

Il arrivait et fut bientôt si près qu'ils auraient pu descendre à terre en mettant une passerelle. Ils étaient presque tous là : Pap, le juge Thatcher, Bessie Thatcher, et Joe Harper et Tom Sawyer, sa vieille tante Polly, Sid et Mary, et encore beaucoup d'autres. Tout le monde parlait de meurtre, mais le capitaine dit : « Ouvrez l'œil et le bon, c'est ici que le courant se rapproche le plus de l'île, et peut-être est-il dans les broussailles au bord de l'eau ; je l'espère, du moins. »

Mais, moi, je n'y tenais pas. Ils se massèrent tous du même côté, se penchèrent sur le bastingage, presque à mon nez, regardant de tous leurs yeux sans prononcer une parole. Je les voyais parfaitement, mais eux ne me voyaient pas. Alors, le capitaine cria : « En arrière ! » et le canon partit, juste en face de moi. A moitié assourdi par le bruit et aveuglé par la fumée, je me crus mort. Et, s'il y avait eu un boulet dedans, ils auraient sûrement trouvé le cadavre qu'ils cherchaient. Mais, grâce à Dieu, je n'avais aucun mal. Le bateau continua à descendre et disparut derrière un cap de l'île. De temps en temps, j'entendais les coups de canon toujours plus éloignés, et il vint un moment, environ une heure plus tard, où je n'entendis plus rien. L'île avait trois milles de long, et je pensais que, rendus à la pointe, ils avaient abandonné les recherches. Mais non, ils la contournèrent et remontèrent l'autre bras de la rivière, du côté du Missouri, en forçant la vapeur, car ils étaient à contre-courant, et en tirant quelques coups de temps en temps. Je traversai l'île pour aller les regarder et, quand ils eurent atteint la pointe, ils s'arrêtèrent de tirer, accostèrent et s'en retournèrent chez eux.

Cette fois, j'étais tranquille. Je savais maintenant que personne ne viendrait me chercher ici. J'allai prendre mon chargement dans le canot et installai mon campement dans l'épaisseur des bois. Je fis une tente de mes couvertures pour y mettre mes affaires à l'abri de la pluie. Je réussis à pêcher un poisson-chat et à lui ouvrir le ventre à coups de scie et, au crépuscule, j'allumai le feu pour mon souper. Puis je préparai les lignes et les mis en place pour avoir du poisson le lendemain matin.

A la nuit tombée, je couvris mon feu, content de ma journée. Mais, peu à peu, la solitude me pesa ; aussi j'allai m'asseoir sur la rive pour écouter le clapotis de l'eau. Je comptai les étoiles, les troncs qui passaient sur la rivière, les radeaux, et bientôt j'allai dormir. Il n'y a pas de meilleure façon de passer le temps quand vous languissez un peu, faute de compagnie ; ça ne dure pas, et bientôt vous n'y pensez plus.

Trois jours et trois nuits passèrent ainsi, sans aucun changement, tous pareils. Mais, le jour suivant, je m'en allai explorer l'île. J'en étais le patron ; tout m'appartenait, pour ainsi dire, et je voulais tout connaître, mais surtout je voulais faire passer le temps. Je découvris des fraises bien mûres et fameuses, puis des raisins verts, des framboises vertes et des mûres vertes qui commençaient à se former. Tout ça serait utile en son temps.

Je flânai ainsi dans les grands bois, jusqu'à un endroit qui ne devait pas être loin de l'extrémité de l'île. J'avais apporté mon fusil, mais je n'avais encore rien tiré, par précaution ; j'avais pourtant bien l'intention de tuer quelque gibier plus près du camp. A ce moment, je faillis poser le pied sur un serpent de bonne taille qui se faufila à travers l'herbe et les fleurs ; je me mis à courir à ses trousses pour essayer de l'avoir ; je galopai parmi les arbres et, tout d'un coup, je sautai en plein sur les cendres d'un feu encore fumant.

Mon cœur bondit dans ma poitrine. Sans jeter un coup d'œil en arrière, je rabattis le chien de mon fusil et filai en douce sur la pointe des pieds, aussi vite que possible. De temps en temps, je m'arrêtais pour écouter dans l'épaisseur du feuillage, mais je haletais si fort que je n'entendais rien d'autre. Je me glissai un peu plus loin, m'arrêtai de nouveau et je continuai longtemps ainsi. Si je faisais craquer une branche, il me semblait qu'on me coupait le souffle et que je n'en avais plus qu'une moitié . . . et la plus petite par-dessus le marché !

De retour au camp, je ne me sentais pas très fier. Mais je dis : « Ce n'est pas le moment de faire l'imbécile ! » Aussi je remis toutes mes affaires dans le canot pour les cacher, j'éteignis le feu et j'en éparpillai les cendres pour faire croire qu'il datait de l'année dernière, puis je grimpai sur un arbre.

J'y restai bien deux heures, mais sans rien voir, sans rien entendre ; et pourtant, au moins mille fois, il me sembla entendre et voir des choses. Enfin, je ne pouvais pas passer ma vie là-haut ; aussi je finis par redescendre, mais je ne quittai plus la profondeur du bois, et j'étais tout le temps sur le qui-vive. Je n'eus rien d'autre à manger que quelques baies qui restaient du déjeuner.

Vers le soir, je sentis que j'avais faim ; aussi, dès qu'il fit nuit noire, je quittai la rive avant le lever de la lune et ramai vers l'Illinois, à environ un quart de mille de là. Je pénétrai dans la forêt, préparai mon souper, et j'avais presque décidé de passer la nuit en cet endroit quand j'entendis : « Plok, plok, padoplok ! » Des chevaux ! Puis des voix. Je remis tout dans le canot en vitesse, et je me glissai furtivement entre les arbres pour voir ce qui se passait. Avant longtemps, j'entendis un homme qui disait : « Il vaut mieux camper ici, si on trouve un coin ; les chevaux sont crevés. Jetons un coup d'œil par là. »

Sans attendre, je m'écartai du bord en souquant sur mes rames. Je retournai m'amarrer à la première cachette et décidai de dormir à bord.

Mais je ne dormis guère. Tout ce que j'avais dans la

tête m'empêchait de fermer l'œil. Et, chaque fois que je me réveillais, il me semblait qu'on me saisissait par le cou. Ainsi, le sommeil ne me reposait pas beaucoup, et il vint un moment où je me dis : « Ça ne peut pas continuer comme ça. Il faut que je voie qui est avec moi dans l'île ; je le saurai, ou j'y laisserai ma peau. » Eh bien ! je me sentis tout de suite ragaillardi.

Je pris donc ma pagaie pour écarter le bateau d'un pas ou deux de la rive, puis je le laissai filer dans la bande d'ombre du bord. La lune brillait et, hors du couvert, il faisait clair comme en plein jour. Pendant près d'une heure, je descendis la rivière sans entendre de bruit ; tout dormait. A ce moment-là, j'étais presque au bout de l'île. Une petite brise fraîche qui ridait l'eau avait commencé à souffler et ça ne pouvait vouloir dire qu'une chose : la nuit allait bientôt finir. D'un coup de pagaie, je virai de bord et fis échouer le canot ; puis je pris mon fusil et franchis sans bruit la lisière du bois. Là je m'assis sur une souche pour guetter entre les feuilles. Je vis la lune finir son quart et l'ombre recouvrir la rivière comme un manteau. Mais, bientôt après, une ligne pâle se montra au-dessus des arbres ; le jour n'allait plus tarder. Aussi, mon fusil sur l'épaule, je pris sans bruit la direction du feu de camp que j'avais vu la veille, m'arrêtant toutes les deux minutes pour tendre l'oreille. Mais pas de veine, impossible de retrouver l'endroit.

Pourtant, peu après, j'aperçus un feu entre les arbres. Doucement, à pas de loup, je me dirigeai vers lui. Quand je fus assez près, je distinguai un homme allongé par terre, et j'en eus la chair de poule. Une couverture était enroulée autour de sa tête, qui était presque dans le feu Je restai derrière un buisson à six pieds de lui, à peu près, sans le quitter des yeux. Une lumière grise commençait à se lever. Bientôt il se mit à bâiller et à s'étirer, rejeta sa couverture : c'était Jim, le nègre de Miss Watson ! Vous pensez si j'étais content de le retrouver.

— Salut, Jim !

Et, là-dessus, je fais un saut jusqu'à lui. Le voilà qui bondit sur ses jambes et me regarde avec épouvante. Puis il se jeta à genoux devant moi et me dit en joignant les mains :

— Ne me fais pas de mal ! Toujours j'ai été gentil pour les fantômes ; toujours j'ai aimé les défunts et j'ai fait tout mon possible pour eux. Retourne dans la rivière ! C'est là ta place. Ne viens pas tourmenter le vieux Jim, qui a toujours été ton ami.

Il ne me fallut pas longtemps, vous pensez bien, pour lui faire comprendre que j'étais toujours en vie. Ce que j'étais content de voir Jim ! Finie la solitude, maintenant ! Et je lui dis que je n'avais pas peur qu'il allât répéter mon histoire. J'en racontais, j'en racontais, mais lui restait là, à me regarder sans rien dire.

— Allons, il fait grand jour maintenant. Préparons le déjeuner. Fais-nous un bon feu.

— A quoi ça sert de faire du feu pour ces saletés de fraises ? Mais tu as un fusil ! on va pouvoir manger quéque chose de mieux que des fraises.

— Ces saletés de fraises, que je lui fais, c'est de ça que tu te nourris ?

— J'ai rien trouvé d'aut'.

— Enfin, Jim, depuis quand es-tu sur l'île ?

— Je suis venu la nuit après ta mort !

— Il y a si longtemps que ça ?

— Oui, mon fils.

— Et tu manges ces cochonneries-là depuis ?

— Oui, missié, rien que ça.

— Eh bien ! tu dois crever de faim, non ?

— Moi, je boufferais un cheval. Ah oui, ma foi ! Et toi, depuis quand tu es dans l'île ?

— Depuis la nuit qu'on m'a assassiné !

— Pas possib', et qu'est-ce que tu as mangé, alors ? C'est vrai que tu as un fusil. Je pensais plus que tu avais

un fusil. Chic ! alors. Va-t'en vite tuer quéque chose pendant que je vais faire du feu.

Donc j'emmenai Jim jusqu'au canot dont je sortis la farine, le lard et le café, la cafetière et la poêle à frire, le sucre et le quart d'étain, pendant qu'il faisait du feu dans une clairière couverte d'herbe. Il n'en revenait pas et il était sûr qu'il y avait de la magie là-dessous. Je réussis à prendre un gros poisson-chat que Jim vida avec son couteau et mit à frire.

Quand le déjeuner fut prêt, on s'assit sur l'herbe et on l'avala tout fumant. Jim en mettait un coup, car il était affamé. Après s'être bien rempli le ventre, on s'allongea par terre pour paresser un peu.

Après un moment, Jim me dit :

— Mais enfin, Huck, qui c'est qu'on a tué dans cette cabane si c'est pas toi ?

Je lui racontai alors toute l'histoire, qu'il trouva fameuse, et il fut d'avis que Tom Sawyer n'aurait pas fait mieux.

— Mais toi, Jim, comment se fait-il que tu sois ici, et comment es-tu arrivé ?

— Il vaut peut-êt' mieux que je le dise pas.

— Mais pourquoi, Jim ?

— Ah ! j'ai mes raisons, mais, si je le disais, tu n'irais pas le répéter, hein, Huck ?

— Pour sûr que non, Jim !

— Je te crois, Huck ; tu ne sais pas, je . . . m'ai sauvé.

— Jim !

— Tu m'as dis que tu dirais à personne, Huck ! Tu sais bien que tu l'as dit, hein ?

— C'est vrai, je l'ai dit, et je tiendrai parole. C'est juré, craché. Le monde va m'appeler un sale abolitionniste et me mettre plus bas que terre si je garde ça pour moi, mais tant pis, je ne le dirai pas, et d'ailleurs je ne retournerai plus jamais là-bas ; allons, raconte-moi tout.

– Eh bien ! c'est comme ça que c'est arrivé : la patronne, Miss Watson, tu sais, elle était tout le temps à me dire des choses et à me maltraiter et à répéter qu'elle allait me vend' à La Nouvelle-Orléans. Mais voilà que j'avais remarqué un marchand d'esclaves qui venait souvent à la maison, ces derniers temps, et je commençais à avoir peur. Et un soir, tard, quand je revenais sans faire de bruit, j'ai entendu la patronne derrière la porte qui n'était pas tout à fait fermée ; elle disait à la Veuve qu'elle n'était pas trop décidée à me vend' à La Nouvelle-Orléans, mais qu'on lui proposait huit cents dollars pour moi et qu'elle ne pouvait pas résister à tout ce tas d'argent. La Veuve essayait de lui faire changer d'avis, mais j'ai pas attendu la suite. J'ai filé, et au galop. J'ai couru jusqu'au bas de la colline, car j'avais idée de voler un canot quéque part, sur le bord de l'eau, en dehors de la ville ; mais y avait du monde qui n'était pas encore au lit, aussi je m'ai caché dans la vieille boutique du tonnelier, près de la rivière, pour attend' que tous les gens rent'ent chez eux. Toute la nuit que je suis resté là ! Tout le temps, il y avait quelqu'un. Vers les six heures du matin, les bateaux ont commencé à sortir, et, sur les huit ou neuf heures, tous ceux qui passaient causaient de ton Pap, qui était venu dire en ville qu'on t'avait tué. C'était plein de missiés et de dames qui traversaient pour aller voir l'endroit. Des fois, ils se reposaient un peu sur le bord avant de passer de l'aut' côté, et c'est de les entend' que j'ai su. J'avais du chagrin de savoir que t'étais mort, Huck, mais c'est fini, maintenant.

« C'est là, sous les copeaux, que j'ai passé la journée ; j'avais faim, mais j'avais pas peur pasque je me rappelais que la vieille patronne allait à un camp de prières juste après le déjeuner, avec la Veuve, et qu'elles resteraient dehors jusqu'au soir. Et puis elles savaient que j'avais l'habitude de mener les bêtes au champ, dès qu'il faisait jour, aussi elles ne trouveraient pas drôle de ne pas me voir dans la maison avant le soir. Pour les aut' domestiques nèg', ils ne s'apercevraient de rien, car, dès que les deux vieilles s'en vont, ils se mettent en vacances et partent se promener.

« Alors, quand il s'est mis à faire nuit, j'ai marché sur la route, le long de la rivière, pendant plus d'une demi-lieue, jusqu'à l'endroit où il n'y a plus de maisons. Je savais bien ce qu'il fallait faire. Tu comprends : si j'avais essayé de me sauver à pied, les chiens auraient trouvé ma trace ; si je volais un canot, on le verrait bien, et on saurait où me chercher de l'aut' côté de l'eau. C'est pour ça que je me suis dit : « C'est un radeau qu'il me faut ; un radeau ne laisse pas de traces derrière lui. A ce moment-là, j'ai vu une lumière à la pointe, aussi je suis entré dans l'eau et j'ai nagé jusqu'au milieu de la rivière en poussant un tronc d'arb' devant moi. Là, j'étais au milieu d'un train de bois, aussi j'ai enfoncé ma tête et j'ai nagé cont' le courant jusqu'à l'arrivée du radeau. Et puis, après, j'ai nagé jusqu'à l'arrière et j'ai croché dedans. Y avait bien des nuages à ce moment-là, et il faisait assez noir, aussi j'ai grimpé dessus et je me suis allongé sur les planches. Les hommes étaient loin dans le milieu, à côté de la lanterne. L'eau montait, y avait du courant, et je me disais que, vers quatre heures du matin, je serais vingt-cinq milles plus loin et que je me laisserais glisser dans la rivière juste avant le jour, et puis je nagerais jusqu'à la rive de l'Illinois pour me cacher dans les bois.

« Mais j'ai eu la guigne. On était presque à la pointe de l'île quand je vois un homme s'amener avec la lanterne. Pas la peine de l'attend', aussi j'ai piqué une tête pour aller vers l'île. Mais voilà que le bord était tellement à pic que j'ai pas pu sortir de l'eau avant d'êt' presque à l'aut' bout. Une fois dans le bois, je me suis dit que c'était bien la dernière fois que je montais sur un radeau, puisqu'ils se promènent dessus comme ça, avec leur lanterne. J'avais ma pipe, une carotte de tabac et des allumettes au sec dans ma casquette, alors ça allait.

— Et, tout ce temps-là, tu n'as pas mangé de pain, ni de viande ? Mais pourquoi que tu n'as pas attrapé de tortues ?

— Les attraper ? Et comment ? On peut pas les prend' comme ça, et pis comment taper dessus, avec une pierre ? Et en pleine nuit en plus ? Tu crois que j'allais me montrer sur le bord pendant la journée ?

— Bien sûr ! Il fallait que tu te caches dans le bois tout le temps, c'est vrai ! Tu as entendu le canon ?

— Oui, je savais bien qu'on te cherchait. Je les ai vus passer, je guettais à travers les buissons.

A ce moment-là, de jeunes oiseaux se mirent à voleter à un ou deux pas de nous, se posant, puis repartant de nouveau. Jim dit que c'était signe de pluie. Du moins, c'était comme ça pour les petits poulets, aussi ça devait être la même chose pour les oiseaux. Je voulais en attraper un ou deux, mais Jim m'en empêcha :

— C'est la mort, disait-il. Un jour, que mon père était très malade, quelqu'un de la famille avait pris un oiseau . . . et mon père mourut ; ma vieille grand-mère l'avait bien dit.

Jim pensait aussi que ça portait malheur de compter ce qu'on allait cuire pour le souper, comme de secouer la nappe après le coucher du soleil ! Et il racontait que si un homme qui avait des ruches mourait, il fallait en avertir les abeilles le lendemain dès l'aube, sinon elles s'affaiblissaient, cessaient de travailler et finissaient par périr. Et puis que les abeilles ne piquaient que les idiots ; mais je n'y croyais pas, car j'avais souvent essayé de me faire piquer moi-même sans jamais réussir.

Je connaissais bien certaines de ces histoires, mais pas toutes. Et Jim était au courant de tous les signes. Il disait qu'il savait à peu près tout ce qu'on peut savoir.

Mais, comme il ne parlait que de mauvais signes, je lui ai demandé un jour s'il n'y en avait pas de bons.

— Pas beaucoup, et ils ne servent pas à grand-chose. A quoi bon savoir que tu vas avoir un coup de veine ? Ça le fait partir, alors ! Mais si tu as du poil aux bras et sur la poitrine, c'est signe de fortune. Ça, oui, c'est bon à savoir. Car c'est pas pour demain, tu comprends ? Si tu restes pauv' longtemps, tu pourrais te décourager et en finir avec la vie, si le signe n'était pas là pour te dire que tu seras riche un jour !

— Tu en as, du poil, Jim ?

— Pourquoi que tu me demandes ça ? Tu vois pas clair ?

— Et tu es riche ?

— Non, mais j'ai été riche, autrefois, et je serai riche un jour. Jusqu'à quatorze dollars que j'ai eus une fois, mais j'ai fait des spéculations et je m'ai ruiné.

— Et tu as spéculé sur quoi Jim ?

— D'abord sur le bétail. Oui, j'ai mis dix dollars sur une vache. Mais on ne m'y reprendra plus, à risquer de l'argent là-dedans La vache m'a crevé sur les bras !

— Alors tu as perdu tes dix dollars ?

— Non, j'ai pas tout perdu. Neuf dollars seulement ! J'ai vendu la peau et la graisse pour un dollar et dix cents.

— Il te restait un dollar et dix cents, et tu as continué à spéculer ?

— Juste ! Tu connais le nèg' du vieux missié Bradish, celui qui n'a qu'une jambe ? Il avait commencé une banque et il nous avait dit que tous ceux qui placeraient un dollar en auraient quat' de plus à la fin de l'année. Tous les nèg' ont marché, mais ils avaient pas grand-chose. Il n'y avait que moi de riche. Aussi j'ai tenu bon pour qu'il me donne plus de quat' dollars, ou j'ai dit que sinon j'allais ouvrir une banque moi-même. Forcément, ce nèg-là voulait êt' seul dans l'affaire, et il disait que deux banques ce serait trop ; tant et si bien qu'il a fini par me promettre trente-cinq dollars à la fin de l'année, si je plaçais tout de suite les cinq que j'avais encore. J'ai accepté. Et je me suis dit que j'allais profiter des trente-cinq dollars pour faire marcher les affaires. Il y avait un nèg', Bob qu'il s'appelait, qui avait attrapé une marmotte, et son patron n'en savait rien. Je l'ai achetée, en lui disant qu'à la fin de l'année les trente-cinq dollars seraient pour lui. Mais voilà que cette nuit-là quelqu'un a volé la marmotte, et, le lendemain, le nèg' à une jambe a dit que la banque avait sauté. Ainsi, personne n'a plus revu ses sous.

— Et avec les dix cents, qu'est-ce que tu as fait, Jim ?

— J'avais envie de les dépenser, mais j'ai rêvé qu'il fallait que je les donne à Balam — un nèg' qu'on appelait l'âne de Balam pour aller plus vite ; — il n'a pas beaucoup de cervelle, tu sais ! Mais on raconte qu'il a de la veine, et moi j'en avais pas, pour sûr ! A en croire le rêve, Balam placerait les dix cents pour moi et ainsi i' feraient des petits. Alors il a pris mes sous ; mais voilà qu'à l'église il a entendu le pasteur dire que celui qui donne aux pauv' prête à Dieu et qu'on lui rendrait tout au centup'. Alors, il a donné mes dix cents aux pauv' et il a attendu.

— Et alors qu'est-ce qui est arrivé, Jim ?

— Rien du tout, mon pauv' vieux. J'ai jamais pu remett' la main su' mes dix cents, et Balam non plus. Je prête plus jamais de sous sans garantie ! Sûr qu'on va nous le rend' au centup', qu'il disait, le pasteur. Ah ! si je pouvais seulement revoir mes dix cents, je dirais rien ; bien content par-dessus le marché.

— Enfin, t'en fais pas, Jim ! puisque tu seras riche un jour ou l'autre.

— D'ailleurs, je suis riche, maintenant que j'y pense : je m'ai et je vaux huit cents dollars, à moi tout seul. Ah ! si je les avais, j'en réclamerais pas davantage.

IX
La maison de la mort descend la rivière

Un jour, je me sentis l'envie d'aller revoir un endroit que j'avais découvert dans mes explorations, à peu près au milieu de l'île, pas trop loin donc, puisqu'elle n'avait que trois milles de long et un quart de mille de large.

C'était une espèce de crête ou de colline escarpée, de quarante pieds de haut, à peu près. Il nous fallut du mal pour arriver en haut, tant la pente était raide et les buissons touffus. Après avoir exploré partout, on trouva une grande caverne bien sèche juste au sommet, tournée vers l'Illinois. Elle était aussi vaste que deux ou trois pièces ensemble, et Jim pouvait s'y tenir debout. Il faisait frais là dedans. Jim aurait voulu y mettre tout de suite toutes nos affaires ; moi je ne me sentais pas envie d'avoir tout le temps à grimper là-haut et à en redescendre.

Mais Jim pensait qu'une fois le canot caché et tout notre matériel monté dans la caverne, on pourrait s'y réfugier si jamais quelqu'un mettait le pied sur l'île. Sans chiens, personne ne nous y découvrirait.

— Et puis tu as oublié que les petits oiseaux ont annoncé la pluie ; tu voudrais que tout soit trempé, disait Jim.

Aussi, après être retournés au canot, on pagaya

jusqu'à la hauteur de la caverne et on hissa tout le matériel jusqu'en haut. Puis il fallut redescendre chercher un bon coin pour le bateau, au milieu des saules bien feuillus. Il y avait quelques poissons accrochés aux lignes, et, après les avoir appâtées de nouveau, ce fut l'heure de préparer le dîner.

L'ouverture de la caverne était assez large pour qu'on puisse y faire rouler une barrique, et, d'un côté de l'entrée, le sol formait une petite plate-forme, juste ce qu'il fallait pour faire un foyer. C'est là qu'on alluma le feu pour cuire le poisson.

On étendit les couvertures par terre comme tapis pour y manger notre dîner et on installa tous les ustensiles bien à portée de la main, au fond de la caverne. Peu après le ciel se couvrit, il y eut des éclairs et du tonnerre et bientôt ce fut la pluie ; les petits oiseaux avaient donc raison. Il pleuvait à torrents et il soufflait un vent comme je n'en ai jamais vu. C'était un de ces gros orages d'été. Il faisait si sombre que dehors tout était bleu noir. Ah ! que c'était beau ! Et la pluie fouettait si fort que les arbres à quelques pas étaient brouillés comme si on les avait recouverts de toiles d'araignée. Et puis, tout d'un coup, il venait une rafale qui les faisait plier et montrait le dessous plus clair de leurs feuilles ; et après ça une tornade épatante s'amenait et faisait remuer les branches comme des bras en colère, et au beau milieu de tout, au plus bleu, au plus noir de l'orage, pfft ! voilà le soleil qui se mettait à briller comme une auréole et les arbres qui s'agitaient dans le vent tout là-bas, où l'on ne pouvait rien voir tout à l'heure. Une seconde après, il faisait plus nuit qu'en enfer, le tonnerre pétait avec un bruit terrible, grondait, grognait, dégringolait tout le long du ciel, jusqu'à l'autre côté du monde, comme si on faisait rouler des barriques vides dans les escaliers, et ça fait un raffut, vous savez !

– C'est chouette, hein, Jim ! Je ne céderais ma place

à personne. Passe-moi un autre bout de poisson et un peu de pain chaud.

– Sans Jim, tu serais pas ici. Tu serais là-bas, dans le bois, sans dîner dans ton vent' et à moitié neyé. Ça, c'est sûr, mon cœur. Les poulets savent quand il va tomber de l'eau, mon fils, et les oiseaux aussi.

Pendant dix ou douze jours, la rivière continua à monter de plus en plus haut et, à la fin, elle déborda. Sur l'île, il y avait trois ou quatre pieds d'eau dans les creux, ainsi que dans les bas-fonds de l'Illinois. La terre était à plusieurs milles de ce côté-là, mais, vers le Missouri, c'était toujours la largeur habituelle, car, sur cette rive, il y a des falaises tout du long.

Le jour, on se promenait en canot le long de l'île, où il faisait frais dans l'ombre des grands arbres même quand le soleil était brûlant ; on passait et on repassait entre les troncs, et parfois les vignes grimpantes faisaient un rideau si épais qu'il fallait rebrousser chemin. Sur toutes les branches basses, on voyait des lapins, des vipères, toutes sortes de bêtes. Et, après un jour ou deux, la faim les avait rendus si familiers qu'on pouvait pagayer jusqu'à eux et les caresser si on voulait, sauf les serpents et les tortues, qui se jetaient à l'eau. La colline de la caverne en était pleine : on aurait pu avoir une ménagerie apprivoisée.

Une nuit, on trouva un bout de radeau fait de neuf planches de pin. Il avait douze pieds de large sur quinze de long et il était à six ou sept pouces au-dessus du niveau de l'eau. Ça faisait un bon plancher bien d'aplomb. Des rondins sciés passaient dans la journée, mais on les laissait : on ne voulait pas se montrer quand il faisait clair.

Une autre nuit qu'on était à la pointe de l'île, peu avant l'aube, voilà qu'une maison de bois nous arrive dessus, par le bras ouest. Elle avait un étage et donnait de la bande, si bien que ses fenêtres touchaient presque l'eau On prit le canot et on réussit à se hisser par une

fenêtre du premier ; elle était ouverte, mais il faisait trop sombre pour voir, aussi, après avoir amarré le bateau, on s'assit tous les deux dedans en attendant le jour.

Avant que le bout de l'île ait été atteint, il faisait clair. En regardant par la fenêtre, on distinguait un lit, une table, deux vieilles chaises, des tas d'affaires qui traînaient par terre et des habits accrochés au mur. On voyait une forme allongée dans un coin, qui avait l'air d'un homme. Jim se mit à crier :

— Dis donc, toi ?

Mais l'homme ne broncha pas. Je me mis à l'appeler, moi aussi, et Jim me dit :

— Il est pas endormi, il est mort ! Bouge pas, j'y vais !

Il s'approcha, se courba sur l'homme.

— C'est un mort, y a pas de doute, et tout nu, en plus. Il a reçu une balle dans le dos ; y 'a sûrement deux ou trois jours de ça. Viens ici, Huck, mais faut pas regarder sa figure, c'est trop vilain !

Jim jeta quelques nippes sur lui, mais ce n'était pas la peine, car je ne me sentais pas envie de le regarder. Il y avait des tas de vieilles cartes éparpillées sur le plancher, des vieilles bouteilles de whisky et deux masques en étoffe noire ; et sur les murs on avait griffonné des choses avec du charbon de bois. Il y avait deux vieilles robes crasseuses en calicot, un bonnet et du linge de femme accrochés au mur, et des habits d'homme, aussi.

On emporta tout ça dans le canot en pensant que ça pourrait servir un jour. Je pris aussi un vieux chapeau d'enfant en paille ; il y avait un biberon plein de lait bouché par un chiffon pour faire téter un gosse, que j'aurais bien raflé, mais il était fendu ; une vieille commode mangée des vers, une vieille malle de peau avec des charnières cassées ; tout ça était ouvert, mais il ne restait rien d'intéressant dedans.

A voir l'état de la maison, c'était clair que les gens étaient partis en vitesse, sans pouvoir emporter leur matériel. On dénicha une vieille lanterne de fer-blanc, un couteau de boucher sans manche, un couteau Barlow flambant neuf que j'aurais bien payé deux cents dans n'importe quelle boutique, un paquet de chandelles de suif, un chandelier d'étain, une gourde, un quart, un vieux couvre-pied rongé par les rats qui était sur le lit, un petit nécessaire avec des aiguilles, des épingles, de la cire, des boutons et du fil, enfin tout ce qu'il fallait pour coudre ; une hachette, une ligne aussi grosse que mon petit doigt, avec des hameçons formidables ; un rouleau de peau de daim, un collier de chien en cuir, un fer à cheval, des fioles sans étiquettes. Au moment de partir, je mis la main sur une assez bonne étrille, et Jim sur un vieil archet et une jambe de bois ; les courroies avaient craqué, mais c'était une bonne jambe de bois malgré tout, seulement elle était trop grande pour moi et trop petite pour Jim. On eut beau fouiller partout, on ne trouva pas la deuxième.

C'était une bonne prise, ma foi ; au moment de rentrer, on s'aperçut qu'on avait dépassé l'île d'un quart de mille et qu'il faisait presque grand jour. Aussi je dis à Jim de s'allonger au fond de la barque et j'étendis le couvre-pied sur lui, car, s'il était resté assis, on aurait pu voir de loin qu'il avait la peau noire.

En ramant vers la rive de l'Illinois, le courant m'entraîna encore un demi-mille plus bas, mais je réussis à remonter dans l'eau calme de la berge, sans accident et sans voir personne. Bientôt après, on était chez nous, bien tranquilles.

X
Ce qui arrive quand on touche la peau d'un serpent

Après le déjeuner, j'aurais voulu parler du mort et essayer de deviner ce qui lui était arrivé. Mais Jim n'en avait pas envie. Il disait que ça nous porterait malheur et, en plus, qu'il pourrait venir nous hanter, car les gens qui ne sont pas enterrés viennent plus souvent hanter le monde que ceux qui sont bien confortables dans leur trou. Ça avait l'air raisonnable, aussi je n'ai pas insisté ; mais je ne pouvais pas m'empêcher d'y penser et de souhaiter savoir qui l'avait tué et pourquoi.

En fouillant dans les nippes, on trouva huit dollars d'argent cousus dans la doublure d'un vieux manteau de cheval. Jim me dit que les gens de la maison l'avaient sûrement volé, car, s'ils avaient su que l'argent était là, ils l'auraient emporté. Moi je pensais qu'ils avaient dû tuer celui-là aussi. Mais Jim ne voulait pas parler de ça.

— Enfin, tu crois que ça porte malheur ? Mais qu'est-ce que tu m'as dit avant-hier, quand j'ai apporté la peau de serpent que j'avais trouvée sur la colline ? Tu m'as dit que de toucher une peau de serpent avec ses mains, c'était le pire de tous les porte-malheur. Et, regarde, on a trouvé tout ça et huit dollars par-dessus le marché ! J'aimerais bien avoir une déveine comme celle-là tous les jours de ma vie, Jim !

– T'en fais pas, mon cœur, t'en fais pas ! Fais pas le malin. Ça vient ! Rappelle-toi ce que je te dis là. Ça vient !

En effet, ça a fini par venir. Jim m'avait dit la chose un mardi ; eh bien ! le vendredi suivant, on était allongés dans l'herbe, sur la hauteur, et on n'avait plus de tabac. Je me rendis à la caverne pour en chercher et j'y trouvai un serpent à sonnettes. Après l'avoir tué, je me dis que ce serait une bonne farce de le mettre sur la couverture de Jim, comme s'il était vivant. Mais, le soir, Jim se jeta sur sa couverture et fut piqué par un deuxième serpent qui était venu près de l'autre. Il bondit en hurlant, et la première chose qu'on vit, à la lumière de la chandelle, fut la sale bête dressée et prête à mordre encore. D'un coup de bâton, je l'étendis morte en un clin d'œil, et Jim attrapa la cruche de whisky de Pap et commença à en boire.

Il était pieds nus et le serpent l'avait mordu en plein sur le talon. Tout ça parce que j'avais été assez bête pour oublier que, lorsqu'on tue un serpent, un autre vient toujours s'enrouler autour de lui. Jim me dit de couper la tête du serpent et de la jeter, puis de dépiauter le corps et d'en rôtir un morceau. Quand il fut cuit, il le mangea et dit que ça aiderait à le guérir. Il me fit enlever la sonnette, qu'il attacha autour de son poignet pour aider un peu plus. Après, je pris les serpents pour aller les jeter dans un buisson, car je n'avais pas envie que Jim s'aperçoive que tout était arrivé par ma faute, si c'était possible !

Jim n'arrêtait pas de boire à la cruche ; de temps en temps, il perdait la tête et se retournait sur son lit en hurlant. Mais, chaque fois qu'il revenait à lui, il recommençait à boire. Son pied était très enflé et sa jambe aussi, mais peu à peu il devint saoul, et je me dis que ça devait aller mieux ; mais j'aurais mieux aimé une piqûre de serpent que le whisky de Pap.

Jim resta couché quatre jours et quatre nuits. Puis l'enflure disparut, et il put se lever. Je me jurai bien que je ne recommencerais plus jamais à toucher une peau de serpent, après avoir vu ce que ça nous amenait.

« Tu me croiras la prochaine fois ! » dit Jim, et il ajouta que ça porte tellement malheur de prendre une peau de serpent dans sa main que nous n'étions peut-être pas encore au bout de nos peines. Il disait qu'il aimerait mille fois mieux regarder la nouvelle lune par-dessus son épaule gauche que de tenir une peau de serpent entre ses doigts. Et, ma foi, je commençais à être de son avis, et pourtant j'avais toujours pensé qu'on ne peut rien faire de plus bête et de plus dangereux que de regarder la nouvelle lune par-dessus son épaule gauche. Je me rappelais que le vieux Hank Bunker l'avait fait une fois et s'en était vanté... et, moins de deux ans après, il était tombé du haut de la tour, un jour qu'il était saoul, et avait été tellement aplati qu'on aurait dit une crêpe, en quelque sorte, si bien qu'on le glissa entre deux portes de grange en guise de cercueil et qu'on l'enterra comme ça. Moi, je ne l'avais pas vu, c'est Pap qui le racontait. Et tout ça c'était arrivé parce qu'il avait été assez idiot pour regarder la lune de cette manière-là.

Les jours passaient ; la rivière retourna dans son lit, et une des premières choses qu'on fit en descendant fut d'accrocher un lapin écorché à un gros hameçon. Il fut avalé par un énorme poisson-chat, aussi grand qu'un homme, puisqu'il avait six pieds deux pouces de long et pesait plus de deux cents livres. On ne pouvait pas le sortir de l'eau, bien sûr, il nous aurait lancé jusqu'en Illinois. Aussi on resta là à le regarder se débattre jusqu'à ce qu'il fût noyé. Dans son estomac, il y avait un bouton de cuivre, une boule et toutes sortes de saletés. Jim ouvrit la boule d'un coup de hache ; dedans, il y avait une bobine. Il dit qu'elle avait dû rester longtemps dans son ventre pour se recouvrir ainsi et devenir ronde. Jamais on n'avait pris un poisson aussi gros dans le Mississipi. Jim n'en avait jamais vu de pareil. Il aurait valu quelque chose au village ! On vend ces gros poissons au détail et tout le monde en achète ; leur chair est blanche comme de la neige et bonne à manger en friture.

Le lendemain matin, je dis à Jim que je commençais à m'embêter et que j'avais envie de me remuer un peu. Je voulais aller faire un tour de l'autre côté de l'eau pour savoir ce qui se passait par là. L'idée plut à Jim, mais il pensait qu'il valait mieux traverser de nuit et ouvrir l'œil. Et puis, en réfléchissant, il me demanda pourquoi je ne me déguiserais pas en fille, avec quelques-unes des hardes que nous avions.

C'était une bonne idée, à mon avis ; aussi on raccourcit une des robes de calicot et, après avoir retroussé mes jambes de pantalon jusqu'aux genoux, je me glissai dedans. Jim l'accrocha par-derrière. Elle allait assez bien. Je mis le bonnet, le nœud sous mon menton ; ainsi, pour voir ma figure, les gens seraient obligés de regarder au fond de cette espèce de tuyau de poêle. Jim était sûr que personne ne me reconnaîtrait, même en plein jour. Toute la journée, je me promenai par-ci par-là, avec ce costume, pour m'y accoutumer, et je réussis à m'en tirer assez bien. Mais Jim disait que je ne marchais pas comme une fille et qu'il fallait perdre l'habitude de retrousser ma jupe pour fouiller dans les poches de ma culotte. Je fis plus attention, et ça alla tout de suite mieux.

Dès que la nuit fut tombée, je remontai la rivière, en longeant le bord du côté de l'Illinois. Un peu au-dessous de l'embarcadère, je mis le cap vers l'autre rive, et la poussée du courant me fit dériver jusqu'à la ville.

Dans une petite cabane, inhabitée depuis longtemps, brillait une lumière, et je me demandais qui avait bien pu venir s'installer là. Je me glissai jusqu'à la fenêtre et jetai un coup d'œil à l'intérieur. Il y avait une femme d'environ quarante ans en train de tricoter à la lueur d'une chandelle placée sur une table en bois de pin. Je n'avais jamais vu son visage. C'était une étrangère, car, dans cette ville, je connaissais tout le monde. C'était une chance, car je perdais courage. Je commençais à regretter d'être venu et à avoir peur que les gens n'aillent me reconnaître à ma voix. Mais, même si elle n'était arrivée que depuis deux jours, la ville était si petite que cette femme avait eu le temps d'apprendre ce que je voulais savoir. Aussi je frappai à la porte en me promettant de ne pas oublier que j'étais une fille.

XI
A nos trousses

— Entrez ! dit la femme.

C'est ce que je fis.

— Assoyez-vous sur une chaise !

Je m'assis donc. Et, de ses petits yeux brillants, elle se mit à m'examiner de haut en bas.

— Comment est-ce que vous vous appelez ?

— Sarah Williams.

— Et où c'est que vous habitez ? Par ici ?

— Non, madame. A Hookerville, à deux lieues d'ici, plus bas sur la rivière. J'ai fait tout le chemin à pied et je ne tiens plus sur mes jambes.

— Et vous devez avoir faim aussi. Je vais vous chercher un morceau.

— Non, j'ai pas faim. J'avais tellement faim tout à l'heure que je me suis arrêté à une ferme, à deux milles d'ici, mais j'ai plus faim maintenant. C'est pour ça que j'arrive si tard. Ma mère est malade, on n'a plus d'argent, plus rien à la maison, et je suis venu prévenir mon oncle Abner Moore. Elle m'a dit qu'il habitait tout en haut de la ville. C'est la première fois que je viens. Vous le connaissez ?

— Non, je ne connais pas tout le monde. Il n'y a que quinze jours que je suis ici. C'est loin, le haut de la ville !

Il vaut mieux que vous passiez la nuit chez moi. Enlevez votre bonnet.

— Non, non, je vais me reposer un peu et puis je continuerai ma route. La nuit ne me fait pas peur !

Mais elle me répondit qu'elle ne me laisserait pas partir toute seule et que son mari viendrait avec moi, car il ne tarderait pas à arriver ; il serait là dans une heure ou deux. Et puis elle se lança dans des histoires sur son mari, sur les gens de sa famille qui habitaient de ce côté-ci de la rivière et puis de l'autre, et sur la fortune qu'ils avaient perdue et sur la bêtise qu'ils avaient faite de venir s'installer dans notre ville au lieu de se contenter de ce qu'ils avaient, et patati et patata, tant et si bien que je me dis : « J'ai bien peur d'avoir fait une bêtise moi-même en venant chercher des nouvelles ici. » Mais elle finit par en arriver à Pap et au crime. Je ne demandais pas mieux alors que de la laisser bavarder. Elle me raconta que Tom Sawyer et moi, nous avions trouvé douze mille dollars (mais ils étaient devenus vingt mille) et me parla de Pap, qui était un numéro, et de moi, qui en étais un autre, et elle en vint enfin à mon assassinat.

J'en profitai pour lui dire :

— Mais qui donc a fait le coup ? J'ai entendu raconter tout ça à Hookerville, mais, là-bas, personne ne sait qui a tué Huck Finn.

— Eh bien ! il n'en manque pas ici qui voudraient bien le savoir, eux aussi. Il y en a qui croient que c'est le vieux Finn.

— Non, pas possible ?

— Presque tout le monde le croyait, au début. Il ne saura jamais qu'il a bien failli être lynché. Mais, avant la soirée, ils ont changé d'avis et ont pensé que c'était un nègre échappé, un certain Jim.

— Mais il . . .

Je m'arrêtai là, car je me dis qu'il était plus prudent

de me taire. La femme continuait son histoire sans même s'apercevoir que j'avais placé un mot.

— Le nègre s'est enfui le soir même où Huck Finn a été tué ; aussi sa tête est mise à prix : trois cents dollars, et celle du vieux Finn : deux cents dollars. Vous comprenez, il est venu en ville le lendemain de l'assassinat pour raconter la chose et il est allé avec tous les autres sur le ferry-boat pour chercher le corps, mais tout de suite après il est reparti. Avant la fin de la journée, ils avaient envie de le lyncher, mais il avait disparu. Et voilà que le jour d'après on s'est aperçu que le nègre s'était enfui ; personne ne l'avait vu depuis le soir du crime, à dix heures. Alors tout le monde a dit que c'était lui et, le lendemain, quand ils avaient tous cette idée-là dans la tête, le vieux Finn a reparu et il est allé gueuler chez le juge Thatcher, et lui soutirer de l'argent, soi-disant pour fouiller tout l'Illinois afin de retrouver le nègre. Le juge lui en a donné et, ce soir-là, il a pris une cuite et s'est promené, jusque vers minuit une heure, avec deux étrangers qui avaient une drôle d'allure. Il est parti avec eux après. Depuis, on ne l'a plus revu et on ne s'attend pas à le revoir avant que tout soit un peu passé, car maintenant tout le monde est sûr que c'est lui qui a tué son garçon et qu'il a tout arrangé pour faire croire que c'étaient des bandits. Comme ça, il pourra hériter de la fortune de Huck sans être obligé de faire un procès. Les gens pensent qu'il était bien capable de ça. Oh ! c'est un malin. S'il ne revient pas avant un an, il est tranquille. Y a pas de preuves, tout sera à moitié oublié pour lors, et il n'aura qu'à tendre la main pour toucher les sous du fils.

— Ah ! c'est sûr, m'dame, c'est sûr. C'est pas moi qui dirai le contraire, et comme ça personne ne croit plus que c'est le nègre qui est l'assassin ?

— Allons donc ! Il y en a encore pas mal qui sont de cet avis. Mais on ne tardera pas à rattraper le nègre et on réussira bien à lui tirer la vérité du corps.

— C'est donc qu'on sait où il est ?

— Vous n'êtes pas bien maligne, vous ! Est-ce que trois cents dollars poussent entre les pavés ? Il y en a plus d'un qui pense que le nègre n'est pas parti bien loin. Et ça ne m'étonnerait pas, personnellement. Mais j'ai gardé mon idée pour moi. Il y a quelques jours, deux vieux qui habitent à côté m'ont dit, en causant, comme ça, que les gens n'allaient jamais dans l'île en face, qu'on appelle l'île Jackson. Alors, je leur dis : « Mais personne n'habite là ? — Non, personne », qu'ils m'ont dit. J'ai rien répondu, mais ça m'a mis la puce à l'oreille, car j'étais à peu près sûre d'avoir vu de la fumée, à la pointe de l'île, un ou deux jours avant. Alors je me suis dit : Ça ne m'étonnerait pas que ce nègre se cache par là ; en tout cas, ça vaut la peine d'y aller voir ; j'ai pas vu de trace de fumée, depuis, et peut-être bien qu'il est parti, si c'était lui, du moins. Mais l'époux va aller faire un tour par là, avec un copain. Il était en voyage sur la rivière, mais il est revenu aujourd'hui, et je lui ai tout raconté dès que je l'ai vu, il y a deux heures de ça.

J'étais si mal à l'aise que je ne pouvais pas rester tranquille. Il fallait que je fasse quelque chose de mes dix doigts, aussi je pris une aiguille sur la table et j'essayai de l'enfiler. Mais je n'y arrivais pas, tellement mes mains tremblaient. Quand la femme s'arrêta de parler, je levai les yeux et je la vis qui me regardait d'une drôle de façon, avec un petit sourire. Alors je remis le fil et l'aiguille sur la table, en prenant un air intéressé — et je l'étais joliment ! — et je lui dis :

— Trois cents dollars, c'est une somme ! Je voudrais bien que ma mère en profite. Votre mari traverse ce soir ?

— Bien sûr ! Il est allé en ville avec le copain dont je vous parlais pour chercher un bateau et demander qu'on leur prête un autre fusil.

— Mais ils ne verraient pas plus clair s'ils attendaient le jour ?

— Sûrement ! Et le nègre, vous croyez qu'il ne verrait pas plus clair, lui aussi ? Après minuit, probable qu'il dormira, et ils pourront mieux trouver son feu de camp la nuit, s'il en fait un.

— J'avais pas pensé à ça.

La femme continuait à me regarder d'un drôle d'air, et j'étais de moins en moins dans mon assiette. Bientôt, elle me demanda :

— Quel nom tu m'as dit, ma fille ?

— M . . . Marie Williams !

Mais il me semblait que je n'avais pas dit Marie la fois d'avant ; je croyais bien que c'était Sarah, c'est pourquoi j'aimais mieux ne pas la regarder. J'étais bien embêté et j'avais peur que ça se voie. J'aurais voulu que la femme continue à causer. Plus elle se taisait, plus j'étais embêté. Elle finit enfin par dire :

— Mais je croyais que tu m'avais dit que c'était Sarah, quand tu es arrivée, ma fille.

— Oh ! oui, m'dame. Sarah-Marie Williams. Sarah est mon premier nom, mais il y en a qui m'appellent Sarah, d'autres qui m'appellent Marie.

— Ah ! bon !

— Oui, m'dame !

Ça allait mieux, mais je n'osais pas encore lever la tête, et j'aurais bien voulu être ailleurs, en tout cas.

Alors la femme recommença à parler de la dureté des temps, de leur misère et des rats qui se croyaient les maîtres de la maison, et de ceci et de cela, et je recommençai à respirer. Pour les rats, elle avait raison. A chaque instant, on en voyait un qui sortait son nez d'un trou, dans un coin de la pièce. Elle disait qu'il fallait toujours avoir quelque chose pour leur lancer, à portée de la main, pour qu'ils fichent la paix aux gens. Elle me montra une baguette de plomb tordue comme un nœud, en disant qu'elle visait bien d'habitude, mais qu'elle s'était foulé l'épaule la veille ou l'avant-veille et qu'elle se demandait si elle en serait capable aujourd'hui. Elle attendit l'occasion et lança le plomb sur un rat, mais elle le rata et dit « aïe ! », tellement ça lui avait fait mal au bras. Alors elle voulut que j'essaie le prochain. Mine de rien, j'aurais bien aimé partir avant le retour du bonhomme ; mais je pris le machin et l'envoyai en plein dans le museau du premier rat qui se montra ; s'il était resté en place, il l'aurait trouvée mauvaise ! « Ça, c'est lancé, dit la femme, tu auras sûrement le deuxième ! » En se levant pour aller chercher le morceau de plomb, elle ramena un écheveau de fil ; elle voulait que je l'aide à le dévider. Elle enroula le fil autour de mes deux mains levées et continua à parler de ses affaires et de celles de son mari. Mais, tout d'un coup, elle s'arrêta pour me dire :

— Fais attention aux rats. Il vaut mieux que tu gardes le plomb sur tes genoux, à portée de ta main.

Elle le jeta sur mes genoux juste à ce moment-là, et je serrai les cuisses pour le recevoir, tandis qu'elle continuait à bavarder.

Mais, au bout d'une minute, elle enleva l'écheveau, me regarda bien en face sans méchanceté et me demanda :

— Allons, dis-moi quel est ton vrai nom.

— Comment, m'dame ?

— Quel est ton vrai nom ? Bill, ou Tom, ou Bob, ou quoi ?

Je crois bien que je tremblais comme une feuille, et je ne savais plus quoi faire. Mais je trouvai un moyen de lui répondre :

— Ne vous moquez pas d'une pauvre fille comme moi, m'dame. Si je vous gêne, je vais . . .

— Non ! Pas de ça ! Assieds-toi et ne bouge pas. Je ne te ferai pas de mal et je ne dirai rien à personne. Dis-moi ton secret et aie confiance en moi. Je saurai le garder et je t'aiderai, en plus. Et mon vieux aussi, si tu veux.

Tu étais en apprentissage et tu t'es enfui, hein ? Ça

ne fait rien, va ; il n'y a pas de mal à ça. On t'a maltraité et tu t'es décidé à t'en aller. Dieu te protège, mon fils, ce n'est pas moi qui te dénoncerai. Raconte-moi tout, va, ça vaudra mieux.

Alors je lui dis que je voyais bien que ce n'était pas la peine de continuer à mentir et que j'allais tout lui avouer ; à condition qu'elle tienne sa promesse. Je lui racontai que j'avais perdu mon père et ma mère et que la loi m'avait placé chez un vieil avare, le propriétaire d'une ferme en pleine campagne, à trente milles de la rivière ; il me maltraitait tellement que je ne pouvais plus le supporter. Il était parti en voyage pour deux jours, et j'avais profité de l'occasion pour m'enfuir après avoir pris de vieilles affaires à sa fille. Et j'avais mis trois nuits à faire les trente milles. La nuit, je marchais, et le jour je me cachais et je dormais ; le sac de viande et de pain que j'avais emporté m'avait suffi. Mais je voulais retrouver mon oncle Abner Moore, pour qu'il me gardât avec lui, et c'est pour ça que j'étais venu à Goshen.

— Goshen, mais tu n'es pas à Goshen ici, tu es à Saint-Pétersbourg. Goshen est à dix milles plus haut, sur la rivière. Qui t'a dit que c'était Goshen ici ?

— C'est un homme que j'ai rencontré à l'aube ce matin, juste au moment ou j'allais entrer dans le bois pour dormir. Il m'a dit qu'à la croisée des chemins il faudrait prendre à droite et que Goshen était à cinq milles.

— Il était saoul, sûrement. C'est juste le contraire.

— C'est vrai, il avait l'air saoul. Mais ça ne fait rien. Maintenant, il faut que je m'en aille. Je serai à Goshen avant le jour.

— Attends un peu, je vais te préparer un casse-croûte. Tu en auras peut-être besoin.

Elle me prépara donc un casse-croûte et me demanda tout d'un coup :

— Dis donc, quand une vache est couchée, par quel

bout est-ce qu'elle se relève ? Allons, réponds vite ! Ne perds pas de temps à réfléchir. Par quel bout est-ce qu'elle se relève ?

— Par-derrière, m'dame.

— Bon, et un cheval ?

— Par le devant, m'dame.

— Sur quel côté des arbres est-ce qu'il y a de la mousse ?

— Sur celui qui est au Nord.

— Si quinze vaches sont en train de paître dans un pré, combien tournent la tête dans le même sens ?

— Toutes les quinze, m'dame.

— Bon. Tu as l'air d'avoir vraiment habité la campagne. J'avais peur que tu essaies de me raconter des blagues, une fois de plus. Et comment t'appelles-tu donc ?

— Georges Peters, m'dame.

— Bon, tache de ne pas l'oublier, Georges. Tu es capable de me dire que c'est Alexandre avant la fin et de t'en sortir en essayant de me faire croire que c'est Georges-Alexandre quand je te ferai la remarque. Et ne t'approche pas des femmes avec cette vieille robe de calicot. Les hommes, tu réussiras peut-être à leur faire croire que tu es une fille, bien que tu n'en aies pas l'air. Et, mon pauvre garçon, pour enfiler une aiguille, il ne faut pas avancer l'aiguille vers le fil, mais tenir l'aiguille sans la bouger et glisser le fil dedans. C'est comme ça que les femmes s'y prennent, mais les hommes font toujours le contraire. Et quand tu vises un rat, ou n'importe quoi, mets-toi sur la pointe des pieds et lève ta main au-dessus de ta tête d'un air aussi gourde que tu pourras, et arrange-toi pour arriver à six ou sept pieds du but. Tiens ton bras raide au-dessus de l'épaule, comme s'il y avait un pivot à cet endroit-là ; c'est ainsi que font les filles. Ne lance pas du coude et du poignet, avec ton bras de côté, comme un garçon. Et rappelle-toi aussi qu'une fille écarte les genoux à cause de sa jupe pour recevoir ce qu'on lance, elle ne les serre pas comme tu l'as fait pour attraper le morceau de plomb. J'ai bien vu que tu étais un garçon quand tu enfilais l'aiguille, et le reste c'était pour être tout à fait sûre. Va, file chercher ton oncle, Sarah-Marie-Williams-Georges-Alexandre Peters, et, s'il t'arrive des histoires, préviens Mme Judith Loftus, c'est moi, et je ferai mon possible pour t'en tirer. Suis la route qui longe la rivière jusqu'au bout et, la prochaine fois que tu feras le vagabond, n'oublie pas de mettre des chaussettes et des souliers. Cette route-là est pleine de cailloux, et tes pieds seront jolis quand tu arriveras à Goshen.

Je suivis la rive pendant une cinquantaine de mètres, puis je revins sur mes pas et me glissai jusqu'à mon canot, qui était un bon bout de chemin en aval de la maison. Je sautai à bord et remontai assez haut pour être à la pointe de l'île, et alors je virai de bord. J'enlevai le bonnet, car je n'avais plus besoin d'œillères. Vers le milieu de la rivière, j'entendis l'horloge qui commençait à sonner. Je m'arrêtai pour écouter : le son était faible mais clair sur l'eau. Onze heures !

En abordant l'île, je ne pris pas le temps de m'arrêter pour reprendre haleine. Et pourtant j'étais bien essoufflé, mais je coupai à travers la futaie jusqu'à l'endroit où j'avais campé quelques jours avant et j'allumai un bon feu dans un endroit surélevé et bien sec.

Ensuite, je sautai de nouveau dans la barque et ramai de toutes mes forces vers notre coin, trois milles plus bas. Je touchai terre et me mis à galoper entre les arbres et le long de la pente jusqu'à la caverne.

Jim était allongé par terre ; je le secouai en lui criant :

– Lève-toi et grouille-toi, Jim ! Pas une minute à perdre, ils sont à nos trousses.

Jim ne posa pas de questions, ne dit pas un mot, mais à la manière dont il en mit un coup pendant la demi-heure qui suivit, on voyait bien quelle frousse il avait. Pour lors, tout ce que nous possédions au monde était dans le radeau, et il était paré pour le départ dans la crique aux saules où il était caché. On éteignit le feu dans la caverne, avant tout ; et après on n'alluma pas une seule chandelle en plein air.

Je m'aventurai à une certaine distance de la rive dans le canot, pour prendre le vent. Mais, s'il y avait un bateau dans le voisinage, je ne le vis pas ; on ne voit pas grand-chose entre les étoiles et les ombres. Puis, une fois le radeau en pleine eau, on se laissa filer dans l'obscurité du bord et on dépassa l'autre bout de l'île sans faire un bruit et sans dire un seul mot.

XII
Le mieux est l'ennemi du bien

Il ne devait pas être loin d'une heure quand l'île disparut derrière nous, et le radeau n'avait pas l'air d'avancer. Si un bateau s'amenait, on avait l'intention de monter dans le canot et de faire rames vers la rive de l'Illinois ; mais il n'en vint pas, heureusement, car on n'avait pensé à rien mettre à bord : ni fusil, ni lignes, ni nourriture ; on avait trop sué pour réfléchir à tant de choses à la fois. Mais ce n'était pas une riche idée d'avoir tout empilé sur le radeau.

Si les types allaient sur l'île, je pensais qu'ils trouveraient mon feu de camp et qu'ils resteraient toute la nuit à guetter l'arrivée de Jim. En tout cas, ils nous laissèrent tranquilles et, s'ils ne furent pas dupes de mon feu, ça n'était pas ma faute. J'avais fait tout mon possible pour les rouler.

Quand la première lueur du jour parut, on s'amarra à un de ces bancs de sable qui sont couverts de cotonniers aussi drus que les dents d'une herse ; on recouvrit le radeau de branches coupées à l'aide de la hachette, et il avait ainsi l'air d'être un prolongement du bord.

Du côté du Missouri, on voyait des montagnes, du côté de l'Illinois, de hautes futaies, et, comme le chenal longeait la rive du Missouri, je ne craignais pas que quelqu'un s'en détachât pour venir sur nous. On resta toute la journée à regarder les radeaux et les vapeurs filer le long des falaises, et les vapeurs qui remontaient lutter contre le courant au milieu de la grande rivière. Je racontai à Jim le mauvais moment que j'avais passé à discuter avec la bonne femme, et Jim trouva qu'elle était maligne et que, si elle était à nos trousses, celle-là ne perdrait pas son temps à guetter près d'un feu ; non, elle viendrait avec un chien pardi !

– Eh bien ! alors, pourquoi n'a-t-elle pas dit à son mari d'en amener un ?

– Sûr et certain, dit Jim, qu'elle a pensé à ça avant qu'ils s'en aillent, et mon idée, c'est qu'ils sont partis en ville chercher un chien ; c'est sûrement pour ça qu'ils ont perdu du temps, autrement on ne serait pas ici sur un banc de sable à seize ou dix-sept milles du village, pour sûr ; on serait de retour dans cette sale ville.

Mais je répondis qu'ils ne nous avaient pas eus, c'était l'essentiel ; pour ce qui est de la raison, je m'en fichais !

A la nuit tombante, on sortit la tête du fourré de cotonniers pour jeter un coup d'œil en haut, en bas et en travers. Rien en vue. Jim prit alors quelques planches du radeau et bâtit un wigwam bien clos pour nous y abriter par temps de pluie ou de grosse chaleur, et pour garder nos affaires au sec. Il fit un plancher au wigwam, surélevé d'un ou deux pieds, et ainsi nos couvertures et tout notre matériel étaient hors d'atteinte du remous des vagues. Juste au milieu, on étala une couche de terre, avec un rebord tout autour, pour l'empêcher de glisser : c'était pour faire notre feu par temps frais ou mouillé. On fit une rame supplémentaire aussi, car les autres pourraient se casser contre une roche ou une souche, sous l'eau. On installa un bâton fourchu pour y suspendre la vieille lanterne qu'il fallait toujours allumer quand on voyait descendre un vapeur, de peur qu'il nous rentre dedans. Mais on ne l'allumait pas pour les bateaux qui remontaient, sauf s'ils allaient d'une rive à l'autre, car la rivière était encore gonflée, les berges basses encore en partie sous l'eau, et les vapeurs qui allaient à contre-courant ne suivaient pas le chenal, mais recherchaient les eaux plus calmes du bord.

La seconde nuit, on descendit pendant sept à huit heures, portés par un courant qui filait à quatre milles à l'heure. On pêchait, on parlait et, de temps en temps, on nageait un peu pour écarter l'envie de dormir. Ça nous faisait quelque chose de descendre cet immense fleuve calme, allongés sur le dos, à regarder les étoiles ; si bien qu'on n'osait pas causer fort, ni même rire, sinon tout bas, de temps en temps. Le temps restait à peu près beau, et il ne nous arriva rien du tout cette nuit-là, ni celle d'après, ni l'autre après encore.

Toutes les nuits, on longeait des villes ; parfois perchées en haut de collines noires, elles n'étaient que des parterres de lumières ; on n'y voyait aucune maison. La cinquième nuit, ce fut Saint-Louis : on aurait dit que tout l'univers était éclairé. J'avais bien entendu raconter, à Saint-Pétersbourg, que vingt ou trente mille personnes y habitaient, mais je croyais que c'étaient des blagues, jusqu'à cette nuit-là où, à deux heures du matin, je vis ce merveilleux champ de lumières. On n'entendait pas un bruit ; tout le monde dormait.

J'avais pris l'habitude, tous les soirs, de descendre à terre vers les dix heures et d'aller acheter pour dix ou quinze cents de farine, de lard, enfin quelque chose à manger, dans l'un ou l'autre des petits villages ; quelquefois je chipais un poulet qui aurait dû être tranquille sur son perchoir. Pap disait toujours : « Ne rate pas l'occasion de soulever un poulet ; si tu n'en as pas besoin toi-même, tu trouveras facilement quelqu'un à obliger, et un bienfait n'est jamais perdu. » Je n'ai jamais vu Pap offrir un poulet à personne, mais c'est comme ça qu'il disait, du moins.

Des fois, le matin, avant le jour, j'allais faire un tour

dans les champs, emprunter une pastèque, ou un melon, ou une citrouille, ou un épis de maïs. Pap aimait bien dire aussi qu'il n'y a pas de mal à emprunter quand on a l'intention de rendre un jour ; mais la Veuve affirmait que c'était du vol déguisé et qu'aucune personne honnête ne ferait une chose pareille. Jim disait qu'à son avis ils étaient tous les deux dans le vrai, et que le mieux serait de fixer quelles choses on renoncerait à emprunter à l'avenir. Un soir donc, tandis que la rivière nous emportait, on discuta là-dessus pour essayer de décider si on laisserait les pastèques, ou les cantaloups, ou le reste. Au petit jour, on était d'accord sur les pommes sauvages et les kakis. On avait des remords de temps en temps, avant, mais maintenant notre conscience était tranquille, surtout qu'on s'était bien arrangé : les pommes sauvages, c'est pas fameux, et les kakis ne seraient pas mûrs avant deux ou trois mois.

De temps en temps, on tuait un oiseau de rivière qui s'était levé trop tôt ou qui allait se coucher trop tard. On ne s'en tirait pas mal.

La cinquième nuit, passé Saint-Louis, un gros orage éclata après minuit avec tonnerre, éclairs, et tout, et la pluie qui tombait à seaux. On resta dans le wigwam en laissant le radeau se diriger tout seul. Quand les éclairs flambaient dans le ciel, on voyait la rivière toute droite devant nous et de grandes falaises rocheuses de chaque côté. Tout d'un coup, je dis à Jim :

— Dis donc, regarde là-bas, Jim !

C'était un vapeur qui s'était jeté sur une roche. On filait droit dessus. Les éclairs l'illuminaient. Il était incliné, une partie de son pont supérieur hors de l'eau, et, à chaque lueur, on voyait bien ses petits haubans de cheminée, et puis une chaise près de la grosse cloche, avec un vieux chapeau accroché au dossier.

Perdu dans la nuit, dans l'orage, et en plein mystère pour ainsi dire, n'importe quel garçon aurait eu la même idée que moi en voyant cette triste épave abandonnée au milieu de la rivière. Il fallait que je monte à bord et que j'aille fourrer mon nez là dedans pour voir ce qui pouvait bien s'y passer.

— Allez, on monte dessus, Jim ?

Mais Jim ne voulait pas en entendre parler.

— Qu'est-ce que tu veux aller fabriquer sur cette épave-là ? Tout tourne bien pour nous, et, dans le bon livre, c'est écrit que le mieux est l'ennemi du bien, nom d'un chien ! Probable qu'il y a un gardien à bord.

— Tu me fais suer avec ton gardien, que je fais, il n'y a rien à garder là-dessus que le pont supérieur et le poste de pilotage. Crois-tu que quelqu'un risquerait sa vie pour ça par une nuit pareille, quand le bateau va s'en aller en morceau d'une minute à l'autre ?

Jim ne répondit rien pour la bonne raison qu'il n'y avait rien à répondre.

— Et, en plus, on pourrait trouver des choses intéressantes à emprunter dans la chambre du capitaine. Des cigares, je te parie, et qui ne valent pas moins de cinq cents chaque. C'est riche, les commandants de vapeur ; quand ils ont envie de quelque chose, ils ne demandent pas le prix ! Fourre une chandelle dans ta poche, Jim : je ne te laisserai pas la paix avant d'avoir farfouillé là dedans. Tu crois que Tom Sawyer manquerait une occasion comme celle-là ? pas pour tout l'or du monde ! Une aventure, c'est ainsi qu'il dirait, et il monterait à bord même s'il y risquait sa peau. Et qu'est-ce qu'il ferait comme foin, qu'est-ce qu'il inventerait comme trucs ! A croire qu'il serait Christophe Colomb en train de découvrir l'autre monde. Ah ! si seulement Tom Sawyer était là !

Jim grogna un peu, mais il finit par céder. Il dit qu'il fallait parler le moins possible et le plus bas possible. Un éclair nous montra l'épave juste à temps, et on amarra le radeau au palan de tribord.

Le pont était très en pente à cet endroit, et on descendit sans bruit sur bâbord, dans la nuit, vers la cabine du commandant, les mains en avant pour éviter les rambardes, car il faisait noir comme dans un four. On toucha bientôt la claire-voie, on grimpa dessus, et un pas de plus nous mena devant la porte de la cabine qui était ouverte. Mais, miséricorde, au fond du couloir on apercevait une lumière et, au même instant, on crut entendre un bruit de voix étouffées.

Jim me chuchota qu'il avait mal au ventre et qu'on ferait mieux de retourner. « Bon ! » je dis, et j'allais reprendre la direction du radeau quand tout d'un coup j'entendis une voix qui disait en gémissant :

— Non, non, les gars, je jure que je ne dirai rien.

Et une autre voix répondit assez fort :

— Tu mens, Jim Turner. Tu nous as déjà fait le coup. Tu réclames toujours plus que ta part et tu trouves moyen de l'obtenir en nous faisant chanter. Mais, cette fois, c'est une fois de trop. Tu es le plus sale faux jeton du pays.

Jim était déjà reparti vers le radeau. Mais, moi, je me sentais bouillir de curiosité et je me disais : « Tom Sawyer ne reculerait pas maintenant ; eh bien ! moi non plus. Je veux savoir ce qui se passe ici. » Je me mis à quatre pattes et rampai le long de l'étroit couloir, dans l'obscurité, jusqu'à ce qu'une cabine seulement me séparât du hall.

Alors j'y vis un homme allongé sur le plancher, pieds et poings liés, et deux autres penchés sur lui. L'un tenant une lanterne sourde, l'autre un pistolet qu'il braquait vers la tête de celui qui était à terre en répétant :

—Ah ! j'en ai bien envie, et ça vaudrait mieux, pour sûr ; un cochon pareil !

L'autre se tortillait et suppliait :

— Non, non, Bill ; je te jure que je ne dirai rien.

Et, chaque fois, l'homme à la lanterne disait en rigolant :

— Cette fois-là, tu ne mens pas. T'auras jamais rien dit de plus vrai, mon vieux.

Et, en se tournant vers l'autre :

— Tu entends ses jérémiades ? Et pourtant, si on ne l'avait pas ficelé, il nous aurait tués tous les deux. Et pourquoi ? Pour rien du tout. Parce qu'on demandait notre dû ; voilà la raison. Mais je crois que tu as fini ton chantage, cette fois, Jim Turner. Tire ton pistolet de là, Bill.

— Non, Jack Packard. Mon idée, c'est d'en finir avec lui. Est-ce qu'il n'en a pas fait autant au vieux Hatfield ? Et est-ce qu'il ne le mérite pas ?

— Mais, moi je ne veux pas qu'on le tue ; j'ai mes raisons.

— Que Dieu te bénisse pour ces paroles, Jack Packard, je ne les oublierai jamais, dit le type ficelé en pleurnichant.

Packard n'eut pas l'air d'entendre ; il accrocha sa lanterne à un clou et se dirigea vers le coin où j'étais, en faisant signe à Bill de le suivre. Je me mis à faire l'écrevisse pendant deux mètres à peu près, mais la pente était si forte que ça n'allait pas très vite. Aussi, pour éviter qu'ils ne me marchent dessus, je rampai jusqu'à une cabine du côté le plus élevé. L'homme arrivait à grands pas dans l'ombre et, quand Packard fut rendu devant la cabine où j'étais : « Arrive », dit-il à l'autre, et le voilà qui entre, suivi par Bill. Mais j'étais déjà dans la couchette supérieure, pris comme un rat et regrettant bien d'être venu.

Ils restèrent debout à parler, les mains sur le rebord de la couchette. Je ne les voyais pas, mais je sentais l'odeur du whisky qu'ils avaient bu. J'étais content, à ce moment-là, de ne pas en avoir bu moi-même ; c'est vrai que, n'importe comment, ils n'auraient pas pu me découvrir à l'odeur, car j'avais trop la frousse pour oser respirer. Comment respirer en entendant raconter de telles histoires ! Ils parlaient vite et bas. Bill, qui voulait tuer Turner, disait :

– Il a dit qu'il nous vendrait, et il le fera. Même si on lui donnait notre part, ça ne changerait plus rien après ce qu'on lui a fait. Aussi vrai que je m'appelle Bill, il viendra témoigner contre nous. Mon avis, c'est de mettre fin à ses tracas.

– C'est le mien aussi, dit Packard tout bas.

– Cré nom, je commençais à croire que tu pensais le contraire. Comme ça, ça va. Allons-y.

– Minute, j'ai pas fini. Écoute un peu. Une balle, ça va vite, mais ça fait du bruit ; il ne manque pas d'autres moyens de faire la chose, puisqu'il faut la faire. Et j'estime que c'est pas la peine de courir après la corde si on peut se débrouiller autrement et sans risques, pas vrai ?

– Sûr, mais qu'est-ce que tu vas trouver, cette fois ?

– Voilà mon idée : on va faire une petite promenade dans les coins pour voir si on n'a rien oublié, et puis on retournera à terre pour cacher les prises. Après, on attendra. Ça m'étonnerait bien que le rafiot tienne plus de deux heures. Tu y es ? Il sera noyé, et ce sera la faute de personne. Ça vaudra beaucoup mieux que de l'envoyer nous-mêmes dans l'autre monde. Moi, je ne suis pas d'avis de tuer les gens quand on peut faire autrement ; c'est bête et c'est méchant. Pas vrai ?

– Tu as raison, mais si le rafiot tenait bon ?

– Attendons toujours deux heures, et on verra, hein ?

– Ça va. Arrive !

Ils s'en allèrent tous les deux ; moi je sautai en bas de ma couchette, avec des sueurs froides sur tout le corps, et je m'enfuis en tâtonnant. Il faisait une nuit d'encre, mais je chuchotai : « Jim » d'une drôle de voix rauque, et je l'entendis tout à côté de moi me répondre par un gémissement.

– Vite, Jim. C'est pas le moment de faire l'imbécile ou de gémir. Il y a une bande d'assassins, là-dedans, et, si on ne réussit pas à couper les amarres de leur bateau, il y en a un qui va passer un mauvais quart d'heure. Mais, si on trouve leur bateau, ils seront tous faits, car on va avertir le shérif. Vite, grouille-toi. Je vais chercher à bâbord ; toi, va voir à tribord. Commence au radeau.

– Ah ! misère, misère ! Y a plus de radeau. Il s'est détaché ; il est loin, à cette heure. Et nous voilà frais, tous les deux.

XIII
On s'empare honnêtement du butin du "Walter Scott"

Ça me coupa le souffle et je faillis en perdre connaissance. Prisonniers sur l'épave, avec une bande pareille ! Mais ce n'était pas le moment de faire du sentiment. Il fallait trouver ce bateau et filer avec. Aussi, tout tremblants, en claquant des dents, on descendit sur bâbord et on mit au moins un siècle à atteindre la poupe. Pas trace de bateau ! Jim répétait qu'il ne pouvait plus continuer, qu'il n'avait plus de force, mais moi je lui disais : « Allons, dépêche-toi ; si nous restons sur cette épave, nous sommes jolis. »

On continua donc à fouiller l'obscurité. Une fois rendus à l'arrière du pont supérieur, on se glissa sur la claire-voie, rampant de volet à volet, car elle plongeait en partie dans l'eau. En arrivant près de la porte du couloir principal, on vit le canot, sans erreur possible. On le distinguait à peine. Mais quel soulagement ! Une seconde de plus et nous étions à bord, quand tout d'un coup la porte s'ouvrit. Un des hommes sortit la tête à moins de deux pieds de moi et je me dis que ma dernière heure était venue, mais il la rentra de nouveau et cria :

– Tire cette sacrée lanterne de là, Bill !

Il lança un sac dans le bateau, puis y sauta lui-même et s'assit. C'était Packard. Puis ce fut le tour de Bill. Packard dit tout bas :

— Tout est paré ; vas-y.

Je me sentais prêt à lâcher le volet, tellement j'étais faible. Mais voilà que Bill s'écrie :

— Attends, tu l'as fouillé ?

— Non, toi non plus ?

— Non. Sa part est toujours dans sa poche, alors ?

— Eh bien ! retournons. Pas la peine d'emporter la camelote et de laisser le fric.

— Dis donc, t'as pas peur qu'il se doute ?

— Possible, mais il nous faut l'argent. Allons, viens.

Ils sortirent du bateau et rentrèrent dans le salon. La porte se referma toute seule, car le bateau donnait de la bande de ce côté-là.

En une demi-seconde, j'étais à bord, et Jim dégringola sur mon dos. Je sortis mon couteau, coupai la corde, et en route !

Sans toucher une rame, sans un mot, sans un murmure, respirant à peine, on filait, emportés par le courant le long du tambour, le long de la poupe, et, une seconde ou deux après, on était à cent mètres de l'épave ; l'ombre la dévora bientôt ; elle disparut tout entière. On se rendit compte alors qu'on était sauvés !

Trois ou quatre cents mètres plus bas, on vit une lanterne briller comme une petite étincelle à la porte du couloir : c'est donc que les bandits venaient de s'apercevoir de la disparition de leur bateau et de comprendre qu'ils étaient logés à la même enseigne que Jim Turner.

Jim prit alors les rames et se mit à souquer pour essayer de rattraper notre radeau. C'est à ce moment-là que j'en vins à penser aux types ; je n'avais pas eu le temps pour ça jusqu'alors. Je me dis que c'était affreux, même pour des assassins, d'être dans une situation pareille. « Rien d'impossible à ce que je devienne un assassin, moi aussi, un jour ; et qu'est-ce que je dirais, à leur place ? »

Aussi je dis à Jim :

— Dès qu'on verra une lumière, on cherchera une bonne cachette pour le radeau, et puis je descendrai à terre. Je trouverai bien moyen d'inventer une histoire à raconter aux gens pour qu'ils aillent tirer ces deux bandits de leur mauvaise posture ; ainsi ils pourront mourir sur l'échafaud quand leur heure sera venue.

Mais je ne pus mettre mon idée à exécution, car l'orage recommença bientôt, et cette fois plus fort que jamais. La pluie tombait à seaux et on ne pouvait distinguer la moindre lumière : tout le monde devait être au lit. Nous naviguions dans le grondement de l'eau, guettant les feux, et aussi cherchant notre radeau. Longtemps après, la pluie cessa, mais il y avait toujours des nuages, et les éclairs continuaient à crépiter. Tout d'un coup, dans une lueur, on vit quelque chose de noir qui flottait à l'avant et on se dirigea droit dessus.

C'était le radeau ! Et je fus bien content d'y remonter. A ce moment, une lumière se montra plus loin, sur la droite. Je décidai d'y aller. Le canot était à moitié plein du butin que les aventuriers avaient volé sur l'épave. On jeta tout en tas sur le radeau et je dis à Jim de se laisser descendre, d'allumer la lanterne quand il penserait avoir fait deux milles et de ne pas l'éteindre avant mon retour. Je pris alors mes rames et me dirigeai vers la lumière. En approchant, je vis qu'il y en avait trois ou quatre autres, perchées sur une colline : c'était un village. Je me rapprochai de la rive, en amont de la lumière qui était sur le bord de l'eau, puis je relevai mes rames et me laissai aller. Je m'aperçus alors que c'était un falot accroché au mât d'un bac à double coque. Je godillai tout autour pour découvrir le veilleur, me demandant où il pouvait bien dormir ; et je finis par le trouver perché sur la bitte d'avant, la tête entre les genoux. Je lui donnai deux ou trois petits coups sur l'épaule et je me mis à pleurer.

Il sursauta un peu, mais, en voyant que ce n'était que moi, il prit le temps de bâiller et de s'étirer un bon coup et il me dit :

— Bonjour, qu'est-ce qui se passe ? Pleure pas, petit, qu'est-ce que tu as ?

— C'est papa, et maman, et ma sœur, et . . .

Alors, je fondis en larmes, et il continua :

— Allons, nom d'une pipe, ne t'en fais pas comme ça. Tout le monde a ses embêtements, mais tu verras que ça va s'arranger. Qu'est-ce qui leur est arrivé ?

— Ils sont, ils sont . . . C'est vous le gardien du bac ?

— Ma foi oui, dit-il d'un air assez content de lui. C'est moi le capitaine, le propriétaire, le second, le pilote, le gardien et le matelot de pont ; et, quelquefois, c'est moi le chargement et c'est moi les passagers. Je ne suis pas aussi riche que le vieux Jim Hornback et je ne peux pas faire l'aumône à Pierre et à Paul, comme lui, ni jeter l'argent par les fenêtres comme il fait, mais je lui ai répété plus d'une fois que je ne changerais pas mon sort contre le sien, car la vie qu'il me faut, à moi, c'est une vie de marin, et du diable si je voudrais habiter comme lui en dehors de la ville où il ne se passe jamais rien ; non, je ne voudrais pas être à sa place, malgré tous ses sacs, et même si on m'en donnait deux fois plus. Je lui répète . . .

Je l'interrompis pour dire :

— C'est terrible ce qui leur est arrivé, et . . .

— A qui donc ?

— Eh ben ! à papa, à maman, à ma sœur et à miss Hooker. Si vous vouliez prendre votre bac pour aller là-bas ?

— Là-bas, où ça ? Où sont-ils ?

— Sur l'épave.

— Quelle épave ?

— Y en a pas deux !

— Tu veux dire sur le *Walter Scott ?*

— Oui.

— Bon sang ! Qu'est-ce qu'ils font là-dessus, pour l'amour de Dieu ?

— Ils n'ont pas fait exprès d'y aller.

— Je m'en doute. Mais, grand Dieu, ils vont tous y rester s'ils ne se tirent pas de là en vitesse. Comment diable se sont-ils fourrés là-dedans ?

— C'est pas compliqué. Miss Hooker était venue voir des gens dans la ville, là-haut . . .

— Oui, à Booth's Landing ; continue .

— Elle était en visite à Booth's Landing et, tout à la fin de l'après-midi, elle a pris le bateau avec sa négresse pour aller passer la nuit chez son amie, miss Machin, je ne peux plus retrouver son nom, et ils ont perdu leur gouvernail, ils ont tourné en rond et ils ont descendu la rivière sens devant derrière pendant deux milles, et ils sont venus se jeter sur l'épave. Le passeur, la négresse et les chevaux ont tous été noyés, mais miss Hooker a tenu bon et s'est cramponnée à l'épave. Nous sommes arrivés sur notre péniche une heure après la tombée de la nuit, et il faisait si noir que nous n'avons pas vu l'épave et que nous nous sommes jetés dessus, nous aussi. Mais on a tous été sauvés, excepté Bill Whipple. Oh ! quel bon garçon ! J'aurais presque préféré être noyé moi-même, oui, pour sûr.

— Cré nom ! j'ai jamais rien entendu de pareil. Et alors qu'est-ce que vous avez fait ?

— On a tous crié tant qu'on a pu, mais la rivière est tellement large à cet endroit-là que personne ne nous a entendus. Aussi papa a dit qu'il fallait qu'un de nous aille à terre chercher du secours. J'étais le seul à savoir nager, et j'ai risqué le coup. Miss Hooker m'avait dit que, si je ne trouvais pas d'aide ailleurs, il faudrait venir ici chercher son oncle, et qu'il arrangerait tout. J'ai atterri à un mille d'ici, et depuis j'ai perdu mon temps à essayer de décider les gens à faire quelque chose. Mais, tout ce qu'on m'a dit, c'est : « Avec un courant et une nuit pareils, ça serait de la folie. Va chercher le bateau à vapeur. » Si vous vouliez . . .

— Sûr que je voudrais y aller, et je ne dis pas non ; mais, misère de misère, qui est-ce qui va me payer tout ça ?

— Vous en faites pas. Miss Hooker m'a surtout dit de ne pas oublier que son oncle Hornback . . .

— Miséricorde ! C'est lui, son oncle ? Écoute-moi : tu vas courir vers cette lumière que tu vois là-bas et tu tourneras vers l'ouest quand tu seras rendu à côté. Tu trouveras l'auberge à deux cents mètres et tu leur demanderas de te conduire à Jim Hornback ; il signera la facture. Et ne perds pas ton temps, car il sera content de savoir la nouvelle. Dis-lui que sa nièce sera en sûreté avant qu'il ait le temps d'arriver. Allez, trotte. Je vais à deux pas réveiller le mécanicien.

Je pris donc la direction de la lumière, mais, dès qu'il eut tourné le dos, je revins sur mes pas et sautai dans mon canot. Après avoir pompé l'eau, je fis six cents mètres en longeant le bord et j'allai me dissimuler parmi des bateaux de bois, car je voulais être sûr que le vapeur allait partir. Ma foi, j'étais assez content de moi de m'être donné tant de mal pour cette bande ; il n'y en a pas beaucoup qui en auraient fait autant. J'aurais bien voulu que la Veuve le sût : elle aurait été fière de me voir secourir cette canaille. Les propres à rien et la vermine, c'est ce monde-là qui intéresse le plus les gens charitables comme la Veuve.

Avant peu de temps, c'est l'épave que je vis arriver, glissant toute noire dans la nuit. Un frisson me parcourut et je me dirigeai vers elle. Elle était très enfoncée dans l'eau, et je vis tout de suite qu'il y avait peu de chance d'y trouver encore des vivants. Je me mis à tourner et à virer auprès, en appelant, mais il n'y eut pas de réponse. Un silence de mort. J'avais le cœur un peu gros en pensant aux types, mais pas trop.

Le vapeur suivit bientôt, aussi je filai vers le milieu de la rivière pour me laisser porter par le courant. Dès que je fus hors de vue, je posai mes rames et regardai en arrière : je le vis qui allait flairer autour de l'épave pour chercher les restes de miss Hooker, car l'oncle Hornback voudrait la revoir, le capitaine n'en doutait pas. Mais il ne tarda pas à y renoncer et à regagner la rive ; et, moi-même, j'en mis un coup pour redescendre.

Le temps me parut long avant de voir apparaître la lanterne de Jim ; et alors elle avait l'air d'être à des lieues. Quand je fus rendu près de lui, un peu de gris commençait à apparaître à l'est, aussi on obliqua vers une île, on cacha le radeau, on coula le bateau et, une fois à terre, on se coucha et on dormit comme des souches.

XIV
Salomon avait-il raison ?

On se réveilla, on examina le matériel que les bandits avaient volé sur l'épave : il y avait des chaussures, des couvertures, des habits et puis toutes sortes d'autres choses ; des tas de livres, une lunette et trois boîtes de cigares. On n'avait jamais eu autant de richesses dans notre vie, ni l'un ni l'autre. Les cigares étaient fameux ! Tout l'après-midi, on resta dans le bois à parler, et moi à lire des livres. On se trouvait bien. J'en profitai pour raconter à Jim tout ce qui s'était passé sur l'épave et sur le bac, et lui dire que tout ça c'étaient de vraies aventures. Quand j'étais rentré dans la cabine et qu'il avait rebroussé chemin dans la nuit pour retrouver le radeau, il avait failli mourir en s'apercevant qu'il n'était plus là ; il se disait que c'en était fait de lui, quoi qu'il arrive, puisque, s'il n'était pas sauvé, il serait noyé, et que, s'il n'était pas noyé, celui qui le tirerait de là le renverrait à la maison pour avoir la récompense. Et, après ça miss Watson irait sûrement le vendre dans le Sud. Et il avait raison, comme presque toujours ; ma foi, il avait du plomb dans la tête, pour un nègre !

Dans les livres, il y avait beaucoup d'histoires de rois, de ducs, de comtes, que je lisais à Jim ; on décrivait leurs beaux costumes et tous les chichis qu'ils faisaient en se parlant entre eux. Ils s'appelaient « Votre Majesté », « Votre Grâce », « Votre Seigneurie », au lieu de monsieur, comme tout le monde. Les yeux de Jim luisaient. Il disait :

— Je savais pas qu'il y en avait tant que ça ! Comme roi, je connaissais que le roi Salomon, à moins que ceux qui sont sur les paquets de cartes soient de vrais rois aussi ? Combien ça gagne, un roi ?

— Combien ça gagne ? Mille dollars par mois si ça leur plaît, ils peuvent avoir tout ce qu'ils veulent, puisque tout est à eux.

— Ça, c'est chic ! Et qu'est-ce qu'ils ont à faire, Huck ?

— Eux ! Rien du tout ! Qu'est-ce que tu racontes ? Ils sont assis sur leur trône, voilà tout !

— Pas possib' !

— Bien sûr. Ils ne font que ça toute la journée, sauf s'il y a la guerre, des fois alors ils y vont. Mais, le reste du temps, ils flemmardent, ou bien ils chassent au faucon et . . . chut ! . . . tu n'as pas entendu un bruit ?

D'un saut, on fut sur le bord. Mais ce n'était que le clapotement d'un bateau à roues qui doublait la pointe, plus bas sur la rivière. On retourna dans le bois.

— Oui, et d'autres fois, quand ils s'embêtent, ils se diputent avec le Parlement et, si les gens ne marchent pas droit, ils leur tranchent la tête, mais la plupart du temps ils restent dans le harem.

— Dans le quoi ?

— Le harem.

— Qu'est-ce que c'est que ça, le harem ?

— C'est un endroit où ils gardent leurs femmes ; tu n'as jamais entendu parler du harem ? Le roi Salomon en avait un. Il avait un million de femmes à peu près !

— Ah ! bien sûr, bien sûr ! ça m'était sorti de la tête. Un harem, c'est une espèce de pension, quoi ! Ça devait faire un chahut, dans la chamb' des gosses. Et avec les femmes qui se crêpaient le chignon par-dessus le marché ! Et pourtant le monde dit que Salomon était le plus sage des hommes ! Moi, j'y crois pas, et je vais te dire pourquoi : est-ce qu'un homme voudrait viv' au milieu de tout ce tapage-là ? Non, alors ! Un homme intelligent, il bâtirait une usine avec des tas de machines et au moins il pourrait fermer les portes, quand il voudrait dormir. Voilà !

— En tout cas, je suis sûr que c'était le plus sage des hommes, la Veuve me l'a dit elle-même.

— Je m'occupe pas de ce qu'elle t'a dit, il était pas sage, y a pas ! Il avait de drôles d'habitudes avec ça ! Tu as entendu parler de l'éfant qu'il voulait couper en deux morceaux ?

— Oui, la Veuve m'a raconté ça.

— Eh bien alors ! tu as jamais vu une invention pareille ! Regarde un peu, tiens ; cette souche-là, c'est une des femmes ; toi, c'est l'aut' femme ; moi, c'est Salomon ; et le billet d'un dollar, là, c'est l'éfant. Toi, tu le veux, et elle aussi. Qu'est-ce que je fais ? Je vais trouver la voisine pour savoir à qui il est, et puis je le donne à celui qu'il faut, comme un homme sensé ? Non ! j'attrape le billet, je le déchire en deux, je donne une moitié à toi, l'aut' moitié à l'aut' femme. C'est ça que Salomon voulait faire avec l'éfant. Eh bien ! je te demande à quoi ça peut servir, une moitié de billet ? et une moitié d'éfant, alors ? On m'en donnerait un million que j'en voudrais pas.

— Mais, Jim, tu n'y es pas. Tu n'y es pas du tout.

— Moi ? Allons donc, où est-ce que je suis, alors ? Je sais ce que c'est que le bon sens et y a pas de bon sens à faire des choses pareilles. C'est pas sur une moitié d'éfant qu'elles se disputaient, c'était sur un éfant entier ; et celui qui se croit capable de les mett' d'accord avec deux moitiés d'éfant, il n'est pas bien malin. Ne me parle plus de Salomon, Huck ! Je le connais assez !

— Mais je te dis que tu n'as pas compris l'histoire !

— Tu m'embêtes avec ton histoire. Je sais ce que je sais, et tu peux me croire si je te dis que ça va plus loin que ça, et que ça remonte plus haut. Tout ça, c'est à cause de l'éducation du Salomon. Prends un bonhomme qui a un ou deux gosses, est-ce que tu es d'avis qu'il va s'amuser à les gaspiller ? Sûr que non. Qu'est-ce qui lui resterait ? Il sait ce que ça vaut ! Mais prends un aut' qui en a quatre ou cinq millions à trotter tout partout dans la maison, pour celui-là, couper son gosse ou un chat en deux, c'est kif-kif.

Je n'ai jamais vu un nègre comme celui-là ; s'il se fourrait une idée dans la tête, il n'y avait plus moyen de la dénicher. Il en voulait à Salomon, plus que tous les autres nègres ensemble. Aussi je me suis mis à parler d'autres rois, et j'ai laissé tomber Salomon ; je lui ai raconté que les Français avaient coupé la tête du roi Louis XVI, autrefois, et que son petit garçon le dauphin, qui serait devenu roi, lui aussi, avait été enfermé dans une prison où les gens disent qu'il est resté jusqu'à sa mort.

— Pauv' petit !

— Mais il y en a qui croient qu'il s'est évadé et qu'il est venu en Amérique.

— Ah ! tant mieux. Mais qu'est-ce qu'il va faire ici, sans personne pour lui tenir compagnie ? Y a pas de rois, ici, hein, Huck ?

— Non.

— Alors, il n'aura pas de situation. Qu'est-ce qu'il va faire ?

— Je sais pas ! Quelquefois, ils rentrent dans la police ; quelquefois, ils apprennent aux gens à parler le français.

— Qu'est-ce que tu me dis là, Huck ? Les Français parlent pas comme nous ?

— Non, Jim, tu comprendrais rien de ce qu'ils racon tent, pas un mot.

— Ça ! alors, ça m'épate ! Comment ça se fait ?

— Je sais pas, mais c'est comme ça. Dans un livre, j'ai vu leur baragouin. Si un type te disait, tout d'un coup : polly voo frangy ? qu'est-ce que tu penserais ?

— Je penserais rien, je lui enverrais mon poing sur la figure, sauf si c'était un blanc, car jamais je laisserais un nèg' m'appeler comme ça.

— T'es fou. C'est pour te demander si tu parles le français.

— Alors, il avait qu'à le dire.

— Mais il l'a dit, c'est de cette façon-là qu'ils parlent, les Français !

— Eh bien ! je trouve que c'est une drôle de façon et j'en ai assez entendu ! Ça n'a ni queue ni tête.

— Enfin, Jim, est-ce qu'un chat parle comme toi et moi?

— Non, bien sûr !

— Et une vache ?

— Une vache non plus.

— Est-ce qu'un chat parle comme une vache et une vache comme un chat ?

— Non, sûr !

—C'est naturel qu'ils aient chacun leur façon de parler, non ?

— C'est vrai !

— Et c'est naturel qu'une vache et un chat ne parlent pas comme moi et toi, non ?

— Je pense bien, oui !

— Alors, pourquoi est-ce que ce n'est pas naturel qu'un Français parle autrement que nous ? Dis-moi ça ?

— Est-ce qu'un chat c' est un homme, Huck ?

— Non.

—Alors, pourquoi il irait parler comme un homme ? Est-ce qu'une vache c'est un homme ? Est-ce qu'une vache c'est un chat ?

— Non, ni l'un ni l'autre.

— Pas de raison qu'elle parle comme l'un ou comme l'aut', donc ! Et un Français, c'est un homme ?

— Oui.

— Eh bien ! mille tonnerres, dis-moi pourquoi il ne cause pas comme un homme, alors ?

J'ai bien vu que ce n'était pas la peine de gaspiller mon souffle. On ne peut pas apprendre à discuter à un nègre. J'ai préféré parler d'autre chose.

XV
Je fais une farce au pauvre vieux Jim

J'avais idée qu'il nous faudrait encore trois nuits pour arriver à Cairo, tout au fond de l'Illinois, à l'endroit où débouche l'Ohio, car c'était là que nous voulions aller. On avait l'intention de vendre le radeau, de prendre un vapeur pour remonter l'Ohio jusqu'aux États libres, et là on serait enfin sains et saufs.

La deuxième nuit, le brouillard se leva, et on décida de s'amarrer à un banc de sable, car il ne faisait pas bon naviguer par temps bouché. Mais, après avoir pris les devants dans le canot, quand je voulus attacher le filin, je m'aperçus qu'il ne poussait que de tout jeunes arbres sur l'îlot. J'en choisis un près du bord escarpé, mais le courant était fort, et le radeau tirait tellement qu'il le déracina et fila avec. Le brouillard s'épaississait, et tout ça m'avait tellement retourné les sangs qu'il me fallut bien une demi-minute pour me remettre ; il n'y avait plus de radeau en vue. On n'y voyait pas à vingt mètres.

D'un saut, je fus dans le canot, je courus à l'arrière pour prendre la pagaie et je me mis à souquer, mais je n'avançais pas . . . Dans ma précipitation, j'avais oublié de détacher l'amarre. Je me relevai pour essayer de défaire le nœud, mais mes mains tremblaient tellement que je n'arrivais à rien.

Dès que ce fut fait, je me lançai à la poursuite du radeau. Tout le long du banc, ça alla tout seul, mais il n'avait pas cinquante mètres, et, dès la pointe doublée, je fus projeté dans un brouillard blanc à couper au couteau, aussi incapable qu'un mort de reconnaître mon chemin.

Je me dis que ça ne servirait à rien de pagayer. D'un moment à l'autre, je risquais de me jeter dans la berge, sur un haut-fond, ou Dieu sait où encore, aussi je laissai aller, sans rien faire, et c'est pas un travail facile de rester les bras ballants à un moment pareil. Je criai : « Hou, hou ! » puis je tendis l'oreille. Tout là-bas s'éleva bientôt un cri, et je me sentis tout ragaillardi. Je filai comme le vent dans sa direction, l'oreille au guet, mais, quand il retentit de nouveau, je m'aperçus que je ne ramais pas vers lui, et un peu plus tard je fus déporté à sa gauche ; je ne gagnais pas de terrain à tourner et à virer ainsi, tandis qu'il allait toujours tout droit.

J'aurais bien voulu que cet imbécile pensât à taper sur une marmite, à taper une bonne minute sans arrêter, mais ça ne lui vint pas à l'esprit, et, entre les appels, il y avait des vides qui me jetaient dans l'embarras. Pourtant, j'y allais de tout mon cœur, quand, tout d'un coup, j'entendis le signal juste derrière moi ! J'étais complètement perdu, maintenant. Ce n'était pas Jim qui hélait, ou alors j'allais dans le mauvais sens.

Je jetai ma pagaie, et le cri résonna une fois de plus derrière moi, mais à un autre endroit. Il venait, il changeait de place, je répondais, tant et si bien qu'il se retrouva de nouveau devant moi et je compris que c'était le courant qui avait fait virer le canot et que tout allait bien, si du moins ce n'était pas sur un autre radeau qu'on appelait. Je n'étais pas capable de reconnaître une voix dans le brouillard ; non, dans le brouillard, on ne peut se fier ni à ses yeux, ni à ses oreilles.

Les cris continuaient, et, une minute plus tard, je

vins heurter une rive à pic, couverte de fantômes fumeux qui étaient de grands arbres. Le courant me rejeta sur la gauche, bondissant parmi un tas de souches qui rugissaient sous la ruée de l'eau.

Une seconde ou deux plus tard, ce fut de nouveau le silence blanc. J'étais assis, immobile, écoutant battre mon cœur ; je jure qu'il battait bien cent coups le temps que je souffle une fois seulement.

J'abandonnai tout, alors. Je savais ce qui était arrivé. La rive escarpée, c'était une île, et Jim était passé de l'autre côté. Ce n'était pas un banc qu'on pouvait doubler en vingt minutes : on y voyait la haute futaie d'une vraie terre ; elle devait avoir cinq ou six milles de long et un demi de large, au moins.

Les oreilles tendues, je restai un quart d'heure sans toucher aux rames. Le courant m'entraînait, bien sûr, à plus d'une lieue à l'heure, mais ça, c'est une chose à laquelle on ne pense pas. On se sent comme un poids mort immobile sur l'eau et, si on aperçoit une épave qui fuit dans le courant, le long de votre bord, on ne se dit pas que l'on va vite, mais on pense, le souffle coupé : « Misère ! comme cette branche file ! » Et si vous croyez que ça n'est pas lugubre d'être tout seul dans le brouillard, en pleine nuit, je vous conseille d'y aller une fois, pour voir. Pendant la demi-heure qui suivit, je hélai de temps en temps et, à la fin, j'entendis répondre, très loin ; malgré mes efforts, je ne réussissais pas à suivre la piste au son, et je compris bientôt que je devais être dans un nid de bancs de sable, car j'en voyais apparaître de temps en temps de chaque côté, et quelquefois j'étais dans un étroit passage resserré entre des îlots que je ne voyais pas, mais que je devinais là, car j'entendais le froissement de l'eau contre les branches mortes et les broussailles qui pendaient des berges. Parmi les bancs, je ne fus pas long à perdre les « hou, hou ! » de Jim, et je n'essayai pas de les retrouver ! Autant poursuivre un feu follet.

Jamais je n'ai vu un son m'échapper ainsi et changer de quartier si vite et si souvent.

Quatre ou cinq fois, il fallut que je croche ferme sur ma rame pour m'écarter des îles et éviter de les envoyer valser hors de la rivière ; je me disais que le radeau, lui aussi, devait aller donner du nez dans les bords, de temps en temps, ou sinon il prendrait trop d'avance pour que je pusse encore l'entendre. Normalement il devait avancer un peu plus vite que moi.

Il vint enfin un moment où je fus de nouveau en pleine rivière, mais plus trace de Jim nulle part. Je me demandais s'il n'avait pas heurté un écueil et s'il n'avait pas bu sa dernière tasse. J'étais mort de fatigue ; je m'allongeai au fond du canot, décidé à ne plus penser à rien. Je ne voulais pas m'endormir, bien sûr, mais mes yeux se fermaient tout seuls, aussi je me dis que j'allais faire un petit somme de gendarme.

Ce fut pourtant plus qu'un somme. A mon réveil, les étoiles brillaient, le brouillard avait disparu et le canot arrivait à toute vitesse dans une courbe du fleuve, la poupe en avant. J'avais oublié où je me trouvais, je croyais être en train de rêver, mais, quand les choses commencèrent à me revenir, elles étaient aussi vagues que si elles remontaient d'un lointain passé.

Ici, la rivière était terriblement large, avec sur chaque rive des arbres aussi hauts et aussi épais qu'un mur, autant que j'en pouvais juger à la lueur des étoiles. En regardant au loin, j'aperçus un point noir sur l'eau. Je me dépêchai de l'atteindre. Mais ce n'étaient que deux rondins liés ensemble. Puis je vis un autre point noir et bondis à sa poursuite, puis un troisième, et cette fois je ne me trompais pas, c'était le radeau.

Quand j'arrivai près de lui, Jim était assis la tête entre les genoux et il dormait, le bras droit sur l'aviron qui servait de gouvernail. L'autre rame était en morceaux et le radeau était tout couvert de feuilles, de branches et de terre. Il en avait sûrement vu de dures.

Après m'être amarré, je m'allongeai sur le radeau, juste sous le nez de Jim, et je commençai à bâiller et à m'étirer en le poussant de mes poings ; puis je lui dis :

— Dis donc, Jim, est-ce que j'ai dormi ? Pourquoi ne m'as-tu pas réveillé ?

— Grand Dieu du ciel, c'est toi, Huck ? T'es pas mort ? T'es pas neyé, t'es bien là ? C'est trop beau pour êt' vrai, mon cœur, trop beau pour êt' vrai ! Laisse que je te regarde, mon fils, laisse que je te touche. Non, t'es pas mort, t'es bien revenu, le même vieux Huck, le même vieux Huck, grâce à Dieu !

— Qu'est-ce que tu as, Jim, tu as trop bu ?

— Trop bu ? Est-ce que j'ai trop bu ? Quand veux-tu que j'aie eu le temps de boire ?

— Alors, pourquoi racontes-tu ces histoires ?

— Je raconte des histoires ?

— Enfin, tu me dis que je suis revenu, et patati et patata, comme si j'étais jamais parti !

— Huck, Huck Finn, mont' tes yeux, mont' tes yeux. T'es jamais parti ?

— Parti ? Qu'est-ce que tu me chantes là, au nom du ciel ? Je ne suis allé nulle part, où est-ce que j'aurais pu aller ?

— Écoute voir un peu, patron. Y a quelque chose qui ne va pas, sûr et certain. Si je suis pas moi, qui je suis ? Si je suis pas ici, où je suis ? Dis-moi ça un peu, donc ?

— Ma foi, je crois bien que tu es ici, Jim, c'est assez clair, mais tu m'as l'air d'avoir perdu la tête tellement tu déraisonnes, Jim !

— Je déraisonne, tu crois ? Eh bien ! réponds-moi : c'est pas vrai que tu es parti dans le canot avec le cab' pour amarrer le radeau au 'tit arb' de l'îlot ?

— Non, bien sûr, quel îlot ? j'ai pas vu d'îlot !

— T'as pas vu d'îlot ? Maintenant, dis-moi, la corde,

elle a pas été arrachée et le radeau il a pas filé en laissant le canot derrière dans le brouillard, et toi avec ?

— Quel brouillard ?

— Le brouillard, pardi ! Le brouillard qu'il y a eu toute la nuit. T'as pas appelé, et j'ai pas appelé, et puis on s'est pas embrouillé au milieu des îles tous les deux, avec un perdu et l'aut' qui valait pas mieux, puisqu'il savait plus où il était lui-même ? Et je me suis pas flanqué sur des tas de bancs et j'ai pas été obligé de me démener comme un perdu et j'ai pas failli êt' neyé ? Alors, patron, c'est vrai tout ça ou c'est pas vrai ? Réponds-moi.

— Tout ça, c'est trop fort pour moi, Jim, j'ai pas vu de brouillard, ni d'îles, je ne t'ai pas vu te démener. Toute la nuit, je suis resté assis à causer avec toi, et tu t'es endormi, il y a à peu près dix minutes, et moi aussi, faut croire. Tu n'as pas pu te saouler en si peu de temps, donc tu as rêvé.

— C'est pas possib' que j'aie rêvé tout ça en dix minutes !

— Pourtant, nom d'une pipe, tu l'as bien rêvé, puisque ça n'est pas arrivé !

— Mais, Huck, c'est tout à fait comme si . . .

— Ça ne change rien à l'affaire. Tu as rêvé. Je le sais bien, puisque j'ai pas bougé d'ici.

Jim resta cinq minutes sans rien dire, à se creuser la cervelle.

— Bon, alors j'ai dû rêver, Huck ! Mais je ne m'appelle pas Jim si c'est pas le rêve le plus vrai de vrai que j'aie jamais fait. Et jamais j'avais eu un rêve fatigant comme ça !

— Oh ! ça n'a rien d'étonnant. C'est incroyable ce que les rêves fatiguent les gens, quelquefois ; et celui-ci n'était pas ordinaire ; raconte-le, Jim !

Jim s'attela à la besogne et me raconta tout depuis le commencement, exactement comme c'était arrivé, mais en ajoutant un petit quelque chose par-ci par-là. Puis il me dit qu'il allait interpréter son rêve, car c'était sûrement un présage. Le premier banc de sable, c'était un homme qui nous voulait du bien, mais le deuxième un homme qui nous éloignait du premier. Les signaux, c'étaient des avertissements qui nous seraient donnés de temps en temps et qu'il faudrait tâcher de comprendre si on ne voulait pas qu'ils nous amènent le mauvais sort au lieu de l'écarter. Le nid d'îlots, c'était des ennuis qu'on allait avoir avec du monde querelleur et toutes sortes de gens pas bien, mais, si on ne se mêlait pas des affaires des autres, si on évitait de les irriter en ripostant, on se tirerait d'affaire et on sortirait du brouillard pour arriver dans la grande rivière claire, ça, c'étaient les États libres, où il n'y avait plus de tracas.

Les nuages obscurcissaient le ciel au moment où j'avais touché le radeau, mais maintenant le temps se levait de nouveau.

— Tu as bien tout expliqué, Jim, mais ça, qu'est-ce que c'est ?

Je lui montrais les feuilles et les détritus qui couvraient le radeau, et la rame brisée : on les voyait comme en plein jour, maintenant.

Jim jeta les yeux sur les débris, puis vers moi et encore une fois sur le radeau. L'idée qu'il avait rêvé lui était si bien entrée dans la tête qu'il paraissait ne plus pouvoir s'en débarrasser ni voir les choses telles qu'elles étaient. Mais, quand il commença à comprendre, il me regarda bien en face, sans même sourire, et il me dit :

— Qu'est-ce que c'est ? Je m'en vais te le dire. Après m'êt' crevé à naviguer et à t'appeler, j'ai fini par m'endormir, mais mon cœur était en morceaux pour ainsi dire, de penser que tu étais perdu, et je me fichais bien de ce qui arriverait au radeau ou à moi. Et quand je me suis réveillé, que je t'ai vu là, sain et sauf, mes larmes ont coulé, et je me serais bien mis à genoux pour baiser tes pieds, tellement j'étais heureux. Mais toi, tu pensais qu'à te moquer du vieux Jim avec tes mensonges ; ce que tu vois là, c'est de la saleté qui vaut rien du tout, et ceux qui se moquent de leurs amis, ils valent pas cher non plus.

Après ça, il se leva lentement et se dirigea vers le wigwam, où il entra sans rien dire d'autre. Mais j'en avais assez entendu ; j'étais tellement honteux de moi-même que j'aurais presque pu lui baiser les pieds moi aussi, pour qu'il retirât ses paroles.

Il me fallut bien un quart d'heure pour me décider à aller m'humilier devant un nègre ; mais j'y réussis enfin, et je ne l'ai jamais regretté. Je ne lui ai plus jamais joué de sales tours, et je ne l'aurais jamais fait si j'avais su combien il en serait peiné.

XVI
La peau de serpent continue son ouvrage

On passa presque toute la journée à dormir ; le soir, on prit le départ, à peu de distance d'un autre radeau incroyablement long, qui avançait aussi lentement qu'une procession. De chaque côté, on voyait quatre grands avirons ; il portait donc trente hommes au moins à bord. Il y avait cinq grands wigwams, éloignés les uns des autres, un feu de camp au milieu et un grand mât à chaque bout. Ça représentait quelque chose de naviguer sur un radeau pareil.

Dérivant au fil de l'eau, on arriva bientôt à une grande boucle ; la nuit devenait orageuse et chaude. Le fleuve était très large et bordé de forêts épaisses où on ne voyait presque pas d'éclaircies, ni de lumières. On parlait de Cairo et on se demandait si on saurait reconnaître la ville. Je pensais que ça ne serait guère possible, car j'avais entendu dire qu'elle n'avait guère plus d'une douzaine de maisons, et si, par hasard, elles n'étaient pas éclairées, comment faire pour les voir ? Jim dit que si les deux grosses rivières se rejoignaient là, on ne s'y tromperait pas. Mais ce que je craignais, c'est qu'on confondît cette pointe-là avec celle d'une grande île et qu'on se crût encore dans la même eau. Jim était tracassé par cette idée, et moi aussi. Mais que faire ? Mon avis était d'essayer de gagner la rive au premier feu qu'on verrait et de raconter un boniment aux gens : leur dire, par exemple, que mon père arrivait derrière, sur une péniche, qu'il ne connaissait pas le coin et voulait savoir si Cairo était encore loin. Jim trouva l'idée bonne, et on alluma une pipe, en attendant.

Il n'y avait rien d'autre à faire, maintenant, qu'à ouvrir l'œil pour ne pas dépasser la ville. Jim disait qu'il ne la raterait pas, puisqu'à la seconde où il la verrait il serait libre, tandis qu'autrement on ne réussirait plus à quitter les états esclavagistes. De temps en temps, il s'écriait brusquement : « La voilà ! »

Mais ce n'était pas une ville, c'étaient des feux follets ou des lucioles ; il se rasseyait et recommençait à guetter. Il disait qu'il était tout grelottant et tout fiévreux de se sentir si près de la liberté. Et je peux vous assurer que, moi aussi, j'étais grelottant et fiévreux de l'entendre, car l'idée qu'il était presque libre tournait et retournait dans ma tête. Et par la faute de qui ? Par la mienne, sans aucun doute. Je n'arrivais pas à calmer mes remords de conscience. Et ça me tracassait tellement que je n'en dormais plus. J'en avais la bougeotte. Je n'avais pas compris tout de suite que c'était mon ouvrage. Mais, cette fois, ça y était ; c'était comme un feu qui me brûlait de plus en plus, sans que j'arrive à l'éteindre ; j'essayais de me dire que je n'étais pas coupable et que Jim s'était enfui tout seul de chez sa patronne, mais rien à faire ; ma conscience reprenait chaque fois le dessus et répétait : « Mais tu savais bien qu'il s'enfuyait pour gagner sa liberté, et tu aurais pu tout de suite aller à terre le dénoncer. » C'était comme ça, et je n'en sortais pas. Et ça me travaillait ! Ma conscience me disait : « Qu'est-ce qu'elle t'avait donc fait, cette pauvre Miss Watson, pour que tu laisses son nègre s'évader sous tes yeux sans dire un mot ? Qu'est-ce qu'elle t'avait donc fait, cette pauvre femme, pour que tu la traites de cette façon-là ? Rappelle-toi : elle a essayé de t'apprendre la Bible et les belles manières, elle a été aussi bonne que possible avec toi ; elle n'a rien fait d'autre. » J'avais tellement honte de moi que je me sentais presque envie de me détruire. J'allais, je venais sur le radeau, en m'agonisant d'injures, et Jim allait et venait à côté de moi. On ne pouvait rester en place ni l'un ni l'autre. Toutes les fois que je le voyais sauter de joie en criant : « Voilà Cairo », ça me traversait comme une balle, et je me disais que, si c'était vraiment Cairo, j'en crèverais de désolation.

Jim parlait tout seul, lui aussi, pendant que je me débitais des sottises. Dès qu'il arriverait dans un État libre, disait-il, il avait l'intention d'économiser de l'argent, de ne pas dépenser un sou et, quand il serait assez riche, de racheter sa femme qui était esclave dans une ferme près de chez Miss Watson ; ensuite, ils travailleraient tous les deux pour racheter leurs deux enfants, et, si leur maître ne voulait pas les vendre, ils les feraient voler par un abolitionniste.

J'avais le sang figé à l'entendre. Jamais il n'aurait osé dire tout ça avant. Quel changement depuis qu'il se sentait presque libre ! Tout à fait comme dans le dicton : « Donnez un pouce à un nègre, et il prendra un pied. » Voilà où me menait mon étourderie. Ce nègre que j'avais en somme aidé à s'enfuir me disait carrément qu'il irait voler ses enfants ! Des enfants qui appartenaient à un homme que je ne connaissais même pas et qui ne m'avait jamais rien fait.

J'avais du regret d'entendre Jim parler de la sorte : je l'aurais cru plus digne de mon estime, et ma conscience n'arrêtait pas de me faire souffrir mille morts, tant et si bien que je finis par lui répondre : « Arrête un peu : rien n'est perdu. A la prochaine lumière, j'irai à terre et je le dénoncerai. » Tout de suite, je me sentis plus à l'aise et tout content et léger comme une plume. Mes ennuis avaient disparu comme par enchantement. Je me mis à guetter la lumière en chantonnant tout bas. Et, bientôt après, j'en vis briller une. Jim lança joyeusement :

— On est sauvés, Huck, on est sauvés. Garde à vous ! Voilà le bon vieux Cairo, enfin, je le reconnais !

Alors, je lui dis :

— Je vais prendre le canot pour aller voir, Jim. Tu pourrais te tromper, tu sais !

Il se leva d'un bond, détacha le canot et installa sa vieille veste au fond, pour que je m'assoie dessus, puis il me donna la pagaie, et, en m'éloignant, je l'entendis crier :

— Bientôt, je m'en vais chanter de joie, et je dirai que c'est grâce à Huck ; je suis un homme libre et je ne l'aurais jamais été sans Huck. C'est Huck qui a fait ça pour moi. Jim ne t'oubliera jamais, Huck ! Jim n'a jamais eu de meilleur ami que toi, tu es le seul ami du vieux Jim, maintenant !

Moi, qui filais, pressé de le dénoncer, j'en eus les bras coupés de l'entendre. Je ralentis mon allure, sans plus savoir si j'avais raison ou tort ; à cinquante mètres du radeau, j'entendais encore sa voix : « Voilà not' bon vieux Huck qui s'en va ! Le seul homme blanc qui ait tenu sa promesse au vieux Jim ! »

J'en avais mal au ventre. Mais je me répétais : « Il faut continuer, maintenant que tu as commencé. C'est trop tard pour reculer. »

A ce moment, je vis une barque montée par deux hommes armés de fusils. Ils s'arrêtent, je m'arrête, et l'un d'eux me demande :

— Qu'est-ce qu'on voit là-bas ?

— Un bout de radeau.

— C'est à toi ?

— Oui, m'sieur.

— Quelqu'un à bord ?

— Un homme seulement, m'sieur.

— Il y a cinq nègres qui se sont enfuis ce soir de la

plantation que tu vois là-bas, au creux de la boucle. Ton homme est blanc ou noir ?

Ma réponse ne vint pas assez vite. Malgré mon effort, les mots ne sortaient pas. Je tâchai de reprendre mes esprits et d'en finir, mais je flanchai — pas plus de courage qu'un lapin ; — je sentais que je n'aurais la force d'aller jusqu'au bout, aussi j'y renonçai et je leur répondis :

— C'est un blanc.

— C'est ce que nous allons voir . . .

— Oh ! oui, m'sieu, car c'est Papa qui est dessus et, si vous vouliez m'aider à remorquer le radeau jusqu'à terre . . . Il est malade . . . et Maman aussi, et Mary-Ann . . .

— Diable, nous sommes pressés, mon gars ! Enfin, allons-y. Tire sur ta pagaie et dépêche-toi.

Je me mis donc à tirer sur ma pagaie et eux sur leurs rames. Après un coup ou deux, je m'arrêtai pour dire :

— Papa sera content, sûrement. Tous ceux à qui je demande le service fichent le camp, et c'est trop lourd pour moi tout seul.

— C'est pas chic, ça ! Mais enfin, dis donc, mon gars, qu'est-ce qu'il a, ton père ?

— C'est la . . . euh . . . c'est pas grand-chose . . .

Ils s'arrêtèrent de ramer. On était tout près du radeau, maintenant, et un des hommes me dit :

— Tu racontes des blagues, mon garçon ; allons, qu'est-ce qu'il a, ton père ? Réponds franchement, maintenant, ça vaudra mieux pour toi.

— Oui, m'sieur ; oui, m'sieur. Mais ne m'abandonnez pas, je vous en supplie ! C'est la . . . la . . . Tirez-nous seulement. Si je vous lance le filin, vous ne serez pas obligé d'approcher. Oh ! je vous en prie . . .

— Recule, recule, John ! cria l'autre homme.

Et ils s'écartèrent de moi.

— Ne t'approche pas, mon garçon, reste sous le vent.

Malheur ! Je suis sûr que la brise nous l'a soufflée en pleine figure. Ton père a la variole, et tu le sais bien. Pourquoi ne l'as-tu pas dit tout de suite ? Tu veux que tout le monde l'attrape ?

Je répondis en pleurnichant :

– Mon Dieu, mon Dieu, jusqu'ici je l'ai dit à tout le monde, et ils ont tous filé en vitesse.

– Pauvre gars ! il y a du vrai là-dedans. On regrette bien, c'est sûr, mais enfin, nom d'un chien, on n'a pas envie de l'attraper, tu comprends ? Écoute un peu, je vais te dire que faire. N'essaye pas d'atterrir tout seul, tu casserais tout. Laisse-toi descendre pendant une vingtaine de milles ; à main gauche, tu trouveras une ville. Le soleil sera levé depuis longtemps à ce moment-là, et, quand tu demanderas du secours, tu n'auras qu'à dire que tes parents ont pris froid et qu'ils sont couchés avec les fièvres. Ne recommence pas à faire le naïf et à laisser les gens deviner quelle maladie ils ont. Tu vois, on est gentil pour toi, sois gentil toi aussi, et dépêche-toi de mettre de l'air entre nous. Ça ne t'avancerait pas d'aller jusqu'à la lumière que tu vois là-bas, ce n'est qu'un entrepôt de bois. Dis donc, ton père n'est pas trop riche, hein ? Et il n'a pas de veine non plus. Je vais mettre une pièce de vingt dollars sur cette planche, et tu la prendras quand elle arrivera près de toi. Ça me fait quelque chose de te laisser, mais, que veux-tu, on ne plaisante pas avec la variole, tu comprends ?

– Attends un peu, Parker, dit l'autre, mets ces vingt dollars sur la planche aussi. Au revoir, mon garçon, fais comme Mr. Parker t'a dit, et tout ira bien.

– Sûrement, mon gars. Au revoir. Si tu vois des nègres échappés, ne manque pas de les faire pincer, ça te rapportera gros.

– Au revoir, monsieur. Oui, j'aurai l'œil pour les nègres, s'il en passe par là.

Une fois qu'ils furent partis, je retournai à bord du

radeau, honteux et pas fier, parce que je savais bien que j'avais mal agi, et je voyais que, malgré mes efforts, je ne réussissais pas à bien faire. Les gens qui ne commencent pas de bonne heure n'ont aucune chance de leur côté ; quand le moment vient, rien ne les soutient, rien ne les aide, et ils sont fichus. Puis je me mis à réfléchir. Je me dis : « Attends un peu : si tu avais fait ton devoir en dénonçant Jim, serais-tu plus fier que tu ne l'es ? Non, sûrement pas. Tu serais embêté, et même tout aussi embêté que maintenant. Mais, alors, pourquoi choisir les bonnes actions qui sont difficiles à réussir, alors que les mauvaises vont toutes seules, au contraire, puisque le résultat est le même ? Eh bien ! maintenant, tant pis pour tout ça, je ferai toujours à mon idée. »

En entrant dans le wigwam, je ne vis pas Jim. Je regardai partout, mais il n'était nulle part. Je criai :

– Jim !

– Me v'là, Huck ! Y sont partis ? Parle pas si fort !

Il était dans la rivière, sous l'aviron arrière, dans l'eau jusqu'au nez. Je lui répondis qu'on ne les voyait plus, et il remonta à bord.

– J'ai tout entendu, et j'ai sauté dans la rivière pour filer à terre s'ils arrivaient ici, mais je voulais revenir quand ils seraient repartis. Seigneur, comme tu les as eus, Huck ! Ah ! tu as été malin, ça oui ! Je vais te dire, mon fils, je crois que tu as sauvé le vieux Jim, et le vieux Jim ne l'oubliera jamais, mon cœur !

On se mit à parler de l'argent ; c'était une bonne aubaine, vingt dollars chacun ! Jim dit qu'on pourrait prendre un vapeur, maintenant, et que l'argent durerait assez pour qu'on ait le temps de pousser aussi loin qu'on voudrait dans les États libres : ça n'est pas long, vingt milles en radeau, mais il aurait bien voulu y être déjà. Vers l'aube, on s'arrêta, et il prit grand soin de dissimuler le radeau. Puis il passa toute la journée à faire des ballots de nos affaires et à tenir tout prêt pour le départ.

Cette nuit-là, vers dix heures, on aperçut les lumières d'une ville, dans le fond d'une boucle, sur la gauche.

Je pris le canot pour aller aux renseignements et je vis bientôt un homme en barque qui mouillait des lignes au milieu de la rivière. Je me rangeai près de son bord et je lui demandai :

— C'est Cairo, là-bas, monsieur ?

— Cairo ? Tu n'es pas fou !

— Qu'est-ce que c'est, alors, monsieur ?

— Si tu veux le savoir, vas-y, et si tu restes une seconde de plus à m'embêter, tu auras affaire à moi.

Je retournai au radeau, et Jim fut terriblement déçu, mais je lui dis de ne pas s'en faire, car la prochaine ville serait sûrement Cairo.

Avant le jour, on passa une autre ville, et je m'apprêtais à y aller voir, mais Jim m'arrêta, car elle était sur une hauteur, alors que tout est plat à Cairo. Je l'avais oublié. On campa pendant la journée sur un banc, pas trop loin de la rive gauche, mais je commençais à avoir des inquiétudes, et Jim aussi, car, lorsque je lui dis :

— Et si nous avons passé Cairo, la nuit du brouillard ?

Il me répondit :

— Ah ! Huck, tais-toi ! Les pauv' nèg' ont jamais de veine, j'ai souvent pensé que cette peau de serpent nous ferait encore du tort.

— Je voudrais bien ne l'avoir jamais vue, Jim. Ah oui ! je voudrais bien n'avoir jamais jeté les yeux sur cette peau de serpent !

— C'est pas ta faute, Huck, tu savais pas. Faut pas t'accuser comme ça !

Et, quand le jour parut, pas d'erreur, l'eau claire de l'Ohio coulait près du bord, et, au milieu, c'était notre vieux Mississipi boueux. Fini, Cairo !

On se mit à réfléchir. Inutile de penser à descendre à terre, naturellement ; impossible de remonter le courant avec le radeau ; nous n'avions plus qu'à attendre la nuit et courir le risque de rebrousser chemin. On passa toute la journée à dormir dans les fourrés de cotonniers, afin d'être frais pour l'entreprise, et vers le soir, quand on retourna au radeau, le canot avait disparu.

On resta un long moment sans dire un mot. D'ailleurs, il n'y avait rien à dire ! Nous savions tous les deux que c'était encore un tour de la peau de serpent, aussi pourquoi en parler ? On aurait eu l'air de récriminer, et c'est le meilleur moyen d'attirer encore la guigne. On n'avait rien de mieux à faire qu'à se taire.

Après ça, on discuta de nos projets, et la meilleure solution nous parut de continuer, sur le radeau, jusqu'à ce que l'occasion se présentât d'acheter un canot pour remonter. On n'avait pas envie d'en emprunter un, comme faisait Pap quand personne ne le regardait, de peur d'attirer des gens à nos trousses.

A la nuit tombée, on reprit donc le voyage, à bord du radeau. Et ceux qui ne sont pas encore persuadés que c'est folie de toucher une peau de serpent le seront peut-être quand ils verront tout le mal qu'elle a continué à nous faire.

On achète des canots aux estacades qu'on voit près du bord. Mais on n'en aperçut aucune, et pourtant on navigua pendant plus de trois heures. La nuit était venue, une nuit noire, et il n'y a rien de pire que ça, sinon le brouillard, car on ne distingue pas la forme de la rivière et on ne voit pas plus loin que le bout de son nez.

Il était tard, tout était tranquille, quand on aperçut un vapeur qui remontait. On alluma les feux, sûrs qu'ils seraient vus. Les navires montants ne nous approchaient pas, d'habitude ; ils suivaient le bord et cherchaient l'eau calme, derrière les écueils, mais, par des nuits pareilles, ils poussent en plein dans le courant, avec tout le poids du flot sur leur étrave.

On l'entendait qui battait l'eau, mais on ne le vit bien que lorsqu'il fut tout près. Il arrivait droit sur nous. Ils

font ça quelquefois pour voir jusqu'où ils peuvent s'approcher sans vous toucher. Même il arrive que la roue morde une rame ; c'est alors que le pilote sort sa tête en rigolant, car il trouve ça très malin. Il arrivait donc, et on pensait qu'il allait essayer de nous frôler, mais il n'avait pas l'air de vouloir virer de bord le moins du monde. C'était un gros, et il filait vite, comme un grand nuage noir entouré de vers luisants. Tout à coup, il émergea de l'ombre, énorme et effrayant, avec une longue rangée de portes ouvertes sur des brasiers, brillant comme des dents rouges, et son étrave monstrueuse était juste au-dessus de nous. Il y eut un hurlement, un bruit de cloches pour arrêter les machines, un brouhaha de jurons, le sifflement de la vapeur, et, pendant que Jim sautait d'un côté et moi de l'autre, il fonça en plein dans le radeau et le coupa en deux.

Je plongeai avec l'idée de trouver le fond, si j'y parvenais, car une roue de trente pieds allait passer au-dessus de ma tête, et je voulais lui laisser le plus de place possible. J'étais souvent resté une minute sous l'eau, mais cette fois j'y restai bien trois secondes de plus, aussi je me dépêchai de remonter à grands coups, car j'étais prêt à éclater. Je fus projeté jusqu'aux aisselles au-dessus de la surface ; je soufflai l'eau que j'avais dans le nez et pris le temps de respirer un peu. Comme toujours, il y avait un courant à tout casser, et le bateau remit naturellement ses machines en marche dix secondes après les avoir arrêtées, car ils ne s'en font jamais beaucoup pour ceux des radeaux ; je l'entendais qui barattait la rivière, mais je ne voyais plus rien, dans le noir.

Je criai « Jim ! » une douzaine de fois, mais rien ne répondit ; aussi je saisis une planche qui me heurta pendant que je nageais sur place et piquai vers le bord, en la poussant devant moi. Mais je m'aperçus que le courant obliquait vers la gauche, j'étais donc dans un tournant ; c'était un de ces longs passages en biais — celui-ci avait bien deux milles de long, – et je mis un bon bout de temps à le traverser. J'atterris sans encombre et grimpai sur la berge. Je n'y voyais guère et je tâtonnai pendant un quart de mille sur un terrain difficile. Tout d'un coup, je me trouvai tout contre une vieille maison en doubles rondins, avant même de l'avoir aperçue. Je m'apprêtais à filer au plus vite, mais une bande de chiens aboyants et hurlants se précipita vers moi, et j'eus la présence d'esprit de ne plus broncher.

XVII
Je suis hébergé par les Grangerford

Une minute plus tard, quelqu'un cria par une fenêtre, sans sortir la tête :

– La paix ! Qui est là ?

Je dis :

– C'est moi !

– Qui ça, moi ?

– Georges Jackson, monsieur.

– Que voulez-vous ?

– Rien du tout, monsieur. Je veux passer seulement, mais les chiens m'en empêchent.

– Pourquoi rôdez-vous par ici à cette heure de la nuit ?

– Je ne rôdais pas, monsieur, je suis tombé du vapeur.

– Vous êtes tombé du vapeur, vraiment ? Une lumière, par là ! Quel nom avez-vous dit ?

– Georges Jackson, monsieur ; je suis un petit garçon.

– Écoute-moi ! Tu n'as rien à craindre si tu dis la vérité ; on ne te fera aucun mal. Mais n'essaye pas de bouger. Reste là où tu es. Réveillez Bob et Tom, vous autres, et allez chercher des armes. Georges Jackson, y a-t-il quelqu'un avec toi ?

— Non, monsieur, personne.

J'entendais maintenant des gens qui bougeaient tout autour de la maison, puis je vis une lanterne. L'homme cria d'une voix chantante :

— Betsy, vieille folle, enlève donc cette lanterne ! à quoi penses-tu ? Mets-la par terre, derrière la porte ; Bob et Tom, si vous êtes prêts, prenez vos places.

— Nous sommes prêts.

— Alors, Georges Jackson, connais-tu les Shepherdson ?

— Non, monsieur ; je n'ai jamais entendu ce nom-là.

— Si ce n'est pas la vérité, c'est le contraire ! Vous êtes prêts ? Avance, Georges Jackson ; et ne cours pas, tu entends ? Marche lentement. S'il y a quelqu'un avec toi, qu'il ne bouge pas ou on tire. Allons, avance, va doucement, entrouvre la porte, juste assez pour te faufiler dans la maison, tu as compris ?

Je ne courus pas ; je n'aurais pas pu courir, même si je l'avais voulu. Je ne faisais qu'un pas à la fois, bien lentement ; il n'y avait pas un bruit, il me semblait seulement entendre mon cœur. Les chiens étaient aussi silencieux que les gens, mais ils me suivaient de près. Quand je fus au perron, fait de trois marches de rondins, j'entendis qu'on tournait des clés, qu'on tirait des verrous, qu'on enlevait des barres. J'appuyai ma main sur la porte et la poussai petit à petit, jusqu'au moment où j'entendis une voix dire :

— Bon, ça va, passe la tête.

J'avançai la tête, mourant de peur qu'ils n'aillent me la couper.

La bougie était sur le plancher ; ils restèrent tous en cercle à me regarder, et moi à les regarder, pendant un quart de minute ; trois hommes solides, leur fusil pointé vers moi, ce qui me faisait frémir, je vous assure ; le plus vieux, qui grisonnait, avait près de soixante ans, les deux autres la trentaine, tous beaux et bien tournés ; puis une très jolie dame aux cheveux gris, et derrière elle deux jeunes femmes que je ne distinguais pas bien. Le vieux monsieur dit :

— Ça va bien, entre.

Dès que je fus entré, le vieux monsieur ferma la porte à clé, remit le verrou et la barre, dit aux jeunes gens d'apporter leurs fusils, et ils pénétrèrent tous dans un grand salon, dont le plancher était recouvert d'un tapis neuf, puis ils s'assemblèrent dans un coin éloigné des fenêtres. Ils élevèrent la chandelle et, après m'avoir examiné, ils s'écrièrent tous ensemble :

— Ce n'est pas un Shepherdson, sûrement, il est aussi peu Shepherdson que possible.

Ensuite, le vieux me dit qu'il espérait que je ne lui en voudrais pas s'il me fouillait, car il ne me voulait aucun mal, mais aimerait seulement s'assurer que je n'avais pas d'armes. Il n'inspecta pas mes poches, il se contenta de me palper ; puis il dit que c'était bien ; il me souhaita la bienvenue et me demanda de lui raconter mon histoire, mais la vieille dame s'écria :

— Mon Dieu, Saul, le pauvre est trempé comme un barbet, et ne penses-tu pas qu'il peut avoir faim ?

— Tu as raison, Rachel, je n'y pensais pas.

La vieille dame appela alors une négresse :

— Betsy, cours lui chercher quelque chose à manger aussi vite que possible, le pauvre ; et vous, petites, allez réveiller Buck, l'une d'entre vous, et dites-lui — tiens, le voilà ! Buck, emmène ce jeune étranger, enlève-lui ces vêtements mouillés et habille-le de sec ; tes habits lui iront.

Buck avait l'air d'avoir à peu près mon âge, treize ou quatorze ans à peu près, mais il était un peu plus grand que moi. Il n'avait qu'une chemise sur le dos, et ses cheveux étaient tout embroussaillés. Il entra, bâillant, se frottant les yeux d'une main et traînant un fusil de l'autre.

— Il n'y a pas de Shepherdson par là ? dit-il.

— Non, c'était une fausse alerte.

— S'ils étaient venus, j'en aurais pris un !

Tout le monde se mit à rire et Bob lui dit :

— Tu sais, Buck, tu as tellement traîné qu'ils auraient eu le temps de nous scalper tous.

— Personne n'est venu me chercher. C'est pas chic. Je n'ai rien vu, moi.

— Ça ne fait rien, va, mon garçon, dit le vieil homme. Tu en verras assez plus tard, n'aie pas peur. Allons, fais ce que ta mère te demande.

Une fois rendus dans sa chambre, il me sortit une chemise de toile rude, une veste et une culotte, et, pendant que je les enfilais, il me demanda comment je m'appelais ; mais, avant que j'aie eu le temps de lui répondre, il commença à me parler d'un geai et d'un jeune lapin qu'il avait attrapés dans les bois, deux jours auparavant, et il me demanda où était Moïse quand la bougie s'éteignit. Je lui répondis que je ne savais pas, qu'on ne me l'avait jamais dit.

— Mais devine !

— Comment veux-tu que je devine, puisqu'on ne me l'a jamais dit...

— Mais tu peux deviner, non ? C'est facile !

— Quelle bougie ?

— N'importe quelle bougie !

— Je n'en sais rien, moi ! Où était-il ?

— Il était dans la nuit ! C'est là qu'il était !

— Alors, si tu le savais, pourquoi me l'as-tu demandé ?

— Enfin, tu ne vois donc pas que c'est une devinette ? Dis donc, jusqu'à quand vas-tu rester ici ? Il faut que tu restes toujours. On va s'amuser ! Il n'y a pas d'école, maintenant. Tu as un chien ? Moi, j'en ai un ; il saute à l'eau pour chercher les bouts de bois qu'on lui lance. Tu aimes faire une raie de dimanche, et tout ça ? Si tu savais comme ça m'embête, mais maman me force. Quelle barbe que cette vieille culotte ! Il vaut peut-être mieux que je la mette, mais il fait une telle chaleur que je n'en ai guère envie ! Tu es prêt ? Ça va. Arrive, mon vieux !

De la galette froide, du bœuf froid, du beurre, du petit-lait, tout ça était préparé pour moi, en bas, et je n'ai jamais rien mangé de meilleur. Buck, sa mère, et tous les hommes fumaient des pipes de maïs, tous sauf la négresse, qui était partie, et les deux jeunes filles. Elles étaient enveloppées dans des couvertures et leurs cheveux leur pendaient dans le dos. Ils me posaient tous des questions, et je leur racontai qu'avant, papa et moi, et toute la famille, on avait une petite ferme au fond de l'Arkansas ; mais que ma sœur Mary-Ann s'était enfuie un jour pour se marier, et que personne n'avait plus entendu parler d'elle. Bill était parti à leur recherche, mais personne n'avait plus entendu parler de lui non plus ; Tom et Mort étaient morts, et il ne restait plus que papa et moi. Mais, après ses malheurs, il n'était plus que l'ombre de lui-même ; aussi, quand il mourut à son tour, j'emportai tout notre bien, car la ferme n'était pas à nous, et je pris une place de pont sur un bateau qui remontait la rivière ; mais j'étais tombé par-dessus bord, et c'est ainsi que j'étais arrivé ici. Ils me dirent que je pouvais rester tant que je voudrais. Il faisait déjà presque jour, à ce moment-là, et tout le monde s'en alla se coucher. Je dormis dans le lit de Buck, mais voilà qu'en me réveillant, le lendemain matin, zut ! j'avais oublié mon nom. Je restai au moins une heure à essayer de me le rappeler et, quand Buck s'éveilla, je lui dis :

– Tu sais écrire, Buck ? Je te parie que tu ne saurais pas écrire mon nom.

– Je te parie tout ce que tu voudras que si.

– Vas-y.

– G-e-o-r-g-e-s J-a-x-o-n, là, tu vois !

– Eh bien ! tu as gagné, mais je ne t'en aurais pas

cru capable, c'est pas un nom facile à épeler, comme ça, du premier coup !

En douce, je l'écrivis sur un bout de papier, parce que c'est à moi qu'on pourrait demander d'épeler, la prochaine fois, et je voulais pouvoir le débiter comme si j'en avais l'habitude.

C'était une famille fameusement chic, et une maison fameusement chic, aussi. Avant celle-là, je n'avais jamais vu de maison de campagne aussi chic et aussi pleine de belles choses. A la porte d'entrée, il n'y avait pas un loquet en fer ou en bois, avec une charnière de peau, mais une poignée de cuivre qu'on tournait, comme en ville. Dans le salon, on ne voyait pas de lit, pas trace de lit ; et pourtant, dans des tas de salons, en ville, il y a des lits. Il y avait une grande cheminée de briques que l'on nettoyait en jetant de l'eau dessus et en la frottant avec une autre brique ; quelquefois, on y passait une peinture rouge qu'on appelait brun d'Espagne, comme en ville. Ils avaient d'énormes chenets qui pouvaient soutenir un tronc d'arbre. Au milieu de la cheminée, ils avaient une pendule, et, sur le verre, on avait peint une ville, avec un endroit rond au milieu pour le soleil, et on voyait le battant se balancer derrière ; c'était beau d'entendre le tic tac de cette pendule ! Même quelquefois, quand un de ces colporteurs qui passaient de temps en temps l'avaient récurée et bien remontée, elle était capable de sonner cent cinquante fois avant de s'arrêter. Ils ne l'auraient pas vendue pour tout l'or du monde.

De chaque côté de la pendule, il y avait un gros perroquet des pays chauds fait d'une espèce de craie et tout peinturé. A côté d'un des perroquets, il y avait un chat en faïence et, près de l'autre, un chien ; quand on appuyait dessus, ils faisaient « couic », mais ils n'ouvraient pas la gueule, ils gardaient le même air tout le temps ; le bruit venait de par en dessous. Derrière tout ça, on avait étalé deux éventails en ailes de dindons sauvages. Sur la table, au milieu de la pièce, un joli panier de faïence était plein de pommes, d'oranges et de pêches, bien plus belles, et plus rouges, et plus jaunes que des vraies : elles n'étaient pas vraies, car on voyait la craie aux endroits ébréchés... enfin, je dis la craie, c'était peut-être autre chose.

Cette table était couverte d'un tapis en belle toile cirée, avec un aigle bleu et rouge peint dessus et une bordure tout autour. Ils disaient qu'elle était venue de loin, de Philadelphie. Il y avait des livres, aussi, bien empilés les uns sur les autres aux quatre coins de la table. Un, c'était *Pilgrim's Progress*, racontait l'histoire d'un homme qui avait quitté sa famille, pourquoi ? on n'en savait rien. Je lisais beaucoup dedans, de temps en temps, c'était intéressant, mais pas commode. Un autre, c'était *L'Offrande de l'amitié*, tout plein de belles choses et de poésies, mais je ne lisais pas les poésies ; un autre, c'était les *Discours d'Henry Clay ;* et un autre, c'était *La Médecine familiale*, du Dr Gunn, qui vous disait tout ce qu'il fallait faire quand les gens étaient malades ou morts. Il y avait un livre de cantiques, aussi, et des tas d'autres. Et puis de belles chaises cannées, tout à fait en bon état, pas du tout affaissées au milieu, ou défoncées comme un vieux panier !

Sur les murs, on avait accroché des gravures, il y avait surtout des Washington, des Lafayette, des batailles, des Marie d'Écosse, et une qui s'appelait : « Signature de la déclaration ». Il y en avait — ils disaient que c'étaient des fusains — qu'une des filles, qui était morte, avait faits toute seule quand elle avait quinze ans. Ça ne ressemblait à rien d'autre, c'était beaucoup plus noir que d'habitude. Sur une, on voyait une femme en étroite robe noire, avec une ceinture toute serrée sous les bras, et une bosse comme un chou au milieu des manches, et un grand chapeau en seau à charbon avec un voile noir, des rubans noirs entre croisés sur des chevilles blanches et fines, et de tout petits souliers noirs ; elle était penchée, toute pensive, le coude droit sur une tombe, sous un saule pleureur ; son autre main pendait le long de son corps et tenait un mouchoir et un réticule. Sous le tableau, on avait marqué : « Ne Te Reverrai-je Plus Jamais, Hélas ! ». Une autre, c'était une jeune fille, les cheveux tout tirés jusqu'en haut de sa tête et noués en chignon devant un peigne aussi grand qu'un dossier de chaise ; elle pleurait dans un mouchoir et, dans son autre main, elle tenait un oiseau mort, étendu sur le dos, les pattes en l'air, et dessous on avait marqué : « Je n'Entendrai Plus Jamais Ton Doux Gazouillis, Hélas ! ». Il y en avait un où une jeune fille était à sa fenêtre à regarder la lune, et des larmes lui coulaient le long des joues ; dans une main, elle tenait une lettre, d'où on voyait dépasser un grand cachet de cire noire, et elle collait contre ses lèvres un médaillon attaché à une chaîne, et dessous on avait marqué : « Es-Tu Parti ? Oui, Tu Es Parti, Hélas ! ». C'étaient de belles images, sûrement, mais elles ne m'emballaient pas trop, pour ainsi dire, car, si j'étais un peu triste, elles me donnaient toujours le cafard. Tout le monde était désolé qu'elle fût morte, car elle avait commencé beaucoup de dessins, et on pouvait voir, d'après les autres, ce qu'ils avaient perdu. A mon avis, avec ses goûts, elle devait se sentir chez elle au cimetière. Quand elle tomba malade, elle travaillait à son plus beau dessin, paraît-il, et chaque jour et chaque nuit elle demandait dans ses prières de vivre assez longtemps pour le finir, mais elle n'y arriva pas. C'était l'image d'une jeune fille en longue robe blanche, debout sur la balustrade d'un pont, toute prête à sauter, les cheveux sur les épaules, les yeux levés vers la lune, les larmes coulant sur sa figure ; elle avait deux bras croisés sur sa poitrine, deux bras étendus devant elle, et deux autres encore dressés en l'air. Son idée était de voir lesquels feraient mieux et d'effacer les autres, mais, comme je le disais, elle est morte avant d'avoir fait son choix, et le dessin était accroché tel quel à la tête de son lit, et on y suspendait des fleurs pour son anniversaire. Le reste du temps, il était caché par un petit rideau. La jeune femme de cette image avait une assez jolie figure, mais, avec tous ces bras, je trouvais qu'elle ressemblait trop à une araignée.

Quand cette jeune fille était encore de ce monde, elle avait un album où elle collait des éloges funèbres, des histoires d'accidents, des exemples de constance dans la douleur ; elle découpait tout ça dans l'*Observateur Presbytérien* et, là-dessus, elle sortait des poésies de sa tête. C'était de très belles poésies. Si Emmeline Grangerford était capable d'en faire de pareilles avant d'avoir quatorze ans on peut imaginer ce qu'elle aurait pu faire plus tard !

Voici ce qu'elle écrivit pour la mort d'un garçon nommé Étienne Dowling Bots qui s'était noyé en tombant dans un puits :

ODE A ÉTIENNE DOWLING BOTS, DÉCÉDÉ.

L'avons-nous vu tomber malade,
Lentement dépérir ?
Avons-nous vu ses camarades,
Près de son lit, gémir ?

Non, ce ne fut point là le sort
Du jeune et bel enfant.
Bien que nous pleurions sa mort,
Il mourut bien portant.

Non, il n'eut point la variole,
Ni le croup, ni les oreillons ;
Non, les taches de la rougeole
N'offensèrent son front.

Ce ne fut point le cœur brisé
D'un amour malheureux,
Non plus d'avoir mal digéré
Qu'il s'envola aux cieux !

Écoutez en versant des pleurs
Ce tragique récit :
Il gagna un monde meilleur
En tombant dans un puits.

On l'en sortit, on le vida,
Mais, hélas ! tout fut vain,
Son âme s'ébattait déjà
Au royaume divin.

Buck disait qu'elle pouvait débiter de la poésie en veux-tu en voilà. Elle n'était même pas obligée de s'arrêter pour réfléchir. Elle y allait d'un vers et, si elle ne trouvait pas de rime, elle se dépêchait de l'effacer et d'en fourrer un autre à la place. Elle n'était pas difficile pour les sujets ; on pouvait lui apporter n'importe quoi, à condition que ce fût du triste. Toutes les fois qu'un homme, une femme ou un enfant mouraient, elle était sur place, avec son « Hommage », avant qu'ils fussent froids. Elle appelait ça des hommages. Les voisins disaient que le premier à arriver, c'était le médecin, la deuxième Emmeline, et après les croque-morts. Une fois seulement, les croque-morts étaient là avant elle, un jour qu'elle avait perdu du temps à chercher une rime au nom du mort, qui s'appelait Whistler. Elle ne fut plus jamais la même, après ça ; elle ne se plaignait pas, mais elle languissait, et elle ne vécut pas longtemps, la pauvre ! Bien souvent, je me suis obligé à monter dans la petite chambre qui avait été la sienne, à prendre son pauvre vieil album et à le lire, quand ses tableaux m'avaient mis en colère et que j'étais un peu agacé contre elle. J'aimais bien toute cette famille, morts et vivants, et je ne voulais pas de fâcherie entre nous. La pauvre Emmeline, de son vivant, avait fait des poésies sur tous les morts et, maintenant qu'elle était partie, ça ne me paraissait pas bien que personne n'en fît pour elle ; c'est pourquoi j'ai essayé de fabriquer un vers ou deux moi-même, mais ça ne venait pas.

Ils tenaient la chambre d'Emmeline très propre et bien rangée, toutes les choses comme elle aimait les voir de son vivant, et personne n'y dormait jamais. La vieille dame s'en occupait elle-même, et pourtant ça ne manquait pas de nègres ! Elle y allait souvent pour coudre et pour lire la Bible.

Pour en revenir au salon, il y avait de beaux rideaux sur les fenêtres : tout blancs, avec des châteaux peints dessus, pleins de vigne vierge sur les murs, et des vaches à l'abreuvoir. Il y avait un petit piano d'autrefois, aussi, qui devait avoir des casseroles de fer-blanc à l'intérieur, et rien n'était aussi joli que d'entendre les jeunes filles en jouer quand elles chantaient *Le dernier lien est brisé*, ou *La bataille de Prague*. Toutes les pièces avaient des murs recouverts de plâtre, et dans la plupart il y avait des tapis sur le plancher ; et, en dehors, toute la maison était blanchie à la chaux.

C'était une maison jumelée, et le grand espace qui séparait les deux bâtiments était parqueté et abrité d'un toit ; parfois, à midi, on y mettait la table et on y était bien au frais. Je n'ai jamais rien vu de pareil. Et la cuisine était fameuse ! Et on remplissait les assiettes !

XVIII
Pourquoi Harvey retourna chercher son chapeau

Vous comprenez, le colonel Grangerford était un gentleman jusqu'au bout des ongles ! Et toute sa famille aussi. Il était bien né, comme on dit ; la veuve Douglas répétait souvent que ça se voit chez un homme aussi bien que chez un cheval, et elle appartenait à la plus haute aristocratie de notre ville, personne n'a jamais dit le contraire ; Pap était de cet avis, lui aussi, et pourtant il n'avait pas plus de race qu'un chat de gouttière, lui !

Le colonel Grangerford était très pâle et très mince, son teint était mi-brun, mi-clair, sans trace de rouge nulle part ; toute sa figure étroite était rasée chaque matin ; il avait les lèvres les plus fines du monde et de petites narines dans un nez busqué, de gros sourcils, et les yeux très noirs, si enfoncés qu'ils avaient l'air de vous regarder du fond de deux cavernes, pour ainsi dire. Son front était haut, ses cheveux gris et raides pendaient sur ses épaules. Il avait des mains longues et fines et, chaque jour de la semaine, il mettait une chemise propre et un costume en toile si blanche que j'en avais mal aux yeux de le regarder ; le dimanche, il portait une redingote bleue à boutons de cuivre et il avait une canne d'acajou à pomme d'argent. Il n'y avait pas trace de frivolité en lui, et jamais il ne parlait fort. Il était bon au possible :

on le sentait, vous comprenez, et on avait confiance en lui. Ça faisait du bien de le voir quelquefois sourire, mais, quand il se redressait de toute sa hauteur, droit comme un mât de cocagne, et quand les éclairs commençaient à jaillir sous ses sourcils, on se sentait envie de grimper à un arbre en vitesse et de remettre les explications à plus tard. Il n'avait pas besoin de dire aux gens de veiller à leurs manières, chacun se tenait bien en sa présence. Tout le monde aimait à le sentir là ; c'était comme du soleil, je veux dire comme un jour de beau temps. Mais, quand il se cachait derrière les nuages, il faisait terriblement sombre pendant quelques instants ; pourtant, ça ne durait pas, et, pendant une semaine, rien n'allait de travers, après.

Quand il descendait, le matin, avec la vieille dame, tous se levaient de leur chaise et leur disaient bonjour, et on ne s'asseyait pas avant qu'ils ne fussent assis eux-mêmes. Ensuite Bob et Tom allaient au buffet où était posé le flacon et préparaient un verre de bitter, qu'ils lui tendaient ; il le tenait dans la main et attendait que Bob et Tom eussent rempli leurs propres verres, alors ils s'inclinaient en disant : « Nos respects, monsieur ; nos respects, madame » et, eux, ils saluaient un peu, mais à peine, et ils disaient merci, puis ils buvaient tous les trois ; ensuite Bob et Tom versaient une cuillerée d'eau sur le sucre et le rien du tout de whisky ou de marc qui restait au fond de leur gobelet, et ils nous les donnaient, à Buck et à moi, et nous buvions aux deux parents, nous aussi.

Bob était l'aîné, Tom le cadet : tous les deux grands, aux larges épaules, aux visages hâlés, avec de longs cheveux aussi noirs que leurs yeux. Ils étaient vêtus de toile blanche de la tête aux pieds, comme le vieux monsieur, et portaient de grands panamas.

Ensuite venait Mlle Charlotte : elle avait vingt-cinq ans, elle était grande, fière et imposante, mais bonne comme tout quand elle n'était pas en colère, car elle avait un regard qui vous figeait sur place. Elle était belle.

Sa sœur, Sophie, l'était aussi, mais d'une autre façon ; elle était douce et tendre comme une colombe, et elle n'avait que vingt ans.

Chacun avait son nègre, Buck aussi. Mon nègre à moi ne se fatiguait pas, car j'avais toujours tout fait moi-même, mais celui de Buck était tout le temps sur la brèche.

C'est tout ce qui restait de la famille, maintenant ; mais il y en avait eu d'autres, trois fils, tués, et Emmeline, qui était morte.

Le vieux monsieur avait des tas de fermes et plus de cent nègres. Quelquefois, une bande de gens arrivait à cheval de dix ou quinze milles à la ronde, pour passer cinq ou six jours, et ils en faisaient des parties partout par là, et sur la rivière, le soir. Ces gens étaient presque toujours des parents de la famille. Les hommes n'oubliaient jamais leur fusil ! Ah ! pour des gens bien, c'étaient des gens bien.

Il y avait un autre clan d'aristocrates dans le pays, cinq ou six familles qui portaient presque toutes le nom de Shepherdson. Ils avaient autant d'allure, autant de race, d'argent et d'élégance que la tribu des Grangerford. Les Shepherdson et les Grangerford utilisaient le même débarcadère, qui était à deux milles de notre maison, à peu près. Aussi je les y voyais souvent sur leurs beaux chevaux, quand j'y allais avec les gens de chez nous.

Un jour que, Buck et moi, nous chassions dans le bois, on entendit le pas d'un cheval. Buck me dit :

— Vite, cache-toi derrière un arbre.

Une fois cachés, on jeta un coup d'œil entre les feuilles. Bientôt, un splendide jeune homme d'allure militaire arriva en galopant, bien assis sur son cheval. Son fusil était sur le pommeau de sa selle. Je le connaissais déjà, c'était le jeune Harvey Shepherdson. J'entendis le fusil de Buck partir tout contre mon oreille, et le chapeau de Harvey dégringola. Il saisit son fusil et se dirigea droit vers l'endroit où nous nous étions cachés. Mais, sans l'attendre, on partit au galop à travers bois. Les arbres n'étaient pas serrés, et à deux fois, en me retournant pour éviter la balle, je vis Harvey pointer son arme vers Buck, puis il s'en retourna par le même chemin, pour chercher son chapeau, sans doute. On ne s'arrêta qu'en arrivant à la maison. Les yeux du vieux monsieur devinrent tout brillants, de plaisir, surtout, je crois ; puis son visage s'adoucit et il dit, d'une drôle de petite voix :

— Je n'aime pas beaucoup qu'on se cache derrière les buissons pour tirer. Pourquoi n'es-tu pas allé sur la route, mon garçon ?

— Les Shepherdson ne le font jamais, père. Ils profitent toujours du bon moment.

Mlle Charlotte tenait la tête très droite pendant que Buck racontait son histoire, ses narines palpitaient, ses yeux lançaient des éclairs. Les deux jeunes gens avaient l'air sombre, mais ne disaient rien. Mlle Sophie, elle, avait pâli, et ne reprit des couleurs que quand elle sut que le garçon n'était pas blessé.

Dès que je pus, j'emmenai Buck près des coffres à maïs, et là, seul avec lui sous les arbres, je lui dis :

— Tu voulais le tuer, Buck ?

— Tu parles !

— Mais qu'est-ce qu'il t'a fait ?

— Lui ? Rien du tout !

— Alors, pourquoi voulais-tu le tuer ?

— Pour rien, à cause de la querelle.

— Qu'est-ce que c'est que ça ?

— D'où sors-tu ? Tu ne sais pas ce que c'est que la querelle ?

— C'est la première fois que j'en entends parler. Raconte.

— Bon. Voilà comment ça se passe : un homme se

dispute avec un autre homme et le tue ; ensuite, il est tué par le frère de cet homme-là, et puis les autres frères se battent, et après les cousins s'en mêlent, et, quand tout le monde a été tué, la querelle est finie entre les deux clans. Mais ça ne va pas vite, ça prend du temps !

— Et cette querelle dure depuis longtemps, Buck ?

— Je te crois ! Voilà une trentaine d'années qu'elle a commencé. Il y a eu des histoires, et puis un procès, et celui qui l'a perdu s'est levé et a tiré sur celui qui l'a gagné : c'est normal, tout le monde en aurait fait autant.

— A propos de quoi, ces histoires, Buck, des terres ?

— Possible, mais j'en sais rien.

— Et qui a tiré le premier, un Grangerford ou un Shepherdson ?

— Comment veux-tu que je le sache ? Il y a si longtemps de ça !

— Mais personne ne le sait ?

— Oh ! si, papa ! et les autres parents, mais ils ne savent pas exactement comment tout a commencé !

— Il y en a eu beaucoup de tués, Buck ?

— Tu peux dire : ça en a fait des enterrements. Mais ils ne sont pas toujours tués. Papa a quelques plombs sous la peau, il ne les sent pas, ils ne pèsent pas trop. Bob a reçu quelques coups de couteau, et Tom a été touché une ou deux fois.

— Et, cette année, quelqu'un a été tué, Buck ?

— Oui, un chez eux et un chez nous. Il y a trois mois à peu près, mon cousin Bud, qui avait quatorze ans, traversait les bois de l'autre côté de la rivière. Il était à cheval, mais il n'avait pas d'armes, ce qui était une fameuse bêtise. Dans un endroit désert, il a vu le vieux Baldy Shepherdson qui le suivait, son fusil à la main et ses cheveux blancs au vent, et, au lieu de sauter de sa bête pour se cacher dans le fourré, il a cru qu'il pourrait le distancer. Ils ont couru ainsi, l'un devant, l'autre derrière, pendant au moins cinq milles. Le vieux gagnait du terrain et, à la fin, Bud vit bien qu'il était fini, aussi il s'est arrêté et s'est retourné pour ne pas être tué par derrière, tu comprends, et le vieil homme s'est approché et a fait feu. Mais il n'a pas profité de sa victoire, car, avant une semaine, un des nôtres l'a eu.

— Quel lâche que ce vieux, Buck !

— Non, tu rêves ! Il n'y a pas de lâches chez les Shepherdson, pas un ! Et chez les Grangerford non plus, d'ailleurs. Une fois, ce vieux s'est battu une demi-heure tout seul contre trois Grangerford, et il a eu le dessus. Ils étaient tous à cheval ; mais lui, après avoir sauté à terre, s'est caché derrière un tas de bois en plaçant toujours son cheval devant lui pour se protéger des balles. Mais les Grangerford sont restés montés et sont allés gambader autour de lui, en le canardant, pendant qu'il tirait lui aussi. Il était passablement éclopé en rentrant, et son cheval pareil, mais il a fallu aller ramasser les Grangerford, car l'un était mort et l'autre mourut le lendemain. Non, mon vieux, si tu veux des lâches, tu perds ton temps à les chercher chez les Shepherdson. Ils n'en font pas.

Le dimanche suivant, tout le monde alla à l'église à cheval, comme toujours, à une lieue de là. Les hommes prirent leurs fusils, Buck aussi, et les gardèrent entre leurs genoux ou les appuyèrent contre le mur, à portée de la main. Les Shepherdson firent de même. Le prêche ne valait pas grand-chose. « Aimez-vous les uns les autres », des histoires dans ce goût-là ; mais tous trouvèrent que c'était un bon sermon et, sur le chemin du retour, ils avaient tous quelque chose à dire sur la foi, les bonnes œuvres, la grâce et la prédestination, et toutes sortes de trucs de ce genre ; et, ma foi, ce dimanche-là me parut le plus dur que j'aie jamais vu.

A peu près une heure après dîner, tous firent la sieste, dans leurs fauteuils ou dans leurs lits, et je commençais à m'ennuyer. Buck dormait à poings fermés sur l'herbe, son chien à côté de lui. Je me dis que j'allais monter faire un petit somme, moi aussi. La gentille Mlle Sophie était sur le seuil de sa chambre, qui était près de la nôtre ; elle me fit entrer et referma la porte tout doucement ; puis elle me demanda si je l'aimais bien — et je lui dis que oui, — elle me demanda ensuite si je voulais faire quelque chose pour elle sans le dire à personne ; je dis oui encore une fois. Il fallait donc que je sorte sans qu'on me vît, et que je retourne chercher sa Bible, qu'elle avait oubliée sur le banc de l'église, entre deux autres livres. Bon. Je me faufilai hors de la maison et pris la route et, ma foi, il n'y avait personne à l'église, à part un ou deux cochons, car la porte ne fermait pas, et les cochons aiment les planchers de rondins, l'été, car c'est frais. Remarquez que la plupart des gens ne vont à l'église que quand ils y sont forcés et c'est le contraire pour les cochons.

Oui, mais je me disais : « Il y a quelque chose là-dessous ; les filles ne font pas tant d'histoires pour une Bible. » Alors je secouai un peu le livre, et il tomba un bout de papier où quelqu'un avait écrit au crayon : « Deux heures et demie. » J'eus beau chercher, je ne trouvai rien d'autre, aussi je remis le papier en place ; en arrivant au premier étage de la maison, Mlle Sophie était toujours à sa porte, à m'attendre. Elle me tira à l'intérieur, referma la porte, puis fouilla le livre pour chercher le papier. Dès qu'elle l'eut regardé, elle eut l'air content ; elle me prit dans ses bras, me serra bien fort et me dit que j'étais un bon garçon et qu'il ne fallait rien dire de tout ça à personne. Elle était rudement jolie, avec sa figure qui était devenue toute rouge, tout d'un coup, et ses yeux qui brillaient. J'étais bien étonné et, dès que je fus revenu de ma surprise, je lui demandai ce que c'était que ce papier.

— Est-ce que tu sais lire ? dit-elle.

Et moi, je lui dis :

— Les grosses lettres seulement.

Alors, elle répondit que ce n'était rien qu'une marque pour garder la page et que je pouvais aller jouer maintenant.

Je m'en allai sur le bord de l'eau, tournant tout ça dans ma cervelle, mais je vis bientôt que mon nègre me suivait ; quand on fut hors de vue de la maison, il se retourna, jeta un coup d'œil autour de lui et arriva en courant :

– Missié Georges, venez voir ! Y a toute une nichée de serpents d'eau dans le marais.

Je me dis : « Drôle d'histoire, il m'a déjà dit ça hier et il doit bien savoir que je n'aime pas chasser les serpents. Qu'est-ce qu'il a dans la tête ? »

– Vas-y, je te suis, que je lui fais.

Je marchai sur ses talons pendant un demi-mille, puis il obliqua vers le marais, et on avança avec de l'eau jusqu'aux chevilles pendant un autre demi-mille. On arriva à une petite plate-forme bien sèche et plantée d'arbres touffus, de buissons et de plantes grimpantes, et il dit alors :

– Faites encore deux trois pas, missié Georges. C'est là qu'ils sont. Je les ai vus et j'ai pas envie de les revoir !

Il continua son chemin, toujours dans l'eau, mais si vite que les arbres l'eurent bientôt caché. Après avoir fouillé, je finis par découvrir une petite clairière, pas plus grande qu'une chambre, toute cachée au milieu des lianes, et là un homme était endormi : c'était mon vieux Jim !

Je le réveillai, pensant qu'il allait être bien surpris de me revoir, mais pas du tout. Il pleura presque, tant il était content, mais il ne fut pas étonné. Il m'avait suivi à la nage, cette nuit-là, paraît-il, et il m'avait entendu l'appeler, mais il n'avait pas osé répondre, de peur que quelqu'un ne le sortît de l'eau que pour le faire redevenir esclave.

– J'étais un peu blessé, me dit-il, et je pouvais pas nager vite, aussi j'étais très loin derrière toi, à la fin ;

quand tu es sorti de l'eau, je me suis dit que je te rattraperais bien à terre, sans êt' forcé de crier, mais, quand j'ai vu la maison j'ai ralenti. J'étais trop loin pour entend' les mots et j'avais peur des chiens ; quand tout a été tranquille, j'ai pensé que tu étais rentré chez le mond', aussi j'ai fini la nuit dans les bois. De bonne heure, le lendemain matin, j'ai vu passer des nèg' qui allaient aux champs, et ils m'ont conduit ici, où les chiens ne pouvaient pas me retrouver à cause de l'eau ; tous les soirs, – i' m'ont apporté de quoi manger, et ainsi j'ai eu de tes nouvelles.

– Pourquoi n'as-tu pas demandé plus tôt à mon Jack de venir me chercher ?

– C'était pas la peine de te déranger, Huck, avant de pouvoir faire quelque chos', mais maintenant tout va bien. J'ai acheté des plats et des casseroles, et des vivres aussi, toutes les fois que j'ai pu, et la nuit j'ai rafistolé le radeau. Quand . . .

– Quel radeau, Jim ?

– Not' vieux radeau !

– Qu'est-ce que tu racontes ? Notre vieux radeau n'est pas en mille morceaux ?

– Non, mon vieux. Il a été bien amoché, à un bout, mais il n'y avait pas grand mal ; seulement presque toutes nos affaires sont allées au fond. Si on n'avait pas plongé si profond et nagé si longtemps sous l'eau, et puis si on n'avait pas fait les niguedouilles, comme on dit, on l'aurait bien vu, le radeau. Mais, au fond, ça vaut aussi bien, pisque maintenant il est presque comme neuf et qu'il y a plein de choses dessus pour remplacer celles qu'on a perdues.

– Mais, enfin, comment as-tu remis la main dessus, Jim. Tu l'as rattrapé ?

– Comment veux-tu que je le rattrape au fond des bois ? Non, c'est des nèg' qui l'ont trouvé échoué sur un écueil, au tournant de la rivière, et ils l'ont caché dans une crique, au milieu des saules, et pis ils ont tellement chicané pour savoir qui l'aurait que j'ai pas tardé à les entend' ; et alors je leur ai dit qu'il était à personne d'aut' qu'à nous deux ; et je leur ai demandé s'ils avaient envie de se faire fouetter pour voler le bien d'un jeune monsieur blanc. Et pis je leur ai donné dix cents à chacun, et ils ont tous été contents ; ils ont dit : « Pourvu qu'i' passe d'aut' radeaux pour êt' encore plus riches ! » Ils sont gentils pour moi, ces nèg'-là ; et, toutes les fois que je veux quelque chose, j'ai pas besoin de le leur demander deux fois, mon cœur. Ton Jack est un bon nèg', et malin !

— Ça, oui. Il ne m'a jamais dit que tu étais ici : il m'a dit de venir voir un nid de serpents d'eau. S'il arrive quelque chose, il n'y est pour rien. Il peut dire qu'il ne nous a jamais vus ensemble, et ce sera la vérité.

Je n'ai pas envie de parler beaucoup du jour qui suivit. Aussi je ferai vite. En me réveillant, vers l'aube, alors que j'allais me retourner et continuer à dormir, je remarquai qu'on n'entendait pas un bruit, que personne n'avait l'air de bouger. C'était bizarre. Et puis je m'aperçus que Buck était déjà parti. Tout étonné, je me lève, je descends : personne nulle part, pas un son. Dehors, la même chose. Je me dis : « Qu'est-ce que ça signifie ? » Mais, près du tas de bois, je trouve mon Jack et je lui demande :

— Qu'est-ce qui se passe ?

Et lui :

— Vous savez pas, missié Georges ?

— Non.

— C'est Mlle Sophie qui est partie ! Elle s'est enfuie pendant la nuit, on sait pas trop quand, pour se marier avec ce jeune Harvey Shepherdson, vous savez ? Du moins, c'est ça qu'ils disaient dans la famille. Ils s'en sont aperçus il y a une demi-heure, à peu près, pas beaucoup plus, et ils n'ont pas perdu de temps, ça non ! Jamais on n'a vu des gens sauter plus vite sur leurs chevaux, avec leurs fusils et tout ! Les femmes sont parties prévenir leur parenté, et le vieux M. Saul a pris la route du bord de l'eau pour essayer de rattraper le jeune homme et de le tuer avant qu'il puisse traverser avec Mlle Sophie. Il va se passer des choses !

— Buck est parti sans me réveiller ?

— Ça ne m'étonne pas. Ils voulaient pas vous mêler à leurs histoires ! En chargeant son fusil, missié Buck disait qu'il ramènerait un Shepherdson ou qu'il y laisserait sa peau. Ça manquera pas, là-bas, et sûrement qu'il en aura un, si il peut !

Je me mis à courir aussi vite que possible sur la route de la rivière. J'entendis bientôt des coups de fusil, au loin. En arrivant près de la boutique voisine de l'estacade où les vapeurs accostent, je me faufilai sous les arbres et les buissons, et puis je grimpai sur la fourche d'un cotonnier d'où je pouvais tout voir sans être vu. A quelque distance de l'arbre, il y avait une pile de bois haute de trois ou quatre pieds, et j'avais d'abord pensé me cacher derrière ; heureusement que je changeai d'avis ensuite !

Sur la petite place, devant le magasin, trois ou quatre hommes faisaient caracoler leurs chevaux, jurant et hurlant et s'efforçant de s'approcher de deux jeunes gens cachés derrière la pile de bois qui longeait le débarcadère. Mais ils n'y arrivaient pas. Chaque fois qu'ils avançaient, ils se faisaient tirer dessus. Les garçons étaient accroupis dos à dos derrière le tas, pour pouvoir surveiller les deux côtés.

Bientôt les cavaliers cessèrent leurs cris et se dirigèrent vers le magasin, mais alors un des garçons se leva, visa posément par-dessus, et je vis l'un d'eux tomber de la selle. Tous les autres sautèrent à leur tour, s'emparèrent du blessé et s'apprêtèrent à l'emporter dans la boutique, et à cet instant les garçons se mirent à courir. Ils étaient à mi-chemin de mon arbre avant d'avoir été

aperçus. Puis les hommes, les ayant vus, bondirent sur leurs bêtes et se jetèrent à leur poursuite. Ils gagnaient du terrain, mais les jeunes gens avaient de l'avance ; ils atteignirent le tas de bois près de mon arbre, se glissèrent derrière et furent une fois de plus à l'abri des balles. L'un était Buck et l'autre un mince garçon qui pouvait avoir dix-neuf ans.

Les hommes restèrent visibles un bout de temps, puis disparurent. Dès que je les eus perdus de vue, j'appelai Buck. Au début, il se demandait d'où venait ma voix. Il était stupéfait. Puis il me dit d'ouvrir l'œil et de les prévenir quand ils reviendraient, car ils mijotaient sûrement quelque chose et ne tarderaient pas à se montrer. J'aurais bien voulu être loin de cet arbre, mais je n'osais pas descendre. Buck se mit à pester et à jurer qu'ils se vengeraient tous les deux, lui et son cousin Joe (c'était le jeune homme mince). Il dit que son père et ses deux frères avaient été tués et deux ou trois du clan ennemi : les Shepherdson leur avaient tendu une embuscade ; son père et ses frères, disait Buck, auraient dû attendre du renfort. Les autres étaient trop nombreux pour eux. Je lui demandai ce qui était arrivé au jeune Harvey et à Mlle Sophie, et il me répondit qu'ils étaient en sûreté, de l'autre côté de la rivière ; j'en fus bien content. Mais Buck se mit à pousser des jurons en répétant qu'il avait raté Harvey le jour où il l'avait tenu au bout de son fusil. Je n'ai jamais rien entendu de pareil.

Tout d'un coup : pif ! paf ! Les hommes étaient descendus de cheval, s'étaient glissés dans le bois et tiraient par-derrière. Les garçons, blessés tous les deux, sautèrent dans la rivière et, comme ils descendaient le courant, les hommes les suivirent de la berge en criant : « Tuez-les, tuez-les. » J'en étais tellement bouleversé que je faillis tomber de l'arbre. Je ne vais pas tout raconter, j'en serais malade une fois de plus. Je souhaitais n'avoir jamais approché de la maison, cette nuit-là, si c'était pour voir des choses pareilles. Je ne pourrai jamais l'oublier ; souvent, j'en rêve.

Je restai dans l'arbre jusqu'à la nuit tombante, trop effrayé pour descendre. J'entendais parfois des coups de feu au loin, dans le bois. Et, deux fois, je vis de petits groupes d'hommes passer au galop près du magasin en portant des fusils ; ce n'était donc pas encore fini. J'avais le cœur bien gros, et je me jurai de ne jamais plus retourner près de cette maison, car je me sentais coupable. Ce morceau de papier était sûrement là pour demander à Mlle Sophie de retrouver Harvey à deux heures et demie et partir avec lui ; et je pensais que, si j'avais raconté l'histoire à son père et les drôles de façons qu'elle avait ce jour-là, il l'aurait peut-être enfermée, et toutes ces affreuses choses ne seraient pas arrivées.

Quand je me décidai à descendre, je suivis un moment le bord de la rivière en rampant et je trouvai les deux corps baignant dans l'eau. Je les hissai sur la berge, puis leur recouvris le visage, et je m'enfuis aussi vite que je pus. Je pleurais un peu en recouvrant le visage de Buck, car il avait été bien bon pour moi.

La nuit était maintenant venue. Je n'approchai pas de la maison, mais coupai à travers bois dans la direction du marais. Jim n'était pas sur son île, aussi je me mis à courir vers la crique, poussant des coudes à travers les saules, pressé de fuir cet affreux pays. Le radeau n'était plus là ! Quelle émotion, misère ! J'en restai une minute le souffle coupé. Puis je poussai un grand cri. A moins de vingt-cinq pieds de moi, j'entendis une voix répondre :

— Juste ciel ! C'est toi, mon cœur ? Fais pas de bruit !

C'était la voix de Jim. Rien ne m'avait jamais fait tant de plaisir à entendre. Je courus le long de la rive et sautai à bord. Jim me prit dans ses bras, me serra sur sa poitrine tellement il était heureux de me voir.

— Que Dieu te bénisse, mon fils ! dit-il. J'aurais juré

que t'étais mort une fois de plus. Jack est venu ; il croyait bien que tu avais reçu un coup de fusil, pisque t'étais pas revenu à la maison. Tu vois, à la minute, j'étais en train de pousser le radeau jusqu'à l'entrée de la crique, pour être tout prêt à prendre le large dès que Jack reviendrait me dire si t'étais tué pour de vrai. Seigneur, je suis rudement content de te revoir, mon cœur !

— Bon, dis-je à Jim, heureusement qu'on ne me retrouvera pas ; ils croiront que j'ai été tué et que le courant m'a emporté. Il y a quelque chose là-haut qui leur en donnera l'idée. Aussi ne perds pas de temps, Jim, rame vers le large aussi vite que tu pourras.

Je ne fus tranquille que lorsque le radeau fut en plein milieu du Mississipi, deux milles plus bas. C'est alors qu'on accrocha notre fanal, sûrs d'être une fois de plus libres et hors de danger. Je n'avais pas mangé une bouchée depuis la veille, aussi Jim fit des galettes, avec du petit-lait, du porc, des choux et de la salade : il n'y a rien de meilleur au monde quand c'est bien préparé, et, pendant que je mangeais mon souper, on eut du plaisir à parler, tous les deux. J'éais bien content de m'éloigner des querelles de clans, et Jim du marais.

On disait qu'aucune maison ne vaut un radeau, après tout ; ailleurs, on étouffe, on est serré les uns sur les autres, mais pas sur un radeau. Ah ! ce qu'on est bien sur un radeau !

XIX
Le duc et le dauphin à bord

Deux ou trois nuits passèrent, elles coulèrent, plutôt, tant elles furent paisibles, sans histoire, merveilleuses, enfin. Voici comment nous passions notre temps : la rivière était vraiment immense, par là ; il y avait parfois un mille et demi d'un bord à l'autre ; la nuit, on naviguait, le jour on se cachait pour dormir ; juste avant l'aube, on amarrait le radeau, presque toujours à l'abri d'un îlot, où l'on coupait des jeunes cotonniers et des saules pour le camoufler. Puis on posait les lignes. Ensuite on se laissait glisser à l'eau et on nageait un peu pour se détendre et se rafraîchir, et puis on s'asseyait sur le fond de sable à un endroit où l'eau nous arrivait aux genoux, et on regardait naître le jour. On n'entendait pas un bruit ; partout le silence, comme si le monde entier était endormi ; parfois seulement résonnait le tapage des grenouilles. En regardant au loin, sur l'eau, on voyait une espèce de ligne sombre : c'était la forêt, sur l'autre bord ; on ne distinguait rien d'autre ; puis, bientôt, un coin pâle dans le ciel ; ensuite la pâleur s'étalait, la rivière s'éclaircissait un peu ; tout là-bas, elle n'était plus noire, mais grise ; de petites taches rondes et sombres filaient loin, si loin ! C'était des péniches. Il y avait aussi les longues taches noires de radeaux : parfois, on entendait grincer un aviron ou s'élever des voix confuses, tant les sons portent dans le grand silence ; un peu plus tard, on apercevait une traînée sur la rivière et, à regarder l'eau, on comprenait qu'il y avait là un écueil en plein dans le courant qui se brisait dessus ; puis le brouillard s'en allait en tourbillons ; au-dessus du fleuve, le ciel rougissait à l'est, la rivière aussi, et on distinguait une cabane de troncs d'arbres à la lisière de la forêt, sur l'autre rive, un entrepôt, sans doute, où le bois, d'ailleurs, avait été rangé par des malhonnêtes, car on aurait pu faire passer un chien entre les rondins. Ensuite, la bonne brise se levait et vous arrivait de là-bas, fraîche et pure, et sentant bon, grâce aux arbres et aux fleurs ; pas toujours, pourtant, car des gens jetaient quelquefois des poissons crevés par-ci par-là, et ça puait joliment. Et, enfin, c'était le grand jour, tout souriait au soleil, et les oiseaux s'en donnaient à cœur joie dans les branches !

Un peu de fumée ne pouvait pas se remarquer à cette heure-là, aussi on décrochait quelques poissons pris à nos lignes et on se préparait un déjeuner chaud. Et après ça on regardait la rivière déserte, on paressait et on finissait par s'endormir. Un moment venait où on se réveillait. Pourquoi ? Parce qu'un vapeur remontait en crachotant, longeant de si près l'autre rive qu'on n'en pouvait rien distinguer, même pas s'il avait sa roue derrière ou sur le côté. Il se passait bien une heure ensuite où on n'avait rien à voir, rien à entendre, un vrai désert. Et puis il s'amenait un radeau où un type fendait du bois, comme ils font presque toujours à bord des radeaux ; on voyait l'éclair de la hache qui retombait, mais sans rien entendre, puis elle remontait, et, quand elle était au-dessus de la tête de l'homme, le « k'chunk » vous arrivait ; il avait mis tout ce temps-là pour faire son chemin pardessus l'eau. Et ainsi la journée passait, à paresser, à écouter le silence. Un jour, il y eut beaucoup de brouillard ; sur les radeaux, sur tout ce qui flottait, les gens tapaient sur des casseroles de fer-blanc pour empêcher les vapeurs de leur rentrer dedans. Un radeau ou une péniche vint si près qu'on pouvait entendre les types parler, jurer et rire, mais on ne voyait rien, et ça nous donnait la chair de poule, car on aurait dit que c'étaient des esprits qui passaient dans l'air, Jim en était sûr. Mais moi, je lui répondais : — Allons donc, des esprits ne diraient pas : « Quel sacré brouillard du diable » !

Aussitôt qu'il faisait nuit, en route ! Dès qu'on avait poussé le radeau vers le milieu de la rivière, on l'abandonnait au gré du courant ; ou allumait nos pipes, on laissait pendre nos jambes dans l'eau et on parlait de toutes sortes de choses ; on était toujours tout nus, jour et nuit, quand les moustiques le voulaient bien, les habits neufs qu'on avait faits pour moi chez Buck étaient beaucoup trop beaux pour que je m'y sente à l'aise, et d'ailleurs je n'ai jamais beaucoup aimé avoir des frusques sur le dos.

Quelquefois, la rivière était à nous pendant des heures. Au loin, on voyait la rive, et des îles, et peut-être une étincelle ; c'était une bougie à la fenêtre d'une cabane, et parfois aussi une ou deux lumières sur l'eau à bord d'un radeau ou d'un chaland ; il arrivait de temps en temps qu'on entendît un violon, une chanson . . . C'est épatant de vivre sur un radeau. On avait tout le ciel, pointillé d'étoiles ; on se couchait sur le dos pour les regarder et on se demandait si quelqu'un les avait faites, ou, sinon, comment elles étaient venues là. Jim pensait qu'on les avait faites, et moi qu'elles avaient toujours existé, car j'estimais qu'il aurait fallu trop de temps pour en fabriquer une telle foule. « Peut-être que c'est la lune qui les a pondues », disait Jim, et ça me parut raisonnable, car j'avais une fois vu une grenouille en pondre presque autant ; c'était donc possible, et je ne dis pas le contraire. Nous regardions aussi les étoiles filantes et leurs traînées dans le ciel ; Jim disait qu'elles avaient dû se gâter et qu'on les jetait hors du nid.

Une ou deux fois par nuit, un vapeur glissait dans l'ombre et, de temps en temps, il vomissait toute une gorgée d'étoiles par ses cheminées : ça faisait joli quand elles tombaient en averse dans la rivière ; ensuite, il disparaissait à un tournant, ses lumières s'éteignaient tout d'un coup, son « oua-oua » se taisait, et la rivière reprenait son silence ; longtemps après son passage, son remous arrivait à nous et secouait un peu le radeau. Ensuite, on oubliait l'heure et on n'entendait rien d'autre que les grenouilles.

Après minuit, les gens de la terre allaient se coucher. Les rives étaient noires pour deux ou trois heures ; plus d'étincelles aux fenêtres des cabanes. Ces lumières étaient notre horloge. Dès qu'il en apparaissait une, c'est que le matin approchait, et on se mettait tout de suite en quête d'un endroit où s'amarrer et se cacher.

Une fois vers le point du jour, je trouvai un canot et traversai un rapide pour atteindre la rive, qui n'était qu'à deux cents mètres. Là, je remontai un ruisseau parmi les bois de cyprès pour voir si je pourrais trouver des baies. Au moment où je passais une sorte de gué, deux hommes dévalèrent le sentier à toute vitesse. Je me dis que j'étais fichu, car, toutes les fois que je voyais des gens courir, je pensais qu'ils ne pouvaient courir qu'après moi ou après Jim. J'étais sur le point de filer sans perdre de temps, mais, comme ils n'étaient pas loin à ce moment, je les entendis m'appeler et me supplier de leur sauver la vie ; ils n'avaient rien fait de mal, paraît-il, et c'est pour ça qu'on les poursuivait avec des chiens. Ils voulaient sauter dans la barque, mais je leur dis :

– Ne faites pas ça. Je n'entends ni chiens, ni chevaux pour l'instant. Vous avez le temps de vous enfoncer sous bois, en longeant le ruisseau, et ensuite vous entrerez dans l'eau et vous redescendrez jusqu'à moi : ainsi les chiens perdront la piste.

C'est ce qu'ils firent, et, dès qu'ils furent à bord, je

mis le cap sur notre îlot ; cinq où dix minutes après, on entendit des cris et des aboiements. Ils se rapprochèrent du ruisseau, mais on ne les vit point ; ils s'arrêtèrent ensuite et perdirent du temps à chercher ; plus nous allions, plus leurs voix s'affaiblissaient ; et, quand il y eut un mille de bois derrière nous en débouchant sur la rivière, on n'entendit plus un bruit. On arriva au banc de sable, on se cacha dans les cotonniers, sûrs de n'avoir plus rien à craindre.

Un des fugitifs avait au moins soixante-dix ans. Il n'avait pas un poil sur la tête, mais de longs favoris gris. Il portait un vieux chapeau tout cabossé ; une chemise de laine bleue pleine de taches, de vieilles culottes de coutil bleu, toutes déchirées, rentrées dans ses bottes, et des supports-chaussettes tricotés, mais il en avait perdu un. Il tenait sous son bras une vieille redingote du même coutil aux boutons de cuivre brillant, et il était chargé de deux gros sacs de voyage en tapisserie bien rebondis et mangés des mites.

L'autre bonhomme avait la trentaine, et ses habits n'étaient pas plus cossus. Après déjeuner, on se mit à causer, et il apparut tout de suite que les deux types ne se connaissaient pas.

— Qu'est-ce qui t'est arrivé ? dit le chauve.

— Je vendais un produit pour enlever le tartre des dents : et ça l'enlevait bien, ma foi, et l'émail avec ; mais je suis resté une nuit de trop ; j'étais justement en train de m'éloigner quand je t'ai rencontré sur le chemin, tu m'as dit qu'ils arrivaient et qu'il fallait que je t'aide. Je t'ai répondu que je n'attendais rien de bon, moi non plus, et qu'on ferait route ensemble Voilà toute mon histoire. Et la tienne ?

— Eh bien ! j'étais là depuis une semaine pour organiser une mission de propagande antialcoolique ; j'étais le chéri de toutes les femmes, jeunes et vieilles, car ça chauffait pour les soûlots ; je me faisais des cinq,

six dollars par soirée : dix cents par personne, gratuit pour les gosses et les nègres ; et les affaires marchaient, je te prie de croire ; mais voilà que, la nuit dernière, le bruit s'est répandu que je buvais la goutte, en douce, pour passer le temps. Un nègre m'a réveillé ce matin pour me dire qu'ils se rassemblaient tous en catimini, avec leurs chevaux et leurs chiens, et qu'ils ne tarderaient pas à arriver ; alors, après m'avoir donné une demi-heure d'avance, ils me prendraient en chasse pour me couvrir de goudron et de plumes et me mettre à cheval sur une barre s'ils m'attrapaient. J'ai pas attendu pour déjeuner, j'avais pas faim.

— Dis donc, vieux, dit le jeune, on pourrait faire des affaires ensemble. Qu'est-ce que tu en penses ?

— Je ne dis pas non. Tu t'occupes de quoi ?

— Je suis imprimeur de mon métier ; je fais un peu dans les drogues aussi, et dans la tragédie ; je suis acteur, tu comprends. Je m'occupe d'hypnotisme et de phrénologie à l'occasion ; je donne des leçons de chant et de géographie dans les écoles, pour changer, de temps en temps ; quelquefois, je me lance dans les conférences, je fais des tas de choses, quoi ! Tout ce qui se présente, sauf si c'est du travail. Et toi, quelle est ta spécialité ?

— Moi, dans le temps, j'ai fait le guérisseur. L'imposition des mains pour le cancer, la paralysie et autres, c'est mon meilleur truc. Et je suis fameux pour la bonne aventure quand un copain me renseigne à l'avance. Je ponds des sermons aussi, j'organise des prêches en plein air, je fais le missionnaire, enfin !

On resta un moment sans parler. Puis le jeune poussa un soupir et dit :

— Hélas !

— Qu'est-ce que tu as, avec tes hélas ? dit le chauve.

— Penser que j'en arriverais là ! Que je me dégraderais dans une compagnie pareille !

Et il s'essuya le coin de l'œil avec un chiffon.

— Dis donc, espèce d'enflé, la compagnie n'est pas assez bonne pour toi ?

— Oh ! elle est assez bonne pour moi : je ne mérite pas mieux car par la faute de qui suis-je tombé si bas quand j'étais si haut ? Par la mienne. Je ne vous blâme pas, messieurs, loin de là. C'est moi le coupable. Tant pis pour moi ! Je suis au moins sûr d'une chose : une tombe m'attend quelque part. La vie peut continuer pour moi telle qu'elle a toujours été. On peut tout me prendre : êtres chers, richesses, tout enfin, mais on ne me prendra pas mon tombeau. Un jour, je m'y coucherai, j'oublierai, et mon pauvre cœur trouvera le repos.

Et il continua à essuyer ses larmes.

— La barbe pour ton pauvre cœur brisé, dit le chauve. Tu n'as pas fini de nous embêter avec ton cœur ? On t'a rien fait, nous !

— Non, je le sais. Je ne vous blâme pas, messieurs, je suis tombé par ma faute, oui, par ma faute. Il est juste que je souffre, très juste. Je ne gémis pas.

— Tombé d'où ? Dis-nous un peu d'où tu es tombé ?

— Ah ! vous ne me croiriez pas ; le monde ne veut jamais me croire ; qu'importe . . . n'en parlons plus. Le secret de ma naissance . . .

— Le secret de ta naissance ? Tu veux dire que . . .

— Messieurs, dit le jeune homme, d'un air solennel, je veux bien vous le révéler, car je sens que je puis avoir confiance en vous. Je suis duc !

Les yeux de Jim s'arrondirent en entendant ça, je crois bien que les miens en firent autant. Mais le chauve dit :

— Non ! Tu veux rire !

— C'est la vérité ! Mon arrière-grand-père, fils aîné du duc de Bridgewater, émigra en ce pays, à la fin du siècle dernier, pour respirer l'air pur de la liberté ; il se maria ici et mourut en laissant un fils, tandis que son propre père mourait vers la même époque. Le second fils du feu duc s'empara du titre et des terres, et le véritable duc, encore au berceau, fut ignoré. Je descends en droite ligne de cet innocent. Je suis le seul duc de Bridgewater, et vous me voyez, solitaire, arraché à mon rang, poursuivi par les hommes, méprisé par le monde au cœur sec, en loques, épuisé, écrasé et dégradé par la compagnie de malfaiteurs à bord d'un radeau !

Jim le plaignait de tout son cœur, et moi aussi. On essaya de le consoler, tous les deux, mais il répétait que cela ne servait pas à grand-chose, que rien ne pouvait lui apporter un grand réconfort ; mais que, si nous nous sentions disposés à reconnaître son titre, cela lui ferait sans doute plus de bien que tout le reste. On lui dit qu'on ne demandait pas mieux s'il voulait nous expliquer comment faire. Il répondit qu'il fallait s'incliner pour lui parler, l'appeler « Votre Grâce », ou « Monseigneur », ou « Votre Seigneurie » – mais qu'il ne se fâcherait pas si on lui disait seulement Bridgewater, car ce n'était pas un nom, mais un titre ; et puis il faudrait que l'un de nous le servît à table et lui rendît les petits services qu'il demanderait.

Tout ça, c'était facile, aussi on fit comme il voulait. Pendant le dîner, Jim resta debout et le servit en disant : « Votre Grâce prendra-t-elle de ci, ou de ça ? » et on pouvait voir que ça lui faisait plaisir.

Mais le vieux était devenu muet, petit à petit, et il n'avait pas l'air ravi de tout le foin qu'on faisait autour de ce duc-là. On aurait dit qu'il ruminait quelque chose. Au milieu de l'après-midi, il lança tout d'un coup :

– Dis donc, Bilgewater[1], je suis rudement désolé pour toi, mais tu n'es pas le seul à avoir eu des malheurs.

– Non ?

– Non ! D'autres personnes que toi ont été perfidement dépouillées de leur titre.

– Hélas !

1. Déformation ridicule de Bridgewater, signifiant : eau de cale.

— Non, tu n'es pas le seul à cacher le secret de ta naissance.

Et, nom d'une pipe, le voilà qui se met à pleurer, lui aussi.

— Arrête, qu'est-ce que tu veux dire ?

— Bilgewater, puis-je avoir confiance en toi ? dit le vieux avec un sanglot dans la voix.

— Jusqu'à la mort !

Il prit la main du vieux, la serra et dit :

— Le secret de ta naissance, confie-le-moi !

— Bilgewater, je suis le Dauphin !

Vous pensez si on ouvrit de grands yeux, cette fois-là, Jim et moi ! Mais le duc s'écria : — Tu es quoi ?

— Oui, mon ami, ce n'est que trop vrai. Tes yeux voient en ce moment le pauvre Dauphin disparu, Looy XVII, fils de Looy XVI et de Marry Antonette.

— Toi, à ton âge ! Tu veux dire que tu es l'empereur Charlemagne ! Tu as six ou sept cents ans, au moins.

— C'est le malheur, Bilgewater, c'est le malheur ! Le malheur m'a donné ces cheveux gris et cette calvitie précoce. Oui, messieurs, devant vous, dans une culotte de coutil bleu et la misère, errant, exilé, brimé, malheureux, vous voyez le légitime roi de France.

Il pleurait si fort qu'on ne savait trop que faire, Jim et moi, tellement on avait pitié de lui, tellement on était fiers et contents de l'avoir avec nous. Aussi on essaya de le consoler, comme on avait fait pour le duc. Mais il nous dit que ce n'était pas la peine, que la mort seule le soulagerait ; pourtant, ajouta-t-il, il se sentait parfois moins malheureux, pour un moment, quand les gens le traitaient selon son rang, quand ils mettaient un genou en terre pour lui parler, quand ils l'appelaient « Votre Majesté » et le servaient le premier aux repas, et quand ils ne s'asseyaient en sa présence qu'avec sa permission. Aussi, on commença à lui donner du « Votre Majesté » à tout bout de champ tous les deux, à faire toutes sortes de choses pour lui et à rester debout jusqu'à ce qu'il nous dît de nous asseoir. Tout ça lui fit tellement de bien qu'il en devint plus gai et plus content. Mais le duc, lui, faisait grise mine et n'avait pas l'air enchanté du tour que prenaient les choses ; pourtant, le roi était très bienveillant envers lui, et disait que l'arrière-grand-père du duc et tous les autres ducs de Bilgewater étaient très estimés du roi son père et qu'on les autorisait à venir très souvent au palais ; mais le duc resta longtemps de mauvaise humeur. Enfin, un jour, le roi lui dit :

– Ça m'étonnerait qu'on ne reste pas un bon bout de temps ensemble sur ce radeau-ci, Bilgewater, aussi à quoi bon bouder ? Ça ne servira qu'à nous empoisonner l'existence. C'est-y de ma faute si je ne suis pas né duc ? C'est-y de ta faute si tu n'es pas né roi ? Alors, pourquoi s'en faire ? Si tu n'as pas ce que tu aimes, il faut aimer ce que tu as, c'est ma devise. On n'est pas mal ici, il y a à manger, et la vie est facile. Allons, donnons-nous la main, duc, et soyons amis !

Le duc obéit, et on fut bien soulagé, Jim et moi. Ce fut la fin de la dispute, et on en était bien content, car tout serait allé de travers, s'il y avait eu des fâcheries sur le radeau. Sur un radeau, l'essentiel est que tout le monde soit content et plein de bonne volonté les uns envers les autres.

Il ne me fallut pas longtemps pour comprendre que ces menteurs n'étaient ni ducs, ni rois, mais deux fumistes de première grandeur. Mais je n'en ai jamais dit un mot, je ne l'ai jamais laissé voir, j'ai gardé ça pour moi tout seul : c'est le meilleur moyen d'éviter les querelles et les ennuis. S'ils voulaient se faire appeler rois et ducs, je n'y voyais pas d'inconvénient, et ça permettait d'avoir la paix dans la famille. Je ne jugeai pas utile d'en parler à Jim ; la seule façon de s'arranger avec des gens comme ça, c'est de les laisser faire à leur tête. Si Pap m'a jamais appris quelque chose, c'est ça.

XX
Sang royal à Parkville

Ils nous posèrent des tas de questions ; ils voulaient savoir pourquoi on recouvrait le radeau de branches, pourquoi on dormait le jour et non la nuit et si Jim n'était pas un nègre échappé. Moi je ripostais :

– Dieu du ciel ! Est-ce qu'un nègre échappé irait vers le Sud !

– Non, bien sûr, dirent- ils.

Mais il fallait que je trouve un moyen de tout expliquer, aussi je leur racontai l'histoire suivante :

– Ma famille habitait Pike County, dans le Missouri, où je suis né, mais tous sont morts, sauf moi, mon père et mon frère Ike. Un jour, papa décida de quitter le pays pour aller vivre avec l'oncle Ben, qui avait une petite exploitation sur la rivière, à quarante milles au-delà d'Orléans. Papa était assez pauvre, il avait des dettes ; et, quand tout fut payé, il ne nous resta que seize dollars et notre nègre Jim. Ce n'était pas assez pour faire quatorze cents milles, même sur le pont. Mais, quand la crue arriva, papa eut la bonne fortune de trouver ce radeau, et on décida de s'en servir pour aller à Orléans. Malheureusement, notre veine ne dura pas longtemps ; une nuit, un vapeur heurta l'avant du radeau, et tout le monde fut envoyé au fond de l'eau, sous la roue. Je réussis à remonter, Jim aussi ; papa, lui, était saoul, Ike n'avait que quatre ans ; et on ne le revit plus jamais. Pendant un jour ou deux, on eut beaucoup d'ennuis, car des tas de gens venaient dans des canots pour essayer d'emmener Jim, qu'ils prenaient pour un nègre échappé. C'est pourquoi on se cache le jour, maintenant. La nuit, personne ne nous embête.

Le duc dit :

– Laisse-moi combiner un système pour voyager le jour si nous en avons envie. Je vais y réfléchir. Je trouverai bien quelque chose. Pour aujourd'hui, on continuera comme avant, car on ne va pas s'amuser à passer cette ville que tu vois là-bas en plein jour. Ça risquerait d'être malsain pour nous.

Vers le soir, le temps commença à se gâter et la pluie à menacer ; des éclairs de chaleur jaillissaient tout autour de nous, très bas dans le ciel, et les feuilles frémissaient déjà. On allait avoir du vilain, c'était clair. Le duc et le roi se mirent aussitôt à inspecter notre wigwam pour tâter les paillasses. Moi, je dormais sur une couette de paille, meilleure que celle de Jim, qui était en balle de maïs, où il reste toujours des épis qui vous rentrent dans les côtes, outre que, lorsqu'on se retourne sur les cosses sèches, on croirait se rouler dans un tas de feuilles mortes, et ça bruisse si fort que ça vous réveille. Le duc décida donc qu'il prendrait mon lit, et le roi qu'il le garderait pour lui.

– J'aurais pensé, dit-il, que tu aurais compris tout seul, vu la différence de rang, que les couettes en balle de maïs ne sont pas faites pour moi. Votre Grâce dormira dessus.

On eut des sueurs froides, pendant une minute, Jim et moi, à l'idée qu'ils allaient recommencer à se chamailler, aussi on fut bien soulagé d'entendre le duc répondre :

– C'est mon destin d'être toujours écrasé dans la boue, sous le talon de fer de la tyrannie. Le malheur a rendu docile mon âme si fière autrefois ; je cède, je me soumets ; tel est mon sort. Je suis seul dans le monde, il ne me reste que la souffrance ; je saurai la supporter.

Dès qu'il fit complètement nuit, on se mit en route. Le roi nous ordonna de prendre le large et de rester au milieu de la rivière, sans allumer le fanal avant d'avoir laissé la ville loin derrière nous. Peu de temps après, un petit bouquet de lumières apparut ; c'était la ville en question, et on la passa à un bon quart de mille du bord. Trois quarts de mille plus bas, on hissa la lanterne, et, vers dix heures, il se mit à pleuvoir, à venter, à tonner, d'une belle façon ; le roi nous dit de rester de quart jusqu'à ce qu'il fît moins mauvais, et puis il se glissa dans le wigwam avec le duc, pour dormir. Mon quart ne commençait qu'à minuit, mais, même si j'avais eu un lit, je n'aurais pas voulu aller me coucher, car on ne voit pas tous les jours une tempête pareille.

Miséricorde, comme le vent hurlait ! Toutes les deux secondes, un éclair aveuglant illuminait les crêtes blanches des vagues à un demi-mille à la ronde ; on voyait les îles comme grises de poussière dans la pluie, et les arbres agitaient leurs branches comme des fléaux dans le vent ; tout d'un coup, on entendit : Cr-r-ac ! Boum, boum, brr-rr, boum-boum, badaboum ! Le tonnerre grognait, roulait et s'arrêtait, et puis, zou ! un autre éclair jaillissait, et un autre. Parfois les lames me balayaient presque par-dessus bord, mais j'étais tout nu, aussi ça m'était égal. Les écueils ne nous gênaient pas, car les éclairs n'arrêtaient pas de tout illuminer ou de voltiger par-ci par-là dans le ciel, si bien qu'on voyait assez clair pour les éviter en virant de bord.

Je vous ai dit que je devais être de quart à minuit, mais j'avais tellement envie de dormir, quand il fut l'heure, que Jim me dit qu'il ferait la première moitié à ma place ; ça c'était bien Jim. Aussi je me mis à quatre pattes pour entrer dans le wigwam, mais le roi et le duc s'étaient si bien étalés qu'il n'y avait plus de place pour moi, je m'allongeai donc dehors ; la pluie ne me dérangeait pas, elle était tiède, et les vagues avaient diminué. Vers deux heures, elles s'enflèrent de nouveau, pourtant, et Jim eut envie de m'appeler, mais il attendit ; il pensait qu'elles n'étaient pas encore assez grosses pour faire du dégât, en quoi il se trompait, car bientôt une lame énorme me jeta par-dessus bord. Jim faillit en crever de rire. C'est vrai que je n'ai jamais vu aucun nègre rire aussi facilement que lui.

Je pris le quart, Jim s'allongea et se mit à ronfler ; peu à peu, la tempête se calma pour de bon ; à la première maison éclairée, je le secouai, et on se glissa dans une cachette pour la journée.

Après le déjeuner, le roi sortit un vieux paquet de cartes crasseuses, et le duc et lui jouèrent pendant quelque temps à la manille, à cinq cents la partie. Puis ils s'en lassèrent et décidèrent « d'établir un plan de campagne », comme ils disaient. Le duc fouilla dans son sac de tapisserie et en sortit un tas de petites affiches imprimées qu'il se mit à lire à haute voix. L'une déclarait que « le célèbre Dr Armand de Montalban, de Paris », ferait une « conférence sur la science phrénologique » dans tel ou tel endroit, le tant de tel mois, à dix cents l'entrée, et qu'il distribuerait des feuilles : « Votre caractère dévoilé », à vingt-cinq cents pièce. « C'est moi », disait le duc. Sur une autre affiche, il était « le célèbre acteur mondial Garrick cadet, tragédien du théâtre de Drury Lane, Londres ». Ailleurs encore, il portait d'autres noms et faisait d'autres choses étonnantes, par exemple il trouvait de l'eau et de l'or à l'aide d'un « pendule divinatoire », ou il « conjurait le mauvais sort ».

— Mais, dit-il, la muse du théâtre c'est ma bien-aimée. Es-tu jamais monté sur les planches, mon prince ?

— Non, dit le roi.

— Tu y monteras avant trois jours, roi déchu, dit le

duc. A la première grosse ville, nous louerons une salle et nous jouerons la scène du duel de Richard III et la scène du balcon de Roméo et Juliette. Qu'est-ce que tu en dis ?

— J'en suis, jusqu'au trognon, pourvu que ça rapporte, Bilgewater ; mais, tu sais, je n'y connais rien, au théâtre, et je n'ai guère vu d'acteurs. J'étais trop petit quand papa en faisait jouer au palais. Tu crois que tu pourras m'apprendre ?

— Facilement !

— Bon. D'autant plus que je crève d'envie de faire quelque chose de nouveau. Si on commençait tout de suite ?

Alors le duc se mit à lui expliquer qui était Roméo et qui était Juliette, et il dit qu'il faisait Roméo d'habitude ; le roi serait donc Juliette.

— Mais si Juliette est une petite jeune fille, duc, mon crâne déplumé et mes favoris blancs vont sûrement faire un drôle d'effet dans ce rôle-là ?

— Ne t'en fais pas : ces campagnards n'y verront que du feu. D'ailleurs, tu seras en costume, et ça fait une différence ! Juliette est sur son balcon à regarder la lune avant d'aller au lit, elle est en chemise de nuit et en bonnet de nuit à volants. Tiens, regarde les costumes.

Il sortit deux ou trois tenues de vieux reps, il disait que c'étaient des armures médiévales, pour Richard III et l'autre type, et une longue chemise de nuit en coton blanc, avec un bonnet à ruches en même étoffe. Ça plut au roi, aussi le duc prit son livre et se mit à lire les rôles de la façon la plus impressionnante, se pavanant et mimant en même temps pour montrer comment il fallait faire ; puis il donna le livre au roi pour qu'il apprît son rôle par cœur.

Il y avait un petit village au tournant de la boucle ; et, après dîner, le duc dit qu'il avait mis sur pied un moyen de circuler en plein jour sans danger pour Jim ;

il déclara qu'il voulait descendre à terre pour tout mettre au point. Le roi se sentait envie de descendre aussi, pour voir s'il n'y avait pas quelque chose à faire, par là. Nous n'avions plus de café, et Jim me dit de prendre le canot en même temps qu'eux, pour aller en acheter.

Il n'y avait pas un chat dans les rues, qui étaient aussi vides et aussi silencieuses que si ç'avait été dimanche. Un nègre malade, qui prenait le soleil dans une cour, nous apprit que tout ce qui n'était pas trop jeune, trop vieux ou trop mal en point, était parti à un camp de prières, à deux milles de là, dans les bois. Le roi dit que, s'il y avait une affaire à faire à ce camp, il ne la raterait pas, et il me permit de l'accompagner si j'en avais envie.

Mais le duc cherchait une imprimerie. On finit par en découvrir une, une petite boutique de rien du tout au-dessus de l'atelier d'un charpentier. Charpentier et imprimeur étaient au camp, et toutes les portes étaient grandes ouvertes. C'était une pièce désordonnée et crasseuse, dont les murs étaient couverts de traces d'encre et d'affiches écrites à la main, qui décrivaient des chevaux volés et des nègres en fuite. Le duc tomba la veste et nous dit qu'il avait à faire. Aussi on partit à travers bois, jusqu'au camp.

Nous étions en nage en y arrivant, après une demi-heure de marche, car c'était une journée très chaude. Un millier de gens, au moins, étaient venus de vingt milles à la ronde. La forêt était pleine de voitures, de chevaux attachés à tous les arbres, mangeant aux râteliers des chariots et tapant du sabot pour chasser les mouches. Il y avait de grandes huttes faites de poteaux supportant des branches en guise de toits, où l'on vendait de la limonade, du pain d'épice, des pastèques et du maïs vert.

C'était sous des huttes du même genre que l'on prêchait, mais elles étaient plus grandes et contenaient des foules de gens. Les bancs étaient en planches encore couvertes d'écorce, dont la partie arrondie était percée de trous pour y passer les bâtons qui servaient de pieds. Ils n'avaient pas de dossier. Les prêcheurs se tenaient sur de hautes plates-formes à un bout. Les femmes portaient des bonnets de soleil et des robes de tiretaine, de guingamp, et les plus jeunes de calicot. Certains jeunes gens avaient les pieds nus, et la plupart des enfants n'étaient vêtus que d'une chemise de toile grossière. Quelques vieilles tricotaient, et la jeunesse flirtait en catimini.

A la première hutte, le prêcheur commençait un cantique. Il en chanta deux lignes, et tout le monde entonna ; c'était beau de les entendre, tant ils étaient nombreux et tant ils y mettaient de cœur. Après celui-là, ce fut un autre, et puis encore un autre. Les gens s'animaient de plus en plus et chantaient de plus en plus fort, et certains, à la fin, poussèrent des gémissements et des cris. C'est alors que le prêche commença ; et le prêtre y mettait de l'ardeur ! Il circulait d'un bout à l'autre de l'estrade ; il se penchait vers la foule en agitant les bras et en articulant fortement toutes ses paroles ; de temps en temps, il ouvrait sa Bible, il l'élevait au-dessus de sa tête, il la présentait aux fidèles en criant : « Voici le serpent d'airain dans le désert ! Regardez et vivez ! » Et les gens hurlaient : « Gloire à Dieu ! *A-a-men* ! » Et lui continuait à parler, tandis qu'ils gémissaient, pleuraient et répétaient : *Amen.*

— Oh ! venez au banc des lamentations ! Venez, vous qui êtes noirs de péchés ! (*Amen* !) Venez, malades et souffrants ! (*Amen* !) Venez, boiteux, estropiés, aveugles ! (*Amen* !) Venez, pauvres et malheureux, vous qui êtes chargés de honte ! (*A-a-men !*) Venez, vous qui êtes fatigués, souillés, affligés ! Venez l'âme contrite ! Venez le cœur repentant ! Venez avec vos haillons, vos péchés, votre crasse ! L'eau qui purifie est à vous, la porte du ciel est ouverte. Oh ! entrez et venez goûter le repos ! (*A-amen ! Gloire à Dieu ! Alleluia !)*

Et ainsi de suite. On n'entendait plus les paroles du

prêcheur au milieu des cris et des pleurs. Partout, dans la foule, des gens se levaient et se frayaient un chemin à coups de poing et de coude jusqu'au banc des lamentations, tandis que les larmes leur coulaient sur la figure ; et, quand ils furent tous assemblés devant l'estrade, ils se mirent à chanter, à crier, à se jeter à plat ventre dans la paille, comme des fous ou des sauvages.

Et voilà le roi qui se mit de la partie en faisant plus de bruit que tous les autres, à lui tout seul ; il fonça vers l'estrade, où le prêcheur le supplia de parler à la foule. Aussitôt il leur raconta qu'il était pirate depuis trente ans, là-bas, dans l'Océan Indien : « Mon équipage a péri dans un combat, et je suis revenu au pays pour chercher d'autres matelots ; mais, grâce à Dieu, j'ai été volé pas plus tard qu'hier et j'ai débarqué d'un bateau à vapeur sans un sou dans ma poche. Ah ! que j'en suis heureux et reconnaissant ! C'est la plus grande chance que j'aie jamais eue, car je suis un autre homme, maintenant, et je connais la félicité pour la première fois de ma vie ; pauvre comme je suis, je m'en vais repartir à l'instant et je me débrouillerai pour retourner jusqu'à l'Océan Indien afin d'utiliser le reste de mes jours à ramener les pirates dans le droit chemin. Je pourrai le faire mieux que personne, connaissant tous les équipages des bateaux pirates de cette mer ; je sais qu'il me faudra du temps, sans le sou comme je suis, pour arriver là-bas, mais j'y arriverai bien un jour, et, chaque fois que je convertirai un pirate, je lui dirai : « Ne me remercie pas, ça n'est pas à moi que tu dois de la reconnaissance, c'est aux braves gens de Pokeville, à ces frères, à ces bienfaiteurs de la race humaine, et au cher prêcheur du camp, le véritable ami du pirate ! »

Il fondit en larmes, et tous les autres avec. Tout d'un coup, une voix s'éleva : « Faites la quête, faites la quête ! » Une demi-douzaine de fidèles furent vite debout, mais on cria encore : « Il n'a qu'à passer son chapeau », et tout le monde le répétait en chœur, le prêcheur comme les autres.

Le roi commença à circuler dans la foule, tenant son chapeau d'une main, se tamponnant les yeux de l'autre, distribuant des bénédictions et des louanges et remerciant les gens de leur bonté pour les pauvres pirates, à l'autre bout de la terre ; et parfois des filles jolies comme tout, les joues couvertes de larmes, lui demandaient la permission de l'embrasser ; il acceptait toujours, et il y en a même qu'il embrassa au moins cinq ou six fois de suite en les serrant dans ses bras. Il fut invité à rester une semaine dans le village, et tous les gens voulaient le recevoir chez eux et disaient que ce serait un honneur pour leur famille, mais il répondait qu'il ne pourrait plus se rendre utile puisque le camp finissait ce jour-là et qu'il était pressé de retourner dans l'Océan Indien, faire son devoir auprès des pirates.

De retour sur le radeau, le roi compta la recette et vit qu'il avait quatre-vingt-sept dollars et soixante-quinze cents. Et il avait ramené une cruche de whisky, en plus, qu'il avait trouvée sous un chariot, sur le chemin du retour, à travers bois. Il disait que, depuis qu'il faisait le missionnaire, il n'avait jamais rien vu de pareil à cette journée-là : « On dira ce qu'on voudra, mais les païens ne valent pas tripette dans un camp de prières, à côté des pirates. »

Le duc, qui était assez content de lui jusqu'au retour du roi, ne se sentait plus si fier après. Il s'était installé dans l'atelier et il avait imprimé quelques affiches pour les fermiers et s'était fait payer quatre dollars. Et il avait aussi pris pour dix dollars de publicité pour le journal, en disant que, si on payait d'avance, c'était moitié prix. Et, alors que l'abonnement du journal était de deux dollars par an, il en avait fait payer quelques-uns un demi-dollar, toujours à condition de régler d'avance ; les fermiers voulaient s'acquitter en bois et en oignons comme d'habitude, mais il leur raconta qu'il venait de s'installer et qu'il leur faisait des prix aussi bas que possible pour qu'on lui donnât de l'argent. Pour finir, il écrivit un petit brin de poésie qu'il avait trouvé dans sa tête — trois lignes ; — ça donnait envie de pleurer tellement c'était triste. Ça s'appelait : « Oui, impitoyable monde, écrase mon cœur brisé » ; et il la laissa toute prête à être imprimée dans le journal, pour rien. En tout, il s'était fait neuf dollars et demi et il trouvait qu'il avait gagné sa journée.

Il nous montra ensuite une affiche qu'il avait imprimée gratis, car c'était pour nous. Dessus on voyait le dessin d'un nègre en fuite portant un baluchon sur l'épaule au bout d'un bâton, et dessous « deux cents dollars de récompense ». Et il y avait écrit qu'il s'était enfui l'hiver dernier d'une plantation située à quarante milles au sud de La Nouvelle-Orléans, qu'il s'était sans doute dirigé vers le nord et que celui qui réussirait à le capturer et à le ramener recevrait la récompense et serait dédommagé de ses frais. C'était Jim tout craché.

— Voilà, dit le duc. Dès ce soir, on pourra voyager le jour si on veut. Dès qu'on verra quelqu'un arriver, on ligotera Jim avec une corde, on le mettra dans le wigwam, on montrera cette affiche-là et on dira qu'on l'a pris plus haut, sur la rivière, et que, comme on est trop pauvres pour payer notre place sur un vapeur, des amis nous ont vendu le radeau à crédit, pour qu'on aille toucher la récompense. Avec des menottes et des chaînes, ça serait encore mieux, mais ça n'irait pas avec notre pauvreté. Ça ferait trop luxueux. Ce qu'il nous faut, c'est des cordes. Observons les trois unités, comme on dit sur les planches.

On fut tous d'avis que le duc était malin et que tout irait bien ainsi. On décida de faire assez de chemin cette nuit-là pour s'éloigner de la petite ville, où le travail du duc à l'imprimerie ferait sûrement du raffut, et puis on n'aurait plus qu'à filer d'une seule traite.

Jusqu'à dix heures, on resta cachés ; alors on prit le départ, on s'écarta de la ville et on ne hissa la lanterne que lorsqu'elle eut disparu.

Quand Jim m'appela pour prendre le quart à quatre heures du matin, il me dit :

— Huck, tu crois qu'on va encore trouver d'aut' rois ?

Je lui répondis :

— Non, je ne crois pas.

— Eh bien ! tant mieux alors : un ou deux, ça va, mais pas plus. Celui-ci est saoul comme une bourrique, et le duc ne vaut pas mieux.

Jim avait essayé de faire parler français au roi, pour voir comment c'était ; mais le roi lui avait répondu qu'il avait quitté le pays depuis si longtemps et qu'il avait eu tant de malheurs depuis qu'il avait oublié sa langue maternelle.

XXI
Difficultés en Arkansas

Le soleil levé, on ne s'arrêta pas. Le roi et le duc finirent par se montrer, l'air plutôt fatigués ; mais, après un plongeon dans l'eau et quelques brasses, ils furent ravigotés. Après le déjeuner, le roi s'assit dans un coin du radeau, enleva ses bottes, releva les jambes de sa culotte et, bien à l'aise et les pieds dans l'eau, il alluma sa pipe et se mit à apprendre par cœur son Roméo et Juliette. Quand ça fut à peu près rentré, le duc et lui firent une répétition. Le duc était obligé de lui montrer plusieurs fois de suite comment réciter chaque tirade ; et il le faisait soupirer et mettre la main sur son cœur. Après un bon moment, il jugea que ça n'était pas mal :

– Mais, dit-il, il ne faut pas beugler « Roméo » comme un bœuf ; il faut le dire d'un air doux et languissant, comme ceci : Roo-méo ! Tu y es ? Car Juliette est une gentille petite fille, presque une gosse encore, et elle ne va pas braire comme un baudet !

Ils sortirent ensuite une paire de sabres que le duc avait faits de lattes de chêne et commencèrent à répéter la scène du duel ; le duc disait qu'il s'appelait Richard III ; c'était magnifique de les voir sauter d'un pied sur l'autre, tout autour du radeau, mais le roi fit un faux pas et tomba à l'eau, et après cela ils se mirent au repos et se racontèrent toutes leurs aventures sur la rivière.

— Dis donc, Capet, dit le duc après dîner, il faut que notre représentation soit formidable, tu sais, et ça serait bien d'ajouter une chose ou deux. En tout cas, il nous faut de quoi répondre aux *bis*.

— Qu'est-ce que c'est que des « bisses », Bilgewater ?

Le duc le lui expliqua, puis continua :

— Moi, je leur danserai la gigue écossaise, ou je jouerai de la cornemuse, et toi — voyons, euh . . . voilà, j'y suis : — tu réciteras le monologue d'Hamlet.

— Le quoi d'Hamlet ?

— Le monologue ; tu sais bien, la plus belle page de Shakespeare. Ah ! c'est sublime ! sublime ! Ça a toujours un succès ! Je ne l'ai pas dans mon livre, mais je réussirai bien à m'en rappeler. Je vais marcher un peu pour voir si je peux le faire sortir des caves du souvenir.

Il se mit à faire les cent pas, en réfléchissant et en fronçant horriblement les sourcils, de temps en temps ; ou bien il se pressait le front de la main et chancelait en gémissant ; ou bien il soupirait ou il faisait semblant de verser une larme. C'était beau à voir. Il finit par tout retrouver et il nous demanda de bien écouter. Le voilà qui prend une attitude noble, une jambe en avant, les bras tendus, la tête rejetée en arrière, les yeux au ciel ; et il commence à grincer des dents, à délirer, à pousser des cris, et ainsi tout le long du discours, il n'arrêta pas de brailler, d'écarter bras et jambes et de gonfler sa poitrine ; tous les acteurs que j'avais vus jusqu'ici ne lui arrivaient pas à la cheville.

Le vieux trouva le discours superbe, lui aussi, et il ne fut pas longtemps à le savoir sur le bout du doigt. Il semblait né pour ça, et, dès qu'il s'y mettait, c'était extraordinaire de le voir tourner et virer et faire une espèce de ruade à la fin.

A la première occasion, le duc fit imprimer des programmes, et, pendant deux ou trois jours après ça, on ne s'ennuya pas sur le radeau qui filait sur l'eau ; tout le temps, c'étaient des duels et des répétitions, comme disait le duc. Un matin, alors qu'on était déjà en Arkansas depuis quelque temps, on arriva en vue d'une petite ville, dans une boucle de la rivière ; on s'amarra à trois quarts de mille plus haut, au débouché d'un ruisseau que les cyprès recouvraient comme un tunnel. On laissa Jim à bord et on partit voir s'il y avait moyen de donner notre représentation à cet endroit-là.

Par chance, un cirque devait arriver dans l'après-midi, et les campagnards commencèrent à arriver dans de vieux chariots branlants et à cheval. Le cirque devait repartir avant la nuit, nous aurions donc une bonne occasion de jouer. Le duc loua le tribunal, et on alla coller des affiches dans tous les coins. Voici ce qu'il y avait écrit dessus :

FESTIVAL SHAKESPEARIEN !

ATTRACTION FORMIDABLE !

Pour un soir seulement !

Les tragédiens universellement connus

DAVID GARRICK cadet
du Théâtre de Drury Lane, de Londres

et

EDMOND KEAN aîné du Théâtre Royal
de Haymarket, Whitechapel, Pudding Lane, Piccadilly,
Londres, et des théâtres royaux du continent.

Dans leur sublime spectacle shakespearien

★ LA SCÈNE DU BALCON ★

dans

ROMÉO et JULIETTE

M. GARRICK *Roméo* — **M. KEAN** *Juliette*

avec toute la troupe

Nouveaux costumes, nouveaux décors, nouveaux engagements,

EN SUPPLÉMENT

LE DUEL PASSIONNANT, POIGNANT, EXCITANT DE RICHARD III

M. GARRICK *Richard III* — **M. KEAN** *Richmond*

ET, DE PLUS

(SUR DEMANDE SPÉCIALE)

L'IMMORTEL MONOLOGUE D'HAMLET

par l'illustre KEAN !

300 REPRÉSENTATIONS A PARIS

POUR UNE SOIRÉE SEULEMENT

Afin de pouvoir tenir des engagements importants en Europe.

Entrée : 25 cents. — Enfants et domestiques : 10 cents.

Après, on alla faire un tour en ville. Les boutiques et les maisons étaient presque toutes de vieilles bâtisses de bois, toutes branlantes et recuites par le soleil, qui n'avaient jamais connu la peinture ; elles étaient surélevées à trois ou quatre pieds du sol pour être au-dessus du niveau de l'eau quand la rivière débordait. Les maisons étaient entourées de petits jardins, mais il n'y poussait guère que des mauvaises herbes, des tournesols, des tas de cendres, de vieilles godasses toutes recroquevillées, des tessons de bouteilles, des chiffons et des boîtes de conserve. Les clôtures étaient en planches de tous les âges, elles se penchaient d'un côté et d'autre, et le seul gond de leur barrière était généralement en cuir. Certaines paraissaient avoir été blanchies à la chaux, autrefois, mais ça devait remonter à Christophe Colomb, disait le duc. Dans presque tous les jardins, il y avait des cochons et des gens occupés à les en chasser.

Toutes les boutiques étaient dans la même rue. Chacune avait une tente, tenue par des piquets auxquels les gens de la campagne attachaient leurs chevaux. Sous les tentes, il y avait des étalages vides où des flâneurs se juchaient pour la journée, les tailladant de leurs couteaux à cran d'arrêt, mâchant leurs chiques, bâillant, s'étirant, fainéantant, une drôle de compagnie ! Ils avaient presque tous des chapeaux de paille jaune aussi larges que des parapluies, mais ni veste, ni gilet ; ils parlaient d'une voix traînante et chantante, s'appelaient Bill, Buck, Hank, Joe, Andy, et juraient plus souvent qu'à leur tour ; contre chaque poteau de tente, il y avait au moins un flâneur, appuyé, les mains dans les poches, sauf quand il les sortait pour se passer une carotte de tabac ou pour se gratter. Tout ce qu'on entendait, c'était :

— Passe-nous une chi-i-que, Hank.

— J' peux pa-as, j'en ai plus qu'une. D'mande à Bill !

Bill en donnait ou ne se gênait pas pour mentir et

répondre qu'il n'en avait plus. Ces sortes de gens-là n'ont pas un sou au monde et pas un brin de tabac à eux ; tout ce qu'ils chiquent, ils l'empruntent aux autres ; on les entend : « Prête-moi une chique, Jack, je viens de donner la dernière que j'avais à Ben Thompson. » C'est pas vrai, la plupart du temps, et ça ne trompe que les étrangers, mais Jack, qui n'est pas un étranger, riposte :

— Tu lui as donné une chique, pas possible ! La grand-mère du chat de ta sœur aussi ! Quand tu me rendras toutes celles que je t'ai déjà prêtées, Lafe Buckner, je t'en donnerai une tonne ou deux, en confiance.

— Je te les ai rendues, l'aut' jour.

— Oui, six chiques, à peu près ; tu empruntes du tabac de boutique et tu rends de la tête de nègre.

Le tabac de boutique est vendu en carottes noires et aplaties, mais ces types-là mâchent la feuille telle quelle et se contentent de la tordre. Quand ils empruntent une chique, ils ne la coupent pas avec un couteau, mais en prennent chacun un bout entre leurs dents, ils la cisaillent en tirant dessus avec leurs mains, jusqu'à ce qu'elle se casse en deux, et alors quelquefois le prêteur regarde tristement ce qu'on lui rend et dit ironiquement :

— Dis donc, donne-moi la chique et garde la carotte pour toi.

Toutes les rues et les ruelles n'étaient que boue, une boue noire comme du goudron et d'une épaisseur de deux ou trois pouces, et parfois même d'un pied. Les cochons se vautraient là-dedans en grognant. On voyait quelquefois une truie toute crottée descendre nonchalamment la rue, suivie d'une portée de porcelets, et s'étaler au beau milieu, en fermant les yeux et en remuant les oreilles pendant que les petits tétaient, l'air aussi heureux que si elle était payée pour ça ; les gens étaient obligés de se déranger pour elle. Mais on ne tardait pas à entendre « Vas-y, kss, kss ! » et la truie filait en glapissant horriblement, un chien ou deux suspendus à chacune de ses oreilles et trois ou quatre douzaines d'autres à ses trousses ; et alors tous les flâneurs se redressaient pour les suivre des yeux, riant de la distraction et contents du bruit. Et puis ils reprenaient leur place jusqu'à la prochaine bataille de chiens. Rien ne les réveillait, rien ne les réjouissait comme ça, sinon de badigeonner un chien errant de térébenthine et d'y mettre le feu ou d'attacher une casserole à sa queue.

Sur le bord de l'eau, il y avait des maisons qui surplombaient la rive, toutes de guinguois et tellement penchées qu'elles ne tarderaient pas à s'écrouler dans la rivière. Elles étaient presque toutes abandonnées. Par endroits, l'eau avait creusé la berge par-dessous, et un coin s'avançait sur le vide. Des gens habitaient encore là, mais c'était dangereux, car il arrivait que tout un pan de terrain aussi large qu'une maison s'écroule, et ainsi une bande de terrain d'un quart de mille de large disparaissait quelquefois, au cours de l'été. Une ville pareille doit toujours reculer de plus en plus, car la rivière la grignote tout le temps.

Comme midi approchait, ce jour-là, les chariots et les chevaux ne cessaient d'affluer dans les rues, et il en arrivait toujours. Des familles avaient apporté leur manger et dînaient dans les voitures. On buvait beaucoup de whisky, et je vis trois bagarres. J'entendis tout d'un coup quelqu'un crier :

— Tiens, voilà ce vieux Boggs ! Il arrive de la campagne pour prendre une bonne petite cuite, comme tous les mois. Le voilà, les gars !

Tous les flâneurs se mirent à rire ; ils devaient avoir l'habitude de se payer la tête de Boggs. L'un d'eux dit :

— Savoir qui il va tuer, aujourd'hui. S'il avait tué tous ceux à qui il a dit : « J'aurai ta peau », depuis vingt ans, il serait connu de l'autre côté de l'eau, à l'heure qu'il est.

— Ah ! je voudrais bien que ce soit moi que le vieux

Boggs menace, alors je saurais qu'il me reste encore dix siècles à vivre, au moins, dit un autre.

Boggs arriva au galop, glapissant comme un Indien et criant aux gens :

— Au large, de l'air ! Je sens que les cercueils vont augmenter, par ici.

Il était saoul et ballottait sur sa selle. C'était un homme de plus de cinquante ans, à la figure très rouge. Tout le monde se moquait de lui, le huait, lui lançait des quolibets, et il ripostait en disant que chacun aurait son tour et qu'il leur ferait leur affaire à tous, mais qu'il était pressé aujourd'hui, car il était venu en ville pour brûler la cervelle au vieux colonel Sherburn : « La viande d'abord, la soupe après, c'est ma devise ! »

Quand il me vit, il se dirigea vers moi en disant :

— D'où viens-tu, mon garçon ? Tu en as assez de la vie ?

Et il repartit. J'avais un peu peur, mais un homme me rassura :

— Il parle toujours comme ça quand il a bu : faut pas s'inquiéter. C'est un vieil imbécile, mais le meilleur garçon de l'Arkansas. Il n'a jamais fait de mal à une mouche, saoul ou pas.

Boggs s'arrêta devant la plus grande boutique de la ville et se pencha pour voir sous la tente, puis il se mit à hurler :

— Sors dans la rue, Sherburn ! Viens trouver l'homme que tu as volé. C'est à toi que j'en veux et je t'aurai !

Et il continua ainsi à appeler Sherburn de tous les noms qu'il pouvait trouver ; la rue était pleine de gens qui écoutaient en se tenant les côtes. Bientôt un homme de cinquante-cinq ans à peu près, l'air fier, et de loin le mieux vêtu de la ville, sortit de la boutique ; la foule recula pour le laisser passer. Calmement et lentement, il dit à Boggs :

— J'en ai assez, mais je te supporterai jusqu'à une

heure, tu entends ? jusqu'à une heure, et pas une minute après. Si tu ouvres la bouche une seule fois après qu'une heure aura sonné, je saurai te retrouver si loin que tu ailles.

Il se retourna alors et rentra. La foule avait l'air impressionnée ; personne ne bronchait, et on n'entendait plus de rires. Boggs partit au trot, sans cesser d'agonir Sherburn d'injures, tout le long de la rue ; il revint bientôt et s'arrêta devant la boutique sans arrêter ses cris. Des hommes l'entourèrent, essayant de le faire taire, mais sans succès ; on lui dit qu'il allait être une heure dans quelques minutes et qu'il fallait qu'il retournât chez lui à l'instant. Mais ça restait sans effet. Il jurait et blasphémait, jetant son chapeau dans la boue, le faisant piétiner par son cheval, et bientôt après il traversait de nouveau le village au galop, ses cheveux gris flottant derrière lui. Tous ceux qui l'approchaient faisaient leur possible pour le faire descendre de son cheval, afin de l'enfermer jusqu'à ce qu'il reprît sa raison ; mais personne n'y réussissait ; il remontait à toute vitesse et recommençait à lancer des insultes à Sherburn. Quelqu'un dit bientôt :

— Allez chercher sa fille ! Allez vite chercher sa fille ! Il l'écoute quelquefois. C'est la seule personne qui puisse lui faire entendre raison.

Des gens se mirent à courir. Je fis quelques pas le long de la rue, puis je m'arrêtai ; cinq ou dix minutes plus tard, Boggs revint de nouveau. Mais cette fois il n'était plus à cheval : il titubait à travers la rue, vers l'endroit où j'étais, nu-tête, un ami à chaque bras, le pressant d'avancer. Il ne disait plus rien et avait l'air mal à l'aise, et cette fois il ne traînait pas, mais il se dépêchait lui aussi. Une voix cria :

— Boggs !

Je me retournai pour voir qui avait crié : c'était le colonel Sherburn. Il était debout, immobile au milieu de la rue, un pistolet dans la main droite, le canon dirigé vers le ciel. Dans la même seconde, je vis une jeune fille arriver en courant, accompagnée par deux hommes ; Boggs et les deux autres se retournèrent pour voir qui avait appelé, et, en voyant le pistolet, les hommes firent un saut de côté ; il s'abaissa lentement et sûrement.

Boggs leva les deux mains en disant : « Seigneur, ne tirez pas ! » Bang ! le premier coup partit, et il chancela en arrière, battant l'air de ses bras. Bang ! le deuxième coup partit, et il s'écroula sur le dos, comme une masse, les bras en croix. La jeune fille poussa un cri, se mit à courir et se jeta sur le corps de son père en pleurant : « Oh ! il l'a tué, il l'a tué ! » La foule se referma autour d'eux, poussant des épaules et des coudes, le cou tendu pour voir, pendant que ceux qui étaient au centre essayaient de les écarter en criant :

— Reculez, reculez, de l'air, de l'air !

Le colonel Sherburn jeta son arme sur le sol, tourna les talons et disparut.

On porta Boggs chez un apothicaire, toujours escorté de la foule, et toute la ville à ses trousses. Je me débrouillai pour avoir une bonne place à la fenêtre, d'où je pouvais bien voir, car j'étais tout près. On l'allongea par terre, on mit une grosse Bible sous sa tête, on en posa une autre, ouverte, sur sa poitrine ; mais, avant ça, ils avaient ouvert sa chemise et j'avais vu l'endroit où était entrée une des balles. Il poussa une douzaine de soupirs, sa poitrine soulevait la Bible, quand il aspirait l'air, et l'abaissait quand elle se vidait. Et puis il ne bougea plus ; il était mort. On écarta sa fille, qui se cramponnait à lui en hurlant et en sanglotant, et on l'emmena. Elle devait avoir seize ans, l'air douce et gentille, mais terriblement pâle et bouleversée.

Toute la ville fut bientôt là, poussant, pressant, tirant, bousculant, pour jeter un coup d'œil par la fenêtre ; mais ceux qui avaient trouvé une bonne place n'avaient

pas envie de l'abandonner ; et ceux de derrière n'arrêtaient pas de répéter : « Allez, les gars, vous avez assez vu ; maintenant, faudrait voir à penser aux autres ! Chacun son tour ! »

Les autres ne se pressaient pas pour répondre, aussi je m'éloignai, de peur d'une bagarre. Les rues étaient pleines de gens très excités. Tous ceux qui avaient vu tirer racontaient leur histoire, et chacun était entouré d'une foule qui tendait le cou et les oreilles. Un grand maigre, avec de longs cheveux, un chapeau de feutre blanc planté en arrière sur la tête et une canne à manche recourbé, indiqua sur le sol les endroits où Boggs et Sherburn se tenaient, tandis que les gens suivaient, observant tous ses gestes, hochant la tête d'un air entendu, se courbant, les mains sur les cuisses, pour le regarder faire les marques avec sa canne, puis il se redressa de toute sa taille à l'endroit où s'était tenu Sherburn, fronçant les sourcils et abaissant le bord de son chapeau sur ses yeux.

« Boggs ! » cria-t-il, en plaçant sa canne horizontalement. Puis : « Bang ! et il chancela en arrière. Bang ! il s'écroula à plat sur le dos. » Tous les témoins dirent que c'était tout à fait ça, qu'il avait fait comme c'était arrivé. Et au moins une douzaine sortirent leurs bouteilles et lui offrirent une tournée.

Une voix dit bientôt qu'il fallait lyncher Sherburn. Une minute n'était pas écoulée que tout le monde le répétait en chœur ; et ils partirent tous en hurlant comme des déments, arrachant toutes les cordes à linge pour pendre le colonel.

XXII
Pourquoi on ne lyncha pas Sherburn

Ils partirent tous vers la maison de Sherburn comme un essaim d'abeilles, en poussant des cris de Sioux ; il fallait s'écarter sur leur passage ou être foulé aux pieds et réduit en bouillie . . . c'était affreux à voir. Des enfants, hurlant de peur, trottaient en avant pour essayer de trouver une issue ; toutes les fenêtres sur la route étaient garnies de têtes de femmes ; il y avait des gosses noirs dans tous les arbres et encore des nègres et des négresses derrière toutes les clôtures ; dès que la foule arrivait près d'eux, ils s'éparpillaient et filaient se cacher. Beaucoup de filles et de femmes pleuraient et gémissaient, à moitié mortes de terreur.

Ils se massèrent devant la palissade de Sherburn, serrés comme des sardines, et on ne s'entendait plus penser tant il y avait de bruit ! C'était une petite cour de vingt pieds. Quelqu'un cria : « Arrachez la barrière ! Arrachez la barrière ! » Aussitôt il y eut un fracas de bois qui cède, qui craque, qui vole en éclats, puis elle fut par terre, et les premiers rangs de la foule s'avancèrent comme une vague.

A ce moment, Sherburn apparut sur la terrasse de son petit porche, un fusil à la main, et resta là parfaitement calme et décidé, sans dire un mot. Le tapage s'arrêta et la vague reflua en arrière.

Sherburn ne prononçait pas une seule parole, il ne bougeait pas, il se contentait de les regarder. Le silence me donnait la chair de poule. Il examina lentement la foule et, quand son regard se fixait, les gens essayaient de lui faire baisser les yeux, mais ils n'y parvenaient pas ; c'étaient eux qui baissaient le nez d'un air sournois. Bientôt Sherburn éclata de rire, mais sans gaîté, d'un rire qui grinçait comme du sable sous la dent.

Et puis, lentement, d'un air méprisant, il commença à parler.

— Vous, lyncher quelqu'un ? vous voulez rire !

Vous vous croyez capables, vous, de lyncher un homme ! Parce que vous avez le courage de rouler dans le goudron et la plume de pauvres femmes abandonnées, vous vous figurez que vous oseriez toucher à un homme ? Allons donc ! Un homme n'a rien à redouter de dix mille de vos pareils tant qu'il fait jour et que vous n'êtes pas derrière lui.

Je ne vous connais pas ? Je vous connais comme ma poche. Je suis né dans le Sud, et c'est dans le Sud que j'ai passé mon enfance, mais j'ai vécu dans le Nord, aussi je connais la moyenne de l'humanité ; la plupart des hommes sont des lâches. Dans le Nord, ils se laissent marcher sur les pieds par n'importe qui, et puis ils rentrent chez eux demander à Dieu qu'il leur accorde un peu d'humilité pour le supporter. Dans le Sud, un seul homme a arrêté, en plein jour, un coche bondé, et il a emporté toutes les bourses. Vos journalistes vous répètent si souvent que vous êtes braves que vous vous croyez plus braves que les autres peuples, alors que vous ne valez pas mieux qu'eux. Pourquoi vos jurés ne pendent-ils pas les criminels ? Parce qu'ils ont peur que leurs amis n'aillent leur tirer dans le dos, en pleine nuit, et c'est bien ce qui arriverait.

Aussi les jurys acquittent toujours, et puis, le soir, un homme, un vrai, suivi de cent lâches masqués, va lyncher l'assassin. Vous avez fait une première erreur en oubliant de mettre un homme à votre tête, et une seconde en venant ici en plein jour sans vos masques. Vous avez une moitié d'homme avec vous, c'est vrai, Buck Harness, et sans lui tout se serait passé en parlotes.

Vous n'aviez pas envie de venir. La plupart des hommes n'aiment ni le dérangement, ni le danger. Mais si une moitié d'homme, comme Buck Harness, que je vois là, vous crie : « Lynchez-le ! lynchez-le ! » vous avez peur de reculer, peur qu'on ne s'aperçoive que vous n'êtes que des lâches ! C'est pourquoi vous vous mettez à hurler, vous vous suspendez à ses basques et vous arrivez comme des fous furieux en jurant que vous allez faire de grandes choses. Il n'y a rien de plus lamentable qu'une foule, et une armée n'est pas autre chose ; le courage des soldats n'est pas dans leur cœur, non, il leur vient de leur nombre et de leurs officiers. Mais une foule sans chef est pire que lamentable. Allez, mettez votre queue entre vos pattes et retournez à la niche. Si on lynche par ici, ce sera la nuit, à la mode du Sud, et, quand les justiciers viendront, ils auront leurs masques et un homme pour les commander. Allons, allez-vous-en et emmenez votre moitié d'homme, dit-il en braquant son fusil.

La foule se rua en arrière, se disloqua et s'éparpilla dans toutes les directions ; Buck Harness trottait derrière eux, l'air piteux : j'aurais pu rester si j'avais voulu, mais je ne m'en sentais pas envie.

Je me dirigeai vers le cirque et restai à rôder derrière jusqu'au passage du gardien, puis je me glissai sous la tente. J'avais une pièce d'or dans ma poche et encore d'autres avec, mais j'aimais mieux économiser ; on ne sait jamais quand on aura besoin de son argent, si loin de chez soi, et seul parmi des étrangers. On ne fait jamais trop attention. Quand on ne peut pas s'arranger autrement, je veux bien qu'on dépense le prix d'une place au cirque, mais il y a des cas où ce serait du gaspillage.

Pour un cirque, c'était un cirque ! Comme c'était beau quand ils sont tous entrés, à cheval, deux par deux, un monsieur à côté d'une dame ! Les hommes étaient en caleçon et gilet de dessous, sans chaussures, sans éperons, les mains posées sur les cuisses, bien à leur aise ; il y en avait au moins vingt ; et les dames avec un teint merveilleux, belles, mais belles ! l'air d'une bande de vraies reines dans leurs robes qui avaient dû coûter plusieurs millions de dollars, et toutes couvertes de diamants. Ah ! c'était un spectacle ! Je n'ai jamais rien vu d'aussi joli. Ensuite, ils se sont mis debout l'un après l'autre et ils ont commencé à se promener sur la piste, tout souriants, et souples, et gracieux, les hommes si grands, si droits, si lestes ! Et les robes des dames ressemblaient à des pétales de roses en soie qui battaient doucement leurs hanches ; on aurait dit de beaux parasols.

Ils se mirent à tourner de plus en plus vite, en dansant, un pied en l'air et puis l'autre ; les chevaux se courbaient de plus en plus, et le patron, qui restait au milieu, près du mât central, faisait claquer son fouet en criant : « Ho ! ho ! » En plus, le clown n'arrêtait pas de leur courir après en disant des rigolades. Tout à coup, ils ont lâché leurs rênes tous ensemble ; les dames, mains aux hanches ; les messieurs, bras croisés ; et alors les chevaux sont partis au galop, plongeant le cou, arquant la croupe ! Pour finir les cavaliers ont sauté à terre ; ils ont fait le plus joli salut que j'aie jamais vu et ils sont partis en courant pendant que tout le monde applaudissait en poussant des acclamations frénétiques.

Tout le temps, ainsi, il y eut des choses extraordinaires, et les gens n'en finissaient pas de se tordre en écoutant le clown.

Le patron n'avait pas fini de lui dire un mot qu'il lui envoyait une riposte en un clin d'œil ; jamais je n'ai entendu de choses aussi drôles ; ce que je ne peux pas comprendre, c'est qu'il ait pu en trouver tant que ça, tellement à pic et si vite. En un an, je n'aurais pas été capable d'imaginer la moitié de ce qu'il a dit. Mais voilà qu'au beau milieu de tout un homme saoul a essayé d'entrer sur la piste ; il disait qu'il voulait monter à cheval et qu'il était aussi capable que n'importe qui. Ils faisaient tout ce qu'ils pouvaient pour le renvoyer, mais il n'écoutait rien, et la représentation était en panne. Alors les gens se sont mis à lui lancer des quolibets et des injures, si bien qu'il est devenu enragé et a commencé à faire des siennes. Tout le monde en avait assez. Des tas d'hommes se sont levés de leurs bancs et sont descendus vers la piste en criant : « Sortez-le ! sortez-le ! » et une ou deux femmes piaillaient. Et puis le patron a fait un petit discours ; il demandait qu'on restât calme et que, si l'homme promettait de se tenir tranquille, on lui prêterait un cheval puisqu'il était bien sûr de savoir monter. Tout le monde s'est mis à rire, en répétant : « Oui, oui ! » Et l'homme a sauté en selle. Aussitôt le cheval a commencé à danser, à bondir, à ruer, à se cabrer ; deux employés du cirque étaient accrochés aux brides pour essayer de le tenir ; l'homme saoul était accroché à son cou, les pieds projetés en l'air à chaque cabriole, si bien que les gens, qui s'étaient mis debout pour mieux voir, criaient et riaient tellement qu'ils en pleuraient. Et finalement, malgré les efforts des employés, le cheval leur a échappé et est parti au grand galop, tout autour de la piste, avec cet idiot à plat ventre dessus et toujours suspendu à son cou, tantôt une jambe, tantôt l'autre pendant d'un côté à toucher le sol. Les gens déliraient. Moi je ne trouvais pas ça drôle, pourtant ; je tremblais à voir le danger qu'il courait. Enfin, il réussit à se mettre en équilibre et il saisit la bride, toujours balancé de côté et d'autre. Mais, tout à coup, il se redresse, lâche la bride et le voilà debout sur le cheval qui allait un train d'enfer.

Il restait bien en équilibre, tournant et tournant, aussi

à l'aise que s'il n'avait jamais été saoul ; puis il se mit à enlever ses habits et à les lancer, il allait si vite qu'on ne voyait que ça qui volait en l'air ; il avait dix-sept costumes sur le dos, en tout. Et il tournait toujours, beau et mince, tout en or et en paillettes ; il appliqua un coup de fouet au cheval, qui partit comme une toupie ; et, quand il sauta par terre et fit un salut, et s'en retourna en dansant au vestiaire, tous les gens se mirent à crier à tue-tête, de plaisir et de surprise.

Et le patron s'est aperçu qu'il avait été roulé ! Jamais on n'en a vu un rire jaune comme celui-là ! Et par un de ses employés, en plus ! qui avait préparé son histoire sans rien dire à personne ! Je me sentais tout bête, moi aussi, de m'être laissé prendre, mais je n'aurais pas voulu être à sa place pour mille dollars. Ah ! vraiment, il y a peut-être des cirques plus formidables que celui-là, mais je n'en ai jamais vu, en tout cas, et, si je le retrouve ailleurs, il peut compter sur ma clientèle !

C'est ce soir-là qu'on donna notre représentation, nous aussi, mais il n'y avait qu'une dizaine de personnes, tout juste de quoi payer les frais. Et ils passaient leur temps à se tordre, en plus ! Le duc était fou ! D'ailleurs, ils sont tous partis avant la fin, à part un gosse qui s'était endormi. Le duc cria que ces lourdauds de l'Arkansas n'étaient pas capables de comprendre Shakespeare, qu'il leur fallait des vaudevilles, et rien d'autre ; peut-être pire, même ! « Je vois bien le genre qui leur plairait », disait-il. Aussi, le lendemain, il acheta du papier d'emballage et de la peinture noire et il fabriqua des affiches qu'il alla coller un peu partout ; il y avait écrit dessus :

Et en bas, en lettres plus grosses que tout le reste :

INTERDIT AUX DAMES ET AUX ENFANTS.

— Là, dit-il, s'ils ne viennent pas, après ça, je ne connais pas l'Arkansas.

XXIII
Les rois ne valent pas cher

Le roi et le duc passèrent toute la journée à bricoler pour installer une scène, un rideau et une rangée de bougies en guise de rampe, et cette fois la salle fut remplie à craquer en un rien de temps. Quand les gens furent serrés à étouffer, le duc quitta la caisse. Il commença un petit discours où il faisait l'éloge de sa tragédie. Jamais, disait-il, on n'en avait vu de plus passionnante ; il vantait aussi Edmond Kean aîné, qui devait tenir le rôle principal dans la pièce, et, à la fin, quand l'impatience des gens fut à son comble, il tira le rideau. Un instant après, le Roi arriva à quatre pattes, en caracolant. Il était tout nu et tout peinturluré de couleurs aussi splendides qu'un arc-en-ciel. Et... mais je ne dirai pas le reste ; c'était idiot, mais tordant, et les gens mouraient de rire ; quand le roi eut fini ses cabrioles, il disparut dans la coulisse, et tout le monde applaudit, tapa du pied, cria *bis* jusqu'à ce qu'il revînt tout recommencer, et après il le rappelèrent une fois encore. Ça aurait fait rire une vache de voir les galipettes de ce vieil imbécile.

Le duc fit retomber le rideau, salua le public et dit que sa grande tragédie ne serait plus jouée que pendant deux soirées, car des obligations pressantes les appelaient à Londres, où toutes les places étaient déjà louées au théâtre de Drury Lane. Et puis, après un autre salut, il dit que, s'il avait réussi à instruire le public et à lui plaire, il serait très obligé à tous de le répéter à leurs amis pour qu'ils viennent nombreux, le lendemain.

Une vingtaine d'hommes se mit à crier :

— Quoi, c'est fini ? c'est tout ?

— Oui, dit le duc.

Alors ce fut un fameux charivari. Ils hurlaient tous : « C'est du vol ! On se moque de nous » ; et ils se dirigèrent vers la scène pour dire leur fait à ces tragédiens. Mais un bel homme solide sauta sur un banc et leur cria : « Silence ! rien qu'un mot, messieurs ! » Ils s'arrêtèrent pour écouter.

— Oui, nous avons été attrapés, et bien ! Mais nous n'avons pas envie de nous l'entendre répéter par toute la ville, jusqu'à la fin de nos jours, n'est-ce pas ? Non, ce que nous voulons, c'est attraper tous les autres, à notre tour, en racontant monts et merveilles de cette pièce ! Ainsi, nous serons tous logés à la même enseigne. Pas vrai ?

— Et comment ! le juge à raison !

— C'est entendu, alors. Ne racontez à personne qu'on s'est payé notre tête. Rentrez chez vous et conseillez à tout le monde de venir voir la tragédie.

Le lendemain, on n'entendait parler de rien d'autre dans la ville. La salle fut de nouveau comble, ce soir-là, et les gens furent pris une fois de plus. De retour au radeau, le soir, pour le souper, le duc et le roi nous dirent, à Jim et à moi, de descendre la rivière et de le cacher quelque part à une demi-lieue plus bas que la ville, à peu près.

Le troisième soir, tout était encore bondé ; pas de nouveaux venus, cette fois, mais ceux qui avaient vu les deux premières représentations. J'étais près du duc, à la porte, et je m'aperçus que tous les gens qui entraient avaient les poches gonflées ou cachaient quelque chose sous leur veste. Tout ça, d'ailleurs, était loin de sentir la parfumerie. Je flairais l'œuf couvé à la douzaine, le chou pourri, et je peux jurer qu'il y avait soixante-quatre chats crevés dans la salle. Dieu sait si je connais leur fumet ! Je me faufilai dans l'intérieur, mais je ne réussis pas à y rester plus d'une minute, le mélange était trop fort pour moi. Quand ce fut plein à craquer, le duc donna quelques sous à un bonhomme pour qu'il le remplaçât à l'entrée, et puis il fit le tour du théâtre comme pour rentrer par-derrière. Je trottais derrière lui. Mais, dès qu'on eut tourné le coin et qu'on fut dans le noir, il me dit :

— Vite, dépêche-toi de quitter le village et de filer au trot vers le radeau, comme si tu avais le diable à tes trousses.

J'obéis ; il en fit autant. On arriva tous les deux en même temps, et, moins de deux secondes après, on glissait sur l'eau, dans la nuit calme ; on mit le cap sur le milieu de la rivière, sans prononcer un mot. Je pensais au pauvre roi qui allait en voir de vertes et de pas mûres, mais je me trompais, car je le vis bientôt sortir à quatre pattes du wigwam.

— Alors, ç'a marché, duc ? dit-il.

Il était resté là tout le temps !

On n'éclaira pas avant d'avoir fait une dizaine de milles. Puis on alluma le fanal pour souper, et le roi et le duc rigolèrent à s'en décrocher la mâchoire en pensant au tour qu'ils avaient joué aux gens.

— Quelle bande de serins, quels nigauds ! Je savais bien que la première fournée ne dirait rien pour que le reste de la ville se fourre dedans le lendemain, et je savais bien aussi que, le troisième jour, ils penseraient que leur tour était venu de nous en faire voir. Ils sont servis cette fois et je voudrais bien savoir comment ils prennent la chose ! Ah ! je donnerais gros pour voir la tête qu'ils font. Ils vont peut-être se consoler en cassant la croûte ! Ils ont apporté assez de provisions pour ça !

Les deux coquins s'étaient fait quatre cent soixante-cinq dollars en trois soirées. Je n'ai jamais vu gagner de l'argent à la pelle comme ce jour-là.

Quand on les entendit ronfler, Jim me dit :

— T'es pas étonné de voir la conduite de ces rois-là, Huck ?

Je répondis :

— Non, pas du tout.

— Pourquoi donc, Huck ?

— C'est dans le sang, à mon idée. Ils sont tous pareils.

— Mais enfin, Huck, nos rois à nous sont des coquins fieffés, rien d'aut' ; des coquins fieffés, je te dis !

— Bien sûr, c'est ce que je veux dire : les rois, c'est tous de la canaille, à ce que j'ai entendu raconter.

— Pas possib' ?

— Tu n'as qu'à lire l'histoire et tu verras. Regarde Henri VIII, le nôtre est un prix de vertu à côté ! Et Charles II, et Louis XIV, et Louis XV, et Jacques II, et Édouard II, et Richard III, et quarante autres, et toutes les heptarchies saxonnes qui faisaient tant de grabuge et qui mettaient tout à feu et à sang. Mon vieux, si tu avais vu Henri VIII dans son jeune temps ! Ah ! c'en était un ! Il épousait une nouvelle femme tous les soirs et il lui coupait la tête le lendemain matin. Et ça ne lui faisait pas plus d'effet que s'il s'était commandé un œuf sur le plat. « Allez chercher Nell Gwynn », disait-il. On allait la chercher. Le lendemain matin, c'était : « Coupez-lui la tête », et on la coupait. « Allez chercher Jane Shore. » Elle arrivait. Le lendemain matin : « Coupez-lui la tête », et on la coupait. « Sonnez la belle Rosamonde [1] », et la belle Rosamonde s'amenait au coup de sonnette. Le lendemain matin : « Coupez-lui la tête. » Il les obligeait toutes à lui raconter une histoire chaque nuit ; il ne s'est pas arrêté avant d'en avoir saigné mille et une, et les

1. Les souverains historiques de Huck Finn sont fantaisistes. Ces noms ne sont pas ceux des femmes de Henri VIII.

mille et une histoires, il les a mises dans un livre qui s'appelle *Le Jugement dernier* [1]. C'était bien choisi et ça disait bien ce que ça voulait dire. Tu ne connais pas les rois, toi, Jim, mais moi je les connais, et notre numéro est encore un des mieux que j'aurai vus dans l'histoire. Regarde cet Henry : un jour, il lui prend fantaisie de se disputer avec l'Amérique. Qu'est-ce qu'il fait ? Tu crois qu'il va les prévenir, leur donner le temps de se préparer ? Je t'en fiche ! Sans rien dire à personne, le voilà qui jette à l'eau tout le thé de la rade de Boston [2], qui leur colle une déclaration d'indépendance et les met au défi de se battre. C'était bien son genre ; il ne laissait jamais le temps aux gens de courir leur chance. Il se méfiait de son père, le duc de Wellington. Qu'est-ce qu'il a fait, tu crois ? Il l'a averti ? Non, il l'a noyé dans un tonneau de piquette, pareil qu'un chat. Si les gens laissaient traîner leurs sous à côté de lui, qu'est-ce qu'il faisait ? Il empochait tout. Si on le payait pour faire quelque chose, qu'est-ce qu'il faisait dès qu'on avait le dos tourné ? Juste le contraire, à chaque coup ! Et, s'il ouvrait la bouche, qu'est-ce qui arrivait ? Il sortait un mensonge s'il ne se dépêchait pas de la refermer. Tu vois quelle punaise c'était, cet Henry ! Et, si on l'avait eu à bord à la place des nôtres, tu peux être sûr qu'il aurait joué des tours encore pires que ceux-ci aux gens de la ville. Je ne dis pas que les nôtres sont des agneaux du bon Dieu, ça serait mentir, à bien réfléchir, mais ils n'arrivent pas à la cheville de ce vieux bouc, ça c'est certain. Enfin les rois sont les rois, il faut leur passer bien des choses. L'un dans l'autre, ils ne valent pas cher ! C'est à cause de leur éducation !

1. Cadastre de l'Angleterre établi sur l'ordre de Guillaume le Conquérant en 1086.

2. Pour protester contre une décision du gouvernement anglais qui en 1773 maintenait une taxe sur le thé, des protestants américains déguisés en Indiens envahirent un bateau de la Compagnie des Indes ancré en rade de Boston et jetèrent la cargaison à la mer.

— Mais celui-ci pue tellement, Huck !

— Ils puent tous, mon pauvre Jim. L'histoire ne dit pas comment on peut changer l'odeur des rois.

— Le duc, lui, peut aller, à la rigueur.

— Oui, les ducs, c'est différent. Mais pas tant que ça, au fond. Celui-ci ne vaut pas cher pour un duc. Et, quand il est saoul, il faudrait mettre des lunettes pour le distinguer d'un roi.

— En tout cas, j'en ai assez comme ça, Huck ; c'est tout ce que je peux supporter.

— Je suis comme toi, Jim. Enfin, on les a sur les bras, et puis il faut se rappeler ce qu'ils sont et les excuser. Ah ! quelquefois, je voudrais bien connaître un pays où il n'y a plus de rois.

A quoi bon dire à Jim que c'étaient un faux roi et un faux duc ? Ça n'aurait servi à rien et, d'ailleurs, c'était la vérité que les vrais ne valaient pas mieux que les faux.

Je m'endormis, et Jim ne me réveilla pas pour le quart. Ça arrivait souvent. Quand j'ouvrais les yeux au petit jour, je le voyais assis, la tête entre les genoux, qui se lamentait et gémissait tout seul. Je faisais semblant de ne m'apercevoir de rien, mais je savais bien ce qu'il avait. Il pensait à sa femme et à ses enfants, qui étaient restés là-bas ; et il avait le cœur gros et il regrettait sa maison, qu'il n'avait jamais quittée jusqu'ici ; je crois vraiment qu'il aimait son monde autant qu'un blanc. Ce ne semble pas naturel, et pourtant c'était bien vrai. La nuit, quand il me croyait endormi, je l'entendais gémir et pleurer. « Pauv' tite Elizabeth ! Pauv' tit Johnny ! Ah ! je crois que je vous verrai p'us jamais, p'us jamais. » Ah ! Jim était un rudement bon nègre.

Mais, cette fois, je me mis à lui parler de sa femme et de ses enfants, et il me dit :

— Ce qui me fait le cœur si lourd, cette fois, c'est que tout à l'heure, su' c'bord, j'ai entendu quéque chose qu'on aurait dit un coup, une taloche, tu comprends ? Ça m'a rappelé le jour où j'ai tant maltraité ma tite Lisabeth. Elle avait quatre ans, pas plus, quand elle a attrapé la scarlatine. Ah ! elle a été bien malade, mais elle a fini par guérir quand même. Et, un jour qu'elle était là avec moi, je lui dis : « Ferme la porte », que je lui dis. Elle bouge pas, elle reste là à me regarder avec une espèce de sourire. Ça me met en colère et je lui crie : « T'es sourde ? Ferme la porte, que je te dis ! » Elle continue tout pareil à me regarder en souriant, pour ainsi dire. Ça me fait bouillir les sangs et je me mets à crier : « Tu vas obéir à présent ? » Et, avec ça, je lui envoie une tape sur le côté de sa tête qui la flanque par terre. Après, je vais dans la pièce à côté et, au bout de dix minutes, me voilà de retour ; cette porte était encore ouverte, et cette pitite était en plein dans le passage, à regarder le plancher, la pauv', avec des larmes qui coulaient sur sa figure. Te dire si j'étais en colère ! Je vais vers la petite et, juste à ce moment-là (la porte s'ouvrait du dehors), juste à ce moment-là, le vent la claque derrière elle. Pan ! et, miséricorde, elle ne bouge pas ! J'ai cru que mon cœur allait me sortir par la bouche, et j'étais si, si . . . tiens, je sais pas comment j'étais. Je sors tout doucement, en tremblant tout partout, je fais le tour de la maison, j'ouv' la porte, je passe la tête derrière le dos de l'enfant, sans faire de bruit, et tout d'un coup je dis : «Hou ! hou ! » aussi fort que je peux . . . Elle n'a pas bronché, Huck ! Oh ! Huck, j'ai éclaté en sanglots et je l'ai prise dans mes bras en disant : « Oh ! ma pauv' pitite ! Il faut que le bon Dieu pardonne au pauv' vieux Jim, car lui ne se pardonnera jamais ce qu'il a fait. » Tu sais pas, Huck, elle était sourde et muette, sourde et muette comme une pierre, et je lui avais fait une chose pareille.

XXIV
Le roi se fait pasteur

Le lendemain, vers la nuit, on s'arrêta à l'abri d'un îlot de saules, bien au large ; on voyait un village de chaque côté de la rivière, et le duc et le roi se mirent à tirer des plans pour y aller faire des affaires. Jim dit au duc qu'il espérait que ça ne durerait pas plus de quelques heures, car le temps lui pesait quand il était obligé de rester allongé dans le wigwam toute la journée, ficelé comme un saucisson. Vous comprenez, il fallait le ficeler quand il restait tout seul, autrement, si quelqu'un était arrivé, il aurait été pris pour un nègre échappé. Le duc dit que c'était assez ennuyeux de rester attaché toute la journée et qu'il trouverait bien un moyen de tourner la difficulté.

Il était loin d'être un âne, ce duc-là, et il ne fut pas longtemps à dénicher une bonne idée. Il habilla Jim avec le costume du Roi Lear – une grande robe de calicot, une perruque et des favoris de crin blanc – et puis, avec son fard de théâtre, il se mit à lui peindre la figure et les mains en bleu, un bleu de plomb mat et épais, tout à fait la couleur d'un noyé après neuf jours dans l'eau. Jamais je n'ai vu une horreur pareille, bon sang ! Après, le duc prit une planchette et il marqua dessus :

« Arabe malade, inoffensif si on ne l'excite pas. »

Il cloua la planchette à une latte qu'il planta devant le wigwam. Jim était content. Il disait que ça valait cent fois mieux que de rester tous les jours ficelé pendant un siècle, en tremblant comme une feuille au moindre bruit. Le duc lui dit de ne pas s'en faire et qu'il n'avait qu'à sortir du wigwam, si quelqu'un venait fourrer son nez par là, et jouer une petite comédie avec un ou deux hurlements de bête sauvage ; l'autre ne tarderait sûrement pas à décamper et il serait tranquille. C'était bien trouvé, mais la plupart des gens n'auraient pas attendu qu'il hurlât ; s'il avait eu seulement l'air d'un trépassé, ce n'aurait rien été ! non, il était dix fois pire.

Ces coquins voulaient recommencer le truc de Nonpareil, qui rapportait gros, mais ils se dirent que ce n'était pas prudent et que l'histoire était peut-être déjà venue jusqu'ici. Ils n'arrivaient pas à trouver de projet vraiment réussi et, à la fin, le duc dit qu'il allait se creuser la cervelle pendant une heure ou deux et essayer de dénicher quelque chose à faire dans un village de l'Arkansas. Le roi, lui, voulait aller faire un tour de l'autre côté sans avoir rien préparé. A l'entendre, il se fiait à la Providence, qui lui montrerait la bonne voie : je crois qu'il voulait dire le diable !

On avait tous acheté des habits neufs à la dernière étape, le roi mit les siens et me dit de m'habiller aussi. J'obéis, bien sûr. Les nippes du roi étaient toutes noires ; ça, il était chic et tout raide ! Je ne savais pas que les habits pouvaient autant changer un homme. Avant, il avait l'air d'une vieille fripouille ; mais maintenant, quand il enlevait son beau feutre blanc pour saluer avec un aimable sourire, il paraissait tellement bon, et pieux, et noble, qu'on aurait dit qu'il arrivait tout droit de l'arche, et même que c'était le vieux Lévitique [1] en personne. Jim nettoya le canot, et je pris ma pagaie. Il y

1. *Lévitique:* Livre de la Bible, ainsi nommé parce qu'il contient notamment les lois des lévites. Huck Finn prend le Lévitique pour un homme.

avait un grand vapeur à l'ancre, à la pointe, à trois milles environ avant la ville, et on le chargeait depuis deux heures.

— Habillé comme je suis, dit le roi, il vaut mieux que j'arrive de Saint-Louis ou de Cincinnati, d'une grande ville enfin. Mets le cap sur le vapeur, Huckleberry, c'est à son bord que nous arriverons au village.

On n'avait pas besoin de me demander deux fois si je voulais faire une promenade en bateau. Je touchai la rive à un demi-mille au-dessous du village et je me mis à godiller tout le long du bord escarpé, car, là, il n'y avait pas de courant Peu de temps après, on aperçut un jeune campagnard, à l'air naïf, assis sur un tronc d'arbre ; il épongeait la sueur qui coulait sur sa figure, car il faisait une de ces chaleurs ! A côté de lui, il avait posé deux grands sacs de tapisserie.

— Pousse à terre, dit le roi.

J'obéis.

— Où allez-vous, jeune homme ?

— Prendre le vapeur, monsieur, je vais à Orléans.

— Montez à bord, dit le roi. Attendez, mon domestique va vous aider à porter vos sacs. Descends pour aider le monsieur, Adolphe.

Je comprenais bien que c'était de moi qu'il s'agissait.

Cela fait, on repartit tous les trois. Le jeune type n'en finissait pas de remercier, car il disait que c'était un fameux travail de coltiner des bagages par un temps pareil. Il demanda au roi où il allait, et le roi lui répondit qu'il venait de plus haut sur la rivière et qu'il s'était arrêté le matin à l'autre village, mais qu'il remontait un peu pour voir un vieil ami dans une ferme du voisinage.

— Quand je vous ai vu, dit le jeune homme, j'ai pensé : « Tiens, voilà M. Wilks, pour sûr, et il s'en est fallu de peu qu'il n'arrive à temps. » Et puis j'ai réfléchi : « Mais non, bien sûr, ce n'est pas lui, puisqu'il remonte la rivière. » Vous n'êtes pas lui, n'est-ce pas ?

— Non, je m'appelle Blodgett — Alexandre Blodgett, — le révérend Alexandre Blodgett, devrais-je dire, puisque je suis un humble serviteur de Notre-Seigneur. Cela ne m'empêche pas pourtant de regretter que M. Wilks n'ait pu arriver à temps, du moins si son retard lui a fait perdre quelque chose ; mais j'espère qu'il n'en fut rien ?

— En tout cas, ce n'est pas du bien qu'il a perdu, car il n'en manquera pas ; non, il est arrivé trop tard pour voir mourir son frère Pierre. Ça lui est peut-être égal, personne n'en peut rien dire, mais son frère, lui, aurait payé cher pour le revoir avant de mourir ; depuis trois semaines, il ne parlait que de ça, il ne l'avait pas revu depuis qu'ils étaient gamins et il ne connaissait même pas son frère William — c'est le sourd-muet qui n'a pas plus de trente-cinq ans, maintenant. Pierre et Georges étaient les seuls de la famille par ici ; Georges était marié, sa femme et lui sont morts tous les deux l'année dernière. Ça fait qu'il ne reste plus que Harvey et William, et, comme je vous le disais, ils ne sont pas arrivés à temps.

— On leur avait écrit ?

— Oh ! oui, il y a un mois ou deux, quand Pierre est tombé malade, car il répétait toujours : « Ah ! je sens bien que je m'en sortirai pas, ce coup-ci ! » Vous comprenez, il se faisait vieux, et les petites à Georges étaient trop jeunes pour être une compagnie pour lui, excepté Marie-Jeanne, du moins, la rouquine ; il avait l'air de languir, pour ainsi dire, depuis la mort de Georges et de sa femme, et il ne tenait plus beaucoup à la vie. Il aurait bien voulu voir Harvey, et William aussi d'ailleurs, car c'était le genre d'homme qui ne peut pas se décider à faire un testament. Il a laissé une lettre pour Harvey et dedans il lui dit où c'est qu'il a caché ses sous, et il lui demande de partager le reste du bien pour que les filles à Georges soient à leur aise, car Georges n'a rien laissé du tout. Et on n'a pas réussi à lui faire écrire autre chose.

— Et pourquoi cet Harvey n'arrive-t-il pas, à votre idée ? Où habite-t-il ?

— Oh ! il est en Angleterre, à Sheffield ; il est pasteur là-bas, et il n'est jamais venu par chez nous. Il n'a pas eu trop de temps, non plus, et puis peut-être que la lettre n'est jamais arrivée.

— Quel malheur qu'il n'ait pas pu vivre assez longtemps pour voir ses frères, le pauvre ; quel malheur ! Vous allez à Orléans, dites-vous ?

— Oui, et encore plus loin. Mercredi prochain, je prends un bateau pour Rio-de-Janeiro ; j'ai mon oncle là-bas.

— C'est un assez long voyage. Mais ce sera agréable. Je voudrais bien partir, moi aussi. Marie-Jeanne, c'est l'aînée ? Et quel âge ont les autres ?

— Marie-Jeanne a dix-neuf ans, Suzanne quinze, et Jo en a quatorze ; c'est celle-là qui s'occupe de bonnes œuvres et qui a un bec-de-lièvre.

— Les pauvres petites, seules dans ce vaste monde !

— Oh ! elles pourraient être plus à plaindre. Le vieux Pierre avait des amis qui auront l'œil sur elles. Y a Hobson, le pasteur baptiste, et puis le diacre Lot Hovey, et Ben Rucker, et Abner Shackleford, et Levi Bell, le notaire, et le Dr Robinson, et toutes leurs femmes, et la veuve Bartley, et . . . — oh ! il n'en manque pas d'autres ! — mais ceux-là, c'étaient les copains de Pierre, et il parlait d'eux dans ses lettres ; aussi Harvey saura où trouver des amis quand il viendra.

Le vieux n'en finissait pas de poser des questions, comme s'il voulait vider le garçon. Ma parole, il se renseignait sur tout et sur tous dans cette sacrée ville ; il voulait tout savoir sur les Wilks, connaître le métier de Pierre, qui était tanneur ; celui de Georges, qui était charpentier ; celui de Harvey, qui était ministre dissident, et ci et ça.

— Mais pourquoi remontez-vous à pied jusqu'au vapeur ? dit-il tout d'un coup.

— Parce que c'est un grand navire qui va à Orléans, et j'avais peur qu'il ne s'arrêtât pas là-bas. Quand ils sont grands, ils ne s'arrêtent pas au signal. Ceux de Cincinnati, oui, mais celui-ci arrive de Saint-Louis.

— Pierre Wilks était riche ?

— Je comprends ! Il avait de la terre, des maisons, et on dit qu'il a laissé trois ou quatre mille dollars cachés quelque part par là.

— Quand est-il mort, déjà ?

— Je ne vous l'avais pas encore dit, monsieur, il est mort hier soir.

— C'est demain qu'on l'enterre, sûrement.

— Oui, vers midi.

— Ah oui ! c'est bien triste. Enfin, nous en ferons tous autant un jour ou l'autre. Ce qu'il faut, c'est être préparé ; ainsi nous n'avons rien à craindre.

— Ah ! sûrement, c'est ce qu'il faut faire ; ma vieille le disait toujours.

Quand on arriva au vapeur, on avait presque fini de le charger, et bientôt il se mit en route ; le roi n'avait plus parlé d'aller à bord, et j'avais raté ma promenade. Après le départ, il me dit de continuer à ramer jusqu'à un endroit désert, à un mille plus loin. Là, il sauta à terre et dit :

— Trotte chercher le duc et apporte les valises neuves. Et, s'il est allé de l'autre côté, vas-y toi-même et ramène-le. Et dis-lui de bien se nipper, en cas. Allez, file.

Je comprenais ce qu'il mijotait, mais je le gardais pour moi. Quand je fus de retour avec le duc, on cacha le canot, et puis ils s'assirent tous les deux sur un tronc d'arbre, le roi se mit à tout raconter au duc, exactement comme le jeune homme l'avait dit, sans oublier un mot. Tout ce temps-là, il essayait de parler comme un Anglais ; il n'y réussissait pas mal, d'ailleurs, pour un lourdaud comme lui. Je ne serais pas capable de l'imiter, aussi je n'essaierai pas, mais, vraiment, ce n'était pas mal.

– Tu serais capable de faire le sourd-muet, Bilgewater ? dit-il tout d'un coup.

Le duc répondit de se fier à lui, car il avait justement joué un rôle de sourd-muet sur les planches. Et puis ils attendirent le vapeur.

Vers le milieu de l'après-midi, on vit remonter deux petits bateaux, mais ils ne venaient pas d'assez loin ; enfin un gros arriva, et ils hissèrent le signal ; une chaloupe fut envoyée vers nous et on monta à bord. Le navire allait à Cincinnati, et ils furent furieux quand on leur dit que nous voulions descendre quatre ou cinq milles plus loin. Ils se mirent à pester et à déclarer qu'ils ne nous débarqueraient pas.

Mais le roi restait calme et leur dit :

– Si des voyageurs acceptent de payer un dollar par mille et par personne pour être pris à bord et ramenés à terre en chaloupe, un vapeur peut accepter de les transporter, il me semble ?

Ces paroles eurent de l'effet, et ils nous conduisirent à terre dans la chaloupe dès qu'on fut à hauteur du village. Une douzaine d'hommes s'assemblèrent au débarcadère quand ils virent arriver le canot. Et, quand le roi leur dit : « Est-ce que quelqu'un pourrait m'indiquer où habite M. Wilks, messieurs ? » ils échangèrent des coups d'œil en hochant la tête d'un air de dire : « Tu vois ! » Alors l'un d'eux, d'une voix douce et triste, répondit :

– Excusez-moi, monsieur, mais le mieux qu'on puisse faire, c'est de vous dire où il habitait hier soir.

Et aussitôt voilà la vieille crapule qui pose son menton sur l'épaule de l'homme, s'écroule contre lui et laisse dégouliner ses larmes tout le long de son dos.

– Hélas ! hélas ! notre pauvre frère ! il est parti, et nous ne l'aurons pas vu ; oh ! c'est trop, c'est trop !

Et puis il se retourne en pleurnichant et se met à faire des singeries avec ses mains en regardant le duc, et celui-là aussi, ma parole, laisse tomber un sac et fond en larmes. Jamais je n'ai rencontré une paire de fumistes comme ces deux-là.

Les hommes s'empressèrent autour d'eux et prirent part à leur soi-disant chagrin ; ils leur portèrent leurs sacs tout le long de la côte, les laissant s'appuyer sur leurs bras et verser des larmes de crocodile. Ils racontèrent au roi les derniers instants de leur frère, et le roi le répéta par gestes au duc, enfin ils firent autant d'histoires pour la mort de ce tanneur que s'ils avaient perdu les douze apôtres en personne. Aussi vrai que je suis blanc, jamais je n'ai rien vu de pareil. Il y avait de quoi rougir de l'humanité.

XXV
Tout plein de larmes et de sornettes

Au bout de deux minutes, toute la ville savait la nouvelle, et on voyait des gens sortir en courant de tous les coins ; certains étaient encore en train d'enfiler leur veste. On fut bientôt au milieu d'une foule, et le bruit des pas faisait penser au passage d'un régiment. Les portes et les fenêtres étaient garnies ; à chaque instant, on entendait quelqu'un demander par-dessus une barrière de jardin :

— C'est-y eux ?

Et on répondait de la rue :

— Oui, c'est eux.

Quand on arriva à la maison, la rue était pleine de monde, et les trois filles étaient sur le seuil. C'est bien vrai que Marie-Jeanne était rouquine, mais, malgré tout, elle était joliment belle et ses yeux brillaient comme des soleils tellement elle était contente de voir ses oncles. Le roi ouvrit les bras, et Marie-Jeanne lui sauta au cou, le bec-de-lièvre sauta au cou du duc, et il faut voir comme ils s'en donnèrent tous les deux ! Tout le monde — les femmes du moins — pleurait de joie en contemplant leur bonheur de se retrouver.

Après ça, je vis le roi qui, mine de rien, faisait un signe au duc, et puis il jeta un regard autour de lui et aperçut le cercueil sur deux chaises, dans un coin. Alors, se tenant par le cou et se tamponnant les yeux, ils s'avancèrent d'un pas lent et solennel, et les gens s'écartèrent pour leur laisser le passage ; toutes les conversations, tous les bruits cessèrent. On fit : « Chut ! » les hommes enlevaient leur chapeau et baissaient la tête ; on aurait entendu tomber une épingle. Dès qu'ils furent près du cer cueil, ils se penchèrent pour voir et se mirent à pousser de tels sanglots qu'on devait les entendre à Orléans, et puis ils tombèrent dans les bras l'un de l'autre et, pendant trois ou quatre minutes, ils pleurèrent comme des fontaines ; c'était la première fois que je voyais des hommes dégouliner comme ça. Et remarquez que tous les autres en faisaient autant, l'air en était humide ! Ensuite le duc se plaça d'un côté du cercueil, le roi de l'autre, ils se mirent à genoux en appuyant le front contre le bois et commencèrent à prier à voix basse. Ce fit un tel effet sur la foule que tout le monde se laissa aller à sangloter tout fort, les pauvres filles comme les autres. Presque toutes les femmes s'avançaient vers elles en silence, les embrassaient sur le front, d'un air solennel, leur posant la main sur la tête, levant les yeux au ciel, pendant que les larmes leur coulaient sur les joues, et puis après ça elles éclataient, et s'écartaient, toutes pleurantes et mouchantes, et laissaient la place à une autre. Je n'ai jamais rien vu d'aussi dégoûtant.

A la fin, le roi se leva, s'avança un peu et commença à larmoyer un discours, tout plein de pleurs et de sornettes, sur la perte cruelle que son pauvre frère et lui venaient d'éprouver en la personne du défunt et sur leur chagrin à trouver le défunt mort après un bien long voyage de 4 000 milles mais, dit-il, « c'est une épreuve qui est adoucie et sanctifiée pour nous par votre chère sympathie et vos saintes larmes, c'est pourquoi je vous remercie du fond de mon cœur et du fond du cœur de mon frère, car ma bouche est impuissante à le faire, les mots manquant de force et de chaleur », et il continua ces imbécillités pleurnichardes à m'en donner envie de vomir ; après il leur bafouilla un *Amen* à trémolos, et puis il ouvrit les écluses et se mit à pleurer à seaux. Il avait à peine refermé la bouche que quelqu'un dans la foule commença la doxologie, et tous entonnèrent à pleins poumons ; ça vous réchauffait tout l'intérieur, c'était comme à l'église quand on se laisse aller à chanter de tout son cœur. La musique est vraiment une bonne chose, et, après toute cette lavasse écœurante, ça paraissait frais et honnête et ça purifiait l'air.

Mais le roi recommençait déjà ses discours ; il dit que ses nièces et lui seraient heureux si les meilleurs amis de la famille acceptaient de souper avec eux ce soir et de veiller avec eux la dépouille mortelle du défunt : « Si mon pauvre frère étendu là-bas pouvait parler, ajouta-t-il, je sais bien qui il appellerait ainsi, car leurs noms très chers étaient souvent mentionnés dans ses lettres, c'est-à-dire à savoir, par exemple : le Révérend M. Hobson, le diacre Lot Hovey, Mr. Ben Rucker et Abner Shackleford, Levi Bell, le Dr Robinson, leurs épouses et la veuve Bartley.

Le Révérend Hobson et le Dr Robinson étaient en train de chasser ensemble à l'autre bout de la ville. Le docteur expédiait un patient dans l'autre monde, et le pasteur l'aidait. Levi Bell, le notaire, était en voyage d'affaires à Louisville ; mais les autres étaient là, et ils vinrent tous serrer la main au roi, lui parler et le remercier ; ensuite ils serrèrent la main au duc sans rien dire, mais en faisant des sourires et des signes de tête comme une bande de piqués, et lui, pendant ce temps, remuait ses mains dans tous les sens et disait : « Gou, gou, gou, gou, gou », comme un bébé qui ne sait pas encore parler.

Le roi n'arrêtait pas son caquet et trouvait moyen de demander des nouvelles de tous les gens et de tous les chiens de la ville en les appelant par leur nom, et de citer de menus événements qui s'étaient passés dans la famille de Georges ou de Pierre. Et il disait souvent que Pierre lui avait écrit tout ça, mais c'était une blague : c'était sorti jusqu'au dernier mot de la bouche du jeune imbécile qu'on avait conduit au vapeur.

À ce moment-là, Marie-Jeanne alla chercher la lettre que son père avait laissée, et le roi se mit à la lire à haute voix, en pleurant. Il donnait la maison et trois mille dollars d'or aux filles, la tannerie, qui faisait de bonnes affaires, ainsi que d'autres maisons et des terres, d'une valeur de sept mille dollars à peu près, plus trois mille dollars d'or à Harvey et à William ; il expliquait également où la fortune était cachée dans la cave. Aussi les deux compères déclarèrent qu'ils allaient descendre chercher l'argent et faire le partage devant tout le monde, et ils me dirent de prendre une chandelle et de descendre avec eux. On ferma la porte de la cave derrière nous et, quand ils trouvèrent le sac, ils le vidèrent par terre ; c'était joli, tous ces jaunets. Bon sang, comme les yeux du roi brillaient ! Il tapa sur l'épaule du duc en disant :

— Ça, c'est pas du billon ! Ah ! mon vieux Bilgy, ça enfonce le Nonpareil, hein !

Le duc le reconnut. Ils piétinaient les pièces d'or, ils les faisaient glisser entre leurs doigts, tinter sur le plancher :

— Y a pas, disait le roi, il n'y a rien de tel pour nous deux, Bilgy, qui venons de loin, que d'être des héritiers et les frères de richards qui ont cassé leur pipe. Tu vois ce que c'est que de se confier à la Providence. C'est toujours ce qu'on peut faire de mieux. J'ai essayé tous les moyens, et celui-là l'emporte sur tous les autres.

La plupart des gens auraient pris le magot de confiance, mais il fallut que ces deux-là vérifient si le compte y était. Et voilà qu'il manquait quatre cent quinze dollars :

— Que le diable l'emporte ! dit le roi, je me demande ce qu'il a fait de ces quatre cent quinze dollars.

Ça les tracassait, et ils se mirent à fouiller partout pour les retrouver. Puis le duc dit :

— Enfin, c'était un malade, et il a dû se tromper. C'est sûrement ça. Le mieux, c'est de laisser les choses comme elles sont et de n'en parler à personne. On est assez riche pour ça.

— Bien sûr, bien sûr, mais ce n'est pas à nous que je pense, c'est au compte. Il faut que tout se fasse au grand jour et cartes sur table, tu comprends. On va coltiner ce magot jusque là-haut et le compter devant tout le monde. Comme ça, il n'y aura rien de louche. Mais si le mort dit qu'il y a six mille dollars, tu comprends, il ne faudrait pas . . .

— Écoute, dit le duc, comblons le déficit.

Et il se mit à sortir des jaunets de sa poche.

— Pour une idée, c'est une idée, duc. Ah ! tu as une tête sur tes épaules, dit le roi. Voilà notre vieux Nonpareil qui nous tire d'affaire une fois de plus.

Et lui aussi se mit à sortir ses dollars et à les empiler.

Ils vidèrent leurs poches jusqu'au dernier sou, ou presque, mais ils arrivèrent aux six mille dollars nets et sans reproche.

— Dis donc, fit le duc, j'ai une autre idée. Quand nous aurons fini de compter l'argent là-haut, donnons notre part aux filles !

— Seigneur ! duc, viens dans mes bras ! Personne n'aurait rien trouvé d'aussi formidable. Je n'ai vraiment jamais vu une tête comme la tienne. Oh ! ça c'est un coup de maître, pas d'erreur. Qu'ils aillent nous soupçonner maintenant s'ils veulent : avec ça, on n'a plus rien à craindre.

Dès qu'on fut remonté, tout le monde se serra autour de la table, le roi compta les dollars et les mit en tas, trois cents par pile, vingt belles petites piles. Tous les gens lorgnaient d'un air affamé, en se léchant les babines. Et puis ils fourrèrent de nouveau tout dans le sac et je vis que le roi commençait à se gonfler pour un autre discours :

— Mes chers amis, mon pauvre frère qui dort là a bien fait les choses pour ceux qui restent derrière, dans cette vallée de larmes. Il a bien fait les choses pour ces pauvres agneaux qu'il aimait, qu'il logeait sous son toit et qu'il laisse sans père ni mère à présent ; c'est la vie, oui, mais nous autres, qu'on le connaissait, on sait bien qu'il aurait fait encore mieux s'il n'avait pas eu peur de nous vexer, mon cher William et moi-même. C'est pas vrai ? Moi, j'en suis sûr et certain. Alors, on serait de drôles de frères si on l'empêchait de faire à son idée à un moment pareil. Et on serait de drôles d'oncles si on volait — y a pas d'autre mot — si on volait ces pauvres chères innocentes qu'il aimait tant, à un pareil moment. Si je connais William, et je crois que je le connais bien, il... Attendez, je vais le lui demander...

Le voilà qui se retourne et qui recommence à faire des signes avec ses doigts, et le duc reste un moment à le regarder d'un air idiot et complètement bouché ; et puis, tout d'un coup, il fait comme s'il saisissait l'idée du roi, il le serre sur son cœur avec des « gou-gou » de joie, et il l'embrasse au moins quinze fois avant de le lâcher.

— Je le savais bien, dit le roi ; je pense que tout le monde aura compris. Tenez, Marie-Jeanne, Suzanne, Joanna, voilà l'argent, prenez, tout est pour vous. C'est lui qui vous le donne, lui qui dort là-bas, refroidi mais content.

Marie-Jeanne lui sauta au cou, Suzanne et le bec-de-lièvre sautèrent au cou du duc, et ils recommencèrent à se serrer dans les bras les uns des autres et à s'embrasser à bouche que veux-tu. Jamais je n'ai rien vu de pareil. Et tous les gens, les yeux pleins de larmes, se mirent à secouer à les décoller les mains de ces deux canailles, en répétant :

— Ah ! que vous êtes bons ! Que c'est beau ! Que c'est admirable !

Et puis toute l'équipe se reprit à parler du défunt... et comme il avait bon cœur, et quelle perte c'était, et tout. Mais bientôt un solide gaillard aux fortes mâchoires réussit à entrer dans la maison et resta là à écouter et à regarder sans rien dire ; personne ne lui disait rien non plus, car le roi pérorait et ils étaient tous occupés à l'écouter. Le roi était au beau milieu d'une histoire :

— C'étaient de grands amis du défunt, disait-il, c'est pourquoi ils sont tous invités ici ce soir, mais demain nous voulons que toute la ville soit là, car il respectait tout le monde, il aimait tout le monde, et il faut que ses orgies funèbres soient publiques.

Il continuait à dégoiser, content de s'écouter parler, et de temps en temps il ressortait ses orgies funèbres, tant et si bien que le duc, n'y tenant plus, écrivit sur un bout de papier : « Obsèques, vieux crétin », il le plia et le lui tendit par-dessus la tête des gens, sans cesser ses gougou. Le roi le lit, le met dans sa poche :

— Ah ! mon pauvre William. Dans son affliction, il garde son bon cœur. Il me demande d'inviter tout le monde à l'enterrement, il veut que je les accueille tous. Mais il n'avait pas besoin de s'inquiéter — c'est justement ce que j'étais en train de faire.

Et il enchaîna, sans broncher, en remettant ses orgies de temps en temps, comme avant. Après l'avoir répété trois fois, il dit :

— Je dis orgies, non que ce soit l'expression habituelle — vous dites obsèques par ici, — mais parce que c'est le mot juste. On ne parle plus d'obsèques en Angleterre, aujourd'hui, parce que c'est passé de mode. Nous disons orgies, là-bas. Orgies est un meilleur mot, car il explique bien la chose. Il vient du grec *orgo :* au dehors, à l'extérieur ; et de l'hébreu : *jeesum*, planter, recouvrir, donc enterrer. Vous voyez donc qu'une orgie funèbre est un enterrement qui se fait dehors et en public.

Quel type ! L'homme aux fortes mâchoires lui éclata de rire au nez. Tout le monde en fut scandalisé et s'écria : « Vraiment, docteur ! » et Abner Shackleford dit : « Alors, Robinson, vous ne savez pas la nouvelle : c'est Harvey Wilks.»

Le roi sourit jusqu'aux oreilles et tendit la main en disant :

— Voici donc le cher ami et le dévoué docteur de mon frère bien-aimé ?

— Bas les pattes, dit le docteur. Vous croyez parler comme un Anglais ? C'est la pire des imitations. Vous, le frère de Pierre Wilks ? Vous êtes un imposteur, voilà ce que vous êtes !

Ils en faisaient une tête ! Ils se précipitèrent tous vers le médecin pour essayer de le faire taire et de lui expliquer que Harvey avait prouvé plutôt quarante fois qu'une qu'il était bien le frère Wilks et qu'il connaissait tous les gens par leur nom et les chiens eux-mêmes ; ils le priaient et le suppliaient de ne pas blesser les pauvres petites, et ainsi de suite. Mais ce fut inutile ; il tempêtait, il répétait qu'un bonhomme qui se faisait passer pour un Anglais et qui n'était pas fichu d'imiter l'accent un peu mieux que ça n'était qu'un menteur et qu'un escroc. Les pauvres filles se pendaient au cou du roi en pleurant et, tout d'un coup, le docteur se leva et se retourna vers elles:

— J'étais l'ami de votre père et je suis le vôtre, et c'est en ami sincère qui veut vous protéger et vous éviter des malheurs que je vous conseille de tourner le dos à ce gredin et de ne plus l'écouter, ce vagabond ignare, avec son grec et son hébreu absurdes, comme il dit. C'est clair comme le jour que c'est un imposteur ; il est arrivé ici avec des noms et des histoires qu'il a ramassés je ne sais où, et vous appelez ça des preuves, et tous ces idiots qui vous entourent vous aident à vous tromper vous-même ! Marie-Jeanne Wilks, vous savez que je suis votre ami, votre ami désintéressé ? Eh bien ! écoutez-moi : mettez cette misérable canaille à la porte. Je vous en prie, faites-le.

Marie-Jeanne se redressa. Mon Dieu, qu'elle était belle !

— Voici ma réponse, dit-elle.

Elle souleva le sac d'argent, le mit dans les mains du roi et dit : « Prenez ces six mille dollars, placez-les pour mes sœurs et pour moi, comme il vous plaira ; nous n'avons pas besoin de reçu. » Puis elle entoura le roi de son bras, Suzanne et le bec-de-lièvre firent pareil de l'autre côté. Tout le monde applaudit et tapa du pied, avec un bruit de tonnerre, tandis que le roi redressait la tête et souriait fièrement.

— Très bien, dit le docteur, je m'en lave les mains. Mais je vous avertis qu'un jour viendra où le seul souvenir de cette journée vous rendra malade.

Et il s'en alla.

— Très bien, docteur, riposta le roi en l'imitant, on ira vous chercher à ce moment-là.

Et tout les gens éclatèrent de rire et s'écrièrent que c'était bien trouvé

XXVI
Je vole le butin du roi

Quand tout le monde fut parti, le roi demanda à Marie-Jeanne si elle avait de la place pour les coucher ; elle lui dit qu'elle donnerait la chambre d'amis à l'oncle William ; la sienne, qui était un peu plus grande, à l'oncle Harvey, et qu'elle dormirait sur un lit-cage dans la chambre de ses sœurs. Elle ajouta que dans le grenier il y avait une soupente avec un matelas. « La soupente sera très bien pour mon valet », dit le roi ; le valet, c'était moi.

Marie-Jeanne nous fit donc monter et leur montra leurs chambres, qui étaient simples, mais agréables. Elle dit qu'elle allait enlever ses robes et toutes sortes d'affaires si elles encombraient l'oncle Harvey, mais il répondit qu'elles ne l'encombraient pas du tout. Les robes étaient accrochées au mur, et elles étaient protégées par un rideau de coton qui tombait jusqu'au plancher. Il y avait une vieille malle de peau, dans un coin ; dans un autre une guitare, et partout on voyait toutes sortes de petits bibelots, de ces babioles dont les filles aiment bien garnir les maisons. Le roi dit que tout ça rendait la chambre plus plaisante et plus confortable et qu'il ne fallait rien enlever. Celle du duc était assez petite, mais bien suffisante, et ma soupente aussi.

Ce soir-là, il y eut un grand souper, où tous les gens,

hommes et femmes, étaient venus. Je me tenais derrière les chaises du roi et du duc et je les servais, et les nègres servaient les autres. Marie-Jeanne était assise au bout de la table, Suzanne à côté d'elle, et elle n'arrêtait pas de dire que les biscuits n'étaient pas réussis, que les conserves étaient manquées, que le poulet rôti était dur, enfin toutes ces balivernes que les femmes racontent quand elles cherchent des compliments ; les gens trouvaient que tout était parfait et je les entendais dire : « Comment faites-vous pour avoir des biscuits si dorés ? » ou bien : « Où donc avez-vous pu trouver ces cornichons ? ils sont merveilleux. » Les gens ont l'habitude de sortir ces blagues-là à table, vous savez bien ce que je veux dire.

Et, quand ils eurent fini, on mangea les restes dans la cuisine, Bec-de-lièvre et moi, pendant que les autres aidaient les nègres à faire la vaisselle. Bec-de-lièvre se mit à me poser des tas de questions sur l'Angleterre, et Dieu sait qu'à certains moments je n'en menais pas large.

— Tu as vu le roi, quelquefois ?

— Qui, Guillaume IV ? Bien sûr. Il va à la même église que nous.

Je savais bien qu'il était mort depuis longtemps, mais je ne faisais pas mine. Aussi ! quand je lui dis qu'il venait à notre église, elle s'écria : « Hein ? tous les dimanches ? »

— Oui, tous les dimanches. Son banc est juste en face du nôtre, de l'autre côté de la chaire.

— Je croyais qu'il habitait à Londres ?

— Bien sûr. Où veux-tu qu'il habite ?

— Mais je croyais que toi tu habitais Sheffield.

Aïe ! Je restai le bec dans l'eau. Il fallut que je fasse semblant de m'étrangler avec un os de poulet pour trouver le moyen de m'en sortir. Mais je lui dis :

— Tu comprends, il vient à notre église quand il est à Sheffield, l'été, pour les bains de mer.

— Tu dis des choses ! Sheffield n'est pas au bord de la mer !

— Je n'ai pas dit le contraire.
— Si, tu l'as dit.
— Non.
— Si.
— Non, je n'ai jamais rien dit de pareil.
— Qu'est-ce que tu as dit, alors ?
— J'ai dit qu'il prenait des bains d'eau de mer, c'est tout.
— Enfin, comment peut-il prendre des bains d'eau de mer s'il n'est pas au bord de la mer ?
— Écoute un peu. Est-ce que tu n'as jamais vu l'eau du Jourdain ?
— Si.
— Est-ce que tu es allée sur les bords du Jourdain pour ça ?
— Non, bien sûr.
— Eh bien ! Guillaume IV n'est pas obligé d'aller au bord de la mer pour prendre des bains de mer, c'est tout pareil.
— Comment fait-il, alors ?
— Il la fait venir dans des barriques, comme l'eau du Jourdain. Dans le palais, à Sheffield, il y a des chaudières, car il veut que ses bains soient chauds. Au bord de la mer, on ne pourrait pas bouillir toute cette eau-là, ce n'est pas installé pour ça, tu comprends ?
— Ah ! je comprends maintenant. Tu aurais pu le dire plus tôt, ça nous aurait fait gagner du temps !
Alors je vis que je m'étais tiré d'affaire pour cette fois et je pus respirer.
— Et toi, tu vas à l'église aussi ? dit-elle ensuite.
— Bien sûr, tous les dimanches.
— Et où es-tu assis ?
— Sur notre banc, tiens !
— Le banc de qui ?
— Le nôtre, tiens, celui de ton oncle Harvey.
— Le sien ? Qu'est-ce qu'il fait d'un banc ?

— Il s'assoit dessus, comme tout le monde. Qu'est-ce qu'on fait d'un banc, d'habitude ?

— Mais je croyais qu'il était dans la chaire.

Miséricorde, j'avais oublié qu'il était pasteur. Je fus obligé de recommencer le coup de l'os le temps de me creuser la cervelle. Et puis je lui dis :

— Ma pauvre fille, tu crois qu'il n'y a qu'un pasteur par église ? Il y en a plus que ça.

— Pour quoi faire ?

— Pour prêcher devant le roi, tiens ! Je n'en ai jamais vu une comme toi. On en a au moins dix-sept.

— Dix-sept ! Seigneur ! je ne pourrais jamais avaler dix-sept sermons, même pour aller au ciel. Ça doit durer au moins une semaine.

— Tu dis des bêtises : ils ne prêchent pas tous ensemble, mais un à la fois, seulement.

— Et les autres, alors, qu'est-ce qu'ils font pendant ce temps-là ?

— Oh ! pas grand-chose, ils se promènent par-ci par là, ils passent le plat pour la quête, mais le plus souvent ils ne font rien du tout.

— A quoi servent-ils, alors ?

— A faire bien. Tu n'as jamais rien vu !

— En tout cas, je n'ai pas envie de voir des idioties comme celle-là. Comment traite-t-on les domestiques, en Angleterre ? Mieux que les nègres, ici ?

— Non, un domestique ou rien, c'est pareil, là-bas. Ils les traitent plus mal que des chiens.

— On ne leur donne pas de vacances comme nous faisons à Noël, au Premier de l'An, le 4 juillet ?

— Tu parles ! On voit bien que tu n'es jamais allée là-bas. Ma pauvre Bec- . . . Joanna, ils n'ont jamais un jour de repos du premier janvier à la Saint-Sylvestre ; ils ne vont jamais au cirque, jamais au théâtre, jamais à la pantomime, jamais nulle part.

— Pas à l'église, non plus ?

— Non, pas même à l'église.

— Mais toi, tu m'as dit que tu y allais tous les dimanches.

Je m'étais encore fourré dedans. J'avais oublié que j'étais le domestique du vieux. Mais je découvris une explication en un clin d'œil et je lui dis que les valets n'étaient pas des domestiques ordinaires, et qu'il fallait qu'ils aillent à l'église avec la famille, qu'ils le veuillent ou non, car c'était la loi. Mais je ne m'en étais pas très bien tiré et je voyais bien qu'elle n'était pas convaincue. Elle me dit :

— Parole d'honneur ! Tu ne viens pas de me raconter des blagues ?

— Parole d'honneur.

— Pas une seule ?

— Pas une seule, pas une.

— Mets ta main sur le livre et jure !

Je voyais bien que ce n'était qu'un dictionnaire, aussi je fis comme elle voulait. Elle avait l'air un peu plus contente et elle me dit :

— Comme ça, je veux bien te croire un peu, mais il y a des choses que je ne croirai jamais.

— Qu'est-ce que tu ne croiras jamais, Jo ? dit Marie-Jeanne qui entrait, suivie de Suzanne, ce n'est pas bien et ce n'est pas gentil de parler de cette façon à un étranger qui est si loin de chez lui. Tu aimerais qu'on te dise cela ?

— Tu es toujours la même, Maim', tu veux toujours soigner les gens avant qu'ils soient malades. Je ne lui ai rien fait. C'est lui qui racontait des craques, et j'ai dit que je ne les avalerais pas toutes, et pas un mot de plus. Il peut bien supporter une petite chose comme celle-là, non ?

— Peu m'importe que ce soit une petite chose ; c'est un étranger, il est dans notre maison, et tu as eu tort de le dire. Si tu étais à sa place, tu serais honteuse, et on ne doit rien dire à personne qui puisse gêner.

— Mais, Maim', il a dit . . .

— Ce qu'il a dit n'a pas d'importance, je te le répète : ce qui est important, c'est la façon dont tu te conduis envers lui ; il faut être gentille et ne rien dire qui lui rappelle qu'il est loin de sa famille et de son pays !

Je me disais : « Et voilà la fille que je laisse voler par ce vieux reptile ! »

Suzanne ne tarda pas à joindre son mot et à débiter un fameux sermon à la pauvre Bec-de-lièvre.

Je me disais : « Et en voilà une autre que je laisse voler. »

Et puis Marie-Jeanne revint à la charge, d'une manière douce et gentille, comme toujours ; mais, quand elle eut fini, la pauvre Bec-de-lièvre était écrasée. Il ne lui restait plus qu'à fondre en larmes.

— Allons, allons, dirent les deux autres, demande-lui pardon, et ce sera fini.

Elle me demanda pardon, donc, et si gentiment que ça me faisait de la peine de l'entendre, et j'aurais voulu lui dire mille mensonges pour qu'elle le répétât encore une fois.

Je me disais : « Et en voilà une troisième que je laisse voler. » Quand elle eut fini, toutes les trois firent leur possible pour me mettre à l'aise et me montrer que j'étais au milieu d'amis. Je me sentais si hypocrite, si infect et si dégoûtant que je me dis : « Ma décision est prise ; je leur rendrai leur argent ou j'y laisserai ma peau. »

C'est pourquoi je leur dis que j'allais monter me coucher, avec l'idée de le faire tôt ou tard, et, quand je me trouvai tout seul, je me mis à bien réfléchir. Je me demandais si je n'irais pas voir le docteur pour dénoncer ces fripouilles. Mais non, il pourrait révéler de qui il tenait l'histoire, et le roi et le duc me feraient passer un mauvais quart d'heure. Ou si j'irais trouver Marie-Jeanne ? Non, je n'oserais pas, et puis ça se verrait tout de suite sur sa figure, et eux fileraient sans tambour ni trompette avec la fortune. Et, si elle allait chercher de l'aide, je n'arriverais pas à me tirer de l'affaire sans y laisser des plumes. Non, il n'y avait qu'un bon moyen. Il fallait que je me débrouille pour voler cet argent de façon qu'ils ne me soupçonnent pas le moins du monde.

Je me disais : « Ils ont trouvé un filon et ils ne s'en iront pas avant d'avoir tiré tout ce qu'ils pourront de cette famille et de cette ville, et moi, j'attendrai le moment propice. Je volerai et je cacherai le sac et, quand je serai loin sur la rivière, j'écrirai une lettre à Marie-Jeanne pour lui dire où le chercher. Mais il vaut mieux le dénicher ce soir, car le docteur ne s'en désintéresse peut-être pas autant qu'il l'a dit, et il pourrait leur mettre la puce à l'oreille et les faire s'enfuir en douce. Donc, je vais aller fouiller leur chambre. » En haut, le couloir était obscur ; pourtant j'entrai quand même dans la chambre du duc, où je me mis à tâter par-ci par-là, mais il me vint à l'idée que le roi ne confierait son magot à personne ; aussi j'ouvris la porte et je me mis à tout palper chez lui. Mais je voyais bien que, sans chandelle, je n'arriverais à rien, et naturellement je n'allais pas en allumer une. C'est pour ça que je me décidai à changer de tactique ; je les attendrais et je me cacherais pour les épier ; j'entendais justement leurs pas dans les escaliers. J'allais me fourrer sous le lit, mais il n'était pas où je croyais, et je touchai le rideau qui cachait les robes de Marie-Jeanne ; je me glissai derrière, me pelotonnai parmi les robes et restai là sans bouger.

Ils entrèrent, refermèrent la porte, et le premier geste du roi fut de regarder sous le lit ! J'étais content, alors, de ne pas l'avoir trouvé ! Et pourtant quoi de plus naturel que de se cacher sous un lit quand on s'occupe de choses qui ne regardent pas les autres ? Ils s'assirent tous les deux, et le roi dit :

— Alors, qu'est-ce que tu veux me dire ? Et ne fais pas de phrases, car ça vaudrait mieux pour nous qu'on soit en bas à faire marcher l'enterrement plutôt qu'en haut, pendant qu'ils sont peut-être en train de nous débiner.

— Eh bien ! voilà, Capet ! Ça n'est ni facile ni agréable à dire : le docteur me trotte dans la tête. Je voulais connaître tes intentions, car moi j'ai une idée et je la crois bonne.

— Dis-la, duc.

— J'estime qu'il vaudrait mieux mettre les voiles avant trois heures du matin et descendre la rivière en vitesse avec ce que nous avons. Surtout que nous l'avons eu sans nous fatiguer, qu'on nous l'a rendu, qu'on nous l'a jeté à la tête, pour ainsi dire, alors que nous pensions être obligés de le voler. Je suis d'avis de plaquer tout et de filer.

Voilà qui ne m'arrangeait pas. Une ou deux heures avant, ça n'aurait pas été tout à fait pareil, mais maintenant j'étais ennuyé et déçu. Mais le roi l'interrompit :

— Comment, sans prendre le reste de l'héritage ? Disparaître comme deux imbéciles en laissant traîner des huit ou neuf mille dollars de biens pour ceux qui se donneront la peine de les ramasser, et de bons terrains comme ceux-là, faciles à vendre et tout ?

Le duc protestait qu'ils étaient assez riches avec le sac d'or et que ça suffisait comme ça, qu'il ne tenait pas à voler à ces orphelines tout ce qu'elles possédaient.

— Qu'est-ce que tu racontes ? dit le roi, nous ne leur volerons rien de plus que l'argent. C'est les acheteurs qui seront victimes puisque, dès qu'on saura que nous ne sommes pas les vrais propriétaires — et ça ne tardera pas quand nous aurons décampé, — la vente sera annulée, et tout reviendra à la succession ; on rendra leur maison à ces orphelines-là, et ça leur suffira. Elles sont jeunes et bien portantes et elles pourront facilement gagner leur vie. Elle ne seront pas malheureuses. Pense, il y en a des milliers et des milliers qui sont loin d'être aussi à l'aise ; sois tranquille, va, elles ne seront pas à plaindre.

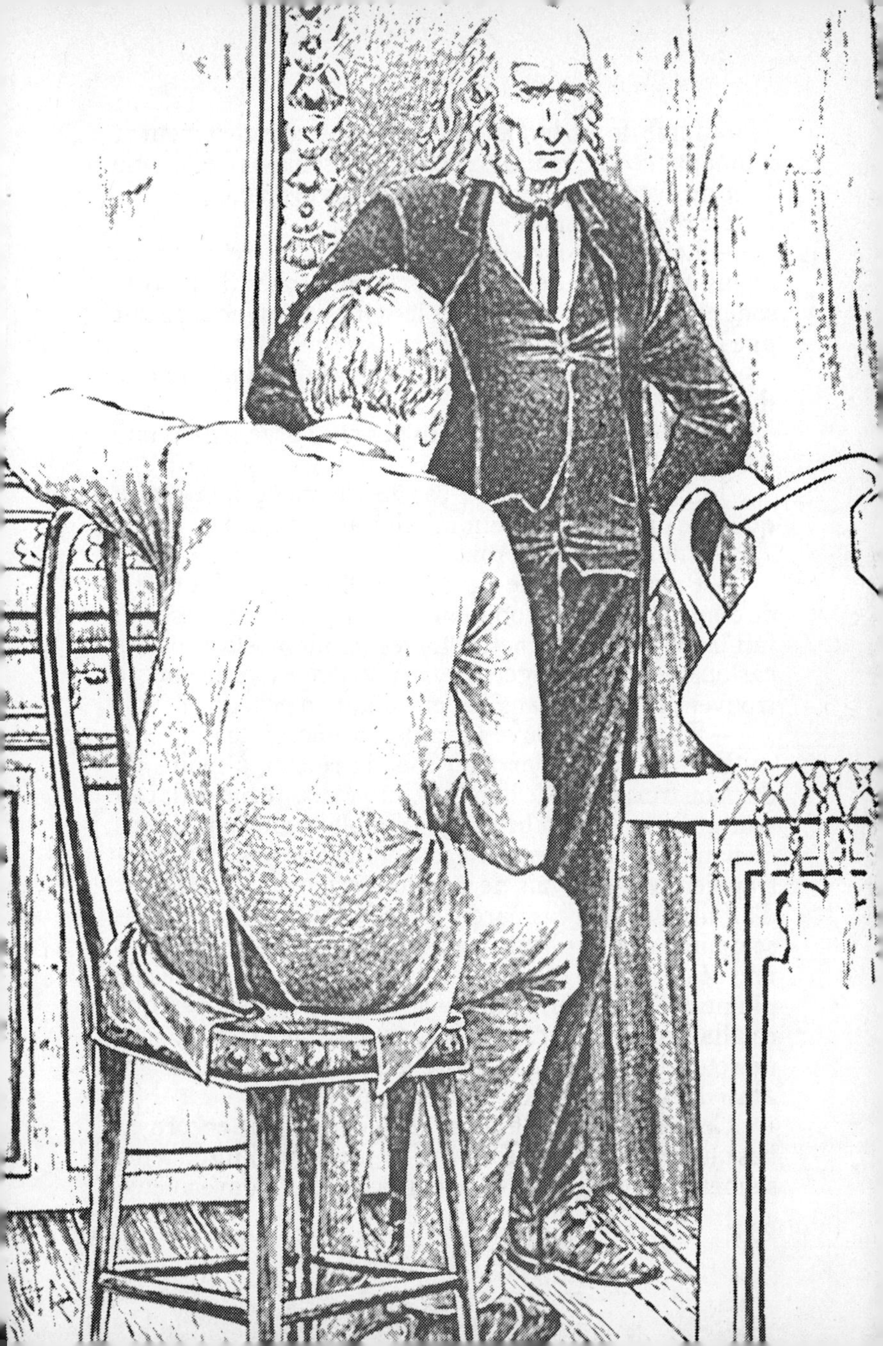

A force de parler, le roi l'embobina complètement et il finit par céder ; mais il répétait qu'à son avis c'était une folie de rester, avec ce docteur dans le voisinage.

Le roi lui répondit :

— Laisse ton docteur tranquille. Qu'est-ce que nous avons à craindre de lui ? Tous les imbéciles de la ville sont pour nous, et dans toutes les villes du monde, ça fait une fameuse majorité !

Ils se préparèrent donc à redescendre, mais le duc dit :

— Je crois que nous n'avons pas mis l'argent dans une bonne cachette.

Je me sentis plus gai, car je commençais à croire qu'ils ne diraient rien pour m'éclairer là-dessus.

— Pourquoi ? dit le roi.

— Parce que Marie-Jeanne va être en deuil à partir de demain, et, avant longtemps, on dira à la négresse qui fait les chambres de mettre toutes ces nippes-là dans des cartons pour les ranger. Et on n'a jamais vu un nègre trouver de l'argent sans en emprunter un peu, non ?

— Ta tête a retrouvé son aplomb, duc, dit le roi.

Et il se mit à fourrager sous le rideau, à moins de deux ou trois pieds de l'endroit où j'étais. Je me collai au mur et ne fis pas un bruit ; je tremblais pourtant, je me demandais ce que ces gaillards feraient de moi s'ils m'attrapaient et j'essayais de trouver un moyen de me tirer d'affaire dans un cas pareil. Mais le roi sortit le sac sans se douter que je n'étais pas loin. Ils le plongèrent dans une déchirure de la paillasse qui était sous le matelas de plume et l'enfoncèrent dedans. Je les entendais dire que ça allait comme ça, car les nègres tapent le matelas, mais ne retournent pas la paillasse plus de deux fois par an, ainsi il n'y avait plus de danger qu'on le vole.

Ce n'était pas mon avis ; ils n'étaient pas encore en bas que je l'avais déjà sorti du lit. Je tâtonnai jusqu'à ma soupente et je le cachai là jusqu'à ce que je trouve mieux.

Je me dis qu'il était préférable de chercher une cachette dehors, car ils mettraient la maison sens dessus dessous s'ils s'apercevaient de la disparition du sac. Je me couchai tout habillé, mais je n'aurais pas pu dormir même si j'en avais eu envie, tellement j'avais hâte d'en avoir fini. Bientôt le roi et le duc remontèrent ; je me laissai glisser de mon matelas et je restai allongé, le menton sur le dernier barreau de l'échelle, et j'attendis pour voir ce qui allait se passer. Mais il ne se passa rien du tout.

Dès que tous les bruits du soir furent éteints, et avant que ceux du matin commencent, je descendis furtivement l'échelle.

XXVII
Feu Pierre retrouve son or

Je me glissai jusqu'à leur porte, j'écoutai ; ça ronflait là-dedans. Aussi je descendis sur la pointe des pieds et j'arrivai en bas sans histoires. On n'entendait pas un bruit. En regardant par une fente de la porte de la salle à manger, je vis que les hommes qui veillaient le corps s'étaient endormis sur leur chaise. La porte de communication avec le salon où était le cercueil était ouverte, et dans chaque pièce il y avait une chandelle. J'avançai dans le couloir et je vis que la deuxième porte, celle qui donnait dans le salon, n'était pas fermée. Il n'y avait personne là, à part les restes de Pierre ; je continuai mon chemin, mais la porte d'entrée était fermée à clé, et la clé n'était pas dans la serrure. A ce moment, j'entendis quelqu'un descendre les escaliers dans mon dos. J'entrai en courant dans le salon, je lançai un coup d'œil autour de moi et je vis que le seul endroit possible pour cacher le sac c'était le cercueil. Le couvercle était un peu tiré, montrant la figure du mort qui était enveloppé dans son linceul, recouverte d'un linge humide. Je fourrai le sac d'or sous le couvercle, à peu près jusqu'à l'endroit où ses mains étaient croisées, si froides que j'en eus la chair de poule, puis je traversai de nouveau la pièce pour aller me cacher derrière le battant.

C'était Marie-Jeanne qui descendait. Elle s'avança

tout doucement jusqu'au cercueil, s'agenouilla et y jeta un regard ; puis elle se couvrit les yeux de son mouchoir, et je compris qu'elle commençait à pleurer ; mais je ne pouvais pas l'entendre ni même la voir, car elle me tournait le dos. Je me glissai dehors et, en passant devant la salle à manger, je me dis qu'il valait mieux m'assurer que les veilleurs ne m'avaient pas vu. Je regardai de nouveau par la fente, mais tout était normal : ils n'avaient pas bougé.

Je me mis au lit, bien déçu de voir les choses finir ainsi après tous les risques que j'avais courus. Je me disais : « Si le sac pouvait rester où il est, ça irait, car, dès que je serais loin d'ici, je pourrais écrire à Marie-Jeanne de le déterrer, mais ça ne se passera sûrement pas comme ça ; on trouvera l'argent quand on viendra visser le couvercle. Alors on le rendra au roi, et l'occasion de le lui chiper de nouveau ne se retrouvera pas avant longtemps. » Naturellement, j'avais bien envie de redescendre pour le tirer de là, mais je n'osais pas. La nuit s'avançait de plus en plus ; d'une minute à l'autre, les veilleurs pouvaient ouvrir un œil ; et alors je risquais d'être pris — pris avec six mille dollars que personne ne m'avait chargé de surveiller : je n'avais sûrement pas envie de me mettre une histoire pareille sur les bras !

Quand je descendis, le lendemain matin, le salon était clos, tout le monde était parti, sauf la famille, la veuve Bartley et notre bande. Je les observai pour voir s'ils s'étaient aperçus de quelque chose, mais je ne pus rien lire sur leur figure.

Vers midi, l'entrepreneur des pompes funèbres arriva avec son employé ; ils placèrent le cercueil sur deux chaises, au milieu de la pièce, installèrent les autres chaises en rangées et en empruntèrent encore d'autres aux voisins, si bien que l'entrée, le salon et la salle à manger en étaient tout pleins. Je voyais bien que le couvercle était encore comme pendant la nuit, mais je n'osais pas aller regarder dedans avec tout ce monde autour de moi.

Les gens commencèrent bientôt à arriver. Les deux crapules et les filles étaient assis au premier rang, à la tête du cercueil, et, pendant une demi-heure, les invités défilèrent un par un ; ils restaient une minute à regarder la figure du mort ; certains essuyaient une larme ; tout était très solennel et très silencieux ; on n'entendait que les filles et les crapules qui sanglotaient doucement, la tête baissée et le mouchoir sur les yeux, et puis de temps en temps des raclements de pieds et des mouchages de nez, car les gens ne se mouchent jamais autant qu'aux enterrements, sinon à l'église.

Quand la maison fut pleine, l'entrepreneur des pompes funèbres enfila ses gants noirs, de sa manière douce et consolante, fignolant par-ci par-là, mettant les choses en ordre et les gens à leur aise, tout ça sans faire plus de bruit qu'un chat. Il ne disait pas un mot ; il déplaçait les uns ou les autres, trouvait une place pour les retardataires, écartait la foule, rien qu'avec des signes de la tête et des mains. Puis il prit son poste contre le mur. Je n'ai jamais vu un homme aussi silencieux, aussi furtif, aussi insinuant que celui-là, et il n'était pas plus capable de sourire qu'un jambon.

Ils avaient emprunté un harmonium enroué, et, quand tout fut prêt, une jeune femme s'assit devant et se mit à le manœuvrer ; ça grinçait à vous en donner la colique, et, quand tout le monde se mit à chanter, je me dis que Pierre était le seul à ne pas souffrir. Puis le Révérend Hobson commença à parler d'une voix grave et solennelle. Tout à coup, un vacarme épouvantable retentit dans la cave : ce n'était qu'un chien, mais il n'arrêtait pas son charivari ; le pasteur fut obligé de s'arrêter et de rester là les bras ballants près du cercueil. On ne s'entendait plus penser. C'était embarrassant, et personne ne savait trop que faire. Mais bientôt le croque-mort aux longues jambes fit un signe au pasteur comme pour dire. « Ne vous inquiétez pas, j'y vais. » Il se courba en deux et se mit à se faufiler le long du mur ; on ne voyait que ses épaules au-dessus de la tête des gens. Et, pendant qu'il s'avançait ainsi, à pas de loup, le tumulte et les cris devenaient de plus en plus scandaleux. Enfin, quand il eut longé deux côtés de la pièce, il disparut dans l'escalier de la cave. Pas plus de deux secondes après, on entendit le bruit d'un coup bien envoyé et le chien termina son concert sur deux hurlements formidables. Après ça, un silence de mort régna, et le pasteur reprit son oraison solennelle à l'endroit où il s'était arrêté. Une ou deux minutes plus tard, le dos et les épaules du croque-mort recommencèrent leur promenade, il se coula sans bruit tout autour du salon, puis se redressa, mit sa main devant sa bouche, tendit le cou vers le pasteur par-dessus la tête des gens et chuchota : « Il chassait un rat. » Puis il refit son plongeon et rejoignit sa place en glissant de nouveau le long du mur. On voyait bien que les gens étaient contents de savoir ce qui s'était passé ; car, naturellement, ils étaient intrigués. Les petites choses comme celle-là ne coûtent guère, et ce sont celles qui vous font estimer et aimer. Il n'y avait pas d'homme plus populaire dans la ville que cet entrepreneur des pompes funèbres.

Le sermon était beau, mais long et assommant ; après, le roi nous sortit ses balivernes habituelles, et puis ce fut fini. L'entrepreneur des pompes funèbres s'avança doucement vers le cercueil avec son tournevis. J'en suais, mais je ne le quittais pas des yeux. Pourtant il ne toucha à rien, il se contenta de pousser le couvercle, qui ne fit pas plus de bruit que s'il entrait dans du beurre, et il le vissa bien serré. J'étais frais ! Je ne savais pas si oui ou non l'argent était dedans. Je me disais : « Et si quelqu'un a raflé le sac en douce ! Comment savoir si je dois écrire à Marie-Jeanne ou non ? » Si elle allait le déterrer et puis ne rien trouver dans le cercueil, que penserait-elle de moi ? Malheur, on pourrait me rechercher pour me fourrer en prison. « Non, il vaut mieux me taire et ne rien écrire du tout. Tout devient joliment compliqué ! A essayer d'arranger les choses, j'ai tout embrouillé ; je regrette bien de m'être mêlé de cette maudite histoire. »

Quand il fut enterré, on revint à la maison, et je recommençai à les observer. Je ne pouvais pas m'en empêcher, car je n'étais pas tranquille. Mais ça ne servit à rien, leurs figures ne montraient rien du tout.

Le roi passa la soirée en visites et se fit bien voir de tous les gens à force d'amabilités. Il commença à répandre le bruit que sa congrégation se rongeait les sangs pendant son absence et qu'il allait se dépêcher de régler ses affaires et de rentrer. Il était navré de devoir se presser ainsi, et tout le monde l'était aussi ; ils auraient souhaité qu'il restât un peu plus longtemps, mais ils voyaient bien, à ce qu'ils disaient, que c'était impossible. Bien entendu, William et lui allaient emmener les jeunes filles en Angleterre ; ça fit plaisir aux filles ; elles étaient si excitées qu'elles en oublièrent tous leurs malheurs ; elles lui dirent qu'il pouvait vendre dès qu'il le voudrait, qu'elles seraient prêtes à partir. Ça me faisait mal au cœur de les voir mentir à ces pauvres filles et se moquer d'elles, qui étaient si heureuses de s'en aller, mais je ne voyais pas comment je pourrais m'y prendre pour faire changer la musique.

Alors le roi (l'animal !) fit afficher tout de suite l'annonce de la vente aux enchères des biens — maison et nègres — pour le surlendemain de l'enterrement ; mais n'importe qui pouvait acheter à l'amiable avant cette date.

Donc, le lendemain de l'enterrement, vers midi, la joie des filles reçut un premier choc. Deux marchands d'esclaves se présentèrent, et le roi leur vendit les nègres un bon prix ; ils partirent chacun de leur côté, les fils à Memphis et la mère à Orléans. Je me demandais si ces pauvres filles et leurs nègres n'allaient pas avoir le cœur brisé de chagrin ; ils pleurèrent tant que j'en étais vraiment malade. Les filles disaient qu'elles n'avaient jamais pensé qu'on les vendrait ailleurs que dans la ville. Je ne pourrai jamais me sortir de la tête le souvenir de ces malheureuses et de leurs nègres se disant adieu en pleurant ; je n'aurais jamais pu le supporter, il aurait fallu que je lâche tout et que je dénonce l'équipe, si je n'avais pas su que la vente serait annulée et les nègres de retour avant quinze jours.

L'affaire fit du bruit dans la ville, et bien des gens dirent carrément que c'était scandaleux de séparer des enfants de leur mère. Ça fit du tort aux deux canailles, mais le roi continua à faire le matamore malgré tout ce que le duc pouvait dire ou faire, et je vous assure qu'il était dans ses petits souliers.

La vente devait avoir lieu le lendemain. Il faisait grand jour quand le duc et le roi montèrent dans mon grenier, et je vis bien sur leur figure que quelque chose n'allait pas.

– Tu es entré dans ma chambre avant-hier soir ? me dit le roi.

– Non, Votre Majesté.

C'est comme ça que je disais toujours quand il n'y avait pas d'étrangers avec nous.

– Et hier soir ?

– Non, Votre Majesté.

– Allez, jure-le, c'est pas le moment de mentir !

– Je le jure, Votre Majesté, je dis la vérité. Je ne suis pas allé dans votre chambre depuis que Mlle Marie-Jeanne vous l'a montrée pour la première fois, et au duc aussi.

– Et tu as vu quelqu'un y entrer ? dit le duc alors.

– Non, Votre Grâce ; je ne me le rappelle pas, du moins.

– Allons, réfléchis un peu.

Je réfléchis donc et vis un moyen de m'en tirer.

— Je crois que j'ai vu les nègres y aller plusieurs fois.

Ils sursautèrent tous les deux et je vis à leur expression qu'ils n'en revenaient pas, premièrement, et puis après qu'ils y avaient déjà pensé.

— Quoi, dit le duc, tous les trois ?

— Non, du moins pas tous en même temps, sauf une seule fois peut-être.

— Tiens, et quand donc ?

— Le jour de l'enterrement — c'était le matin, — mais pas de bonne heure, car je m'étais réveillé tard. Je commençais à descendre de l'échelle et je les ai vus sortir.

— Allez, continue, qu'est-ce qu'ils faisaient ? quel air avaient-ils ?

— Ils ne faisaient rien, ils n'avaient pas d'air à ce qu'il m'a semblé. Ils sont tous partis sur la pointe des pieds ; alors je me suis dit qu'ils étaient entrés pour faire la chambre de Votre Majesté, en pensant que vous étiez levé et qu'en voyant que vous étiez encore au lit ils s'en allaient tout doucement pour ne pas vous réveiller.

— Miséricorde, en voilà une histoire ! dit le roi.

Et tous les deux faisaient une drôle de mine et n'avaient pas l'air très malins. Ils restèrent là à réfléchir en se grattant la tête pendant une bonne minute, et puis le duc fit un petit rire étrange et dit :

— Le plus formidable, c'est la façon dont les nègres ont mijoté leur coup. Ils faisaient semblant de regretter de quitter le pays, et tout le monde croyait qu'ils étaient sincères, nous comme les autres : qu'on ne vienne plus me dire que les nègres sont de mauvais acteurs ! N'importe qui se serait laissé prendre. Ça vaut une fortune, des gens comme ça. Si j'avais des capitaux et un théâtre, je ne chercherais pas un meilleur placement ; et nous sommes allés les vendre pour une chanson. Et nous ne pouvons même pas la chanter ! Dis donc, où est ce chèque ?

— A la banque, en attendant qu'on le touche : où veux-tu qu'il soit ?

— Il est donc en sûreté, Dieu merci !

Alors, d'une voix timide ,je dis :

— Il y a quelque chose qui ne va pas ?

Le roi se tourna vers moi d'un air furieux en criant :

— Ça ne te regarde pas ! Mêle-toi de tes affaires et, si tu me crois, ne fourre pas ton nez dans les miennes. Et ne l'oublie pas tant qu'on sera dans cette ville-ci, tu as compris ?

Et il dit au duc :

— Il n'y a rien d'autre à faire qu'à supporter le coup sans rien dire à personne. Bouche cousue, c'est la consigne.

En descendant l'échelle, le duc recommença à ricaner et dit :

— Vendre vite et gagner peu : c'est ça les affaires !

Le roi se retourna d'un air mauvais et riposta d'un ton hargneux :

— J'ai essayé de faire pour le mieux en vendant le plus vite possible. Si ça ne nous rapporte rien, ce n'est pas plus de ma faute que de la tienne.

— En tout cas, si on m'avait écouté, les nègres seraient encore dans la maison, et nous n'y serions plus.

Le roi tempêta aussi fort qu'il pouvait le faire sans imprudence, et puis il vira de bord et recommença à s'en prendre à moi. Il me dit que j'étais idiot de ne pas l'avoir prévenu quand j'avais vu les nègres sortir de sa chambre et que le dernier des imbéciles se serait douté qu'il y avait du louche là-dessous. Et, pour finir, il se mit à rouspéter contre lui-même en disant que tout était arrivé parce qu'il s'était levé trop tôt ce matin-là, et que c'était la dernière fois qu'il se refusait le repos nécessaire. Ils continuèrent longtemps leurs discours, et moi j'étais bien content de m'en être tiré en accusant les nègres, puisqu'il n'en était pas résulté d'inconvénients pour eux.

XXVIII
On perd tout en voulant tout gagner

Il fut bientôt l'heure de se lever. Aussi je descendis par mon échelle et me dirigeai vers l'escalier, mais, en passant devant la chambre des jeunes filles, je vis par leur porte ouverte Marie-Jeanne, assise près de sa vieille malle de peau qu'elle était en train de faire pour partir en Angleterre. Mais elle s'était arrêtée, une robe pliée sur les genoux ; elle pleurait, la figure dans les mains. Je me sentais tout triste de la regarder ; n'importe qui l'aurait été. J'entrai dans la chambre et je lui dis :

– Mademoiselle Marie-Jeanne, vous ne pouvez pas supporter que les gens soient dans la peine, eh bien ! moi non plus, presque jamais, du moins. Dites-moi ce que vous avez.

C'étaient les nègres, je m'en doutais. Elle me dit que le beau voyage en Angleterre était à peu près gâché pour elle ; elle se demandait comment elle pourrait jamais être heureuse là-bas en pensant à cette mère et à ces enfants qui ne se verraient plus jamais, et elle éclata en sanglots encore plus désolés.

– Mon Dieu, mon Dieu ! dire qu'ils ne se reverront plus jamais ! dit-elle en levant les bras au ciel.

— Mais si, je dis, ils se reverront, et avant quinze jours, je le sais.

Malheur, je l'avais laissé échapper sans y penser ! Mais, avant que j'eusse pu ajouter un mot, elle jeta ses bras autour de mon cou et me dit de lui répéter que c'était bien vrai, bien vrai, bien vrai !

J'avais trop parlé, et trop vite, c'était clair, et je voyais bien que ce serait difficile de m'en tirer. Je lui demandai de me laisser réfléchir une minute et je la regardais assise à côté de moi, très belle et impatiente, et pressée de savoir, mais aussi l'air heureux et soulagé comme une personne à qui on vient d'arracher une dent. Moi je continuais à me creuser la tête et je me disais : « Quand on est dans un mauvais pas et qu'on se met à dire toute la vérité, on risque gros, pour sûr (je ne le savais pas au juste, car, à vrai dire, ça ne m'est jamais arrivé, mais c'est une idée que j'ai), et pourtant voilà une occasion où je suis prêt à jurer que la vérité aurait plus d'effet qu'un mensonge. Il faut que je mette ça dans un coin de ma cervelle pour y repenser à l'occasion, tellement ça sort de l'ordinaire. Mais, ma foi, je vais risquer le coup. Je vais parler franc, cette fois, bien que j'aie l'impression d'être assis sur un baril de poudre et d'y mettre le feu pour voir jusqu'où je sauterai. » Je m'adressai alors à elle :

— Mademoiselle Marie-Jeanne, vous ne connaîtriez pas un endroit à la campagne, pas trop loin d'ici, où vous pourriez rester trois ou quatre jours ?

— Si, chez Mr. Lothrop. Pourquoi ?

— Vous verrez pourquoi tout à l'heure. Si je vous dis, preuves en main, comment je sais que les nègres se reverront avant quinze jours dans cette maison-ici, irez-vous passer quatre jours chez votre Mr. Lothrop ?

— Quatre jours ? Je resterai un an s'il le faut !

— Bien ! je ne vous demande pas de le jurer, je vous crois quand vous dites simplement les choses, plus que les autres quand ils baisent la Bible.

Elle sourit et rougit gentiment pendant que je continuais :

— Si ça ne vous fait rien, je vais fermer la porte, et au verrou !

En revenant de la porte, je m'assis près d'elle et je lui dis :

— Ne criez pas. Restez tranquille et prenez les choses comme un homme. Il faut que je vous dise tout, et vous aurez besoin de courage, mademoiselle Marie, car ça ne va pas être joli, ni facile à entendre, mais c'est comme ça. Vos deux oncles ne sont pas de vrais oncles, ce sont deux imposteurs, deux vrais gredins. Voilà, le plus dur est dit. Le reste ira mieux.

Ça lui fit un choc pas ordinaire, bien sûr, mais j'avais doublé le cap difficile, aussi je ne m'arrêtai plus, et ses yeux brillaient de plus en plus au fur et à mesure que je lui racontais l'histoire, depuis la rencontre avec le jeune nigaud du bateau jusqu'au moment où elle s'était jetée au cou du roi, sur le seuil de la maison, et qu'il l'avait embrassée seize ou dix-sept fois. Alors elle sauta sur ses pieds, les joues aussi rouges que le soleil couchant, et dit :

— La brute ! Viens, ne perdons pas une minute, pas une seconde, nous allons les faire rouler dans le goudron et la plume et jeter dans la rivière.

— Sûrement, je dis, mais pas avant d'être allée chez Mr. Lothrop, n'est-ce pas ?

— Oh ! fit-elle, qu'est-ce que je dis ?

Et elle se rassit aussi vite qu'elle s'était levée.

— Ne fais pas attention à ce que j'ai dit, oublie-le. Tu vas l'oublier, n'est-ce pas ?

Et elle posa sa main douce comme de la soie sur la mienne, tant et si bien que je lui dis que j'aimerais mieux mourir que d'y penser.

— J'étais tellement remuée que j'ai oublié ma promesse, dit-elle. Continue, maintenant, je ne recommencerai plus. Je ferai tout ce que tu me diras de faire.

Je continuai donc :

— Eh bien ! ces canailles sont deux bandits, mais je suis obligé de voyager encore quelque temps avec eux, bon gré, mal gré ; je préfère ne pas vous dire pourquoi ; alors, si vous racontez tout, les gens de la ville me tireront de leurs griffes, mais il y a une autre personne dans l'affaire qui serait en grand danger. Celui-là, nous voulons le sauver, n'est-ce pas ? C'est pourquoi il faut se taire.

Au moment même où je disais ces mots, l'idée me vint qu'il y aurait peut-être moyen de nous débarrasser des deux crapules, Jim et moi, en les faisant mettre en prison ici. Mais je n'avais pas envie d'être seul à bord du radeau en plein jour, sans personne avec moi pour répondre aux gens, aussi je ne voulais rien faire avant le soir.

— Mademoiselle Marie-Jeanne, je vais vous dire ce que nous allons faire, et vous ne serez pas obligée de rester si longtemps chez Mr. Lothrop. Est-ce que c'est loin ?

— A peu près à quatre milles d'ici, en pleine campagne.

— Bon, ça ira. Allez-y et restez-y jusqu'à neuf heures, neuf heures et demie, ce soir, et puis demandez-leur de vous ramener : dites que vous venez de vous rappeler quelque chose d'urgent. Si vous rentrez avant onze heures, mettez une chandelle à cette fenêtre-ci et, si vous ne me voyez pas, attendez jusqu'à onze heures. Si je ne suis pas là à cette heure-là, c'est que je serai en sûreté loin d'ici. Et alors vous pourrez tout raconter et faire mettre ces gredins au cachot.

— Bien, dit-elle, je n'y manquerai pas.

— Et si, par hasard, je ne peux pas m'échapper et si je me fais prendre avec eux, il faudra dire que je vous avais tout dit et m'aider m'en tirer.

— Bien sûr, que je t'aiderai. Ils ne toucheront pas à un cheveu de ta tête, dit-elle.

Et je vis ses narines se dilater et ses yeux briller comme des éclairs, tandis qu'elle parlait.

Puis je lui dis :

— Si je m'en vais, je ne serai pas ici pour prouver que ces fripouilles ne sont pas vos oncles. Ce serait pareil, d'ailleurs, si j'étais ici, tout ce que je pourrais faire, c'est jurer qu'ils ne valent pas la corde pour les pendre. Ce serait déjà quelque chose, c'est vrai, mais il y en a d'autres qui pourront faire mieux que ça, et qu'on croira plus vite que moi. Je vais vous dire où les trouver. Donnez-moi un crayon et un bout de papier. Tenez : « Royal Nonpareil, Bricksville. » Rangez-le et ne le perdez pas. Quand les juges voudront savoir quelque chose sur ces deux-là, ils n'auront qu'à envoyer quelqu'un à Bricksville pour annoncer qu'ils tiennent les gens qui leur ont joué le tour du Royal Nonpareil et pour demander des témoins. Toute la ville sera ici en un clin d'œil, mademoiselle Marie. Et ils seront furieux, je vous assure.

Comme tout me paraissait réglé entre nous, je lui dis pour finir :

— Laissez faire la vente et ne vous inquiétez pas. On n'est jamais obligé de payer ce qu'on achète avant le lendemain, et ils ne s'en iront pas avant d'avoir empoché l'argent. Mais, maintenant que je vous ai tout dit, la vente sera annulée et ils n'auront rien. C'est comme pour les nègres ; ils n'ont pas été vraiment vendus et ils reviendront avant longtemps. Ils ne peuvent pas encore toucher cet argent-là non plus ; ils sont dans un drôle de pétrin, mademoiselle Marie.

— Eh bien ! dit-elle, je vais descendre déjeuner, maintenant, et je m'en irai tout de suite chez Mr. Lothrop.

Mais je lui dis :

— Non, ça ne va pas, mademoiselle Marie-Jeanne, ça ne va pas du tout. Il faut partir avant le déjeuner.

— Pourquoi ?

— A votre idée, quelles sont mes raisons pour vous demander de partir ?

— Ma foi, je n'y ai pas pensé et, tout compte fait, je n'en ai pas la moindre idée. C'était pourquoi ?

— C'est parce que vous n'êtes pas de ces gens qui ont un visage de bois. Il n'y pas de livre plus facile à lire que votre figure : on dirait que tout est écrit dessus en grosses lettres. Croyez-vous que vous pourrez regarder vos oncles quand ils voudront vous dire bonjour et vous embrasser sans que . . .

— Tais-toi, je comprends. C'est entendu, je partirai avant le déjeuner et j'en serai bien soulagée. Mais je laisserai mes sœurs avec eux ?

— Oui, mais ça n'a pas d'importance. Il faut qu'elles le supportent encore un peu. Ils pourraient se méfier si vous partiez toutes ensemble. Je veux que vous vous en alliez, sans les voir, sans voir vos sœurs, ni personne. Si un voisin vous demandait comment vont vos oncles ce matin, votre figure lui révèlerait quelque chose. Non, vous partirez très tôt, mademoiselle Marie-Jeanne, et j'arrangerai tout ici. Je dirai à Mlle Suzanne d'embrasser vos oncles pour vous et de les prévenir que vous êtes allée passer quelques heures avec une amie, et que vous rentrerez ce soir ou demain de bonne heure.

— Je veux bien qu'on leur dise que je suis allée voir une amie, mais pas que je les embrasse.

— Bien, je ne dirai pas ça.

Je pouvais bien lui faire croire une petite chose comme celle-là ; ça ne faisait de mal à personne, et ce sont les petites choses qui permettent de tout arranger en ce bas monde ; ça faisait plaisir à Marie-Jeanne et ça ne me coûtait rien. Et puis je lui dis :

— Il y a autre chose, ce sac d'or.

— Ils l'ont celui-là, et je me sens bien sotte quand je pense comment je le leur ai donné.

— Là, vous vous trompez : ils ne l'ont pas.

— Qui est-ce qui l'a, alors ?

— Je voudrais bien le savoir, mais je l'ignore. Je l'ai eu un moment, car je le leur ai volé pour vous le rendre. Et je sais bien à quel endroit je l'ai caché ; mais j'ai peur qu'il n'y soit plus. Je regrette, mademoiselle Marie-Jeanne, je regrette beaucoup, mais j'ai fait de mon mieux ; ça oui, et un peu plus je me faisais prendre ; c'est pour ça que je l'ai fourré au premier endroit que j'ai trouvé et je me suis enfui, mais ce n'était pas une bonne cachette.

—Allons, cesse de te faire des reproches ; je te le défends. Tout ça n'est pas de ta faute. Où l'as-tu caché ?

Je ne voulais pas la faire penser de nouveau à son malheur, et je ne pouvais pas faire sortir de ma bouche des mots qui lui feraient revoir ce cadavre allongé dans son cercueil avec un sac d'or sur l'estomac. C'est pourquoi je restai une ou deux minutes sans parler. A la fin, je me décidai :

— J'aimerais mieux ne pas vous dire où je l'ai mis, mademoiselle Marie-Jeanne, avec votre permission ; je vous l'écrirai sur un bout de papier et vous le lirez en route quand vous irez chez Mr. Lothrop, si vous voulez. Ça va, comme ça ?

— Oh ! oui.

J'écrivis donc : « Je l'ai mis dans le cercueil. J'étais là alors que vous êtes venue pleurer toute seule la nuit. J'étais derrière la porte et j'avais beaucoup de chagrin pour vous, mademoiselle Marie-Jeanne. »

J'en avais des larmes aux yeux de penser à cette nuit où elle était là, toute seule, à pleurer, avec ces deux démons sous son propre toit, qui se moquaient d'elle et qui la volaient. Après avoir plié le billet, je le mis dans sa main et je vis des larmes dans ses yeux à elle aussi ; elle me serra la main et elle me dit :

— Au revoir. Je ferai tout ce que tu m'as dit, et, si je ne te revois plus, je ne t'oublierai jamais, je penserai à toi très souvent et je prierai pour toi !

Elle était partie. Prier pour moi ! Si elle m'avait mieux connu, elle ne se serait pas mis un travail pareil sur le dos. Mais je suis sûr, malgré tout, qu'elle a fait comme elle avait dit. Elle aurait eu le cran de prier pour Judas si elle se l'était mis dans l'idée, car elle tenait toujours ses résolutions. Vous direz ce que vous voudrez, mais elle avait plus de courage que toutes les filles que j'ai jamais vues. Elle en était remplie. Il ne faut pas croire que je la flatte, non, pas du tout. Et pour la beauté, et pour la bonté, elle les battait toutes. Je ne l'ai jamais revue depuis le jour où elle est partie par cette porte ; non, je ne l'ai jamais revue, mais j'ai pensé à elle je ne sais pas combien de millions de fois, et à cette chose qu'elle m'avait dite : « Je prierai pour toi », et si j'avais pensé que ça aurait pu servir à quelque chose que moi je prie pour elle, je l'aurais fait, ma parole, ou j'y aurais laissé ma peau.

Marie-Jeanne s'en alla par derrière, sans doute, car personne ne s'en aperçut. Dès que je vis Suzanne et Bec-de-lièvre, je leur dis :

— Comment s'appellent les gens que vous allez tous voir quelquefois, de l'autre côté de l'eau ?

Elles répondirent :

— Il y en a beaucoup, mais le plus souvent nous allons chez les Proctor.

— C'est ça, je l'avais oublié. Eh bien ! Mlle Marie-Jeanne m'a dit de vous dire qu'elle est partie là-bas précipitamment, car ils ont quelqu'un de malade.

— Qui donc ?

— Je ne sais pas ; du moins je ne me rappelle plus, mais je crois que c'est . . .

— Miséricorde, j'espère que ce n'est pas Hannah ?

— Je regrette beaucoup, c'est bien Hannah.

— Mon Dieu, elle était si bien la semaine dernière !

— Elle est très malade ?

— Terriblement. Ils l'ont veillée toute la nuit, m'a dit Mlle Marie-Jeanne, et ils croient qu'elle n'a plus que quelques heures à vivre.

— Mon Dieu, c'est affreux, mais qu'est-ce qu'elle a ?

Je ne pus rien trouver de vraisemblable du premier coup et je répondis :

— Les oreillons !

— Tu déménages ! on ne veille pas les gens qui ont les oreillons.

— Ah ! vous croyez ! Eh bien ! je peux vous dire qu'avec ces oreillons-là on le fait. C'est pas les mêmes oreillons que d'habitude. C'est une nouvelle sorte. C'est Mlle Marie-Jeanne qui l'a dit.

— Comment ça, une nouvelle sorte ?

— Parce que c'est mélangé à d'autres choses.

— Quelles autres choses ?

— La rougeole, la coqueluche, l'érésipèle, la tuberculose, la jaunisse, la méningite et un tas de maladies.

— Mon Dieu ! et ils appellent ça les oreillons ?

— C'est Mlle Marie-Jeanne qui l'a dit.

— C'est idiot, en tout cas ! Imagine que tu te foules un doigt de pied, et puis qu'après tu t'empoisonnes, et que tu tombes dans un puits, et que tu te casses le cou, et que tu t'ouvres le crâne, tu ne trouverais pas grotesque qu'un imbécile aille répondre aux gens qui demanderaient de quoi tu es mort : « Il s'est foulé un doigt de pied ! » Eh bien ! ce que tu dis, c'est pareil. Ça s'attrape ?

— Tu parles ! C'est comme si tu tombais sur une herse, en pleine nuit ! Si tu ne t'accroches pas à une dent, tu es sûre de t'accrocher à une autre, non ? Et, si tu essayes de t'en aller, tu tires toute la herse après toi, pas vrai ? Eh bien ! cette espèce d'oreillons-là est une sorte de herse, pour ainsi dire, et une solide : si tu t'y attrapes, elle ne te lâche pas.

— C'est effrayant, dit Bec-de-lièvre, je vais aller dire à l'oncle Harvey que . . .

— C'est ça, ma fille, vas-y, ne perds pas une minute. Allez, cours !

— Pourquoi dis-tu ça ?

— Réfléchis une minute et tu comprendras peut-être. Tes oncles ne sont pas obligés de repartir le plus tôt possible pour l'Angleterre ? Et tu crois qu'ils voudraient partir d'abord et vous laisser voyager toutes seules ? Je sais bien qu'ils vous attendraient. Bon, ton oncle Harvey est pasteur, n'est-ce pas ? Très bien. Crois-tu qu'un pasteur irait mentir à l'employé du vapeur, à l'employé du grand navire, pour qu'on empêche Mlle Marie-Jeanne de monter à bord ? Tu sais bien que non. Alors qu'est-ce qu'il va faire ? Il dira : « C'est bien malheureux, mais il faudra que mon église se débrouille toute seule, car ma nièce a peut-être attrapé les oreillons *pluribus unum*, aussi c'est mon devoir de rester trois mois ici pour voir si elle les a vraiment. » Mais tout ça n'est rien, si tu crois qu'il vaut mieux prévenir ton oncle Harvey.

— Zut ! alors, et rester à ne rien faire ici alors qu'on pourrait s'amuser en Angleterre, et tout ça pour voir si Marie-Jeanne les a attrapés ou non ! Tu parles comme un niais.

— Peut-être vaudrait-il mieux en parler aux voisins, alors ?

— Écoute-moi, je n'ai jamais vu personne d'aussi stupide que toi. Tu ne vois donc pas qu'ils le raconteraient à tout le monde ? La seule chose à faire, c'est de le garder pour nous.

— Tu as peut-être raison. Oui, tu as sûrement raison.

— Mais il va falloir dire à l'oncle Harvey qu'elle s'est absentée pour quelques heures, pour qu'il ne s'inquiète pas.

— C'est ce que Mlle Marie-Jeanne m'a dit de te dire . « Embrasse tendrement l'oncle Harvey et l'oncle William pour moi et dis-leur que je suis allée de l'autre côté de la rivière voir Mr. . . . », comment s'appelle cette famille riche dont ton oncle Pierre faisait tant de cas ? ceux qui . . .

— Tu veux dire les Apthorp, sans doute ?

— Oui, c'est ça ; quelle barbe que ces noms, on n'arrive jamais à se les rappeler ! Oui, elle a dit qu'elle allait demander aux Apthorp de venir à la vente pour acheter cette maison, parce qu'elle pensait que l'oncle Pierre aurait préféré que ce soit eux qui l'aient plutôt que des étrangers ; elle va rester avec eux jusqu'à ce qu'ils se décident, et puis elle reviendra si elle n'est pas trop fatiguée. En tout cas, elle sera de retour demain matin au plus tard. Elle ne veut pas que tu parles des Proctor, mais seulement des Apthorp ; et ce ne sera pas un mensonge, car elle ira vraiment les voir au sujet de la maison ; je le sais, car elle me l'a dit elle-même.

— Entendu, dirent-elles.

Et elles s'en allèrent pour attendre leurs oncles, les embrasser tendrement et leur faire la commission.

Tout était arrangé maintenant. Les filles ne parleraient pas, elles avaient trop envie d'aller en Angleterre. Le roi et le duc aimeraient mieux que Marie-Jeanne travaillât pour la vente en dehors de la ville, plutôt que de rester à portée du Dr Robinson. J'étais content de moi, car je m'étais bien tiré de l'affaire. Tom Sawyer n'aurait pas mieux fait. Il y aurait mis un peu plus de style, mais, moi, ce n'est pas mon genre : je n'ai pas été élevé comme ça.

La vente eut lieu sur la place, vers la fin de l'après-midi : elle n'en finissait pas. Le vieux était là, l'air plus canaille que jamais, debout près du commissaire-priseur, mettant son mot de temps en temps, un petit bout d'évangile, une petite niaiserie bien pensante, pendant que le duc faisait l'intéressant à côté de lui, avec ses « gou, gou ».

On vit quand même arriver la fin, tout fut vendu, sauf un petit bout de terrain de rien du tout au cimetière.

Et il a fallu qu'ils le vendissent aussi. Je n'ai jamais vu pire que le roi pour vouloir tout avaler, une vraie girafe ! Ils y étaient encore quand un bateau accosta ; et, moins de deux minutes après, on vit arriver une foule hurlante et glapissante qui riait et criait :

– C'est le moment de faire opposition. Voilà deux autres héritiers qui arrivent. Faites votre choix avant de payer !

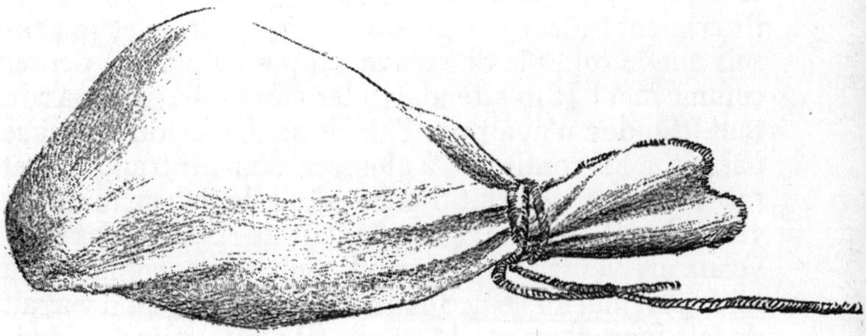

XXIX
Je fuis dans la tempête

Ils conduisaient un vieux monsieur très gentil, et un autre plus jeune, très gentil aussi, qui avait le bras droit en écharpe. Et, juste ciel, comme les gens riaient, comme ils criaient ! Mais je ne trouvais pas ça drôle et je pensais que le roi et le duc n'avaient pas de peine à penser comme moi ! Je m'attendais à les voir pâlir, mais pas du tout ! Le duc n'avait pas l'air de se douter de ce qui se passait, mais continuait à glousser, d'un air tranquille et satisfait, avec le bruit d'une cruche de babeurre qui se vide. Quant au roi, il se contentait de regarder les nouveaux arrivants avec de grands yeux tristes comme si ça lui faisait mal au ventre dans le cœur de voir qu'il y avait de tels fourbes de par le monde. Il était vraiment admirable. La plupart des gens importants se serrèrent autour du roi pour lui montrer qu'ils étaient pour lui. Le vieux monsieur qui venait d'arriver avait l'air d'être plongé dans la stupéfaction. Il se mit bientôt à parler, et je vis tout de suite qu'il prononçait comme un Anglais, et non à la manière du roi ; et pourtant, pour une imitation, l'anglais du roi n'était pas mal. Je ne peux pas répéter les paroles du vieux monsieur, ni les imiter ; mais il se retourna vers la foule et dit comme ça, à peu près :

— Ceci est une surprise à laquelle je ne m'attendais

pas, et je vous avoue bien franchement et bien honnêtement qu'il m'est difficile de répondre, car nous avons eu des malheurs, mon frère et moi ; il s'est cassé le bras, et hier nos bagages ont été débarqués par erreur dans la ville précédente, en pleine nuit. Je suis Harvey, le frère de Pierre Wilks, et voici son frère William, qui ne peut ni entendre ni parler, et ne peut même pas faire de signes, puisqu'il n'a plus qu'une main valide. Nous sommes bien ceux que nous prétendons être ; et, dans un jour ou deux, quand j'aurai reçu les bagages, je pourrai le prouver ; mais jusque-là, je me tairai et j'irai attendre à l'hôtel.

Et il s'éloigna avec le muet numéro deux ; le roi se mit à rire.

— Il s'est cassé le bras, vraiment ! C'est facile à dire, hein ! s'exclama-t-il, et c'est très pratique, aussi, pour les faux jetons qui ne savent pas comment s'y prendre pour faire les signes qu'ils devraient connaître. Perdu leurs bagages ! Elle est bien bonne ! Ce n'est pas bête, d'ailleurs, dans des circonstances pareilles !

Il recommença à rire, et tous les autres avec lui, excepté trois ou quatre, une demi-douzaine au plus. L'un d'eux était le docteur, l'autre était un monsieur à l'air malin qui portait un sac à l'ancienne mode, fait d'une étoffe de tapis ; il venait de descendre du vapeur et parlait au docteur à voix basse ; ils jetaient des coups d'œil au roi, de temps en temps, et ils hochaient la tête. C'était Levi Bell, le notaire, qui était allé à Louisville ; il y en avait encore un autre, un grand et rude forestier qui avait suivi le vieux monsieur et avait écouté toutes ses paroles ; maintenant il écoutait le roi.

— Dis donc, toi, puisque tu es Harvey Wilks, lui cria-t-il, quand es-tu arrivé ici ?

— La veille de l'enterrement, mon ami, dit le roi.

— Mais à quelle heure ?

— Le soir, une ou deux heures avant le coucher du soleil.

— Et comment es-tu venu ?

— Sur le *Susan Powell,* de Cincinnati.

— Comment se fait-il alors que je t'ai vu à la Pointe le matin même, dans un canot ?

— Je n'étais pas à la Pointe, ce matin-là.

— Tu mens !

Beaucoup de personnes bondirent sur lui et lui dirent de ne pas parler ainsi à un vieillard et un pasteur.

— Pasteur ! vous en avez de bonnes. C'est un imposteur et un menteur. Il était à la Pointe ce matin-là. C'est là que j'habite, vous le savez bien. Eh bien ! j'y étais, et lui aussi. Je l'ai vu. Il est arrivé en canot avec Tim Collins et un jeune garçon.

Le docteur se leva et dit :

— Tu reconnaîtrais le garçon si tu le revoyais, Hines ?

— Je crois bien que oui, mais j'en suis pas sûr. Tenez, le voilà là-bas. C'est bien lui.

C'était moi qu'il montrait du doigt.

— Voisins, dit le docteur, je ne sais pas si les nouveaux venus sont de vrais ou de faux héritiers, mais, si ces deux-là ne sont pas des imposteurs, alors moi je suis un imbécile, voilà tout. Je crois qu'il est de notre devoir de les empêcher de déguerpir pendant que nous approfondirons les choses. Viens, Hines. Venez, vous autres ! Nous allons emmener ces gens-là à l'auberge pour les confronter avec les deux autres ; ça m'étonnerait si on n'apprenait pas quelque chose de nouveau avant d'en avoir fini.

Vous pensez si le public était à la noce, à part les amis du roi ; on partit tous. Le soleil allait se coucher. Le docteur me tenait par la main, et il était assez gentil ; mais il ne me lâchait pas.

On entra dans une grande salle de l'hôtel, on alluma des bougies et on alla chercher les deux nouveaux. Le docteur commença :

— Je ne veux pas être injuste envers ces deux hommes, mais je crois que ce sont des imposteurs, et ils peuvent avoir des complices que nous ne connaissons pas. Dans ce cas, les complices sont capables de filer avec le sac d'or de Pierre Wilks. Cela n'a rien d'impossible. Si ces hommes sont vraiment les frères Wilks, ils ne m'en voudront pas si je leur demande d'aller chercher cet argent et de nous le confier jusqu'à ce que leur identité soit prouvée. D'accord ?

Tout le monde fut d'accord. Je me disais que mes crapules étaient pris au piège et que ça n'allait pas traîner. Mais le roi prit un air lamentable pour dire :

— Messieurs, je voudrais bien avoir cet argent, car je ne voudrais en rien m'opposer à une enquête complète et publique sur cette malheureuse affaire, mais hélas ! l'argent n'est plus là-bas. Vous pouvez y aller voir !

— Où est-il, alors ?

— Quand ma nièce me l'a confié, je l'ai caché dans la paillasse de mon lit, car il nous restait si peu de jours à passer ici que je n'estimais pas utile de le mettre à la banque ; je pensais qu'il était en sûreté, car je ne connaissais pas les nègres et je les croyais aussi honnêtes que les domestiques anglais. Dès que je fus descendu, le lendemain matin, les nègres volèrent cet argent, et je ne m'en aperçus qu'après les avoir vendus, quand ils étaient déjà loin. Mon domestique peut vous le raconter, messieurs.

Le docteur et beaucoup d'autres s'écrièrent : « Quelles balivernes ! » et je voyais bien que personne ne le croyait complètement. Un homme me demanda si j'avais vu les nègres voler. Je répondis que non, que je les avais vus sortir furtivement de la pièce et que je n'avais pas pensé plus loin, car je croyais qu'ils avaient peur d'avoir éveillé mon maître et qu'ils essayaient de s'enfuir avant de se faire attraper par lui. On ne me demanda rien d'autre. Mais le docteur se retourna brusquement et me dit :

— Et toi, tu es Anglais, aussi ?

Je répondis : « Oui. » Alors tout le monde se mit à rire, et il dit : « Quelle blague ! »

Après ça, ils s'embarquèrent dans leur enquête et ça ne fut pas une petite affaire ; ils examinèrent tout de fond en comble. Les heures passèrent, et personne ne parlait de souper ; personne n'avait même l'air d'y penser ; ils n'en finissaient pas ; je n'ai jamais rien vu d'aussi embrouillé. Ils firent raconter leur histoire au roi et au vieux monsieur, et tous ceux qui avaient un peu de bonne foi voyaient bien que le vieux monsieur disait la vérité ; et le roi, des mensonges. Il vint un moment où ce fut mon tour de débiter ce que je savais. Le roi me lança un regard en coin, et je compris ce qu'il attendait de moi. Je me mis à parler de Sheffield, de notre maison, des Wilks d'Angleterre et tout ; mais, avant longtemps, le docteur éclata de rire et Levi Bell, le notaire, me dit :

— Assieds-toi, mon garçon ; à ta place, je ne me fatiguerais pas comme tu fais. Tu n'as pas l'habitude de mentir, hein ! ça ne vient pas tout seul. Ce qu'il te faut, c'est un peu de pratique : tu es maladroit comme tout.

Le compliment ne me faisait pas plaisir, mais j'étais content qu'on me laissât tranquille.

Le docteur commença une phrase, mais il se retourna et dit :

— Si tu avais été ici, dès le début, Levi Bell . . .

Le roi l'interrompit en tendant la main :

— Comment, c'est le vieil ami de mon frère, dont il me parlait si souvent dans ses lettres ?

Ils se serrèrent la main, le notaire souriait et paraissait content ; ils parlèrent longtemps ensemble, puis s'écartèrent des autres et eurent une conversation à voix basse ; enfin on entendit la voix du notaire qui disait :

— Entendu. Je vais envoyer votre chèque en même temps que celui de votre frère, et tout ira bien.

Ils prirent donc une plume et du papier, et le roi

s'assit, pencha la tête d'un côté en mâchonnant la langue et il gribouilla quelque chose ; puis on donna la plume au duc, qui pâlit pour la première fois, mais il la prit quand même. Ensuite le notaire se tourna vers le vieux monsieur et lui dit :

— Voulez-vous écrire une ligne ou deux, votre frère et vous, et signer ?

Le vieux monsieur écrivit quelques mots, mais personne ne put les déchiffrer. Levi Bell eut l'air stupéfait et dit :

— Ma parole, ça c'est le bouquet !

Et il sortit prestement un paquet de vieilles lettres de sa poche ; il les examina, puis examina l'écriture du vieux, puis encore les lettres, et il dit :

— Voici de vieilles lettres de Harvey Wilks — et on voit bien à l'écriture de ces deux-ci qu'ils ne les ont jamais écrites (le roi et le duc avaient l'air nigaud et bien attrapé de voir comme le notaire les avait eus), — et voici l'écriture de ce monsieur ; n'importe qui peut constater tout de suite que lui non plus n'a pas écrit les lettres : d'ailleurs, on ne peut guère dire que ses pattes de mouche soient de l'écriture. Maintenant voici d'autres lettres.

Le vieux monsieur l'arrêta en disant :

— Je vous prie de me laisser vous expliquer. Mon frère que voici est seul à pouvoir me lire, aussi il recopie mes lettres. C'est son écriture que vous avez là, et non la mienne.

— Eh bien ! dit le notaire, pour une histoire, c'est une histoire. Mais j'ai des lettres de William, aussi : il n'a plus qu'à écrire une ou deux lignes pour que je puisse comp . . .

— Il ne peut pas écrire de la main gauche, dit le vieux monsieur. S'il pouvait se servir de sa main droite, vous verriez bien qu'il a écrit ses lettres et les miennes. Regardez-les, elles sont toutes de la même main.

C'est ce que fit Levi Bell, qui dit :

— Ma foi, on le dirait bien ; en tout cas, je n'avais pas remarqué comme elles se ressemblaient. Eh bien ! eh bien ! je croyais tenir la solution de mon problème et la voilà qui me claque entre les doigts. Enfin, une chose est prouvée, au moins, c'est que ces deux-là ne sont pas des Wilks (et, en disant ça, il montrait le roi et le duc d'un signe de tête).

Vous ne savez pas ce que fit cette vieille tête de mule au lieu d'avouer ? Il dit que cette preuve-là n'en était pas une, que son frère William, qui était le pire des farceurs, n'avait pas fait le moindre effort pour écrire. Il ajouta que, dès qu'il l'avait vu prendre la plume, il s'était douté qu'il allait jouer un de ses tours. Il s'échauffait peu à peu et caquetait à perdre haleine, si bien qu'il commençait lui-même à croire ce qu'il racontait ; mais bientôt le vieux monsieur l'interrompit :

— Il me vient une idée. Y a-t-il quelqu'un ici qui ait aidé à ensevelir mon frère... à ensevelir feu Pierre Wilks avant qu'on l'enterrât ?

— Oui, dit quelqu'un. Moi et Ab Turner, on a aidé. On est ici tous les deux.

Alors le vieux monsieur se tourna vers le roi et dit :

— Monsieur pourra peut-être me dire quel tatouage il portait sur la poitrine ?

Bon sang, le roi dut se tenir à quatre pour ne pas foirer comme le bord d'une rivière minée par l'eau, tellement le coup fut soudain ; remarquez que n'importe qui aurait foiré, de recevoir à l'improviste un direct comme celui-là. Comment aurait-il pu savoir que le mort était tatoué ? Il ne put pas s'empêcher de pâlir un peu ; tout le monde se taisait et se penchait un peu en avant pour le regarder avec de grands yeux. Je me disais : « Sûrement qu'il va se mettre à table, maintenant, il est cuit ! » Mais non, c'est à peine croyable. Je suppose qu'il voulait faire traîner les choses en longueur, jusqu'à ce que les gens se fatiguent et s'en aillent et qu'il puisse filer avec le duc. En tout cas, il se mit bientôt à sourire et il dit :

— Pfff ! c'est une fameuse question, hein ? Oui, monsieur, je peux vous dire ce qui était tatoué sur sa poitrine : c'est une petite flèche bleue, toute mince, voilà ce qu'il y avait ; et il fallait regarder de bien près pour la voir. Alors, qu'est-ce que vous en dites ?

Je n'ai jamais vu personne avoir plus de toupet que ce vieux dur-à-cuire.

Le vieux monsieur se tourna vivement vers Ab Turner et son copain, et sa figure s'éclaira, car il pensait bien tenir le roi, cette fois. Il leur demanda :

— Vous avez entendu ce qu'il a dit ? Y avait-il une marque comme celle-là sur la poitrine de Pierre Wilks ?

Ils répondirent tous les deux en même temps :

— Nous, on n'a rien vu de pareil.

— Très bien, dit le vieux monsieur. Ce que vous avez vu sur sa poitrine, c'est un petit P presque effacé et un B (c'est une initiale qu'il avait perdu l'habitude d'écrire depuis longtemps), et un W, avec des tirets entre ces trois lettres comme ceci : P — B — W, et il les marqua sur un bout de papier. N'est-ce pas, c'est bien cela que vous avez vu ?

— Non, on n'a rien vu du tout.

Les gens n'en revenaient pas. Ils se mirent a crier :

— Ils mentent tous ! Jetons-les à l'eau, noyons-les ! Pendons-les !

Tout le monde hurlait à la fois, et ça faisait un grand vacarme. Mais le notaire sauta sur la table et se mit à tonner :

— Messieurs, messieurs, un mot, rien qu'un mot, je vous en prie ! Il reste un moyen : allons déterrer le cadavre et nous verrons bien !

Ça leur plut. Ils crièrent : « Hurrah ! » et ils prenaient déjà la sortie quand le médecin et le notaire les rappelèrent :

— Attendez, attendez ! Ne lâchez pas ces quatre hommes et emmenez-les avec vous, le garçon aussi !

— Oui, oui ! dirent-ils tous. Et, si on ne trouve pas les marques, on lynchera toute la bande.

J'avais la frousse, maintenant, mais je ne voyais aucun moyen de m'échaper. Ils ne nous lâchaient pas et ils nous firent marcher jusqu'au cimetière, qui était à un mille et demi de là ; toute la ville était sur nos talons, car tout ça avait fait du bruit, et il n'était que neuf heures du soir.

En passant devant la maison, je regrettai d'avoir renvoyé Marie-Jeanne, car, si j'avais pu la faire prévenir maintenant, elle serait venue me sauver en dénonçant mes deux canailles.

La route fourmillait de gens qui braillaient comme des chats sauvages, et, pour rendre les choses plus effrayantes, le ciel commença à devenir noir, les éclairs à papillonner, et le vent à frémir parmi les feuilles. Je n'avais jamais été en si grand danger. J'étais abasourdi ; rien ne se passait comme j'avais pensé ; au lieu de pouvoir choisir mon moment, pour voir la fête, avec Marie-Jeanne derrière mon dos pour me tirer d'affaire à la fin finale, voilà qu'entre la mort et moi il n'y avait que ces tatouages . . . Si on ne les trouvait pas . . .

Je ne pouvais pas supporter d'y penser et, en même temps, je ne pouvais penser à rien d'autre. Il faisait de plus en plus sombre ; c'était le moment où jamais de prendre la fuite, mais le grand forestier Hines me tenait par le poignet . . . autant essayer de me tirer des mains de Goliath ! Il me traînait tout le long de la route et il était si pressé d'arriver que j'étais obligé de courir.

En arrivant au cimetière, la foule envahit tout, comme l'eau d'une rivière qui déborde. Et, sur le bord de la tombe, ils s'aperçurent qu'ils avaient cent fois plus de pelles qu'il n'en fallait, mais personne n'avait pensé à apporter de lanterne. Pourtant ils commencèrent à creuser à un train d'enfer, à la lueur dansante des éclairs, et ils envoyèrent un homme en emprunter une à la maison la plus proche, à un demi-mille de là.

Ils creusaient, ils creusaient comme des enragés ; il faisait terriblement noir ; la pluie se mit à tomber, le vent sifflait et cinglait, les éclairs se rapprochaient et le tonnerre grondait dans le ciel ; mais ces gens-là ne remarquaient rien, tellement ils étaient occupés par leur affaire. Il y avait des moments où on voyait toutes les figures de cette grande foule et les pelletées de terre jaillissant du trou ; et puis, une seconde après, on ne voyait rien du tout.

Enfin, on sortit le cercueil et on commença à dévisser le couvercle, et on n'a jamais vu personne pousser, presser, bousculer, comme ce soir-là, pour se faufiler jusqu'au premier rang ; dans la nuit, c'était terrible. Hines me faisait affreusement mal au poignet en me tirant à sa suite, et il était tellement excité et haletant qu'il m'avait sûrement oublié.

Tout d'un coup, un flot de lumière blanche nous tomba dessus et quelqu'un cria :

— Par le ciel, voilà le sac d'or sur sa poitrine !

Hines poussa un hurlement avec toute la foule, lâcha mon poignet et se lança en avant pour se frayer un chemin et voir, et alors personne ne saura jamais à quelle vitesse je bondis hors du cimetière.

J'avais la route pour moi tout seul, et je volais. Mais j'avais contre moi la nuit épaisse comme un mur, les éclairs et le bourdonnement de la pluie, les gifles du vent et le tonnerre, qui me cassait les oreilles ; pourtant vous pouvez être sûr que je trottais !

En arrivant à la ville, je vis qu'il n'y avait personne dehors, à cause de l'orage. Aussi, au lieu de chercher les ruelles, je galopai à travers la grand-rue. Tandis que j'approchais de notre maison, je ne la quittais pas de l'œil. Pas une lumière : tout était noir. J'en étais bien

triste et bien déçu, sans trop savoir pourquoi. Mais, au moment où je passais devant, une lampe s'alluma dans la chambre de Marie-Jeanne ! Mon cœur se gonfla comme s'il allait éclater ; mais, une seconde après, la maison avait disparu derrière moi dans la nuit. Jamais plus je ne la reverrai en ce monde : c'était la meilleure des filles et la plus crâne.

Dès que je fus assez loin de la ville pour mettre le cap droit sur l'îlot, je cherchai un bateau à emprunter et, dès que j'en vis un sans chaîne, à la lumière d'un éclair, je sautai dedans et me mis à ramer. Le banc était au diable, au beau milieu de la rivière, mais je ne perdis pas de temps et, quand je touchai le radeau, j'étais tellement éreinté que j'aurais voulu rester là, allongé, pour souffler. Mais ce n'était pas le moment. Dès que j'eus posé le pied à bord, je dis à Jim :

— Vas-y, Jim ! Laisse-le courir ! Dieu soit loué, nous sommes débarrassés d'eux !

Jim se leva et vint vers moi les bras tendus, tant il était heureux ; mais, quand je l'aperçus à la lueur d'un éclair, mon cœur me remonta dans la gorge, je tombai à la renverse et je dégringolai dans l'eau ; j'avais oublié qu'il était un mélange de Roi Lear et d'Arabe noyé : j'en avais les sangs tout retournés. Mais Jim me repêcha ; il était prêt à me serrer sur son cœur et à me donner sa bénédiction, tant il était content de me voir revenu et d'être débarrassé du duc et du roi, mais je lui dis :

— Garde ça pour le dessert, garde ça pour le dessert. Coupe l'amarre et filons.

Deux secondes plus tard, nous descendions le courant ; ah ! ça nous semblait bon d'être de nouveau seuls tous les deux, sur la grande rivière, sans personne pour nous embêter. Je ne pus m'empêcher de faire quelques sauts de carpe et de danser une gigue, mais, au troisième saut, j'entendis un bruit que je connaissais bien ; je retins mon souffle pour tendre l'oreille ; pas d'erreur, quand l'éclair suivant éclata sur l'eau, je les vis qui arrivaient, souquant sur leurs rames et faisant bondir leur bateau. C'était le roi et le duc.

Alors je me laissai tomber sur les planches, complètement dégoûté. C'est tout juste si je pouvais me retenir de pleurer.

XXX
Le sac d'or sauve les voleurs

Dès qu'il eut mis le pied à bord, le roi se précipita sur moi, me secoua par le col de ma veste en disant :

– Tu essayais de nous fausser compagnie, hein ! le gosse ? Tu nous as assez vus, peut-être ?

Je répondis :

– Non, Votre Majesté ! Aïe ! vous me faites mal, Votre Majesté !

– Alors, dépêche-toi de me dire ce que tu avais dans la tête, ou je m'en vais te secouer comme un prunier.

– C'est vrai ! Je vais tout vous dire comme c'est arrivé, Votre Majesté. L'homme qui me tenait était très gentil pour moi, et il me répétait qu'il avait perdu un fils de mon âge l'année avant et qu'il était désolé de voir un jeune garçon dans une situation pareille, et, quand ils entendirent crier qu'on avait trouvé l'or et qu'ils se bousculèrent pour approcher du cercueil, il me lâcha en disant tout bas : « Maintenant, file, ou bien ils te pendront, c'est sûr. »

Et je suis parti. Ça ne servait à rien que je reste, qu'est-ce que j'aurais pu faire ? et je n'avais pas envie de me faire pendre, quand je pouvais m'enfuir. Aussi j'ai couru d'une seule traite jusqu'au canot ; et puis j'ai dit à Jim de se dépêcher, de peur qu'ils m'attrapent et me pendent ; et j'étais bien désolé, et Jim aussi, de penser que le duc et vous étiez sans doute morts, à cette heure ; et j'étais bien content de vous voir arriver. Demandez-le à Jim, vous verrez !

Jim dit que c'était bien vrai ; mais le roi lui répondit :

— Tais-toi, ça m'en a tout l'air !

Et il recommença à me secouer en disant qu'il se sentait bien envie de me jeter à l'eau.

Mais le duc dit :

— Lâche le petit, vieil imbécile. Qu'est-ce que tu aurais fait à sa place ? Tu t'es inquiété de lui quand tu t'es trouvé libre ? Je n'en ai pas l'impression.

Le roi me lâcha alors et commença à pester contre cette ville et ses habitants.

— Tu ferais bien mieux de pester contre toi-même, dit le duc, car tu le mérites plus que personne. Dès le début, tu n'as fait que des âneries, sauf quand tu leur as raconté froidement l'histoire de cette flèche imaginaire. Ça, c'était une fameuse idée, vraiment formidable ; et c'est ce qui nous a sauvés, car autrement ils nous auraient gardés en prison jusqu'à ce que les bagages de l'Anglais arrivent, et alors, pour nous, c'était le bagne ! Mais ce bluff les a menés jusqu'au cimetière, et l'or nous a tirés d'affaire ; mais, si ces imbéciles ne nous avaient pas lâchés et ne s'étaient pas jetés les uns sur les autres pour voir quelque chose, nous aurions dormi avec nos cravates ce soir, des cravates garanties à l'usage, et qui auraient duré plus longtemps que nous !

Ils restèrent immobiles quelque temps, plongés dans leurs pensées ; puis le roi dit d'un air détaché :

— Oui, et nous qui pensions que les nègres étaient les voleurs !

Je ne savais plus où me mettre !

— Oui, dit le duc avec une sorte de lenteur sarcastique, oui, c'est vrai !

Trente secondes après, le roi laissa tomber :

— Du moins je le pensais, moi !

Le duc, sur le même ton :

— Pardon, c'est moi qui le pensais !

Le roi se hérissa et dit :

— Dis donc, Bilgewater, qu'est-ce que c'est ces insinuations ?

Mais le duc riposta assez sèchement :

— Puisque tu le prends sur ce ton-là, tu me permettras peut-être de te poser la même question ?

— Tu me fais rire, dit le roi. Mais peut-être bien que tu dormais et que tu ne savais pas ce que tu faisais ?

Le duc commençait à montrer les dents :

— Oh ! cesse tes façons, tu me prends pour un imbécile ? Tu crois que je ne sais pas qui a caché cet argent dans le cercueil ?

— Mais si, monsieur, je sais bien que vous le savez, puisque vous l'y avez mis vous-même !

— Tu mens !

Et le duc se jeta sur lui, mais le roi se mit à crier :

— Enlève tes mains de là ! Lâche ma gorge ! Je retire ce que j'ai dit.

— Commence par avouer, dit le duc, que tu as vraiment mis là cet argent, dans l'intention de me fausser compagnie un de ces quatre matins pour venir le chercher et le garder pour toi tout seul ?

— Une minute, duc ! Réponds à une seule question sans mentir : si tu n'as pas fourré le sac à cet endroit, dis-le, je te croirai et je retirerai ce que j'ai dit.

— Vieille crapule, je n'ai rien fait de pareil, et tu le sais bien ! Alors ?

— Bien, je te crois. Mais réponds encore à une question, rien qu'une . . . ne t'énerve pas ! est-ce que tu n'as pas eu l'intention de faire main basse sur le magot et de le cacher quelque part ?

Le duc resta muet, mais il finit par dire :

— C'est possible, mais, en tout cas, je ne l'ai pas fait. Tandis que toi, tu ne t'es pas contenté de l'intention, tu as fait le coup.

— Je te jure sur ma tête que non, duc, c'est la vérité. Je ne te dis pas que je n'avais pas l'intention de le faire . . . ça serait mentir . . . mais tu . . . enfin quelqu'un a pris les devants.

— Tu mens ! C'est toi qui l'as fait, et je veux que tu l'avoues ou . . .

Le roi commençait à hoqueter et, tout d'un coup, il dit en suffoquant :

— Oui, j'avoue . . .

J'étais bien content de l'entendre, je respirais beaucoup plus librement qu'avant. Le duc le lâcha donc et lui dit :

— Si je t'entends le nier encore une fois, je te noie. Ah ! ça te va de pleurnicher comme un bébé, dans ton coin ! ça te va, après ce que tu as fait. Je n'ai jamais vu une vieille autruche comme toi, tu veux toujours tout gober. Et moi qui avais autant de confiance en toi que si tu avais été mon père ! Tu devrais avoir honte d'avoir laissé accuser de pauvres nègres sans un mot pour les défendre. Je rougis d'avoir été assez bête pour croire toutes tes sornettes. Maudit, je comprends maintenant pourquoi tu me pressais tant pour que je comble le déficit : tu voulais l'argent du Nonpareil pour toi tout seul !

Le roi, tout timide, dit en reniflant :

— Mais, duc, c'est toi qui as voulu combler le déficit, c'est pas moi.

— Tais-toi, je t'ai assez entendu ! En tout cas, tu vois ce que nous y avons gagné ? Ils sont tous rentrés en possession de leur argent, et du nôtre avec, et il ne nous reste plus qu'un liard ou deux. Va te coucher, et, si jamais tu recommences à me parler de déficit, tu verras !

Le roi se glissa dans le wigwam pour aller demander un peu de consolation à sa bouteille, et avant longtemps le duc retrouva la sienne ; une demi-heure après, ils étaient redevenus copains comme cochons, et, plus ils étaient pompette, plus ils s'aimaient, tant et si bien qu'ils finirent par s'endormir dans les bras l'un de l'autre. Ils s'adoucirent beaucoup, mais je remarquai que le roi n'oublia jamais de se rappeler qu'il ne fallait pas qu'il niât avoir volé le sac. J'étais donc bien tranquille : bien sûr, dès que je les entendis ronfler, je me dépêchai de tout raconter à Jim.

XXXI
Le bon Dieu n'aime pas les menteurs

Pendant des jours et des jours, on navigua sur la rivière, sans oser s'arrêter dans les villes. On était dans la chaleur du sud, maintenant, bien loin de chez nous ; on commençait à voir des arbres couverts de mousse espagnole qui pendait des branches comme de longues barbes grises. Je trouvais qu'elle donnait aux bois un air impressionnant et sinistre. Les deux coquins pensèrent alors qu'ils étaient hors de danger et ils se remirent à faire des affaires dans les villages.

D'abord ce fut une conférence antialcoolique ; mais ils n'en tirèrent pas de quoi se saouler tous les deux. Dans un autre village, ils commencèrent un cours de danse, mais, comme ils avaient le chic d'un kangourou, dès leur premier pas, le public les envoya danser ailleurs. Une autre fois, ils se lancèrent dans l'élocution, mais, avant d'avoir élocutionné longtemps, ils se firent sérieusement huer et durent prendre le large. Ils tâtèrent de la médecine, de l'hypnotisme, de la religion, ils dirent la bonne aventure, enfin un peu de tout ; mais la chance ne leur souriait pas, si bien qu'à la fin ils restèrent sans un sou, vautrés sur le radeau qui continuait son chemin, des demi-journées entières à se creuser la tête sans rien dire, dans un cafard noir.

Il vint un moment où les choses changèrent. On les vit conférer ensemble dans le wigwam et se parler tout bas, d'un air mystérieux, des deux ou trois heures d'affilée.

On commençait à se sentir mal à l'aise, Jim et moi. Ça nous paraissait louche, et on se demandait s'ils ne préparaient pas quelque diablerie pire que tout le reste. On tourna et on retourna la chose dans nos têtes et on en vint à penser qu'ils méditaient de cambrioler une maison ou une boutique, ou bien qu'ils allaient faire de la fausse monnaie, ou quelque chose dans ce genre-là : ça nous fit un drôle d'effet ; on décida qu'on ne se mêlerait pas à des histoires pareilles et que, si on avait vent de quelque chose, on les sèmerait et on continuerait notre route en les laissant derrière. Donc, un matin, de bonne heure, on cacha le radeau dans un bon coin sûr, à deux milles d'un petit village misérable qui s'appelait Pikesville ; le roi descendit à terre et nous dit de rester tous à bord pendant qu'il irait faire un tour au bourg, voir si l'affaire du Royal Nonpareil était arrivée jusque-là. (Je pensais en moi-même : tu veux dire voir s'il y a une maison à cambrioler et, quand tu te seras rempli les poches, tu reviendras ici et tu te demanderas ce que nous sommes devenus, Jim et moi, et le radeau, et ce sera bien fait pour toi !) Il ajouta que, s'il n'était pas revenu à midi, ça voudrait dire que tout irait bien et que le duc et moi nous n'aurions plus qu'à le rejoindre.

On resta donc où on était. Le duc n'arrêtait pas de s'agiter et de se faire de la bile, et il était hargneux comme tout. Il nous attrapait à chaque instant, il nous critiquait et il disait qu'on faisait tout de travers. Il mijotait quelque chose, j'en étais sûr. J'étais joliment content de voir arriver midi, et pas trace du roi ; ça ferait un changement de descendre et peut-être une occasion de saisir l'occase par-dessus le marché. On s'en fut donc au village, le duc et moi, et on chercha le roi partout ; on finit par le découvrir dans la salle d'un petit caboulot, complètement saoul, avec une bande de propres à rien qui s'amusaient à le faire enrager ; lui leur criait des menaces et des injures, et il était tellement noir qu'il ne pouvait même pas se tenir sur ses jambes. Le duc le traita de vieil abruti ; le roi riposta, et, dès qu'ils furent bien lancés, je m'échappai et galopai comme un daim tout le long de la rivière, car je me disais que ça y était, cette fois, et qu'il passerait de l'eau sous les ponts avant qu'ils nous revissent. J'étais essoufflé en arrivant au radeau, mais plein de joie, et je criai :

— Laisse aller, Jim, tout va bien.

Mais personne ne répondit, personne ne sortit du wigwam, Jim était parti ! Je lançai un appel, un autre, et puis un autre encore. Je me mis à courir sous bois dans tous les sens, en hélant de toutes mes forces, mais ce fut inutile : mon vieux Jim n'était plus là. Alors je m'assis par terre et je me mis à pleurer ; je ne pouvais pas m'en empêcher. Mais il fallait faire quelque chose ; aussi je retournai bientôt sur la route en réfléchissant à ce que j'allais décider. Je rencontrai un garçon et je lui demandai s'il avait vu un nègre habillé comme l'était Jim.

— Oui, me dit-il.

— Où ça ?

— Chez Silas Phelps, à deux milles d'ici. C'est un nègre échappé, et on l'a pris. Tu le cherches ?

— Tu penses bien que non. Je l'ai vu dans le bois, il y a une heure ou deux, et il m'a dit de rester où j'étais sans broncher et que, si j'appelais, il me couperait la tête. Je suis là depuis. J'avais peur de sortir.

— Tu n'as pas besoin d'avoir peur maintenant, car il est pris. Il s'était enfui de quelque part dans le Sud.

— Heureusement qu'on l'a rattrapé !

— Je te crois ! et il y avait deux cents dollars de récompense. C'est comme si on les avait trouvés dans la rue.

— Et c'est moi qui aurais pu les toucher si j'avais été plus grand : je l'ai vu le premier. Qui l'a dénoncé ?

— C'est un vieux bonhomme qui n'est pas d'ici : il l'a vendu pour quarante dollars, parce qu'il était pressé de remonter, il disait qu'il ne pouvait pas attendre. Tu comprends ça ? Moi, je serais resté, en tout cas, même s'il avait fallu attendre sept ans.

— La même chose pour moi ; mais, s'il l'a vendu pour quarante dollars, c'est qu'il n'était pas trop sûr de son affaire. Il y a peut-être quelque chose de louche dans l'histoire.

— Non, tout était clair comme le jour. J'ai vu l'affiche moi-même. C'était lui tout craché, juste comme dans un portrait, et on disait de quelle plantation il venait, plus loin que La Nouvelle-Orléans. Non, mon vieux, tu peux être sûr que l'opération est régulière. Dis donc, passe-moi une carotte de tabac.

Comme je n'en avais pas, il s'en alla. Je retournai au radeau et m'assis dans le wigwam pour réfléchir. Mais je ne trouvais pas de solution. Je me creusais la cervelle à en avoir mal à la tête, mais je ne voyais pas le moyen d'en sortir. Après ce long voyage, après tout ce que nous avions fait pour ces bandits, tout était fini, fichu, parce qu'ils avaient eu le courage de jouer un aussi sale tour à Jim, de refaire de lui un esclave pour toute sa vie, et chez des inconnus, en plus, et tout ça pour quarante misérables dollars.

A un moment, je me dis qu'il vaudrait mille fois mieux que Jim fût esclave chez nous, avec toute sa famille, s'il fallait vraiment qu'il fût esclave, et que je devrais écrire une lettre à Tom Sawyer pour qu'il dît à Miss Watson où était Jim. Mais j'abandonnai bientôt cette idée-là pour deux raisons : elle serait furieuse contre lui qu'il ait eu l'ingratitude de la quitter et elle le vendrait tout de suite pour l'envoyer dans le Sud ; et, même si elle ne le faisait pas, tout le monde naturellement n'aurait que du mépris pour ce nègre sans reconnaissance et ne le cacherait pas, et il se sentirait honteux et déshonoré.

Et moi donc ! Tout le monde saurait que Huck Finn avait aidé un nègre à reprendre sa liberté, et, si jamais je revoyais un habitant de la ville, j'aurais tellement honte que je serais prêt à me mettre à genoux pour lècher ses bottes. C'est toujours comme ça : une personne fait une mauvaise action et elle ne veut pas en subir les conséquences. Elle croit que tant que les autres n'en savent rien ça n'est pas un déshonneur. Voilà exactement dans quelle situation j'étais. Plus j'y réfléchissais, plus ma conscience me torturait, et plus je me sentais vil et mauvais. Et, à la fin, je compris tout d'un coup que c'était la main de la Providence qui m'envoyait une gifle en pleine figure pour me faire voir qu'on ne me quittait pas de l'œil, là-haut, dans le ciel, pendant que je volais le nègre d'une pauvre femme qui ne m'avait jamais fait de mal, et pour me montrer que quelqu'un veille toujours et met une fin à de pareilles entreprises ; alors je fus si effrayé que je ne pouvais presque plus me tenir sur mes jambes. J'essayais bien d'atténuer les choses en me disant à moi-même que j'étais moins coupable, ayant été si mal élevé, mais une voix me répétait : « Et l'école du dimanche, tu aurais pu y aller ; on t'y aurait appris que ceux qui agissent comme tu l'as fait avec ce nègre finissent dans les flammes de l'enfer. »

J'en frissonnais d'horreur. J'étais à peu près décidé à prier pour voir s'il n'y avait pas moyen de devenir meilleur. Je me mis à genoux, mais les mots ne sortaient pas. Pourquoi ? Ce n'était pas la peine d'essayer de le tromper, Lui, ni d'ailleurs de me tromper moi-même. Je savais bien pourquoi je ne pouvais rien dire : c'est parce que mon cœur n'était pas sincère ; c'est parce que je n'étais pas honnête ; c'est parce que je jouais un double jeu. Je faisais semblant de renoncer au péché et, tout au fond de moi, je cachais le plus gros de tous. J'essayais de faire dire à ma bouche que j'agirais franchement et proprement, que j'écrirais à la patronne de ce nègre pour lui dire où le chercher, mais dans mon fin fond je savais que c'était un mensonge, et Lui le savait aussi. On ne peut pas prier et mentir en même temps : je m'en rendais compte à ce moment-là.

J'étais plein de souci, plein jusqu'au bord, et je ne savais que faire. Enfin il me vint une idée ; je me dis : « Tu vas écrire la lettre et, après, tu pourras peut-être prier. » Eh bien ! c'est extraordinaire, mais je me sentis aussitôt léger comme une plume, et mes soucis envolés. Je pris une feuille de papier et un crayon et, tout content et excité, je m'assis par terre et j'écrivis :

« Miss Watson, votre nègre Jim, qui s'était enfui, est ici, à deux milles au sud de Pikesville ; il est chez Mr. Phelps, qui le rendra contre la récompense. Huck Finn. »

Pour la première fois de ma vie, je me sentis lavé de mes péchés ; je savais que maintenant je pouvais prier Je ne le fis pas tout de suite, pourtant, mais je posai le papier par terre et restai là à songer. Je pensais qu'il était bien heureux que tout se fût passé ainsi, et que j'avais bien failli me perdre et aller en enfer. Et puis, après, notre voyage sur la rivière me revint à la mémoire ; et tout le temps je voyais Jim : le jour, la nuit, au clair de lune quelquefois, ou pendant les tempêtes, et tandis qu'on naviguait, et tous nos bavardages, nos rires et nos chansons. Et je ne sais pas comment ça se faisait mais je n'arrivais à rien trouver pour me durcir de colère contre lui ; c'était plutôt le contraire. Je le voyais faire mon quart après le sien, au lieu de m'appeler, pour que je pusse continuer à dormir, je me souvenais de sa joie quand j'étais sorti du brouillard et quand je l'avais retrouvé dans le marais, le jour de la bataille entre les deux clans, et encore d'autres fois ; et qu'il m'appelait toujours « mon cœur » et qu'il me gâtait, qu'il faisait tout ce qu'il pouvait pour moi et qu'il était toujours si bon. En dernier, je me rappelai le jour où je l'avais sauvé en racontant aux types qu'il y avait la variole à bord et à sa reconnaissance quand il disait que j'étais le meilleur ami que le vieux Jim eût jamais eu, son seul ami, même... et puis tout d'un coup ce papier me tomba sous les yeux.

J'étais au pied du mur. Je le ramassai, le pris dans ma main. Je tremblais parce qu'il fallait que je décide une fois pour toutes et à jamais entre deux choses, et je m'en rendais bien compte. Je restai une minute sans respirer, en quelque sorte, et puis je me dis :

– Eh bien ! tant pis, j'irai en enfer.

Et je déchirai la lettre en morceaux.

C'était une affreuse pensée et des mots affreux. Mais ils étaient dits. Et je ne me dédis jamais. Après ça, je ne pensai plus jamais à me réformer. J'écartai tout ça de ma tête et décidai que je reviendrais au mal, puisque c'était ma voie, et que j'avais été élevé ainsi. Et, pour commencer, j'allais essayer de délivrer Jim une fois de plus et, si je pouvais trouver encore pire, je le ferais aussi ; puisque j'étais dedans, je n'avais plus qu'à aller jusqu'au bout.

Il fallait maintenant savoir comment j'allais m'y prendre. Après avoir tourné et retourné plusieurs idées dans ma tête, je finis par en trouver une bonne. Je repérai une île boisée un peu au sud et, dès qu'il fit presque nuit, je glissai le radeau hors de son abri et mis le cap dessus. Je restai là toute la nuit. Après un bon somme, je me levai avant l'aube, j'avalai mon déjeuner, m'habillai de mes beaux habits, fis un ballot des autres et de quelques affaires, pris le canot et ramai vers le bord. J'atterris au-dessous de chez Phelps, cachai mon baluchon dans le bois, puis je coulai le canot et le remplis de pierres à un endroit où je pourrais le retrouver quand j'en aurais besoin, à un quart de mille d'une petite scierie.

Puis je pris la route ; en passant devant la scierie, je vis écrit « Scierie Phelps », et, en arrivant aux bâtiments de la ferme, j'ouvris l'œil, mais je ne vis personne, et pourtant il faisait grand jour ; mais ça m'était égal car, pour l'instant, je voulais seulement reconnaître le terrain. Mon idée, c'était d'arriver là comme si je venais du village et non de la rivière. Après avoir jeté un coup d'œil à la ronde, je continuai vers la ville. A peine arrivé, je tombai sur le duc. Il collait une affiche pour le Royal Nonpareil : trois représentations comme l'autre fois. Ils avaient de l'audace, les coquins ! Je fus sur lui avant d'avoir pu l'éviter. Il eut l'air surpris et me dit :

— Tiens, te voilà ? D'où sors-tu ?

Puis, d'un air entendu et content, il ajouta :

— Où est le radeau ? Tu as trouvé un bon coin pour le mettre ?

Mais je lui dis :

— Comment ? C'est justement ce que je voulais demander à Votre Grâce !

Alors il eut l'air moins content :

— Et pourquoi voulais-tu me le demander, à moi ?

Je répondis :

— Mon Dieu, quand j'ai vu le roi dans ce caboulot, hier, j'ai pensé qu'il était trop saoul pour qu'on le ramène ; aussi je suis allé faire un tour au village pour passer le temps. Un homme m'a offert dix cents pour l'aider à traverser, car il allait chercher un mouton de l'autre côté, mais, au moment d'embarquer la bête, l'homme a lâché la corde pour aller la pousser par-derrière, et ce mouton était trop fort pour moi ; il a donné une secousse et s'est échappé, et nous avons couru après. Sans chien, il a fallu le poursuivre dans la campagne jusqu'à ce qu'il fût fatigué. Et il faisait nuit quand on l'a rattrapé. De retour sur ce bord-ci, je suis allé à la recherche du radeau. Quand j'ai vu qu'il était parti, je me suis dit : « Ils ont eu des histoires, ils ont été obligés de s'enfuir, et ils ont emmené mon nègre, le seul nègre que j'aie au monde, et me voilà dans un pays inconnu, sans rien, sans personne, sans aucun moyen de gagner ma vie. » Alors je me suis assis par terre et j'ai pleuré. J'ai dormi toute la nuit .dans les bois. Mais, alors, qu'est-ce qui est arivé au radeau ? Et Jim, mon pauvre Jim ?

— Comment veux-tu que je le sache ? ce qui est arrivé au radeau, du moins. Ce vieil imbécile-là a fait une affaire qui lui a rapporté quarante dollars, et, quand on a mis la main sur lui dans le caboulot, il avait trouvé le moyen de tout perdre en paris, sauf ce qu'il avait dépensé en whisky ; quand je l'ai ramené, tard hier soir, j'ai vu que le radeau était parti et j'ai pensé : « Ce petit vaurien a volé notre radeau et il est parti en nous laissant derrière. »

— Je n'abandonnerais pas mon nègre, tout de même, le seul nègre et le seul bien que je possède !

— Ça ne nous est pas venu à l'idée. On finissait pai croire que c'était notre nègre, à nous aussi, ma parole. Oui, c'est comme ça qu'on le considérait. Dieu sait qu'il nous avait causé assez d'ennuis ! Donc, quand on s'est vus fauchés comme les blés, et plus de radeau, il ne nous restait plus qu'une chose à faire : essayer de remettre le coup du Royal Nonpareil. Et depuis je traîne, sec comme une corne à poudre. Où sont tes dix cents ? amène-les !

J'avais beaucoup d'argent, aussi je ne me fis pas prier, mais je le suppliai d'acheter quelque chose à manger avec et de partager avec moi, en disant que je n'avais rien d'autre et que je ne m'étais rien mis sous la dent depuis la veille. Il ne répondit rien, mais, une minute après, il se retourna brusquement et me dit :

— Tu crois que ce nègre va nous dénoncer ? Je l'écorcherais vif s'il faisait ça !

— Comment, vous dénoncer ? Il n'est pas parti ?

— Non ! Ce vieil idiot l'a vendu et il a tout dépensé tout seul, sans partager avec moi.

Je m'écriai :

— Vendu !

Et je commençai à pleurer.

— Mais c'était mon nègre et c'était mon argent. Où est-il ? Je veux mon nègre !

— Eh bien ! tu ne l'auras pas, aussi cesse de pleurnicher. Écoute un peu. Et toi, est-ce que tu crois que tu aurais l'audace de nous dénoncer ? Nom d'une pipe, tu ne m'inspires pas confiance. Si tu allais nous faire ça !

Il s'arrêta, et je n'avais jamais vu un air si méchant au duc. Je lui dis, sans cesser de pleurer :

— Je ne veux dénoncer personne, et puis, d'ailleurs, j'ai autre chose à faire. Je veux aller chercher mon nègre.

Il avait l'air ennuyé avec ses affiches qui voltigeaient sur son bras, son front tout plissé à force de réfléchir. Enfin il se mit à parler :

— Je vais te dire quelque chose : il faut qu'on reste trois jours ici. Si tu me promets de te taire et de faire taire ton nègre, je te dirai où le trouver.

Je promis, et il continua :

— Un fermier qui s'appelle Silas Ph . . .

Et puis il s'arrêta net. Il avait eu l'intention de me dire la vérité, vous comprenez ; mais, quand je le vis recommencer à réfléchir, je compris qu'il était en train de changer d'idée. Et je ne me trompais pas ; il n'avait pas confiance en moi et il voulait être sûr de m'écarter pendant trois jours entiers. Bientôt il reprit :

— L'homme qui l'a acheté s'appelle Abram Foster, Abram G. Foster, et il habite à quarante milles d'ici, sur la route de Lafayette.

Je répondis :

— Très bien. J'y serai en trois jours. Je me mettrai en route cet après-midi.

— Pas du tout. Tu partiras tout de suite, et ne traîne

pas, et ne bavarde pas trop en chemin. Tourne sept fois ta langue dans ta bouche avant de parler et marche droit, autrement tu auras affaire à nous, tu comprends ?

C'était ça que j'attendais et que j'avais réussi à lui faire dire. Je voulais être libre d'exécuter mon projet.

— Allez, file, dit le duc, tu pourras raconter ce que tu voudras à Mr. Foster. Peut-être qu'il croira que Jim est bien ton nègre. Il y a des imbéciles qui n'ont pas besoin de preuves, du moins on m'a dit que ça existait par ici, dans le Sud. Tu lui expliqueras que l'affiche est fausse et qu'il n'y a pas de récompense, et peut-être bien qu'il te croira aussi quand tu lui diras pourquoi on avait imaginé l'histoire. Va-t'en maintenant. Là-bas, tu feras tous les discours que tu voudras, mais, jusque-là *motus !*

Je le quittai et pris la direction de la campagne sans me retourner ; je sentais bien qu'il m'observait, mais je savais que j'aurais l'avantage sur lui avant longtemps. Je marchai un bon mille, sans m'arrêter ; puis, à travers bois, je revins vers chez Phelps. Je me disais qu'il valait mieux mettre mon projet à exécution sans traîner, car je voulais que Jim se tût jusqu'au départ des deux numéros. Je n'avais pas envie d'avoir des histoires avec eux. Je les avais assez vus et je ne voulais plus jamais en entendre parler

XXXII
Je change de nom

Quand j'arrivai chez Phelps, on se serait cru un dimanche tellement tout était tranquille ; le soleil cuisait ; les domestiques étaient partis aux champs, et, dans l'air, on entendait vaguement bourdonner des insectes et des mouches ; rien ne me met ainsi le cœur en peine, il me semble que tout le monde est mort et, quand une petite brise commence à souffler et fait trembler les feuilles, je me sens encore plus triste, car j'ai l'impression que ce sont des esprits qui murmurent, des trépassés d'autrefois, et qu'ils parlent de moi. Des choses comme ça vous feraient souhaiter de mourir aussi et d'en avoir fini pour toujours.

La plantation Phelps était une de ces petites entreprises pareille à toutes les autres. Une clôture autour de deux arpents de cour ; une barrière faite de rondins dont les bouts sciés formaient des marches pour l'escalader et pour aider les femmes à monter à cheval ; de l'herbe pelée par places, mais presque partout de la terre battue, lisse comme un vieux feutre râpé, une maison en demi-rondins pour les blancs où les interstices, bouchés par du mortier ou de la glaise, formaient des raies qui avaient été autrefois blanchies à la chaux ; une cuisine de rondins entiers reliée à la maison par un large couloir ouvert, mais protégé par un toit ; un fumoir derrière la cuisine ;

une rangée de trois petites cases de l'autre côté du fumoir, pour les nègres ; une petite cabane toute seule au fond, près de la clôture, et quelques dépendances un peu plus loin, tout ça en rondins aussi ; un crible à cendres et une grande marmite pour faire du savon à côté de la cabane ; un banc près de la porte de la cuisine, un seau d'eau et une calebasse, un chien endormi au soleil, d'autres chiens par-ci par-là, trois arbres dans un coin, des groseilliers et des cassis près de la clôture et, au-delà, un jardin avec une plate-bande de melons, puis les champs de coton et, après les champs, les bois.

Je fis le tour, j'escaladai la barrière du fond près du crible à cendres et je me dirigeai vers la cuisine. En approchant un peu, j'entendis le bourdonnement sourd d'un métier qui montait comme une plainte et puis redescendait ; et alors j'étais plus sûr que jamais que j'aurais voulu mourir, car il n'existe pas de bruit plus désolant que celui-là.

Je continuai à marcher, sans savoir ce que j'allais dire, mais faisant confiance à la Providence, qui me mettait toujours les mots qu'il fallait dans la bouche si je la laissais tranquille ; c'est une chose que j'avais remarquée depuis longtemps.

Je n'étais pas à mi-chemin qu'un chien, puis deux se mirent sur leurs pattes et vinrent vers moi ; il ne me restait plus qu'à m'arrêter sans faire un geste. Dix secondes après, j'étais comme le moyeu d'une roue, pour ainsi dire, et tous les rayons étaient des chiens, un cercle de quinze chiens serrés autour de moi, aboyant et hurlant ; et il en arrivait toujours, on les voyait sauter les barrières et accourir de tous les coins de l'horizon.

Une négresse se précipita hors de la cuisine, un rouleau à pâtisserie dans la main, en criant : « Couché, Médo' ! couché, Tig' ! » Et elle lança quelques bons coups à droite et à gauche ; ils s'enfuirent en hurlant, et le reste suivit, mais la moitié revint bientôt, remuant la queue, avec toutes sortes de démonstrations d'amitié. Il n'y a pas une once de malice dans un chien.

Derrière la négresse, je vis sortir une petite fille et deux petits garçons, noirs aussi, sans rien sur le dos que leurs chemises de chanvre. Ils s'accrochaient à la jupe de leur mère, ils se cachaient derrière elle et me lançaient des coups d'œil timides, comme ils font toujours. Puis, de la maison, la femme blanche sortit en courant ; elle avait dans les quarante-cinq, cinquante ans, elle était nu-tête et tenait un fuseau à la main ; ses petits enfants étaient derrière elle et faisaient tout à fait comme les petits nègres. Elle souriait tellement qu'elle en avait la bouche fendue jusqu'aux oreilles, et elle me dit :

– C'est toi, enfin, c'est bien toi ?

Et moi, sans réfléchir, je lui sors : Oui, m'dame.

Elle me prit dans ses bras, me pressa sur son cœur, puis elle saisit mes deux mains et les serra, les serra ! Des larmes lui vinrent aux yeux et débordèrent ; et elle n'en finissait pas de m'embrasser, et elle répétait :

– Je croyais que tu ressemblerais davantage à ta mère ; mais, Seigneur Dieu, ça ne fait rien, je suis si contente de te voir ! Mon Dieu, mon Dieu, je te mangerais de baisers ! Mes enfants, voilà votre cousin Tom ! Dites-lui bonjour !

Mais ils baissèrent la tête, en se fourrant les doigts dans la bouche, et ils se cachèrent derrière elle. Alors elle continua :

– Lise, dépêche-toi de lui préparer un déjeuner chaud tout de suite ; mais tu as peut-être déjeuné sur le bateau ?

Je répondis que oui. Elle prit donc la direction de la maison en me tenant par la main, les enfants à nos talons ; elle m'installa dans une chaise cannée, s'assit sur un petit tabouret devant moi, en tenant mes deux mains, et elle me dit :

– Laisse-moi te regarder ; depuis le temps que je le

souhaite, grand Dieu ! Ça fait des années et des années, mais maintenant tu es là. Voilà deux jours que nous t'attendons. Qu'est-ce qui t'a retardé ? Le bateau s'est échoué ?

— Oui, m'dame, il . . .

— Appelle-moi tante Sally . . . Où ça donc ?

Je ne savais pas trop que dire, puisque j'ignorais si le bateau était censé monter ou descendre la rivière. Mais je compte toujours sur mon instinct, et mon instinct me disait qu'il devait venir d'Orléans. Ça ne me servait pas à grand-chose, d'ailleurs, puisque je ne connaissais pas les noms des barres, par là. Il fallait que j'invente un nom ou que j'oublie l'endroit. Mais il me vint une idée et je dis :

— C'est pas tant ça qui nous a retardés, mais un fond de cylindre a éclaté.

— Miséricorde ! Personne n'a été blessé ?

— Non, m'dame. Un nègre tué seulement.

— Eh bien ! c'est une chance, car les gens sont souvent blessés, avec ça. La même chose est arrivée il y a deux ans, à Noël, quand ton oncle Silas revenait de La Nouvelle-Orléans sur le vieux *Lally Rook,* et un homme a été estropié. Je crois bien qu'il est mort, même. C'était un baptiste. Ton oncle Silas connaissait des gens à Bâton-Rouge qui connaissaient très bien sa famille. Oui, je me rappelle maintenant, il en est bien mort. La gangrène s'est mise dans la blessure, et il a fallu l'amputer. Mais ça ne l'a pas sauvé. Oui, c'était bien la gangrène. Il est devenu tout bleu et il est mort dans l'espoir d'une glorieuse résurrection. On disait que c'était épouvantable de le voir. Tous les jours, ton oncle va te chercher à la ville ! Il y est allé encore aujourd'hui. Il y a bien une heure qu'il est parti ; il va revenir d'une minute à l'autre. Tu l'as sûrement rencontré sur la route, non ? Un homme assez vieux, avec un . . .

— Non, j'ai vu personne, tante Sally. Le bateau est

arrivé à l'aube, j'ai laissé mes bagages sur le quai, je me suis promené dans la ville et j'ai fait le tour par la campagne pour ne pas arriver ici trop tôt ; c'est pourquoi je suis entré par-derrière.

— A qui as-tu donné tes bagages ?

— A personne.

— Mon pauvre enfant ! on va te les voler !

— Sûrement pas ! Je les ai trop bien cachés.

— Mais comment se fait-il que tu aies déjeuné si tôt sur le bateau ?

J'étais dans mes petits souliers, mais je trouvai une réponse :

— Le capitaine m'a vu debout et il m'a dit qu'il vaudrait mieux que je mange un morceau avant d'aller à terre ; il m'a emmené dans le carré, déjeuner avec lui, et il m'a donné tout ce que je voulais.

J'étais si mal à l'aise que je n'écoutais qu'à demi. Je pensais aux enfants, car j'aurais bien voulu les prendre à part et leur tirer un peu les vers du nez, pour savoir qui j'étais ! Mais pas moyen ! Mme Phelps n'arrêtait pas de parler. Et, tout d'un coup, je sentis des sueurs froides me couler dans le dos, car elle disait :

— Mais je bavarde et tu ne m'as pas encore donné de nouvelles de ma sœur, ni de personne. Je vais laisser ma langue se reposer un peu, et tu vas faire travailler la tienne. Dis-moi tout, parle-moi de tout le monde, du premier jusqu'au dernier, dis-moi comment ils vont, ce qu'ils t'ont dit de me dire. Enfin, tout !

Cette fois, ça n'allait plus du tout. La Providence m'avait aidé jusqu'ici, mais j'étais perdu, ce coup-ci. Ça n'était pas la peine d'essayer de continuer, il fallait abandonner. Je me dis : « Il n'y a plus qu'à risquer la vérité, une fois de plus. » J'ouvrais la bouche pour commencer quand elle me tira brusquement de ma chaise et me poussa derrière le lit en disant :

— Le voilà ! Baisse la tête . . . plus bas . . . ça y est, on ne te voit plus. Ne dis pas que tu es ici, on va lui faire une farce. Pas un mot, les enfants !

Pas d'erreur, j'étais fichu. Mais pourquoi me tracasser ? Il n'y avait qu'à rester tranquille et à être prêt pour l'orage quand il éclaterait.

J'aperçus le vieux monsieur quand il entra, puis il fut caché par le lit. Mme Phelps bondit vers lui en disant :

– Il est là ?

– Non ! répondit son mari.

– Dieu tout-puissant, dit-elle, qu'est-ce qui a bien pu lui arriver ?

– Je n'y comprends rien, dit le vieux monsieur, et j'avoue que je suis très inquiet.

– Inquiet ! dit-elle, j'en deviendrai folle ! Mais il est sûrement venu ; tu l'as sûrement manqué, j'en suis sûre. Quelque chose me dit qu'il est là.

– Voyons, Sally, je n'ai pas pu le croiser sans le voir, tu le sais bien.

– Misère, misère ! que dira ma sœur ! Il est sûrement venu, tu l'as sûrement manqué ! Il . . .

– Oh ! ne me tracasse pas davantage, je suis assez ennuyé comme ça. Je ne sais pas ce qui a pu se passer. J'en perds la tête et je t'avoue que j'ai presque peur. Mais ne va pas croire qu'il ait pu débarquer, je l'aurais certainement vu. Sally, c'est terrible, c'est effrayant, quelque chose est sûrement arrivé au bateau !

– Regarde donc, Silas. Il ne vient pas quelqu'un sur la route, là-bas ?

Il fit un saut jusqu'à la fenêtre, qui était à la tête du lit. Mme Phelps, qui attendait l'occasion, se baissa vivement à l'autre bout, me tira, et je sortis de ma cachette ; et, quand il se retourna, elle était là, souriante et rayonnante comme un soleil, tandis que moi, à côté d'elle, j'étais plutôt suant et penaud. Le vieux monsieur ouvrit de grands yeux et dit :

– Qui est-ce donc ?

— Qui crois-tu que c'est ?
— Je n'ai pas la moindre idée. Qui est-ce ?
— C'est Tom Sawyer !
Bonté divine ! pour un peu, je passai à travers le plancher ! Le vieux monsieur ne perdit pas de temps ; il me serra la main et me la secoua, et, pendant ce temps-là, la femme riait, pleurait, dansait, et puis ils m'en posèrent des questions sur Sid, et Mary, et toute la tribu !

Mais, s'ils étaient contents, qu'est-ce que j'aurais dit, moi ! c'était comme si je revenais à la vie, tellement j'étais heureux de savoir qui j'étais. Ils me mitraillèrent de questions pendant deux heures, et je leur racontai plus d'histoires sur ma famille — je veux dire sur la famille Sawyer — qu'il n'aurait pu en arriver dans six familles à la fois. A la fin, j'avais tellement mal aux mâchoires que je ne pouvais presque plus parler. Je leur expliquai aussi comment le fond du cylindre avait éclaté à l'embouchure de White River, et qu'il avait fallu trois jours pour le réparer ; ça prit très bien, parce qu'ils n'y connaissaient rien. Si j'avais parlé d'un boulon, ils m'auraient cru pareillement.

D'un côté, j'étais très tranquille, et très peu d'un autre. C'était pratique et agréable d'être Tom Sawyer, et ça ne commença à changer que lorsque j'entendis le teuf teuf d'un vapeur qui descendait la rivière. Alors je me dis : « Et si Tom Sawyer arrive sur ce bateau-ci ? Et s'il entre dans la maison d'un moment à l'autre ? Il est sûr de m'appeler par mon nom avant que j'aie pu lui faire signe de se taire. »

Ça ne pouvait pas marcher comme ça. Il fallait l'empêcher. Il fallait à toute force que j'aille à sa rencontre sur la route. Je leur racontai que j'allais retourner en ville pour chercher mes bagages. Le vieux monsieur voulait venir avec moi, mais je lui dis que ce n'était pas la peine qu'il se dérange et que je saurais conduire le cheval tout seul.

XXXIII
La pitoyable fin de deux grands de ce monde

Je montai donc dans le chariot et je partis pour la ville ; quand je fus à mi-chemin, j'en vis arriver un autre : pas d'erreur, c'était Tom Sawyer ! Je m'arrêtai pour l'attendre et je lui criai :

— Stoppe !

Je vis alors sa bouche s'ouvrir comme un four ; il ne la referma pas, mais il fit trois fois le mouvement d'avaler, comme s'il avait la gorge sèche. Puis il me dit :

— Je ne t'ai jamais rien fait, tu sais bien ; pourquoi reviens-tu me hanter ?

— Je ne reviens pas ! Je suis jamais parti !

D'entendre ma voix le remit d'aplomb, mais il n'était pas encore tout à fait rassuré et il continua :

— Ne viens pas me jouer de mauvais tours, car je te laisserais tranquille, moi, si j'étais à ta place. C'est vrai que tu n'es pas un fantôme ? Parole d'honneur ?

— Parole d'honneur ! je lui dis.

— Bon, eh bien ! ça va, alors, mais je n'y comprends rien, ni d'un côté, ni de l'autre. Enfin, tu n'as pas été assassiné du tout ?

— Pas le moins du monde, c'est un tour que je leur ai joué ! Viens donc me toucher si tu ne me crois pas !

C'est ce qu'il fit, et ça le tranquillisa tout à fait. Il

était si content de me revoir qu'il ne savait plus que dire. Il voulait que je lui raconte tout, tout de suite, car c'était une fameuse aventure dans le genre mystérieux, et c'était son faible. Mais je lui dis :

— Minute, on a tout le temps !

On s'écarta ensuite un peu de son cocher, je lui expliquai dans quel pétrin j'étais et je lui demandai conseil :

— Laisse-moi réfléchir une seconde, dit-il et ne me dérange pas.

Il se prit la tête à deux mains et me déclara bientôt :

— Ça y est, j'ai trouvé ! Prends ma malle dans ta charrette et fais-la passer pour la tienne, retourne sur tes pas, traîne un peu en route et arrange-toi pour ne pas arriver trop tôt à la maison. Moi, je vais reprendre le chemin de la ville, puis repartir, et j'arriverai un quart d'heure ou une demi-heure après toi ; n'aie pas l'air de me connaître pour commencer.

Je répondis :

— Entendu ! Mais écoute un peu, j'ai pas fini. Il y a une chose que personne ne sait, sauf moi. Il y a un nègre ici que j'essaie de voler pour le libérer. Il s'appelle Jim, c'est celui de la vieille miss Watson . . .

— Comment, dit Tom, Jim est . . . ?

Il s'arrêta d'un air pensif. Je continuai :

— Je sais ce que tu vas dire ! Je sais que tu penses que c'est infect de ma part ; mais tant pis, après tout. Je ne vaux pas cher moi-même et je suis décidé à le voler ; il faut que tu te taises et que tu ne me dénonces pas. Ça va ?

Il me dit, les yeux brillants :

— Je t'aiderai à le voler !

J'en eus un fameux choc. Je n'avais jamais rien entendu de pareil, et je dois dire que Tom Sawyer dégringola dans mon estime. Mais je ne pouvais pas y croire . . . Tom Sawyer, voleur de nègres !

Je lui dis :

— Tu veux rire !

— Non, je ne ris pas !

— Enfin, en tout cas, si tu entends parler d'un nègre échappé, n'oublie pas de te rappeler que nous n'en connaissons ni l'un ni l'autre !

Alors il prit la malle et la mit dans mon chariot, et on partit tous les deux, chacun de notre côté. Mais j'étais si heureux et j'avais tant de choses en tête que j'oubliai complètement qu'il fallait aller lentement ; de ce fait, j'arrivai à la maison beaucoup plus tôt qu'il n'aurait fallu. Le vieux monsieur était à la porte et s'écria :

— C'est extraordinaire ! Qui aurait pu penser que la jument était capable d'aller si vite ! On aurait dû prendre son temps exact. Et elle n'as pas un poil de mouillé, pas un poil ! Je ne la vendrais pas pour cent dollars, maintenant... et moi qui croyais qu'elle n'en valait pas plus de quinze !

Il n'eut pas le moindre soupçon : c'était un bon vieux, je n'ai jamais vu plus innocent ! C'est pas étonnant, d'ailleurs, puisqu'il était non seulement fermier, mais pasteur ; il avait une petite église de rien du tout au fond de la plantation, qu'il avait bâtie en rondins, de ses propres mains, et à ses frais. C'était aussi une école ; il y prêchait, gratis en plus, et pourtant il parlait bien. Il y a beaucoup de pasteurs-fermiers qui font comme lui, là-bas, dans le Sud.

Une demi-heure après, environ, le chariot de Tom s'arrêta à la barrière et tante Sally le vit par la fenêtre. Elle s'écria :

— Tiens, voilà quelqu'un qui arrive ! Je me demande qui c'est ! On dirait un étranger, ma foi. Jimmy (c'était un des enfants), cours dire à Lise de mettre une assiette de plus.

Tout le monde se précipita vers la porte, car c'est pas tous les jours qu'on voit un étranger ! et, quand il en vient, ils font plus de bruit que la fièvre jaune ! Tom avait sauté la barrière et il se dirigeait vers la maison ; les chevaux étaient repartis au galop vers le village, et nous étions tous massés à la porte. Tom avait ses beaux habits et un public ; autant dire qu'il était à son affaire. C'était dans des cas pareils qu'il savait faire les choses avec style. Ça n'était pas son genre de traverser cette cour d'un air de mouton timide ; au contraire, il s'avança, calme et important comme un bélier. Quand il fut devant nous, il souleva son chapeau si gracieusement et d'une main si légère qu'on aurait dit que c'était le couvercle d'une boîte pleine de papillons endormis qu'il aurait eu peur de réveiller.

— Je suis bien chez M. Archibald Nichols ? dit-il.

— Non, mon garçon, dit le vieux monsieur, je regrette, mais votre cocher vous a trompé : Nichols habite à une lieue d'ici. Entrez, entrez !

Tom regarda par-dessus son épaule et dit :

— Trop tard, il est déjà hors de vue !

— Il est parti, mon garçon ; entrez donc et venez partager notre dîner, et puis j'attellerai et je vous mènerai chez Nichols.

— Oh ! je ne veux pas vous déranger ! C'est impossible ! C'est impossible ! J'irai à pied, la marche ne me fait pas peur !

— Mais nous ne vous laisserons pas partir. L'hospitalité du Sud ne nous le permettrait pas ! Entrez !

— Allons, venez, dit tante Sally, ce n'est pas un dérangement pour nous, pas le moins du monde. Il faut que vous restiez. Il y a une lieue de route poussiéreuse . . . c'est impossible que vous fassiez ça à pied. Et, d'ailleurs, j'ai dit de mettre votre couvert dès que je vous ai vu arriver. Nous serions déçus. Entrez, faites comme chez vous !

Tom les remercia, avec beaucoup de cordialité et d'élégance, se laissa persuader et entra ; une fois dans la maison, il dit qu'il venait de Hicksville, dans l'Ohio, et qu'il s'appelait William Thompson. Là il fit un autre salut et puis il se mit à en raconter, à en raconter, inventant toutes sortes de trucs sur Hicksville et ses habitants ; mais, moi, je devenais nerveux et je me demandais comment il allait m'aider à me tirer d'affaire ; enfin, sans cesser de bavarder, il se pencha et embrassa tante Sally en plein sur la bouche, puis se réinstalla confortablement dans sa chaise et s'apprêta à continuer ; elle sauta sur ses pieds, s'essuya les lèvres d'un revers de main en s'écriant :

— Dites donc, ne vous gênez plus, blanc-bec !

Il eut l'air froissé et dit :

— Vous m'étonnez, madame !

— Je vous ... mais pour qui me prenez-vous ? J'ai bien envie de ... Qu'est-ce qui vous a permis de m'embrasser ?

D'une voix humble, il lui répondit :

— Excusez-moi, madame ... Je ne voulais pas vous blesser ... Je croyais ... je croyais que ça vous ferait plaisir.

— Comment, sacripant !

Elle saisit son fuseau et on voyait qu'elle se retenait tout juste de lui en appliquer un bon coup.

— Qu'est-ce qui vous faisait croire une chose pareille ?

— Mon Dieu, je ne sais pas trop. On ... on me l'a dit ...

— On vous l'a dit ! Celui qui vous l'a dit est un autre piqué ! Jamais de ma vie je n'en ai entendu autant ! Qui ça, on ?

— Mais tout le monde, madame, tout le monde me l'a dit !

Elle ne se tenait plus de rage ; ses yeux brillaient, ses doigts s'agitaient comme si elle voulait le griffer.

— Allons, qui ça « tout le monde » ? Leurs noms, tout

de suite, ou il y aura un imbécile de moins sur terre avant peu.

Il se leva d'un air navré et lui dit en tripotant son chapeau :

— Je suis désolé et je n'y comprends rien. Tout le monde m'a dit de le faire, tout le monde ! « Embrasse-la, elle sera contente. » Tous, tous l'ont dit ! Mais excusez-moi, madame, je ne recommencerai plus, je vous le promets !

— Ah ! vraiment, tu ne recommenceras plus, tu en as de bonnes !

— Non, madame, je tiendrai ma promesse, je ne le ferai plus. J'attendrai que vous le demandiez !

— Que je vous le demande ! Non, jamais je n'ai rien vu de pareil depuis que je suis au monde ! Tu peux être sûr que tu auras l'âge de Mathusalem avant que je demande, à toi et à tes pareils, de m'embrasser !

— Bien, dit-il. Je peux dire que je suis étonné. Je n'y comprends rien, c'est un fait. Tout le monde m'a dit le contraire, et je l'ai cru. Mais . . .

Il s'arrêta et parcourut lentement l'assemblée de l'œil, comme s'il cherchait un regard de sympathie, il accrocha celui du vieux monsieur et il lui dit :

— Monsieur, vous ne le pensiez pas, vous, qu'elle serait contente que je l'embrasse ?

— Ma foi non . . . non, je ne crois pas.

— Tom, tu ne pensais pas que tante Sally m'ouvrirait les bras en s'écriant : « Sid Sawyer » ?

— Miséricorde divine, dit-elle, sans le laisser continuer et en courant vers lui. Tu n'as pas honte, petit drôle, de te moquer des gens comme ça.

Et elle allait le prendre dans ses bras, mais il l'arrêta en disant :

— Pas avant de l'avoir demandé !

Elle le lui demanda donc, sans perdre de temps ; elle le serra sur son cœur et l'embrassa je ne sais pas combien de fois, et puis elle le passa au vieux, et il prit ce qui restait. Quand ils furent un peu calmés, elle dit :

— Mon Dieu, quelle surprise ! On ne t'attendait pas ! On croyait que Tom viendrait seul. Ma sœur n'avait pas annoncé ta visite, dans ses lettres !

— C'est que je ne devais pas venir. Mais je l'ai tellement priée et suppliée qu'à la dernière minute elle m'a laissé partir, et en venant on s'est dit, Tom et moi, que ce serait une fameuse surprise s'il arrivait seul. Alors on a décidé que je traînerais en route, et puis après que je ferais semblant d'être un étranger. Mais j'ai eu tort, tante Sally, ce n'est pas sain pour les étrangers, ici !

— Non, pas pour les galopins impertinents, Sid. Tu mériterais qu'on te tire les oreilles. Je ne me rappelle pas avoir jamais été interloquée comme ça. Mais ça ne fait rien, je veux bien qu'on se moque mille fois de moi pour le plaisir de t'avoir ici ! Mais, quand j'y pense ! Je ne mens pas, j'ai failli rester pétrifiée d'étonnement quand tu m'as embrassée comme ça !

On dîna dans le passage entre la cuisine et la maison. Sur la table, il y avait de quoi nourrir sept familles, et tout bien chaud, et pas de ces viandes flasques et filandreuses qui ont passé la nuit dans un placard au fond d'une cave humide et qui, le matin, ont le goût de vieux cannibale mort depuis la veille. L'oncle Silas dit des grâces qui étaient un peu longuettes, mais ça valait le coup, et rien ne refroidit pendant ce temps-là, bien que ça arrive souvent avec ce genre d'interruptions.

L'après-midi, on parla beaucoup, et Tom et moi ne perdions pas une parole ; ça ne servit à rien, pourtant, car ils ne prononcèrent même pas le mot de nègre, et on n'osait pas amener la conversation là-dessus. Mais le soir, pendant le souper, un des petits garçons dit :

— Papa, j'irai pas voir la pièce, avec Tom et Sid ?

— Non, dit le vieil homme. Je crois bien qu'il n'y aura pas de pièce, et tu n'irais pas s'il y en avait une. Le nègre qu'on a repris nous a parlé de cette histoire scandaleuse, à Burton et à moi, et Burton a dit qu'il allait la raconter à tout le monde ; aussi je pense que ces aventuriers ont été chassés de la ville, à l'heure qu'il est !

Ça y était, cette fois, mais je n'y pouvais rien. On devait dormir dans le même lit, Tom et moi. Comme on était fatigués, on monta se coucher tout de suite après souper, après avoir dit bonsoir à tout le monde. Une fois là-haut, on passa par la fenêtre, on se laissa glisser le long du paratonnerre et on prit le chemin du village, car j'étais sûr que personne ne préviendrait le roi ni le duc, et, si je ne me dépêchais pas de le faire moi-même, il leur arriverait sûrement des histoires.

En chemin, Tom me raconta que tout le monde m'avait cru assassiné, que Pap avait disparu peu de temps après et qu'on ne l'avait jamais revu depuis ; et puis il me dit que la fuite de Jim avait fait beaucoup de bruit. Et moi, je lui parlai de mes gredins, du Royal Nonpareil et du voyage en radeau, autant que j'en pus dire, du moins. On était à peu près au milieu du village, et il était environ huit heures et demie, quand on vit arriver tout une foule furieuse, qui hurlait et glapissait, portait des torches, tapait sur des casseroles et soufflait dans des trompettes ; on sauta de côté pour les laisser passer, et je vis alors qu'ils avaient le roi et le duc avec eux, à califourchon sur une barre . . . du moins je savais que c'était eux, car ils étaient recouverts de goudron et de plumes et ils n'avaient plus rien d'humain ; on aurait dit deux plumets monstrueux. Ça me rendit malade de les voir ; j'étais bien triste pour ces misérables canailles ; j'avais l'impression que je ne pourrais plus jamais leur en vouloir. C'était une horrible chose . . . les hommes peuvent être terriblement cruels les uns pour les autres.

Il était trop tard, on ne pouvait plus rien pour eux. On demanda à quelques traînards ce qui s'était passé, et ils nous racontèrent que tout le monde était allé au spectacle d'un air innocent, et que personne n'avait bronché jusqu'au moment où le pauvre roi s'était mis à faire ses ruades sur la scène ; alors quelqu'un avait donné un signal et ils s'étaient tous jetés sur eux.

On reprit le chemin de la maison dans la nuit, et je n'étais plus aussi fier. Je me sentais tout honteux, tout malheureux, et coupable, en somme, et pourtant je n'avais rien fait. Mais c'est toujours pareil, faites bien, faites mal, votre conscience n'a pas le moindre bon sens, et vous pouvez être sûr qu'elle se retournera contre vous dans tous les cas. Si j'avais un chien aussi bête qu'une conscience de personne, je lui donnerais de l'empoison, voilà ce que je ferais. Ça tient plus de place que tout le reste dans les intérieurs d'une personne, et ça ne fait rien de bon. Tom Sawyer dit pareil.

XXXIV
On console Jim

On cessa de parler et on se mit à réfléchir. Bientôt Tom s'écria :

— Dis donc, Huck, on est des idiots de ne pas y avoir pensé ! Je te parie que je sais où est Jim.

— Non ! Où ça ?

— Dans la cabane, près du crible à cendre. Écoute un peu ! Quand on était à table, tu n'as pas vu un nègre entrer là-dedans avec du manger ?

— Si.

— Pour qui penses-tu que c'était ?

— Pour un chien !

— Moi aussi, mais ça n'était pas pour un chien.

— Comment le sais-tu ?

— Parce qu'il y avait de la pastèque.

— C'est vrai, je l'ai remarqué. Le plus fort, c'est que j'ai pas réfléchi que les chiens ne mangent pas de pastèques. Ça montre comme on peut voir et ne pas voir en même temps !

— En rentrant, le nègre a ouvert un cadenas et il l'a refermé en sortant. Quand on s'est levé de table, il a apporté une clé à l'oncle ; c'était sûrement la même. La pastèque, ça veut dire un homme ; le cadenas, ça veut dire un prisonnier ; et ça serait bizarre qu'il y ait deux prisonniers dans une si petite plantation, où les gens sont si bons et si gentils. Donc, le prisonnier, c'est Jim ! Bon, je suis content qu'on l'ait découvert à la façon des détectives. C'est mille fois mieux que toutes les autres façons. Allons, creuse-toi la cervelle pour trouver un moyen de le sortir de là, et je ferai pareil : on choisira le meilleur !

Quelle tête pour un garçon ! Si j'avais la tête de Tom Sawyer, je ne la vendrais pas même si on me proposait d'être duc, ou second sur un vapeur, ou clown dans un cirque, ou n'importe quoi à la place. Je savais bien qui trouverait la meilleure idée !

— Ça y est ? dit Tom.

— Ça y est !

— Vas-y !

Je lui dis :

— Voilà mon idée : Ça sera facile de savoir si Jim est là-dedans. Demain soir, je sors mon canot de l'eau et je vais chercher le radeau. A la première nuit noire, on chipe la clé dans la poche du vieux quand il sera au lit et on prend le large avec Jim. On fera comme nous faisions avant, se cacher le jour et voyager la nuit. Tu ne crois pas que ce serait faisable ?

— Bien sûr, ça serait faisable, mais c'est trop simple, c'est trop facile. Qu'est-ce que c'est qu'une aventure sans danger ? Tout ça, c'est pas plus fort que de la piquette !

Je ne répondis rien, car j'étais sûr de ce qu'il allait dire, mais je savais bien qu'on ne pourrait pas lui faire le même reproche, à lui ! Je ne me trompais pas ! Je vis tout de suite que son projet avait quinze fois plus d'allure que le mien et qu'il libérerait Jim aussi bien, outre qu'il nous ferait sans doute tous tuer par-dessus le marché. J'en pris mon parti et je lui dis qu'il n'y avait qu'à faire comme il pensait. C'est pas la peine que je raconte son projet, car je savais qu'il le changerait en route ; et, en effet, à chaque tournant, il ajoutait des trucs formidables dès qu'il en avait l'occasion.

Une chose était sûre et certaine, en tout cas, c'est que Tom Sawyer ne plaisantait pas et qu'il allait m'aider à libérer ce nègre, sans erreur possible. Ça, ça me dépassait ! Voilà un garçon respectable, bien élevé, avec une bonne réputation, une famille honorable, et avec ça pas un imbécile ni un ignorant, non, un garçon intelligent et instruit, et un bon cœur en plus ; et, sans la moindre fierté, il s'abaissait à cette besogne qui faisait son déshonneur et celui de ses parents ! Je n'y comprenais vraiment rien du tout ; c'était honteux, et je savais que c'était mon devoir de le lui dire, que c'était agir en ami de le faire abandonner l'affaire avant qu'il fût trop tard, et ainsi de le sauver. Et j'essayai bien, mais il me fit taire et me répondit :

— Est-ce que je ne sais pas ce que je fais, d'habitude ?

— Si !

— Je ne t'ai pas dit que j'allais t'aider à voler Jim ?

— Si !

— Eh bien, alors ?

Il ne dit rien de plus, ni moi non plus. A quoi bon ? Il faisait toujours ce qu'il s'était promis de faire. Mais comment donc pouvait-il accepter de se mêler de cette histoire ! Enfin je cessai de me tracasser. S'il s'était mis ça dans la tête, je n'y pouvais rien !

Quand on revint à la maison, il n'y avait plus une lumière, plus un bruit ; on retourna jusqu'à la cabane, près du crible à cendres, pour l'examiner. On avait pris soin de traverser la cour pour voir ce qu'allaient faire les chiens, mais ils nous connaissaient maintenant et ils ne firent pas plus de bruit que n'importe quel autre chien de la campagne, la nuit, quand quelqu'un s'approche. En arrivant à la cabane, on examina la façade et les deux côtés ; je ne connaissais pas celui qui était exposé au nord, et on y remarqua une fenêtre carrée, assez haute, sur laquelle était simplement clouée une grosse planche.

— Voilà ce qu'il nous faut ! Si on arrache la planche, le trou sera assez grand pour que Jim sorte par là !

— Bien sûr, dit Tom, c'est simple comme bonjour, c'est plus facile que de jouer au bouchon ! J'espère bien, Huck Finn, que nous trouverons quelque chose d'un peu plus compliqué que ça !

— Et si on le coupait en morceaux, comme la fois où j'ai été assassiné ?

— J'aime mieux ça, dit-il, ça c'est du vrai mystère, c'est chic, c'est palpitant. Mais on trouvera peut-être quelque chose d'encore plus long. On n'est pas pressé, continuons à examiner les lieux.

Entre la cabane et la clôture, à l'arrière, il y avait un appentis de planches qui s'appuyait à l'avancée du toit. Il avait toute la longueur de la cabane, mais seulement six pieds de large. La porte était au sud et fermée d'un cadenas. Tom alla jusqu'à la marmite à savon, l'air de chercher quelque chose, et il ramena le machin en fer qui sert à soulever le couvercle, et puis il s'en servit pour faire sauter un des pitons. La chaîne tomba. On ouvrit la porte, on entra, on la referma, on craqua une allumette et on vit que l'appentis était seulement adossé à la cabane, mais sans communication avec elle ; il n'avait pas de plancher et il était vide, à part quelques vieux outils : des pioches, des bêches, des houes et une charrue estropiée dans un coin. La lumière s'éteignit, on sortit, on remit le piton, et la porte se trouva aussi bien fermée qu'avant. Tom me dit, tout content :

— Tout va bien. On va le faire sortir en creusant un tunnel. On en a pour une semaine, à peu près.

On repartit vers la maison, et je passai par la porte de derrière ; il n'y avait qu'à tirer un loquet de cuir pour entrer (on ne ferme pas les portes à clé, là-bas), mais ça n'était pas assez romantique pour Tom Sawyer ; il ne voulait pas remonter autrement qu'en grimpant au paratonnerre. Trois fois, il se hissa jusqu'à mi-hauteur, et puis il lâcha prise et redégringola ; la dernière fois, il faillit même se fendre le crâne, aussi il estima que ça suffisait ; mais, après s'être un peu reposé, il dit qu'il allait essayer un dernier coup pour voir, et cette fois il arriva à bon port.

On se leva à l'aube, le lendemain, et on descendit aux cases pour caresser les chiens et faire connaissance avec le nègre qui portait à manger à Jim, si c'était Jim. Les nègres finissaient de déjeuner et partaient aux champs ; celui de Jim était en train de remplir une marmite de fer-blanc de pain, de viande et encore d'autres choses. Au moment où les autres s'en allaient, quelqu'un de la maison apporta la clé.

Ce nègre avait une bonne figure épanouie, et la laine de sa tignasse était séparée en petites touffes nouées de fils. C'était pour écarter les sorcières. Il nous dit que, tous ces temps-ci, les sorcières le tourmentaient terriblement et lui faisaient voir et entendre des choses bizarres : jamais il n'avait été ensorcelé si longtemps. Il s'excita tellement en racontant tous ces tracas qu'il en oublia complètement ce qu'il allait faire.

— C'est pour qui tout ça, dit Tom, pour un chien ?

Un sourire lui rida peu à peu toute la figure, comme lorsqu'on lance un caillou dans une vasière, et il répondit :

— Oui, missié Sid, un chien, et un drôle de chien ! Tu veux le voir ?

— Oui.

Je poussai Tom du coude en chuchotant :

— Tu y vas en plein jour ? Ça n'était pas ton intention.

— Ça ne l'était pas, mais ça l'est maintenant.

Sacré garçon ! On y alla donc, mais ça ne me plaisait guère. En entrant, on ne voyait quasiment rien tant il faisait sombre, mais Jim était bien là, sans erreur possible, et il nous vit bien, lui, et, naturellement, il s'écria :

— Huck, te voilà ! Oh ! miséricorde, c'est bien missié Tom !

Ça devait arriver ! je m'y attendais ! Je ne savais plus que dire ou que faire, et, même si je l'avais su, ça n'aurait servi à rien, car le nègre poussa un cri :

— Grand Dieu ! il vous connaît, missiés ?

On voyait mieux, maintenant. Tom regarda le nègre sans cligner un cil, d'un air très étonné, et dit :

— Qui donc nous connaît ?

— Ce nèg-là, missié !

— Nous, je ne crois pas, qu'est-ce qui t'a mis cette idée dans la tête ?

— Qu'est-ce qui m'a mis cette idée ? . . . Mais, à la minit', il vient pas de le dire ?

Tom continua comme s'il n'y comprenait rien :

— Qu'est-ce que tu racontes ? Qui a dit quoi ? et quand ?

Et puis il se retourna vers moi d'un air calme ·

— Tu as entendu quelqu'un, toi ?

Je n'avais pas le choix et je répondis :

— Non, personne n'a rien dit !

Puis il regarda Jim :

— Tu as parlé ?

— Non, missié, j'ai pas parlé, missié, dit Jim.

— Pas un mot ?

— Non, missié, j'ai pas dit un seul mot.

— Tu nous as déjà vus, avant ?

— Non, missié, je crois pas !

Alors Tom se tourna vers le nègre, qui écoutait et ne savait plus où se mettre, tant il était épouvanté, et lui dit d'une voix sévère :

— Alors, qu'est-ce qui te prend ? Qu'est-ce qui t'a fait croire que quelqu'un a dit quelque chose ?

— Oh ! missié, c'est les sorcièr' ! Vaudrait mieux êt' mort ! Elles n'arrêtent p'us, missié ! Je m'en vais mourir de peur ! S'il vous plaît, dites rien à personne, missié, ou le vieux missié Silas va me gronder, car il dit qu'y a pas de sorcières. Qu'est-ce qu'il dirait s'il était là, alors ! Il pourrait pas dire le contraire cette fois ! Toujours c'est pareil. Ceux qui sont têtus, ils restent têtus : ils ne veulent rien voir tout seuls, et, quand on leur dit les choses, ils veulent pas vous croire !

Tom lui assura qu'on ne le répéterait à personne et lui donna une pièce pour s'acheter encore du fil pour se nouer les cheveux ; puis, en regardant Jim, il dit :

– Je me demande si l'oncle Silas va pendre ce nègre ! Si je rattrapais un nègre assez ingrat pour s'échapper, je ne le rendrais pas, moi, je le pendrais !

Pendant que le nègre allait examiner sa pièce au jour et mordait dedans pour voir si elle n'était pas fausse, il chuchota :

– Fais comme si tu ne nous connaissais pas. Et, si tu entends creuser, la nuit, ça sera nous ; on va te délivrer.

Jim n'eut que le temps de nous serrer les mains, car le nègre était déjà là ; on lui dit qu'on reviendrait s'il voulait de nous ; ça lui fit bien plaisir, surtout si on venait le soir, car c'était dans le noir que les sorcières lui jouaient des tours, et il aimait bien avoir quelqu'un avec lui à ce moment-là.

XXXV
Projets ténébreux

Il restait bien une heure avant le déjeuner, aussi on partit pour la forêt. Tom disait qu'on ne pouvait pas creuser sans lumière, mais qu'une lanterne éclairerait trop et nous ferait prendre ; ce qu'il nous fallait, c'était des morceaux de ce bois pourri qu'on appelle du feu de renard et qui luit faiblement quand on le met dans le noir. On en ramena une brassée qu'on cacha parmi les herbes, puis on s'assit par terre pour se reposer.

– Zut ! dit Tom, qui n'avait pas l'air content, c'est assommant que tout soit si facile ! C'est fameusement dur avec ça d'inventer un plan un peu compliqué. Pas de garde à endormir ! A-t-on jamais vu une prison sans gardien ? Pas de chien à droguer ! Et Jim enchaîné par une jambe au pied de son lit, avec une chaîne de dix pieds, qui glisserait si on soulevait le lit ! Et l'oncle Silas qui ne se méfie de personne, en plus ; il donne la clé au nègre qui a une tête de citrouille et ne le fait même pas surveiller. Il y a longtemps que Jim aurait pu sortir par cette fenêtre s'il avait pu marcher avec une chaîne de cette longueur ! Ah ! malheur, Huck, je n'ai jamais rien vu de plus bête. On est obligé d'inventer toutes les difficultés. Enfin, on n'y peut rien. Faut faire ce qu'on peut avec ce qu'on a ! Une chose est sûre, en tout cas : il y a plus d'honneur à le libérer au milieu de toutes sortes de difficultés et de dangers, surtout qu'il a fallu les sortir toutes de notre propre tête, puisque ceux qui avaient le devoir de les inventer n'ont rien fait. C'est comme pour cette histoire de lanterne ; quand on regarde les choses en face, il faut bien avouer qu'on fait seulement semblant de croire que ce serait risqué d'en avoir une. Ma parole, s'il nous prenait fantaisie d'avoir une retraite aux flambeaux pour nous éclairer, personne ne nous dirait rien ! Tiens, j'y pense, il faut qu'on trouve de quoi faire une scie, par là !

— Qu'est-ce que tu veux faire avec une scie ?

— Qu'est-ce que tu veux faire avec une scie ? Tu sais bien qu'il faut scier le pied de lit de Jim pour enlever la chaîne !

— Enfin, tu viens de dire toi-même qu'il suffirait de le soulever !

— Ça, c'est bien toi, Huck Finn ! Tu parles comme un gosse de la maternelle. Tu n'as jamais lu aucun livre ? *Le baron de Trenck, Casanova, Benvenuto Cellini, Henri IV*, et tous les autres héros ? On n'a jamais libéré un prisonnier avec des méthodes de vieille fille ! Les meilleurs auteurs disent qu'il faut scier le pied du lit en deux et puis encrasser et graisser l'endroit de manière que le plus malin sénéchal ne s'aperçoive de rien et le croie intact. Après, tu avales la sciure de bois, et le tour est joué. Et alors, le soir venu, tu donnes un bon coup dans le lit, le pied cède, tu fais glisser ta chaîne, et voilà. Tu n'as plus qu'à attacher ton échelle de corde aux créneaux et te laisser dégringoler jusqu'en bas ; naturellement, tu te casses la jambe dans le fossé, tu sais bien que l'échelle est trop courte, mais tes chevaux sont là, et tes fidèles vassaux qui te ramassent, te couchent en travers de la selle, et tu démarres vers ton Languedoc natal, ou ta Navarre, ou n'importe où. C'est fameux, Huck ! Si seulement il y avait un fossé autour de cette case ! La nuit de l'évasion, on en creusera un, si on a le temps !

Alors je dis :

— A quoi bon un fossé puisqu'on va le faire sortir par un trou au pied du mur ?

Mais il ne m'entendait pas. Il m'avait oublié, et tout le reste avec. Il réfléchissait, le menton dans la main. Je le vis bientôt soupirer, puis hocher la tête ; il soupira encore une fois et dit :

— Non, on s'en passera, ça n'est pas indispensable, au fond.

Je dis à mon tour :

— Qu'est-ce qui n'est pas indispensable ?

— De scier la jambe de Jim, répondit Tom.

— Dieu tout-puissant, tu peux dire que ce n'est pas indispensable ! Et pourquoi voudrais-tu lui scier la jambe, dis-moi un peu ?

— Il y a des gens très bien qui l'ont fait. Comme ils n'arrivaient pas à se débarrasser de la chaîne, ils se sont coupé la main et ils ont filé. Une jambe, ce serait encore mieux, tu penses ! Enfin, n'en parlons plus. Ce n'est pas indispensable, cette fois. Et puis, d'ailleurs, Jim est un nègre et ne comprendrait pas que c'est l'habitude en Europe. Donc parlons d'autre chose. En tout cas, on pourrait lui donner une échelle de corde. On n'aura qu'à déchirer nos draps pour lui en fabriquer une, et on la lui enverra dans un pâté ; c'est comme ça que ça se fait, d'habitude. Et j'ai mangé pire.

— Tu en racontes des choses, Tom Sawyer. Jim n'a pas besoin d'une échelle de corde !

— Si, il en a besoin. Tu devrais dire que c'est toi qui racontes des choses ; tu n'y connais rien ! Il faut qu'il ait une échelle de corde ; ils en ont tous !

— Que diable veux-tu qu'il en fasse ?

— Qu'il en fasse ? Il peut la cacher dans son lit, non ? comme tout le monde ; il faut bien qu'il fasse comme les autres ! Toi, on dirait que tu veux faire l'original. Il faut

toujours que tu trouves du nouveau. Et, en admettant qu'il ne s'en serve pas, elle restera dans son lit, ça sera un indice, après qu'il sera parti. Tu crois que ça ne sert à rien, les indices ? Eh bien ! mon vieux ! Tu voudrais qu'il ne laissât rien ? Ça serait pas ordinaire, par exemple ! Jamais je n'ai rien entendu de pareil !

— Bon ! Si c'est écrit dans le règlement, on lui en donnera une ! Je ne veux pas aller contre le règlement ; mais tu oublies une chose, Tom Sawyer : si nous nous mettons à déchirer nos draps pour faire des échelles, tu peux être sûr que tante Sally se fâchera ; alors, voilà mon idée : une échelle en écorce de platane ne coûterait rien, ne gaspillerait rien et pourrait se cacher dans un pâté ou dans une paillasse, tout aussi bien que toutes tes échelles de corde ; Jim n'y connaît rien, lui, et ça lui est bien égal quelle espèce de . . .

— Oh ! assez, Huck Finn ! Si j'étais aussi ignorant que toi, je me tairais, tu comprends ? Un prisonnier d'État se servir d'une échelle d'écorce ! Jamais ! C'est complètement ridicule.

— Bon, très bien, fais comme tu voudras, Tom ! mais si tu veux me croire, tu me laisserais emprunter un drap sur la corde à linge.

Il dit que ça pourrait aller, et ça lui donna une autre idée :

— Emprunte une chemise, aussi.

— Pour quoi faire, Tom ?

— Jim écrira son journal dessus !

— Son journal ? Tu déménages ? Jim ne sait pas écrire !

— Et après ? Il peut tracer des signes, sur la chemise, non, si on lui fait une plume avec une vieille cuillère d'étain ou un bout de cercle de barrique ?

— Il vaudrait mieux arracher une plume à une oie ; ça irait plus vite.

— Crétin ! il n'y a pas d'oie dans les cachots pour que

les prisonniers leur tirent les plumes. Ils font toujours leurs plumes avec les choses les plus dures et les plus embêtantes, avec des vieux chandeliers de cuivre, par exemple ; enfin, avec tout ce qui leur tombe sous la main ; et il leur faut des semaines et des semaines, des mois et des mois pour y arriver, car c'est en les frottant contre le mur qu'ils les liment. Même s'ils avaient une plume d'oie, ils ne s'en serviraient pas, ça n'est pas de jeu.

— Si tu veux ! Et avec quoi va-t-on lui faire de l'encre ?

— Quelquefois on la fabrique avec de la rouille et des larmes ; mais c'est surtout le genre des femmes et des gens ordinaires. Les meilleurs se servent de leur sang. Jim pourra faire ça, et les petits messages mystérieux ordinaires, il n'aura qu'à les écrire sur le fond de son assiette d'étain avec sa fourchette, et la lancer par la fenêtre. C'était un truc du Masque de Fer, et il est fameux.

— Jim n'a pas d'assiette d'étain, il mange dans une terrine !

— C'est un détail, on pourra lui en donner.

— Et si personne ne peut lire ses messages ?

— Ça n'est pas la question, Huck Finn. Pourvu qu'il écrive sur les assiettes et qu'il les jette par la fenêtre, c'est tout ce qu'on lui demande, c'est pas la peine de les lire.

— Alors, je ne vois pas l'utilité de gâcher les assiettes !

— Enfin, crénom, elles ne sont pas à lui !

— Mais elles sont à quelqu'un, tout de même !

— Et après ? Qu'est-ce que tu veux que ça fasse au prisonnier, à qui sont . . . ?

Il s'arrêta ici, car on entendit la cloche du déjeuner, aussi on retourna vers la maison.

Pendant la matinée, je réussis à emprunter une chemise blanche et un drap sur la corde à linge ; je les fourrai dans un vieux sac ; on y mit aussi du feu de renard qu'on était allé chercher. J'appelais ça emprunter, car c'était le mot de Pap ; mais Tom disait que c'était voler et non pas emprunter. Seulement on représentait un prisonnier, et, pour eux, la fin justifie les moyens, et personne ne songe à le leur reprocher. Pour un prisonnier, ça n'est pas un crime de voler ce qu'il lui faut pour s'évader, c'est son droit, disait Tom ; donc, tant qu'on représentait un prisonnier, on avait le droit de voler tout ce qui pourrait servir à le sortir de prison. Mais, si on n'était pas des prisonniers, ça serait bien différent ; il faudrait être infect pour voler, toujours d'après Tom. Donc on décida de voler tout ce qui nous tomberait sous la main. Et pourtant il me fit une scène un jour après, car j'avais chipé une pastèque dans le jardin des nègres pour la manger. Il m'obligea même à aller leur donner un sou, sans leur dire pourquoi.

— J'ai voulu dire qu'on pouvait voler tout ce dont on avait besoin, dit Tom.

— Mais j'avais besoin de la pastèque.

— Tu n'en avais pas besoin pour t'évader, voilà la différence.

Il paraît que si je l'avais prise pour cacher un poignard et le passer secrètement à Jim, afin qu'il tuât le sénéchal, j'en aurais eu le droit. Je ne dis plus rien, donc, mais je trouvais que ça ne valait pas la peine de représenter un prisonnier s'il fallait que je me creuse la cervelle à de pareilles finesses toutes les fois que j'avais l'occasion de rafler un melon.

Comme je disais donc, ce matin-là, on attendit que tout le monde se fût mis au travail et, dès qu'il n'y eut plus personne dans la cour, Tom porta le sac dans l'appentis, tandis que je faisais le guet un peu plus loin. Il ne tarda pas à ressortir, et on s'assit sur le tas de bois pour discuter un peu.

— Tout est en place, maintenant, à part les outils, et ça sera facile, dit Tom.

— Les outils ?
— Oui.
— Des outils pour quoi ?
— Pour creuser, pardi ! On ne va pas faire un trou avec nos dents, si ?
— Et toutes ces vieilles pioches, là, dans le coin. Qu'est-ce qu'il te faut de plus pour délivrer un nègre ?
Il se retourna vers moi avec un regard de pitié ! De quoi faire pleurer le monde !
— Huck Finn, dit-il, tu as jamais entendu parler d'une cellule de prisonnier pleine de pioches et de pelles et de tout le confort moderne pour creuser un tunnel ? Dis-moi un peu, si tu as un grain de raison ? Il aurait bonne mine après ça, il aurait l'air d'un héros, tu ne crois pas ? Pendant que tu y es, on pourrait lui passer la clé, aussi ! Des pics et des pioches ! On n'en donnerait même pas à un roi.
Alors, je lui dis .
— Eh bien ! si on n'a pas besoin des pioches et de bêches, qu'est-ce qu'il nous faut ?
— Une paire de couteaux !
— Pour creuser sous les fondations de cette case ? Ça, c'est bête, Tom !
— Bête ou pas, c'est comme ça qu'on fait. C'est la vraie façon. Je n'en ai jamais vu d'autre ; et pourtant j'ai lu tous les livres qui parlent de ça. On se sert toujours d'un couteau, et pas pour creuser la terre, hein ! mais le rocher. Il leur faut des semaines et des semaines, des mois et des mois. Tiens, il y en a un qui était dans le cachot le plus profond du château d'If, dans la rade de Marseille, et il est sorti comme ça. Devine le temps que ça lui a pris ?
— Je sais pas !
— Devine.
— Je sais pas, un mois et demi ?
— Trente-sept ans ! Et il est ressorti en Chine ! Tu

vois le genre ? Si cette forteresse-ci était bâtie sur le roc, ça serait chic.

— Jim ne connaît personne en Chine . . .

— Quel rapport ? L'autre non plus ne connaissait personne. Mais tu poses toujours des questions à côté. Ne sors pas du sujet !

— Ça va, ça m'est égal, l'endroit où il sortira, pourvu qu'il sorte, et il pense sûrement comme moi. Mais, dis donc, tu ne crois pas que Jim est trop vieux pour qu'on le délivre avec un couteau ? Il sera mort avant la fin.

— Allons donc ! tu ne penses pas qu'on va mettre trente-sept ans à creuser dans la terre, si ?

— Combien, alors, Tom ?

— Pour dire vrai, ça serait risqué de mettre le temps réglementaire, car peut-être que l'oncle Silas ne va pas tarder à apprendre que Jim ne vient pas de La Nouvelle-Orléans, et après il fera sûrement une enquête. Donc, on sera obligé d'aller un peu plus vite qu'il le faudrait. Deux ans, ça aurait été normal, à mon avis. Enfin, dans l'état des choses, voilà ce que je te propose : on va vraiment creuser aussi vite que possible et après on pourra prétendre qu'on y a passé trente-sept ans. Ainsi, à la première alerte, on le fait sortir en vitesse et on l'emmène. Je crois que ça sera le meilleur moyen.

— Ça, c'est parlé. Et ça ne nous coûtera rien de prétendre ; on pourra prétendre y être resté cent cinquante ans, si tu veux ; ça ne me fatiguera pas. Je vais faire un tour par là pour voir s'il y a un ou deux couteaux qui traînent.

— Chipes-en trois : il en faudra un pour faire une scie, dit Tom.

Mais je lui répondis :

— Tom, si tu me permets de te suggérer quelque chose d'hérétique et de pas régulier pour un sou, il y a une vieille scie rouillée sous la gouttière, derrière le fumoir.

Tom eut l'air découragé et dégoûté de tout, pour me dire :

— C'est pas la peine d'essayer de t'apprendre quelque chose, Huck. Allez, file chercher des couteaux : trois !

Et c'est ce que je fis.

XXXVI
On essaye de venir en aide à Jim

Dès que toute la maisonnée nous parut endormie, ce soir-là, on descendit le long du paratonnerre, on s'enferma dans l'appentis et, après avoir sorti notre tas de feu de renard, on se mit au travail. On débarrassa le pied du mur près du rondin central. Tom disait qu'il était derrière le lit de Jim et qu'on ferait déboucher le tunnel dessous ; ainsi, comme son couvrepied pendait jusqu'à terre, on ne verrait rien du tout. On creusa, on creusa avec nos deux couteaux jusqu'à près de minuit ; on était morts de fatigue, nos mains étaient pleines d'ampoules, et pourtant le trou était à peine visible à l'œil nu. Je finis par dire :

— C'est pas trent-sept ans qu'on passera ici, Tom Sawyer, c'est trente-huit !

Il ne répondit rien, mais il poussa un soupir, et bientôt il s'arrêta de creuser ; je savais bien ce qu'il avait dans la tête. Il dit bientôt :

— Ça ne va pas, Huck. Ce serait bien si on était prisonniers, alors on aurait toutes les années qu'on voudrait devant nous, et on ne serait pas obligé de se presser ; et puis, d'ailleurs, comme on ne pourrait creuser que quelques minutes par jour, au moment de la relève du gardien, on n'aurait pas d'ampoules et il y aurait moyen de continuer du premier janvier à la Saint-Sylvestre, bien comme il faut. Mais on n'a pas le loisir de s'amuser en route. Il faut faire vite. Y'a pas de temps à perdre. Si on recommençait la nuit prochaine, nos mains seraient dans un tel état qu'on serait forcés de s'arrêter une semaine pour qu'elles se guérissent, on ne pourrait pas toucher un couteau avant.

— Alors, qu'est-ce qu'on va faire, Tom ?

— Je vais te dire. C'est pas bien, c'est pas moral, et je ne veux pas que les gens le sachent, mais il n'y a qu'un moyen, c'est de creuser avec des pioches, et on dira que c'est avec des couteaux.

Je répondis :

— Ça, c'est parler ! Ta tête se remet de plus en plus d'aplomb, Tom Sawyer ! C'est des pioches qu'il nous faut, morale ou pas ! et moi je me fiche de la morale comme de ma première culotte. Quand je vole quelque chose, que ce soit une pastèque ou un catéchisme, ce qui m'intéresse, c'est pas la manière, c'est le résultat. Ce que je veux, c'est mon nègre, une pastèque, un catéchisme ; et si c'est plus pratique de faire un trou avec une pioche, eh bien ! je prendrai une pioche pour avoir mon nègre, ma pastèque ou mon catéchisme, et tant pis pour ce que les gens des livres penseront de moi !

— Dans ce cas, c'est excusable de se servir d'une pioche et de dire que c'est des couteaux. Autrement, je ne te laisserais pas faire, si je te voyais aller contre le règlement. Il faut ce qu'il faut, et on n'a pas le droit de faire le contraire si on n'est pas un ignorant. Toi, tu pourrais délivrer Jim avec une pioche, sans être obligé de dire que c'est un couteau, parce que tu n'as jamais lu de bouquins, mais pas moi, parce que, moi, je sais. Passe-moi le couteau.

Le sien était près de lui, mais je lui tendis le mien. Il le jeta par terre en criant :

— Passe-moi un couteau !

Je ne savais trop que faire, mais je finis par comprendre. Je me mis à farfouiller parmi les vieux outils, je sortis une pioche et je la lui donnai. Il commença son ouvrage sans mot dire.

Il était comme ça. Il avait des principes.

Donc, moi, je pris une pelle et nous voilà tous les deux piochant et creusant chacun à notre tour ; ça marchait ! Au bout d'une demi-heure, on ne tenait plus sur nos jambes, mais pour un trou, c'était un trou.

Quand je fus monté dans ma chambre, je me mis à la fenêtre pour regarder Tom, qui s'escrimait à grimper au paratonnerre, mais qui n'y arrivait pas, il avait trop mal aux mains. Enfin, il me dit :

— Pas moyen ! Qu'est-ce que je pourrais bien faire ? Donne-moi une idée.

— J'en ai bien une, mais ça ne serait pas régulier. Tu pourrais monter par l'escalier et dire que c'est le paratonnerre.

Et, ma foi, c'est ce qu'il fit.

Le jour suivant, Tom vola une cuillère d'étain et un chandelier de cuivre dans la maison, pour en faire des plumes pour Jim, et puis six chandelles de suif. Moi, je restai à rôder autour des cases, en attendant l'occasion, et je réussis à chiper trois assiettes de fer-blanc. Tom trouvait que ce n'était pas assez, mais je lui dis que personne ne les verrait quand Jim les jetterait par la fenêtre, puisqu'elles tomberaient dans les herbes et le fenouil sauvage qui poussaient dessous ; ainsi on pourrait les lui rapporter et il s'en servirait une seconde fois. Il fut convaincu.

— Ce qu'il faut, maintenant, me dit-il, c'est voir comment on fera passer tout ça à Jim.

— On le passera par le trou, quand il sera fini !

Mais il se contenta de me jeter un regard méprisant et de marmonner qu'il n'avait jamais entendu une imbécillité pareille, et puis il se remit à réfléchir. Au bout d'un moment, il me déclara qu'il avait trouvé un ou deux moyens, mais qu'on avait tout le temps de décider et que la première chose à faire c'était de prévenir Jim.

Cette nuit-là, un peu après dix heures, on se laissa glisser le long du paratonnerre, on alla écouter sous la fenêtre de Jim et on l'entendit ronfler ; on avait apporté une chandelle qu'on lança dans la cabane, pour voir, mais ça ne le réveilla pas. Alors on en mit un coup avec la pioche et la pelle et, au bout de deux heures et demie, c'était fait. On rampa à quatre pattes jusque sous le lit de Jim et on chercha la chandelle à tâtons. Quand elle fut allumée, on resta un peu à regarder Jim : il avait l'air en bonne santé, et il dormait bien. On le réveilla tout doucement. Il était si heureux de nous voir qu'il faillit se mettre à pleurer ; il nous appela de tous les petits noms qu'il pouvait trouver et il voulait qu'on allât tout de suite chercher un ciseau à froid pour enlever la chaîne qu'il avait à la jambe et qu'on mît les voiles sans perdre une minute. Mais Tom lui expliqua que ça ne serait pas régulier du tout ; puis il se mit à lui détailler tous nos projets en lui disant qu'on pourrait les changer dès qu'il y aurait une alerte et qu'il ne fallait pas avoir peur du tout, car c'était sûr qu'on le délivrerait.

On s'assit donc tous les trois pour parler du bon vieux temps, et Tom nous posa des tas de questions ; Jim nous dit que tous les jours ou tous les deux jours l'oncle Silas venait prier avec lui, que tante Sally venait voir s'il était bien et s'il avait assez à manger, et que tous les deux étaient gentils au possible, alors Tom s'écria :

— J'y suis, c'est eux qui t'apporteront ce qu'il faut.

Je dis :

— Allons donc, tu dis des bêtises plus grosses que toi.

Mais il ne fit pas la moindre attention à moi et continua à parler. C'était sa manière, quand il était bien décidé.

Il dit donc à Jim qu'on lui ferait parvenir toutes les

grosses choses en cachette par Nat, le nègre qui lui portait à manger, et aussi le pâté avec l'échelle de corde dedans. Il fallait donc qu'il ouvrît l'œil, qu'il n'eût pas l'air surpris et qu'il s'arrangeât pour que Nat ne s'aperçût de rien. Les petites choses, on les mettrait dans les poches de l'oncle et dans celles de tante Sally, ou bien on les attacherait aux cordons de son tablier ; il n'aurait plus qu'à se débrouiller pour les prendre. Il lui expliqua ce que ce serait, à quoi ça servirait, et qu'il lui faudrait écrire son journal sur la chemise avec du sang, enfin tout ! Il n'y comprenait rien, mais il disait qu'on savait sûrement mieux que lui, puisqu'on était des blancs, et qu'il ferait tout ce que Tom lui dirait de faire.

Jim avait beaucoup de pipes de maïs et du tabac, aussi on passa une bonne soirée ; ensuite on se faufila de nouveau par le trou et on rentra se coucher ; nos mains étaient noires comme des chiques, mais Tom était de bonne humeur. Il répétait qu'il ne s'était jamais amusé d'une façon aussi « intellectuelle ». « Ce qu'il faudrait, disait-il, si on trouvait le moyen, ça serait de faire durer l'aventure toute notre vie et de laisser Jim à délivrer à nos enfants après nous, car je suis sûr que, plus Jim s'y habituera, plus ça lui plaira. Ainsi on pourrait y rester quatre-vingts ans, tous les records seraient battus et on deviendrait célèbres. »

Le matin, on alla près du tas de bois casser le chandelier de cuivre en petits morceaux, et Tom le mit dans sa poche, ainsi que la cuillère d'étain. Puis on se dirigea vers les cases des nègres et, pendant que j'occupais Nat, Tom fourra un bout de chandelier dans une galette de maïs qui était dans la terrine de Jim : on accompagna Nat pour voir si tout irait bien, et ça marcha à bloc ; un peu plus, toutes les dents de Jim sautaient quand il mordit dans la galette ; bref, ce fut parfait, Tom le reconnut lui-même. Jim fit mine d'avoir trouvé une pierre, un de ces machins qui se fourrent souvent dans le pain, vous savez bien ce que je veux dire, mais après ça il ne mit rien dans sa bouche avant d'y avoir enfoncé trois ou quatre fois sa fourchette.

Et, tandis qu'on était là, dans le demi-jour, voilà qu'on vit sortir deux chiens de dessous le lit de Jim ! et puis il en vint d'autres et encore d'autres ; à la fin, ils étaient onze, et on pouvait à peine respirer, là dedans. Bon sang ! on avait oublié de fermer la porte de l'appentis ! Le nègre Nat se mit à crier comme un perdu : « Les sorcières ! » et puis il dégringola par terre au milieu des chiens et commença à gémir comme si sa dernière heure était venue. Tom ouvrit vivement la porte, prit une tranche de viande dans le plat de Jim, la lança dehors, et tous les chiens se jetèrent dessus, et puis il bondit dehors lui-même et, deux secondes après, il était revenu et la porte refermée ; je compris qu'il était allé fermer l'autre porte aussi. Et puis il s'occupa du nègre, il le consola, le cajola, en lui demandant s'il avait vu quelque chose encore une fois. L'autre se redressa, cligna des yeux et dit :

— Missié Sid, tu vas dire que j'y suis fou, mais si j'ai pas cru voir cent mille chiens ou cent mille diab' de l'enfer, j'y suis p'êt à mourir tout de suite. Je mens pas, missié Sid. Je les ai sentis courir tout partout sur moi, missié. Malheur, ce que je serais content de mett' la main sur une de ces sorcières rien qu'une fois. Mais ce que j' voudrais surtout, c'est qu'elles me laissent la paix.

— Écoute, dit Tom, pourquoi les vois-tu toujours au moment du déjeuner de ce nègre-là ? Parce qu'elles ont faim, voilà tout. Fais-leur un pâté de sorcière, ça vaudra mieux.

— Miséricorde ! Missié Sid, moi fair' un pâté d' sorcier ? Je sais pas comment on fait ça ! Jamais j'ai entendu parler d'une chose pareille !

— Alors il faudra que je le fasse moi-même !

— Oh, mon cœur, Nat va se mett' à genoux devant vous, missié !

— Entendu, je le ferai pour toi, puisque tu as été chic et que tu nous as montré le nègre. Mais il faut que tu fasses bien attention ! Quand nous arriverons, tu tourneras le dos et surtout il ne faudra pas que tu voies ce qu'on mettra dans le plat. Et, quand Jim le videra, ne regarde pas non plus, ou il pourrait t'arriver quelque chose, je ne sais pas exactement quoi... Et surtout ne touche pas les choses des sorcières.

— Les toucher, missié Sid ? Qu'est-ce que vous dites là ? Je n'irai pas mett' mon doigt dessus pour mille milliards de dollars, ça non !

XXXVII
Jim reçoit son pâté de sorcière

Tout était arrangé. On alla donc jusqu'au tas de débris au fond de la cour, là où on jetait les vieux souliers, les chiffons, les bouteilles cassées, les vieilles boîtes de conserves et toutes sortes de vieilleries ; on fouilla un peu et on finit par trouver une vieille cuvette de fer-blanc ; on en boucha les trous le mieux qu'on put, pour y cuire le pâté ; on descendit dans la cave et on la remplit de farine, puis on prit le chemin de la maison pour aller déjeuner ; on ramena aussi deux clous : ça serait pratique, disait Tom, pour un prisonnier qui voudrait écrire son nom et ses souffrances sur le mur de son cachot. On en mit un dans la poche du tablier de tante Sally, qui était suspendu au dossier d'une chaise, et on piqua l'autre dans le ruban du chapeau de l'oncle Silas, qui était sur le bureau : tout ça parce qu'on avait entendu les enfants dire que leur papa et leur maman allaient voir le nègre ce matin-là. Après, on alla déjeuner. Tom mit la cuillère d'étain dans la poche de la veste de l'oncle Silas, mais tante Sally n'était pas encore arrivée, et il fallut attendre un peu.

Quand elle entra, elle était rouge et en colère ; à peine la prière finie, elle s'écria, tandis que d'une main elle passait le café et de l'autre appliquait une taloche à l'enfant qui était le plus près d'elle :

— J'ai fouillé dans tous les coins et je n'arrive pas à mettre la main sur ton autre chemise.

Mon cœur me dégringola parmi les organes, et un morceau de croûte se mit à descendre après lui dans ma gorge, mais en route il rencontra une quinte de toux qui l'expédia de l'autre côté de la table, en plein dans l'œil d'un gosse ; le gosse poussa un hurlement pire que le cri de guerre des Sioux et se mit à se tortiller comme un ver ; Tom devint pâle comme la mort ; enfin, il y eut un drôle de remue-ménage pendant un quart de minute au moins, si bien que je me sentais prêt à tout lâcher. Mais le calme revint bientôt ; c'était le choc qui nous avait ainsi fait perdre la tête.

— C'est joliment bizarre, dit l'oncle Silas. Je n'y comprends rien ; je sais très bien que je l'ai enlevée puisque . . .

— Puisque tu n'en as qu'une sur le dos. Écoutez-moi ça ! Moi aussi, je sais bien que tu l'as enlevée et je n'ai pas besoin de ta tête de linotte, puisqu'elle était à sécher sur la corde pas plus tard qu'hier. Je l'ai vue de mes yeux. Tout ça n'empêche pas qu'elle n'y est plus et qu'il va falloir que tu mettes celle en flanelle rouge jusqu'à ce que j'aie le temps d'en faire une autre. Ça fera la troisième en deux ans. On n'en finit pas de te coudre des chemises, et je me demande ce que tu en fais vraiment. A ton âge, pourtant, tu devrais commencer à prendre un peu de soin de tes affaires.

— Je sais bien, Sally, et je fais tout mon possible. Mais ça ne doit pas être tout à fait de ma faute, puisque je ne les vois et que je ne les touche que quand je les ai sur le dos ; je n'en ai jamais perdu en route, encore !

— Alors, tu ne l'as pas fait exprès, Silas, car, si ç'avait été possible . . . Et s'il n'y avait que cette chemise, mais il y a une cuillère qui a disparu, aussi ; et c'est pas tout. On en avait dix, et il n'y en a plus que neuf. Si c'est le veau qui a mangé la chemise, il n'a pas touché à la cuillère, tout de même !

— Qu'est-ce qui a encore disparu, Sally ?

— Six chandelles ! Ça doit être les rats, et, ce qui m'étonne, c'est qu'ils n'aient pas encore mangé toute la maison, avec ta manière de dire que tu vas boucher les trous, sans jamais le faire. Un de ces jours, ils vont faire leur nid sur ta tête, Silas, et tu ne t'en apercevras pas. Mais une chose est certaine, c'est que les rats n'ont pas pris la cuillère ; ça j'en mettrais ma main au feu !

— Oui, Sally, je reconnais que j'ai eu tort de ne pas boucher les trous, mais je te promets que ce sera fait avant demain soir.

— Oh ! ne te presse pas, tu as tout le temps. Mathilde Angeline Araminte Phelps !

Pan ! une bonne tape, et l'enfant retira sa patte crochue du sucrier, sans perdre de temps. A ce moment-là, voilà la négresse qui arrive dans le passage en criant :

— Madame, il manque un drap !

— Un drap ! Miséricorde divine !

— Je vais boucher les trous tout de suite, dit l'oncle Silas d'un air malheureux.

— Oh ! tais-toi ! Tu crois que les rats ont pris le drap ?

— Où était-il, Lise ?

— J'y sais pas, madame Sally. L'était sur la corde hier au soir. Mais il y est plus, aujourd'hui.

— C'est la fin de tout ! Jamais de ma vie, je n'ai rien vu de pareil. Une chemise, un drap, une cuillère, six chandelles !

A ce moment, une mulâtresse vint dire :

— Madame, il manque un chandelier.

— Tu veux retourner dans la cuisine, toi, ou je te jette la soupière à la tête !

Elle était en rage. Je me promis de filer me cacher dans le bois jusqu'à la fin de l'orage. Elle n'arrêtait pas de tempêter, de crier toute seule, pendant que tous les autres se taisaient, complètement médusés ; tout d'un coup, l'oncle Silas, tout penaud, plongea la main dans sa poche et en ramena la cuillère. Elle s'arrêta, la bouche ouverte et les bras au ciel ; moi, j'aurais voulu être à Jérusalem, ou encore plus loin.

— Je m'en doutais, dit-elle. Elle était dans ta poche ! et tout le reste avec, sans doute. Comment l'as-tu fourrée là ?

— Vraiment, je ne sais pas, Sally, répondit-il en s'excusant. Tu sais bien que je te le dirais, autrement. Je préparais mon sermon sur le chapitre XVII des *Actes*, et je suppose que j'ai mis la cuillère dans ma poche à la place de mon Testament, sans y faire attention, puisque le Testament n'y est pas. Je vais aller voir s'il est toujours là-bas. Ça sera une preuve que j'ai pris la cuillère et que . . .

— Oh, pour l'amour du ciel, laisse-moi tranquille ! Allez, déguerpissez tous tant que vous êtes, et que je ne vous revoie plus avant que j'aie repris mes esprits.

Je l'aurais compris sans qu'elle eût besoin de le dire ; je me serais sauvé, même si j'avais été cul-de-jatte. Comme on passait dans le salon, l'oncle prit son chapeau, et le clou tomba par terre ; mais il se contenta de le ramasser et de le poser sur la cheminée sans un mot, puis il sortit. En le voyant, Tom se souvint de la cuillère et me dit :

— Tu vois, ce n'est pas la peine de se servir de l'oncle pour envoyer des choses à Jim, on ne peut pas compter sur lui. N'empêche que, sans le savoir, il nous a rendu un fier service avec la cuillère. On va lui en rendre un, nous aussi : on va aller boucher ses trous de rats.

Il n'en manquait pas, dans la cave, et ça nous prit une bonne heure, mais ça fut fait et bien fait. Tout d'un coup, on entendit des pas sur l'escalier. On se cacha. C'était l'oncle qui descendait, l'air absorbé, tenant une chandelle d'une main et un paquet de l'autre. Il fit le tour de la cave, s'arrêtant devant chaque trou, et puis il resta à réfléchir en détachant les larmes de sa chandelle d'une manière absente. Puis, tout rêveur, il remonta lentement l'escalier en disant :

— Ma parole, je ne peux plus me rappeler quand j'ai fait ça. Elle verrait bien que ça n'était pas de ma faute, si je le lui disais. Mais à quoi bon, ça ne servirait à rien.

Il arriva en haut en marmonnant toujours, et puis il s'en alla. C'était un bien brave homme. Il l'est toujours, d'ailleurs !

Tom était bien embêté pour cette cuillère, car il disait qu'il nous en fallait une à tout prix. Il réfléchit un peu et il m'expliqua ce qu'on allait faire. On s'approcha de la corbeille à couverts et, quand on vit arriver tante Sally, Tom se mit à compter les cuillères en les mettant toutes du même côté, pendant que j'en glissais une dans ma manche.

— Mais, tante, il n'y a toujours que neuf cuillères ! dit-il.

— Allons, va jouer, dit tante Sally, et ne viens pas m'ennuyer. Je sais bien qu'elles sont toutes là, puisque je les ai comptées moi-même.

— Mais je viens de les compter deux fois de suite, tantine, et je n'en trouve que neuf.

Elle eut l'air excédée, mais elle ne pouvait pas faire autrement que de venir vérifier

— Dieu bon, c'est vrai, il n'y en a que neuf. Qu'est-ce qui m'a... ? Oh ! que le diable emporte ces cuillères, je vais les compter encore une fois.

Je remis la mienne avec les autres, et elle s'écria après avoir compté :

— Misère de misère ! Voilà qu'il y en a dix, maintenant !

Elle avait l'air perplexe et ennuyée. Mais Tom lui dit :

— Je ne crois pas qu'il y en ait dix, tantine.
— Petit imbécile, tu ne m'as pas vue les compter ?
— Je sais bien, mais . . .
— Je vais recommencer une fois de plus.

J'en avais chipé une entre-temps et il n'en restait effectivement que neuf.

Elle était dans un état ! Elle en tremblait. Mais elle s'obstinait à compter, à recompter, tellement énervée que, de temps en temps, elle comptait le panier pour une cuillère et, une fois sur deux, elle avait le compte et l'autre elle ne l'avait pas. Elle finit par attraper la corbeille et par la lancer à travers la pièce ; elle dégringola sur le chat, qui prit le large, et puis elle nous cria de filer et de lui laisser la paix, et qu'elle nous écorcherait vifs si elle nous revoyait avant le dîner. Mais nous avions notre cuillère et, pendant qu'elle nous ordonnait de mettre les voiles, on trouva moyen de la lui glisser dans la poche. Avant midi, elle était aux mains de Jim, et le clou aussi. On était contents de la manière dont les choses avaient tourné, et Tom estimait qu'on n'avait pas perdu notre temps, car, tante Sally aurait beau compter les cuillères dix fois de suite, elle ne trouverait plus jamais le même nombre, outre que, même si le compte y était, elle ne le croirait pas elle-même Ainsi, avant trois jours, elle se sentirait sûrement envie de tuer tous ceux qui prononceraient le mot de cuillère.

Ce soir-là, on remit le drap sur la corde et on en vola un autre dans son placard ; et, pendant deux jours, on n'arrêta pas de l'enlever, de le remettre, tant et si bien qu'elle ne savait plus combien elle avait de draps, et qu'elle ne voulait plus en entendre parler, ni se torturer la cervelle à ce sujet.

Donc, grâce au veau, aux rats et aux erreurs de compte, la question des cuillères, des chandelles, du drap et de la chemise était réglée ; pour le chandelier, on finirait bien par l'oublier.

Mais ce pâté n'était pas une petite affaire et nous donna bien du souci. On s'en alla au fond du bois pour le faire et le cuire, et on y réussit à la fin, mais pas du premier coup ; on fut obligé de gâcher trois cuvettes de farine avant, et on y gagna pas mal de brûlures, sans compter qu'on fut à moitié aveuglé par la fumée ; vous comprenez, il ne nous fallait que la croûte, et, on avait beau essayer de la faire tenir bien gonflée, elle s'affaissait toujours. Enfin on trouva le truc : il fallait cuire l'échelle en même temps. Le soir suivant, avec Tom, on déchira le drap en petits morceaux, on les tordit tous ensemble et, bien avant le jour, on avait une jolie corde assez solide pour pendre quelqu'un. On s'amusa à dire qu'il nous avait fallu neuf mois pour la faire.

Dans la matinée, on l'apporta au bois, mais elle n'entrait pas dans le pâté. Il y en aurait eu de quoi en faire quarante, si on avait voulu, et il en serait encore resté pour la soupe et la saucisse. Il y en aurait eu assez pour un repas entier

Mais il nous fallait seulement de quoi fourrer un pâté, et on jeta le reste. On ne se servit pas de la cuvette pour le cuire, de peur de faire fondre la soudure, mais l'oncle Silas avait une belle bassinoire de cuivre jaune, avec un long manche de bois dont il était très fier parce qu'elle avait appartenu à un de ses ancêtres qui était venu d'Angleterre avec Guillaume le Conquérant, sur le *Mayflower* ou un des premiers navires ; elle était cachée au grenier avec des tas de vieux pots et de vieilles affaires qui avaient de la valeur sans en avoir, car c'étaient des reliques, vous voyez ce que je veux dire ; donc, en douce, on la tira de là, cette bassinoire, et on l'emporta dans le bois ; ça ne nous empêcha pas de rater les premiers pâtés, car on ne savait pas trop s'y prendre, mais le dernier fut extra. On avait mis une bonne couche de pâte à l'intérieur, et puis on la posa sur les charbons ; on farcit le pâté de corde, on remit de la pâte par-dessus, on referma le couvercle et on le recouvrit de braise. Tout ce temps-là, on restait à cinq pieds du feu à tenir le manche, bien au frais et à notre aise, et en un quart d'heure le pâté fut cuit ; c'était un plaisir de le regarder. Mais celui qui aurait voulu le manger aurait bien fait d'apporter une caisse de cure-dents, car cette échelle de corde risquait de lui donner des crampes d'estomac jusqu'à la fin de ses jours.

Quand on mit le pâté de la sorcière dans l'écuelle de Jim, Nat fit bien attention de regarder ailleurs, et on cacha les trois assiettes de fer-blanc tout au fond, sous le manger. Tout arriva à Jim sans encombre, et, dès qu'il fut tout seul, il creva le pâté et cacha l'échelle dans sa paillasse, et puis il griffonna un peu sur une assiette de fer-blanc et la jeta par sa fenêtre.

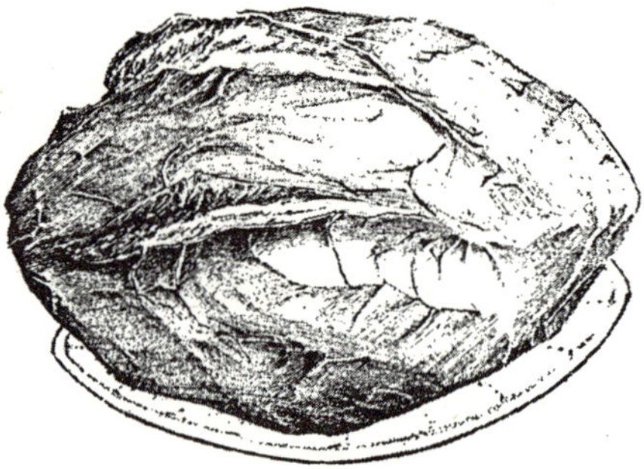

XXXVIII
Ici se brisa un coeur captif

Ça fut un fameux boulot de faire les plumes, et la scie, donc ! Et Tom disait que le pire de tout ça serait l'inscription (il voulait parler de celle qu'un prisonnier doit graver sur les murs, puisque c'est l'usage), mais que c'était indispensable, et que jamais un prisonnier d'État ne se serait permis d'oublier de laisser derrière lui son inscription et ses armoireries.

— Regarde Lady Jane Grey, disait-il, et Gilford Dudley, et le vieux Northumberland ! Tu crois que ça va être compliqué, Huck ? Alors, qu'est-ce que tu proposes ? Il faut bien que Jim ait son inscription et ses armoireries comme tout le monde !

— Mais, missié Tom, disait Jim, j'ai pas d'armoireries, pisque j'ai que cette vieille chemise pour le journal.

— Tu n'y es pas, Jim, les armoireries, c'est pas des armoires.

Mais moi je dis :

— En tout cas, Jim a raison de dire qu'il n'en a pas.

— Merci du renseignement, fit Tom, mais tu verras qu'il en aura avant de sortir d'ici, car il fera tout bien comme il faut, et personne ne pourra rien lui reprocher.

Donc, pendant qu'on limait les plumes sur un bout de brique, Jim et moi (lui en faisait une avec le chandelier et moi avec la cuillère), Tom réfléchissait aux armoireries. Il ne tarda pas à dire qu'il en avait trouvé tellement, et des fameuses, qu'il ne savait pas trop laquelle choisir.

— Sur l'écusson, dit-il, nous aurons une bande d'or à la base dextre, avec un sautoir grenat à la fasce et un chien couchant pour meuble ; sous son pied, une chaîne encrénelée comme emblème d'esclavage, avec un chevron vert au chef engrêlé et trois lignes inversées sur champ d'azur, avec les points du nombril rampant sur une dancette. Au cimier : un nègre fuyant, un ballot sur l'épaule, avec barre senestre et doubles gueules comme tenants, c'est-à-dire toi et moi. Devise : *Maggiore fretta, minore atto.* Je l'ai lu dans un livre ; ça veut dire que plus on se dépêche, moins on va vite.

— Cré nom de cré nom, et tout le reste ?

— On n'a pas de temps à perdre, il faut se grouiller de tout inscrire.

— Dis-m'en un petit peu, au moins. Qu'est-ce que ça veut dire, une fasce ?

— Une fasce ? une fasce, c'est... tu n'as pas besoin de savoir. Je lui expliquerai comment faire quand il sera rendu là.

— Tu vas fort, Tom, tu pourrais bien expliquer un peu... Qu'est-ce que c'est qu'une barre senestre ?

— Oh ! j'en sais rien ! mais tous les nobles en ont.

Ça, c'était bien Tom. S'il n'avait pas envie de causer, il ne disait rien. On pouvait lui poser des questions pendant une semaine, c'est comme si on chantait.

Toute cette histoire d'armoireries était réglée ; et il ne nous restait plus qu'à finir le travail avec une inscription bien triste ; il paraît que Jim devait en avoir une comme tous les autres.

Il en écrivit tout un tas sur un bout de papier et il se mit à nous les lire :

1° Ici s'est brisé un cœur captif.

2° Ici un pauvre prisonnier abandonné de ses amis et

du monde a vécu dans les tourments sa misérable existence.

3° Ici s'est brisé un cœur solitaire, et une âme exénuée a retrouvé la paix éternelle après trente-sept ans de captivité.

4° Ici périt dans la solitude et l'abandon, après trente-sept ans de douloureuse captivité, un noble étranger, fils naturel de Louis XIV.

La voix de Tom tremblait en lisant, et il était sur le point de fondre en larmes. Et puis il n'arrivait pas à se décider pour l'une ou pour l'autre, tellement il les trouvait toutes bien ; aussi il finit par dire qu'il permettrait à Jim de les graver toutes. Jim pensait qu'il lui faudrait au moins un an pour écrire tout ça avec un clou sur les rondins, et qu'en plus il ne savait pas faire les lettres, mais Tom dit qu'il lui dessinerait des majuscules et qu'il n'aurait plus qu'à copier. Pourtant, au bout de quelque temps :

— Au fait, dit-il, les rondins ne feront pas l'affaire, il n'y a pas de murs en rondins dans les prisons ; c'est dans le roc qu'il faut tailler l'inscription. On va aller en chercher.

Jim trouvait que ça serait encore pire que les rondins et que ça lui prendrait tant de temps qu'il n'en sortirait jamais. Alors Tom dit qu'il me permettrait de l'aider. Il jeta un coup d'œil pour voir où nous en étions de nos plumes. C'était d'un difficile, et long, avec ça ! et ce n'était pas le moyen de guérir mes mains, et puis ça n'avançait guère !

— Je sais ce qu'on va faire, dit Tom, alors. Il nous faut une grosse pierre pour les armoireries et les inscriptions et on fera justement d'une pierre deux coups : il y a une grande meule près de la scierie, qui fera bien l'affaire ; on la chipera pour graver les choses dessus et pour aiguiser les plumes et la scie !

Ça c'était une fameuse idée — et la meule était fameuse aussi, d'ailleurs ! On décida donc d'essayer. Il n'était pas encore minuit, et on partit vers la scierie, laissant Jim au travail. Une fois la meule enlevée, on la fit rouler, mais ça n'allait pas tout seul. On avait beau faire, elle dégringolait sur le côté de temps en temps et manquait de nous écraser chaque fois. Tom était sûr qu'elle finirait par estropier l'un ou l'autre avant la fin. On arriva à mi-chemin, mais on n'en pouvait plus, et on était tout dégoulinants de sueur. Aussi, comme on n'arrivait à rien, on vit bien qu'il fallait aller chercher Jim. Il souleva son lit, fit glisser sa chaîne, et on sortit tous par le trou en rampant. On s'attaqua à la meule, Jim et moi, et elle roula pour ainsi dire toute seule. Tom commandait les opérations. Jamais je n'ai vu un garçon commander comme lui. C'est bien simple, il savait tout faire.

Notre tunnel était assez grand, mais pas suffisamment pour faire passer la meule ; aussi Jim prit la pioche et ne tarda pas à l'agrandir. Ensuite Tom dessina tout ce qu'il fallait écrire avec le clou et dit à Jim de se mettre à l'ouvrage avec le clou comme ciseau et un boulon qu'on avait trouvé parmi la ferraille, dans l'appentis, en guise de marteau. Il lui dit de travailler jusqu'à ce que la chandelle fût toute brûlée, et puis ensuite de cacher la meule sous sa paillasse et de se coucher par-dessus. On l'aida à remettre sa chaîne au pied du lit et on se prépara à aller nous coucher, nous aussi. Mais Tom pensa tout d'un coup à quelque chose :

— Tu as des araignées ici, Jim ?

— Non, missié ; Dieu merci, j'en ai pas, missié Tom !

— On t'en trouvera !

— Mais, mon cœur, j'en veux pas. Elles me font peur ; aussi peur que des serpents à sonnettes.

Tom resta pensif et dit :

— Tiens, c'est une bonne idée. Ça s'est déjà fait, sûrement ; oh ! c'est certain. Oui, c'est une fameuse idée. Où est-ce que tu le mettrais ?

— Où est-ce que je mettrais quoi, missié Tom ?

— Eh bien ! le serpent à sonnettes !

— Jésus, mon Dieu, missié Tom ! Si je voyais un serpent à sonnettes, je serais capab' de crever le mur d'un coup de tête pour m'en aller.

— Tu t'habituerais, Jim, tu pourrais l'apprivoiser.

— L'apprivoiser !

— Bien sûr, ça serait pas difficile. Toutes les bêtes aiment bien qu'on les caresse et qu'on soit gentil avec elles ; elles ne font jamais de mal à ceux qui s'occupent d'elles. C'est écrit dans tous les livres. Essaye, tu verras, rien que deux ou trois jours. Avant longtemps, il deviendra affectueux, il dormira dans ton lit et il ne voudra plus te quitter ; il te laissera même l'enrouler autour de ton cou et mettre sa tête dans ta bouche.

— Non, non, dites pas ça, missié Tom ! Je ne veux pas entend' des choses pareilles. Il me laissera mett' sa tête dans ma bouche ! Il pourra attend' que je lui demande ça ! Et je veux pas dormir avec un serpent, en plus !

— Jim, ne sois pas stupide. Tous les prisonniers doivent apprivoiser une bête ou une autre, et, si personne n'a encore jamais essayé avec un serpent à sonnettes, il y aura d'autant plus de gloire pour toi, puisque tu seras le premier.

— J'ai pas besoin de gloire, missié Tom. Où c'est qu'elle sera la gloire si le serpent bouffe le menton de Jim ? Non, missié, je veux rien entend' !

— Sapristi ! essaye, au moins. C'est tout ce que je te demande ! Si ça ne va pas, tu laisseras tomber !

— Mais si le serpent me mord pendant que j'essaye, fini ! Missié Tom, les choses raisonnab', je veux bien les faire, mais, si vous venez ici avec un serpent, moi je m'en vais partir, voilà !

— Bon, bon, n'en parlons plus, puisque tu es si têtu. On t'apportera des orvets et tu attacheras des boutons à leur queue, comme ça ils auront l'air d'être des serpents à sonnettes. On s'en contentera.

— Ceux-là, ça va, missié Tom, mais ils sont pas bien utiles ; je croyais pas que c'était tant de complications d'êt' prisonnier.

— Forcément, quand on fait ce qu'il faut. Tu as des rats, ici ?

— Non, missié, j'en ai pas vu.

— On va aller en chercher.

— Enfin, missié Tom, je veux pas de rats. Y a rien qui dérange le monde comme ces bêtes-là, à te courir partout et à te mord' les pieds quand tu essayes de dormir. J'aime encore mieux les orvets, alors. Mais il faut pas apporter de rats .Qu'est-ce que j'en ferais ?

— Jim ! comprends donc que c'est indispensable. Il y en a toujours dans les prisons, et tu ferais mieux de cesser tes histoires. On n'a jamais entendu parler d'un prisonnier sans rats, pas une seule fois ! On peut les dresser, les caresser, leur apprendre des tours, et ils deviennent aussi familiers que des mouches. Mais surtout il faut leur jouer de la musique. Tu as quelque chose pour ça ?

— Rien qu'un vieux peigne et un bout de papier et une guimbarde [1], mais ils aimeraient pas ça, c'est sûr !

— Si donc ! Ils ne s'occupent pas de l'instrument ; une guimbarde, c'est assez bon pour un rat. Toutes les bêtes aiment la musique, surtout en prison. Elles adorent les airs tristes, et, avec une guimbarde, on ne peut jouer que ça. Ça les attire toujours, et elles viennent voir ce qui se passe. Tu n'as qu'à essayer, tu verras. Le soir avant de te coucher et de bonne heure le matin, tu t'assois sur ton lit et tu commences à jouer, par exemple : *Quand tout est fini* ; il n'y a rien de tel pour faire venir un rat.

1. Petit instrument sonore composé d'une branche de fer pliée en deux avec une languette de métal formant ressort. La guimbarde ne donne que les notes de l'accord parfait et a peu de son.

Au bout de deux minutes, tous les rats, les serpents, les araignées commenceront à s'attendrir sur ton sort, et tu les verras sortir de leur trou et grouiller autour de toi ; ça leur plaira, tu verras.

— Sûrement, missié Tom, mais ça plaira pas à Jim. En voilà une invention ! Enfin, si c'est obligé, il faudra bien y passer. Vaut mieux faire plaisir aux bêtes et avoir la paix !

Tom réfléchit encore un peu pour voir s'il n'oubliait rien, et puis il dit à Jim :

— Autre chose, est-ce que tu crois que tu pourrais faire pousser une fleur ici ?

— J'ai pas idée ! P'têt bien que oui, missié Tom. Mais il fait si noir ici qu'on pourrait pas la voir, et c'est bien des complications !

— En tout cas, tu pourras essayer, tu ne seras pas le premier.

— Un de ces gros bouillons blancs qui ressemb' à des queues de chat pousserait p't-êt', missié Tom, mais ça ne vaudrait pas tant de tracas !

— Penses-tu ! On t'en apportera un petit, tu le planteras dans le coin, là, et tu t'en occuperas. Mais il ne faut pas l'appeler bouillon blanc, appelle-le pitchiola, c'est toujours comme ça, dans les prisons. Et il faudra l'arroser avec tes larmes.

— Mais j'ai autant d'eau qu'il faut, missié Tom.

— C'est pas avec de l'eau qu'on arrose dans une prison, c'est avec des larmes.

— Pourtant, missié Tom, ça pousserait dix fois plus vite avec de l'eau !

— Possible, mais il faut des larmes.

— Elle va crever, alors, pour sûr, missié Tom, c'est pas souvent que je pleure !

Tom n'avait plus qu'à se taire. Mais il finit par dire à Jim qu'il se débrouillerait bien avec un oignon. Il lui promit d'aller dans la case de Nat le lendemain matin et d'en mettre un dans son pot de café. Jim répondit qu'il aimerait encore mieux avoir du tabac dans son café, et qu'il en avait assez de tout ça, de cultiver des fleurs et de jouer de la musique aux rats, et de caresser les serpents et les araignées, par-dessus tout l'ouvrage qu'il avait avec la plume et les inscriptions, le journal et tous les autres trucs, et qu'il n'avait jamais rien vu de plus compliqué et de plus assommant que d'être prisonnier, tant et si bien que Tom finit par perdre patience et lui répliqua qu'il avait plus de chances que tous les autres ensemble de devenir célèbre, et qu'il n'était pas capable de l'apprécier, et qu'il gâchait tout. Jim était honteux et promit qu'il ne recommencerait plus. Et puis on s'en alla se coucher.

XXXIX
Tom écrit des lettres anonymes

Le lendemain matin, on alla au village acheter une nasse de fil de fer et, de retour à la maison, on déboucha le plus beau des trous de rats. Au bout d'une heure, on en avait quinze formidables ! On les mit en sûreté, sous le lit de tante Sally. Mais on venait à peine de partir à la chasse aux araignées que le petit Thomas Franklin Benjamin Jefferson Alexandre Phelps les trouva là et ouvrit la nasse pour voir s'ils sortiraient : c'est ce qui arriva en effet. Tante Sally entra à ce moment-là ; et, à notre retour, elle était debout sur son lit, criant comme une damnée, avec les rats tout autour d'elle qui faisaient tout leur possible pour qu'elle ne s'ennuie pas. Elle nous gronda tous les deux et nous fit faire connaissance avec son manche à balai ; mais il nous fallut au moins deux heures pour attraper une autre douzaine et, en plus, ils n'étaient pas de premier choix, alors que les autres, au contraire, c'était vraiment le dessus du panier. Quelle scie que ces gosses qui se mêlent de ce qui ne les regarde pas ! Je n'ai jamais vu des rats plus costauds que ceux-là.

On fit une bonne provision d'araignées assorties, de scarabées, de grenouilles, de chenilles, et on aurait bien voulu avoir des frelons, mais on n'y réussit pas. Toute la famille était au nid ; on n'abandonna pas tout de suite, mais on resta assis dessus le plus longtemps possible en pensant qu'ils se fatigueraient peut-être avant nous. Mais ce fut le contraire qui arriva. Alors on se frotta avec un poireau et après on ne sentait presque plus rien, sauf qu'on ne pouvait pas très bien s'asseoir. Après ça, ce fut le tour des serpents. On prit une douzaine d'orvets et de couleuvres qu'on mit dans un sac, et le sac dans notre chambre. Pour lors, c'était l'heure du dîner, et vous pensez si on avait faim après une bonne journée de travail comme celle-là, derrière nous ! Et puis, quand on remonta, il n'y avait plus un seul serpent dans le sac ! On ne l'avait pas bien fermé, et ils avaient trouvé moyen de filer. Mais ça n'était pas grave ; puisqu'ils étaient encore sur les lieux, on était sûr de pouvoir en rattraper quelques-uns. On peut dire sans exagérer que ça ne manqua pas de serpents dans la maison pendant un bon bout de temps. On les voyait quelquefois glisser le long des poutres et atterrir dans les assiettes ou dans le cou des gens ; en général, dans des endroits où on aurait préféré ne pas les voir. Ils étaient jolis, d'ailleurs, tout rayés et inoffensifs du premier jusqu'au dernier ; mais tout ça était égal à tante Sally. Elle n'aimait les serpents d'aucune race, on n'y pouvait rien ; toutes les fois qu'il en dégringolait un sur elle, elle lâchait son travail et elle s'enfuyait en poussant des cris qu'on pouvait sûrement entendre de Jéricho. Elle ne voulait même pas les attraper avec des pincettes, et, si elle en trouvait un en se retournant dans son lit, elle sautait sur le plancher en hurlant comme s'il y avait le feu à la maison. Elle dérangeait tellement le vieil homme qu'il en arrivait presque à souhaiter que les serpents n'aient jamais été créés, disait-il. Quand on en avait jeté un dehors, il lui fallait plus d'une semaine pour reprendre ses esprit ; si on lui chatouillait le cou avec une plume quand elle était assise, elle faisait un tel saut qu'elle en bondissait hors de ses bas. C'était très bizarre ; mais Tom disait que toutes les femmes faisaient pareil, qu'elles étaient comme ça, personne ne savait trop pourquoi.

Chaque fois qu'elle tombait sur un de nos serpents, elle nous donnait une volée et elle disait que ça n'était rien comparé à ce qu'on recevrait si jamais on recommençait à en fourrer dans tous les coins de la maison. Les volées, ça n'était pas grave, car elles ne faisaient pas grand mal, mais, ce qui nous embêtait, c'était le tracas d'avoir à refaire notre provision. Enfin on y réussit quand même, et vous n'avez jamais rien vu de plus fréquenté que la case de Jim quand tout ça sortait et fonçait vers lui au son de la musique. Jim n'aimait pas les araignées, et les araignées n'aimaient pas Jim : elles lui en faisaient voir ! Et il disait qu'entre la meule, les rats et les serpents il n'y avait plus de place pour lui dans son lit, pour ainsi dire ; et quand, par hasard, il y avait de la place, c'était impossible de fermer l'œil, tellement ça remuait là-dedans ; à vrai dire, ça remuait toujours, parce que les bêtes ne dormaient jamais toutes en même temps : elles prenaient le quart. Ainsi, quand les serpents dormaient, les rats étaient sur le pont, et, quand les rats descendaient, les serpents remontaient, de sorte qu'il en avait toujours une bande sous lui, et une autre à faire le manège sur son ventre, et, s'il se relevait pour chercher un autre coin, les araignées ne le rataient pas pendant qu'il traversait la case. Il disait que, s'il réussissait à s'en sortir cette fois, il ne serait plus jamais prisonnier, même si on le payait pour ça.

Au bout de trois semaines, tout était bien en train. La chemise fut envoyée dans un pâté, et, toutes les fois qu'un rat mordait Jim, il en profitait pour écrire une ligne sur son journal pendant que l'encre était encore fraîche ; les plumes étaient faites, les inscriptions et tous les autres trucs gravés sur la meule ; le pied du lit scié en deux, et on avait mangé la sciure, qui nous avait donné un mal d'estomac épouvantable. On était sûr qu'on allait

mourir tous, mais non ; jamais je n'ai vu de sciure aussi difficile à digérer, et Tom non plus. Enfin, comme je le disais, tout le travail était à peu près fait, à la fin, et on n'en pouvait plus, Jim surtout. Le vieux avait écrit deux fois à la plantation, près de La Nouvelle-Orléans, qu'ils viennent chercher leur nègre, mais il n'avait pas eu de réponse, pour la bonne raison qu'il n'y avait pas de plantation ; aussi il décida de mettre une annonce dans les journeaux de Saint-Louis et de La Nouvelle-Orléans ; quand il prononça le nom de Saint-Louis, j'en eus la chair de poule et je compris qu'il n'y avait pas de temps à perdre.

— Bon, dit Tom, c'est le moment d'envoyer des lettres anonymes.

— Qu'est-ce que c'est que ça ? que je fais.

— Un truc pour prévenir les gens que quelque chose se mijote. Quelquefois on le fait d'une façon, quelquefois d'une autre ; mais il y a toujours un espion qui prévient le gouverneur du palais. Quand Louis XVI a filé des Tuileries, c'est une bonne qui l'a dénoncé. C'est un bon moyen, et les lettres anonymes ne sont pas mal non plus. On fera les deux. Et, d'habitude aussi, la mère du prisonnier s'habille en homme et reste dans le cachot, et lui s'enfuit avec ses habits à elle. On fera ça aussi.

— Mais, dis donc, Tom, pourquoi veux-tu prévenir les gens que quelque chose se prépare ? Ils n'ont qu'à le trouver tout seuls, c'est leurs affaires.

— Je sais bien, mais on ne peut pas se fier à eux. Depuis le début, ç'a toujours été à nous de tout faire. Ils sont tellement confiants et tellement bêtes qu'ils ne remarquent rien. Alors, si on ne les avertit pas, il n'y aura rien ni personne pour nous déranger, et, après tout le travail qu'on a eu, cette évasion se fera toute seule ; ça ne sera pas rigolo du tout.

— Eh bien ! Tom, moi, c'est comme ça que je les aime !

— Allons donc ! dit-il d'un air dégoûté.

Aussi je fus obligé de lui répondre :

– Mais je ne me plains pas. Ce qui est bon pour toi est bon pour moi. Qu'est-ce que tu vas faire pour la bonne ?

– C'est toi qui seras la bonne. Quand il fera tout à fait nuit, tu te faufileras dans la chambre de la mulâtresse et tu lui chiperas sa robe.

– Ça fera des histoires demain matin, Tom ! Car ça m'étonnerait qu'elle en ait une autre.

– Je sais bien, mais il ne te faudra qu'un quart d'heure pour aller porter la lettre anonyme et la fourrer sous la porte.

– Bon ; alors, ça va ; mais je pourrais tout aussi bien y aller avec mes propres habits !

– Mais tu n'aurais pas l'air d'une servante, alors !

– N'importe comment, il n'y aura personne pour voir mon air !

– Ça n'a aucun rapport ; nous, il faut qu'on fasse ce qu'on doit sans s'occuper si on nous voit ou non. Tu n'as pas de principes, voyons !

– Bon, j'ai rien dit. Je suis la servante. Et la mère de Jim, qui c'est ?

– C'est moi. Je chiperai une jupe à tante Sally.

– Alors il faudra que tu restes dans la case, quand on s'en ira, Jim et moi.

– Penses-tu ! Je remplirai les habits de Jim avec de la paille et ça sera sa mère, déguisée ; Jim prendra la robe de la négresse que j'aurai sur le dos, et on s'évadera tous en chœur.

Donc, Jim écrivit la lettre anonyme et, ce soir-là, je la glissai sous la porte après avoir mis la robe de la mulâtresse que j'étais allé chiper, puisque Tom l'avait dit. Dessus, il avait marqué :

Attention ! Quelque chose se prépare. Ouvrez l'œil .. UN AMI INCONNU.

Le soir suivant, on cloua un dessin sur la porte d'entrée, Tom avait tracé un crâne et deux tibias avec du sang, et le lendemain on en piqua un autre, où il y avait un cercueil, sur la porte de derrière. Je n'ai jamais vu une famille avoir la tremblote comme cette fois-là. Ils n'auraient pas été plus épouvantés si la maison avait été pleine de fantômes prêts à leur sauter dessus, derrière tous les meubles et sous les lits. Si une porte claquait, tante Sally sursautait en criant : « Oh ! mon Dieu ! » Si quelque chose dégringolait, elle sursautait en criant : « Oh ! mon Dieu ! » Si on la touchait quand elle ne s'y attendait pas, c'était pareil : elle avait beau se tourner par-ci par-là, elle n'était jamais tranquille, parce qu'elle croyait toujours qu'il y avait quelque chose derrière son dos ; aussi elle passait son temps à virer comme un toton en disant : « Oh ! mon Dieu ! » et elle n'était pas à mi-chemin qu'elle recommençait en virant dans l'autre sens ; elle avait peur d'aller se coucher, mais elle n'osait pas veiller. Tout allait donc très bien, disait Tom. Ça n'aurait pas pu mieux marcher. Il pensait que c'était une preuve qu'on avait tout fait correctement.

— Maintenant, pour le finale, dit-il.

Donc, le lendemain matin, à la première lueur du jour, on prépara une autre lettre ; mais on se demandait ce qu'on pourrait en faire, car on les avait entendus dire, à dîner, qu'ils mettraient un nègre de garde à chacune des portes pendant toute la nuit. Tom descendit le long du paratonnerre pour jeter un coup d'œil aux alentours ; un des nègres s'était endormi ; il lui fourra la lettre dans le cou et remonta. Il avait écrit dessus :

Ne me trahissez pas. Je vous veux du bien. Une bande d'assassins arrivée du Territoire indien viendra ce soir voler le nègre évadé que vous avez chez vous. Ils ont essayé de vous effrayer pour vous empêcher de sortir de la maison, mais j'ai de la religion et je veux redevenir honnête. C'est pourquoi je vous révèle leur infernal dessein. Ils viendront du nord et longeront la clôture à minuit juste, et ils entreront avec une fausse clé dans la case pour emmener le nègre. Je devais souffler dans une trompette pour les prévenir s'il y avait du danger ; mais, à la place, je bêlerai comme un mouton dès qu'ils seront rentrés ; ainsi, pendant qu'ils le délivreront de ses chaînes, vous pourrez les enfermer et les tuer facilement. Faites bien tout comme je vous dis, autrements ils soupçonneront quelque chose et ils feront du pétard. Je crois avoir bien agi et je ne souhaite pas d'autre récompense.

UN AMI INCONNU.

XL
Une évasion magnifique et mouvementée

Après le déjeuner, on se sentait bien en forme, aussi on prit le canot et on partit à la pêche avec notre déjeuner dans notre poche ; on s'amusa bien, on jeta un coup d'œil au radeau, qui n'avait pas eu de mal, et on rentra tard à la maison pour le souper.

On les trouva tous tellement inquiets et tracassés qu'ils ne savaient plus s'ils se tenaient sur les pieds ou sur la tête, et ils nous envoyèrent au lit dès la dernière bouchée avalée, sans vouloir nous dire ce qui se passait et sans souffler mot de la lettre ; mais ça n'était pas la peine, puisqu'on était aussi bien renseignés là-dessus que n'importe qui. Dès qu'on fut dans les escaliers et qu'ils eurent le dos tourné, on se glissa jusqu'au placard de la cave pour y prendre un bon casse-croûte qu'on monta dans notre chambre, et puis on se coucha.

On se releva vers onze heures et demie, et Tom enfila la robe de tante Sally, qu'il avait volée ; on allait se mettre à casser la croûte quand il dit tout d'un coup :

— Où est le beurre ?

— J'en ai mis un gros bout sur une galette de maïs.

— Alors tu l'as oublié, il n'est pas là !

Mais je lui dis :

— On peut faire sans.

— On peut faire avec, aussi, dit Tom. Descends le chercher dans la cave, et après ça passe par le paratonnerre et viens me retrouver. Je m'en vais bourrer les habits de Jim avec de la paille pour faire la mère déguisée et, dès que tu t'amènes, je bêle comme un mouton et on met les voiles.

Il sortit donc, et moi je descendis à la cave. Le bout de beurre, gros comme un poing, était bien là où je l'avais laissé, et je pris la tranche de galette sur laquelle il était posé ; je soufflai ma chandelle et je me mis à grimper les escaliers, mais voilà que tante Sally déboucha du couloir avec une bougie ; aussitôt, je fourrai le beurre dans mon chapeau, mon chapeau sur ma tête, et un instant après elle me vit :

— Tu es allé dans la cave ? dit-elle.

— Oui, m'dame.

— Qu'est-ce que tu es allé faire là ?

— Rien du tout !

— Rien du tout ?

— Non, m'dame.

— Alors qu'est-ce qui t'a passé par la tête, d'y descendre à cette heure-ci ?

— Je sais pas, m'dame.

— Tu ne sais pas ? Ne dis pas de choses pareilles, Tom, je veux savoir ce que tu es allé faire en bas.

— J'ai rien fait du tout, tante Sally, vrai de vrai.

Je pensais qu'elle me laisserait partir, cette fois encore, comme elle faisait d'habitude, mais, avec toutes ces histoires qui se passaient, je suppose que la moindre petite chose un peu louche la tracassait, aussi elle me dit très fermement :

— Allons, va dans le salon et restes-y jusqu'à mon retour. Je ne sais pas ce que tu fabriquais dans la cave, mais je te jure que j'en aurai le cœur net avant d'en avoir fini avec toi.

Elle s'en alla au moment où j'ouvrais la porte, et

j'entrai dans le salon. Miséricorde ! il y avait une foule là dedans ! Quinze fermiers, chacun avec leur fusil ! Mon sang ne fit qu'un tour et je me laissai tomber sur une chaise. Ils étaient tous assis, parlant à voix basse, tous nerveux et inquiets, mais s'efforçant de ne pas le montrer ; je le voyais bien quand même, car ils ne cessaient pas d'enlever leurs chapeaux, de les remettre, de se gratter la tête, de changer de place, de tripoter leurs boutons. Je n'étais pas tranquille, moi non plus, mais pas de danger que je retire mon chapeau !

J'aurais bien voulu que tante Sally se dépêchât d'arriver pour me donner une raclée, si elle voulait, car j'avais hâte de pouvoir prévenir Tom qu'on était allé trop loin, qu'on s'était fourré dans un guêpier et qu'il fallait en finir tout de suite avec toutes ces bêtises et filer avec Jim. Si ces bonshommes allaient perdre patience et nous tomber dessus !

Elle arriva enfin, et elle se mit à me poser des questions, mais je ne pouvais pas y répondre. Je ne savais plus ce que je disais, car les fermiers étaient si excités, maintenant, que beaucoup voulaient partir tout de suite à la chasse aux brigands en disant qu'il était presque minuit ; d'autres, au contraire, essayaient de les retenir jusqu'au bêlement ; et tante qui s'obstinait à me questionner, et moi tremblant comme une feuille et prêt à tomber par terre, de frousse ! Et avec ça il faisait de plus en plus chaud, et le beurre commençait à fondre et à me dégouliner dans le cou et derrière les oreilles !

Mais, quand un homme dit : « Moi, je suis d'avis d'aller tout de suite dans la case, pour les prendre quand ils entreront », je me penchai en avant, prêt à m'évanouir, et voilà qu'une traînée de beurre se mit à couler sur mon front. En voyant ça, tante Sally devint toute blanche, comme un linge, et s'écria :

– Pour l'amour de Dieu, qu'est-ce qui arrive à cet

enfant ! Il a la méningite, y'a pas d'erreur possible, et voilà que sa cervelle tourne en eau !

Tout le monde accourut pour voir, et elle m'arracha mon chapeau ; alors le pain tomba avec ce qui restait de beurre. Elle me prit dans ses bras et me serra sur son cœur en disant :

— Quelle peur tu m'as faite ! Oh ! ce n'est que ça, mon Dieu ! Quel bonheur ! Que j'ai eu peur ! La chance est tellement contre nous en ce moment, et un malheur n'arrive jamais seul ! Quand j'ai vu que ça coulait, j'ai bien cru qu'on allait te perdre, car la cervelle qui s'en va en eau, c'est juste pareil, couleur et tout ! Mon Dieu, pourquoi ne l'as-tu pas dit tout de suite que tu étais descendu pour ça, je ne t'aurais pas grondé, voyons ! Maintenant, au lit, et que je ne te revoie plus avant demain matin !

Une seconde pour grimper l'escalier, une autre pour dégringoler le paratonnerre, et je partis au triple galop vers l'appentis. J'étais tellement ému que c'est à peine si je pouvais parler, mais je dis à Tom à toute vitesse qu'il fallait se carapater dare-dare et qu'il n'y avait pas une minute à perdre, car la maison, là-bas, était pleine d'hommes avec des fusils.

Ses yeux se mirent à briller

— Non ! pas possible ? dit-il. Chouette, alors ! Si on recommençait tout, je te parie que j'en aurais eu deux cents. Si on retardait . .

Mais je l'arrêtai au beau milieu :

— Vite, vite ! Où est Jim ?

— Il est là, à côté de toi. Allonge le bras et tu le sentiras. Il est habillé et tout prêt. Allons-y ; dès qu'on sera dehors, je bêlerai.

Mais juste à ce moment on entendit des pas nombreux qui s'approchaient de la porte, et quelqu'un tripota le cadenas, et puis une voix :

— Je te l'avais bien dit, qu'on était trop tôt, la porte est verrouillée. Je vais enfermer deux ou trois d'entre vous dans la case, et vous leur sauterez dessus dès qu'ils rentreront ; les autres n'ont qu'à se disperser un peu pour écouter s'ils arrivent.

Ils entrèrent tous, mais ils ne voyaient rien dans l'obscurité, et un peu plus ils nous marchaient dessus quand on était en train de se fourrer sous le lit. Heureusement ils ne s'aperçurent de rien, et on se faufila par le trou, vivement mais sans bruit. Jim d'abord, moi après et Tom derrière, puisque c'était son ordre. On était dans l'appentis, quand on entendit quelqu'un marcher au dehors. A pas de loup, on s'approcha de la porte ; Tom nous fit signe de nous arrêter et colla son œil à une fente, mais la nuit était si sombre qu'il ne distinguait rien du tout ; il nous chuchota que, dès qu'il entendrait les pas s'éloigner, il nous donnerait un coup de coude pour qu'on sortît en file indienne, Jim en premier, moi après. Il mit son oreille contre la fente, écoutant de toutes ses forces, mais les pas ne cessaient de racler la terre, tout près ; enfin, un coup de coude, et on fut dehors ; on se glissa furtivement vers la clôture, l'un derrière l'autre, courbés en deux, sans faire le moindre bruit, sans respirer. En un rien de temps, nous étions de l'autre côté, Jim et moi, mais la culotte de Tom s'accrocha à un éclat de bois, sur la dernière barre, et, en entendant les pas approcher, il tira brusquement ; il y eut un craquement, et, dès qu'il eut commencé à courir sur nos talons, quelqu'un cria :

— Qui va là ? Répondez ou je tire !

Mais on ne perdit pas de temps à répondre ; chacun prit ses jambes à son cou, et ce fut la course. Tout de suite on entendit un sifflement, et puis bing ! bang ! les balles nous chantèrent aux oreilles. Les hommes se mirent à hurler :

— Les voilà ! Ils vont vers la rivière ! Lâchez les chiens, les gars, on va les rattraper !

Ils se lancèrent tous à notre poursuite. On les entendait parce qu'ils portaient des bottes et qu'ils braillaient. On ne disait pas un mot, nous, on n'avait pas de bottes et on n'ouvrait pas la bouche. On courait vers le moulin et, quand ils furent assez près de nous, on se jeta dans les buissons pour les laisser passer, puis on leur emboîta le pas. Ils avaient d'abord enfermé tous les chiens pour qu'ils n'avertissent pas les voleurs, mais quelqu'un les avait lâchés, et c'était à croire, au bruit, qu'ils étaient au moins un million ; seulement c'étaient nos chiens ! On s'arrêta donc jusqu'à ce qu'ils nous rattrapent et, quand ils virent que ça n'était que nous, ils se contentèrent de nous dire bonjour et ils continuèrent à galoper vers les cris et le vacarme ; on reprit de la vitesse et on fila après eux, presque jusqu'au moulin, puis on coupa à travers les taillis, vers l'endroit où j'avais amarré le canot ; on sauta dedans, on prit les rames et on souqua dessus jusqu'au milieu de la rivière, mais sans bruit inutile. Après, on mit bien tranquillement le cap sur l'île, tandis qu'on les entendait vociférer et aboyer tout le long du bord ; mais bientôt on fut si loin que tous les bruits diminuèrent et s'éteignirent tout à fait. En mettant le pied sur le bateau, je dis à Jim :

— Ça y est, mon vieux, te voilà libre une fois de plus, et c'est pour de bon, ce coup-ci !

— Ah ! c'était du bon travail, Huck ! Bien pensé et bien fait ; y' a pas beaucoup de monde qui serait capab' de trouver quelque chose de plus compliqué que ça et de plus formidab'.

On était bien contents, tous, et Tom surtout, car il avait une balle dans le mollet.

En voyant ça, on n'était plus aussi fiers, Jim et moi. Ça lui faisait terriblement mal et ça saignait ; aussi on l'allongea dans le wigwam et on déchira une des chemises du duc pour lui faire un pansement, mais il nous dit :

— Passez-moi le chiffon ; je saurai bien le faire tout seul. Ne traînons pas ici ; c'est pas le moment de faire rater une évasion comme celle-là. Prenez les rames et larguez les amarres ! Ah ! les gars, quel style ! Si seulement on avait pu s'occuper de Louis XVI, il n'y aurait pas eu de *Fils de Saint Louis, le paradis t'attend* dans sa biographie ; non, mon vieux ! on l'aurait expédié de l'autre côté de la frontière en moins de deux ! Prenez les avirons, dépêchez-vous !

Mais on réfléchissait, Jim et moi, et on se consultait tous les deux. Après une minute, je finis par dire :

— Dis-le, toi, Jim.

Alors Jim dit :

— Voilà comment je vois les choses, Huck. Si c'était lui qu'était lib', et un aut' gars qu'était blessé, est-ce qu'il dirait : « Allez, sauvez-moi, on a pas le temps d'aller chercher le docteur ; tant pis pour celui-là » ? Est-ce que ça ressemble à missié Tom Sawyer ? C'est comme ça qu'y causerait ? Non, pour sûr ! Et Jim, alors, y va le dire ? Non, missié, je vais pas bouger d'ici sans médecin, même si il faut l'attend' quarante ans.

Je savais bien que le cœur de Jim était blanc et j'étais sûr qu'il dirait ça ; c'était donc décidé maintenant, et je dis à Tom que j'allais traverser pour chercher un médecin. Il nous fit une scène, mais on ne se laissa pas ébranler ; après il essaya de sortir du wigwam pour aller tout seul dénouer la corde, mais on l'en empêcha. Et enfin il se mit à nous crier ce qu'il pensait de nous, mais ça ne servit à rien non plus.

Quand il me vit préparer le canot, il me dit :

— Si tu veux à toute force y aller, écoute un peu que je t'explique comment faire quand tu arriveras au village. Tu fermeras la porte et tu mettras un bandeau bien serré sur les yeux du docteur ; ensuite tu le feras jurer de ne pas souffler mot à âme qui vive de ce qu'il verra et entendra ; tu lui mettras une bourse pleine d'or dans la main, tu le conduiras jusqu'au canot dans la nuit, et par des chemins détournés, et puis tu navigueras tout autour des îles avant d'atterrir ici ; n'oublie pas de le fouiller et de lui prendre sa craie, autrement il fera une marque sur notre radeau pour le retrouver plus tard. Ils font tous ça.

— Entendu, que je lui dis en m'en allant.

Jim, lui, devait se cacher dans le bois pendant toute la visite.

XLI
C'étaient des esprits, pour sûr !

Le docteur était un vieil homme très gentil, l'air très bon. Je lui racontai qu'on était allé à la chasse à Spanish Island, la veille, mon frère et moi, qu'on avait campé sur un radeau abandonné et que, vers minuit, il avait dû donner un coup de talon dans son fusil, en rêvant, car le fusil était parti ; et il avait reçu une balle dans la jambe. Je lui demandai de venir avec moi sans le dire à personne, car on avait l'intention de revenir ce soir-là à la maison pour faire une surprise à nos parents.

— Qui sont vos parents ?

— Les Phelps, là-bas, en bas.

— Ah ! dit-il.

Et une minute après il ajouta : :

— Comment dis-tu que c'est arrivé ?

— Il a eu un rêve qui a fait partir le coup.

— Drôle de rêve, dit le docteur.

Il alluma donc sa lanterne, prit son sac, et on se mit en route. Mais quand il vit le canot, il ne le trouva pas à son goût ; il pensait que, pour une personne, il irait, à la rigueur, mais pas pour deux. Moi, je lui dis :

— Oh ! vous n'avez pas besoin d'avoir peur, monsieur, nous avons facilement tenu à trois dedans.

— Quels trois ?

— Sid et moi et... et... et les fusils, c'est ça que je veux dire.

— Ah ! fit-il.

Mais il posa le pied sur le rebord et le fit balancer un peu, puis hocha la tête en disant qu'il valait mieux en chercher un plus grand. Seulement ils étaient tous attachés avec des chaînes et des cadenas ; il prit donc mon canot et me demanda d'attendre son retour, ou bien d'essayer de chercher encore, mais il pensait que le mieux serait de rentrer à la maison les préparer pour la surprise. Moi, je lui répondis que ça ne me disait rien ; je lui expliquai donc comment trouver le radeau, et il s'éloigna.

Bientôt il me vint une idée. Je me dis : « Et s'il ne peut pas guérir cette jambe en cinq-sec, comme on dit, et si ça lui prend trois ou quatre jours ? Est-ce qu'on va rester à traîner là-bas, pendant qu'il racontera l'histoire à tout le monde ? Non pas ! moi, je sais bien ce que je vais faire. Je vais attendre qu'il revienne et, s'il me dit qu'il doit retourner une autre fois voir Tom, je traversai moi aussi, à la nage au besoin ; on le ligotera et on l'amènera avec nous sur la rivière ; et, quand Tom n'aura plus besoin de lui, on paiera son temps ou on lui donnera tout notre argent et on le reconduira à terre. »

Donc je me glissai dans une pile de bois pour dormir un peu, et, à mon réveil, le soleil était juste au-dessus de ma tête. Je ne fis qu'un saut jusqu'à la maison du docteur, mais on me dit qu'il était parti dans la nuit et qu'il n'était pas encore revenu. « Eh bien ! je me dis, ça sent mauvais ! et je file à l'île de ce pas ! » Je repartis donc et, en tournant le coin, je tombai la tête la première dans l'estomac de l'oncle Silas.

— C'est toi, Tom ! s'écria-t-il. Où étais-tu tout ce temps-là, polisson ?

— Nulle part, oncle Silas, on cherchait le nègre, Sid et moi.

— Enfin, où êtes-vous allés ? Votre tante a été bien inquiète.

— C'était pas la peine, car il ne nous est rien arrivé. On a suivi les hommes et les chiens, mais ils couraient plus vite que nous et on les a perdus ; alors on a entendu du bruit sur l'eau, on a pris un canot pour passer de l'autre côté, mais on n'a vu personne ; on a fouillé partout sur le bord de l'eau, et à la fin on était tellement vannés qu'on a amarré le canot et qu'on s'est endormis ; on vient de se réveiller, il y a une heure à peu près ; on a traversé pour venir aux nouvelles. Sid est à la poste pour essayer de savoir quelque chose, moi je l'ai laissé pour aller chercher de quoi nous mettre sous la dent, et puis on reviendra à la maison.

On alla donc à la poste pour chercher Sid, mais il n'était pas là ; je m'en doutais. L'oncle prit une lettre au bureau et on attendit un petit peu, mais pas trace de Sid. Alors il me dit qu'il fallait rentrer maintenant, que Sid reviendrait à pied ou en bateau quand il se serait assez promené, mais que nous irions en voiture, lui et moi. Il n'y eut pas moyen que je reste, moi, soi-disant pour attendre Sid ; il disait que ça ne servirait à rien et qu'il était temps de rentrer rassurer tante Sally.

Au retour, tante Sally était tellement contente de me voir qu'elle riait et pleurait en même temps ; elle me serra bien fort dans ses bras, et puis elle me donna une correction qui n'était pas de la petite bière, en disant qu'elle ferait pareil à Sid quand il reviendrait.

La maison était toute pleine de fermiers et de leurs femmes, qui étaient venus dîner : jamais je n'ai entendu un tel caquet ! Le pire, c'était la vieille Mme Hotchkiss ; elle n'arrêtait pas de faire marcher sa langue, avec l'accent traînant du Sud.

— Eh bien ! chère sœur Phelps, j'ai fouillé dans tous les coins d' cette ca-ase, et j' crois bien qu' vot' nègre était fou. J' l'ai dit à la chère sœur Damrell, pas vrai, sœur Damrell ? J' lui ai dit : « Il est fou, que j'ai dit comme ça — tout le monde m'a entendu — il est fou, que j'ai dit. Regardez un peu cette meu-eule, que j'ai dit : vous allez pas m' dire qu'un sain d'esprit irait marquer toutes ces histoires-là sur un' meu-eule ? que j'ai dit : « Ici, çui-ci ou çui-là a eu le cœur bri-i-sé ; ici, un tel ou un aut' a langui pendant trente-sept ans », et des histoires de fils naturel de Louis Dieu sait quoi, et tout ! Fou à lier, que j'ai dit ; qu'on le prenne par un bout ou par un au-aut', le nègre est fou, aussi fou que Nabuchodonoosor », que j'ai dit.

— Et r'gardez donc c't' é-échelle en étoffe, sœur Hotchkiss, dit la vieille Mrs. Damrell. Dieu sait à quoi elle pouvait bien . . .

— Tout juste c' que j' viens d' dire y' a pas une minute à sœur Utterback, vous pouvez l' lui d'man-ander. « Ah ! r'gardez-moi c't' échelle ! qu'elle dit. — Oui, que j' dis, r'gardez-la donc un peu. Qu'est-ce qu'il voulait donc en fai-ai-re ? » que j'ai dit. Alors, sœur Hotchkiss . . .

— Mais, cré toniche ! c' que j' voudrais bien savoir, c'est comment ils ont pu mettre c'te meu-eule là d'dans ! et qui donc a pu creu-euser c' trou ! et qui . . .

— Juste c' que j' disais, frère Penrod, à la minute ! Passez-moi donc la mélasse, j' vous prie. A la minute, j' le disais à sœur Dunlap. « Comment donc ont-ils pu mettre c'te meu-eule là d'dans ? » que j'ai dit, et personne pour lui donner un coup d' main, c'est ça, surtout ! « Al lons donc, que j'ai dit, c'est pas l'ai-aide qui lui a man qué, que j'ai dit, y' en a plus d'une dizaine qui l'ont aidé, et rien ne m'empêcherait de savoir qui, même si j' devais écorcher tous les nègres de la maison, que j'ai dit ; et, en plus, que j'ai dit . . .

— Une douzaine ? A quarante, ils n'auraient pas pu faire tout ce qu'ils ont fait ! R'gardez donc ces scies faites avec des lames de couteau ! Quel temps ç'a dû leur prenendre ; r'gardez l' pied du lit, qu'ils ont scié avec ! Six hommes y mettraient une semaine ! R'gardez c' nèg' en paille su' l' lit ; r'gardez...

– Ah ! vous pouvez bien l' dire, frère Hightower ! C'est juste c' que j'disais à frère Phelps lui-même. « Et vous, qu'est-ce que vous en pensez, sœur Hotchkiss ? qui' m' dit. – De quoi donc, frère Phelps ? que je dis. – De ce pied d' lit scié comme ça, qu'il dit. – C' que j'en pense ? que je dis. J' suis bien sûre qu'i n' s'est pas scié tout seul, que j' dis ; quelqu'un l'a scié, que j' dis. V'là mon opinion, que j' dis. Chacun la sienne ; et si quelqu'un en a une meilleure, tant mieux pour lui », que j' dis. J'ai dit à sœur Dunlap...

– Mais, corbleu, il y a eu plein de nègres là d'dans, soir après soir, depuis un mois, pour faire autant d' travail, sœur Phelps ! R'gardez cette chemise, tout' couverte d'écriture d'Afrique, marquée avec du sang ! Y' d'vait y en avoir une équipe à l'ouvrage, du matin au soir ! J' donnerais bien deux dollars pour qu'on me l'lise ; et, les nègres qui ont fait ça, j' te les fouetterais jusque...

– D'aut' pour l'aider ? frère Marples ! Ah ! si vous aviez été dans cette maison d'puis qué'que temps, vous auriez vu ! Ils ont volé tout ce qui leur tombait sous la main ! et pourtant on faisait attention, r'marquez bien ; ils ont pris c'te chemise sur la corde à linge ! et le drap de l'échelle, je ne saurais pas vous dire combien de fois d' suite ils l'ont volé ! et d' la farine, des chandelles, des chandeliers, des cuillères, et la vieille bassinoire, et au moins un millier d'affaires que j'oublie en ce moment, et ma robe neuve en calicot, et pourtant, Silas et moi, avec mon Tom et mon Sid, on guettait jour et nuit comme je vous l' disais, et jamais personne n'a pu voir une trace ni entendre un son ; et, à la dernière minute, voyez-moi ça, les v'là qui rentrent en plein sous notre nez et qui nous jouent le tour de filer avec ce nègre, pendant que seize hommes et vingt-deux chiens leur couraient aux talons ! J' vous l' garantis, jamais j'ai rien entendu d'pareil. Des esprits n'auraient pas mieux fait ! Et j' me demande si c'en était pas, des esprits, car nos chiens — vous savez bien qu'y a pas meilleurs — nos chiens n'ont pas une seule fois retrouvé leur piste ! Expliquez-moi ça, si vous l' pouvez, vous au-aut' !

— Ça alors ! . .

— Jamais autant, encore ! . . .

— Miséricorde, j'aurais pas voulu être . . .

— Ils ont volé dans la maison . . .

— Seigneur Dieu, quelle peur j'aurais eu d'habiter dans un . . . !

— Peur ! J'étais tellement épouvantée que j' n'osais plus me coucher, ni me lever, ni m'allonger, ni m'asseoir, sœur Ridgeway. Ils auraient volé jusqu'à . . . Vous pouvez imaginer dans quel état j'étais quand minuit a sonné, la nuit dernière ! Je m' demandais s'ils n'allaient pas nous voler nous-mêmes ! C'était au point que je ne pouvais plus raisonner. Ç'a l'air bête, comme ça, en plein jour ; mais je me disais : « Et mes deux pauvres gosses qui dorment là-haut ! » Vous ne me croirez jamais si j' vous dis que j' suis montée les enfermer à clé, tellement je me faisais de mauvais sang. Et je crois que n'importe qui aurait fait pareil. Quand on a peur comme ça, ça va de pire en pire et ça finit par vous troubler la cervelle tant et si bien que vous faites toutes sortes de choses qui ne tiennent pas debout. Enfin, je me disais : « Si j'étais un enfant, tout seul là-haut, sans que la porte fût fermée à clé, je . . . »

Et puis elle s'arrêta, avec une expression d'étonnement sur la figure ; elle tourna lentement la tête, et, quand son regard tomba sur moi, je me levai pour aller faire un petit tour dehors.

Je me disais que je réussirais plus facilement à expliquer pourquoi on n'était plus dans notre chambre, Tom et moi, le lendemain matin, si je pouvais aller un peu prendre l'air. Mais je n'osais pas aller loin, de peur qu'elle m'envoyât chercher. Tard dans l'après-midi, tout le monde s'en alla et, en rentrant, je lui racontai que le bruit et les coups de fusil nous avaient réveillés, Sid et moi, et qu'on avait eu envie d'être de la partie, aussi ; comme la porte était fermée, on s'était laissé glisser le long du paratonnerre, mais qu'on s'était fait mal et qu'on n'avait plus envie de recommencer. Et puis je lui répétai tout ce que j'avais déjà raconté à l'oncle Silas, et alors elle me dit qu'elle nous pardonnait, que les garçons étaient tous des garnements, capables de toutes les sottises ; mais qu'au fond il valait peut-être mieux remercier le ciel puisqu'il n'était rien arrivé de grave et qu'elle nous retrouvait vivants et en bonne santé, au lieu de se tracasser sur le passé. Et puis elle m'embrassa, me caressa la tête et se mit à songer . . . mais bientôt elle se leva d'un bond :

— Doux Seigneur, s'écria-t-elle, voilà la nuit qui vient, et Sid n'est pas encore rentré ! Qu'est-ce que ce gamin peut bien faire ?

Je vis ma chance et je dis en sautant sur mes pieds :

— Je vais courir jusqu'en ville pour le chercher.

— Pas du tout, fit-elle. Reste où tu es : un de perdu, c'est assez pour une fois. S'il n'est pas revenu pour le souper, ton oncle ou moi, nous irons nous-mêmes.

Il n'était pas là pour souper, aussi tout de suite l'oncle partit à sa recherche.

Il revint vers dix heures, légèrement inquiet ; il n'avait pas vu trace de Tom. Tante Sally, elle, était très inquiète, mais l'oncle Silas dit qu'il n'y avait pas de raison de s'alarmer :

— Les garçons sont tous les mêmes ; et, demain matin, dit-il, tu le verras rentrer sain et sauf.

Il fallait bien qu'elle s'en contentât, mais elle décida

d'attendre un peu avant de se coucher et de garder la lumière allumée pour qu'il retrouvât la maison.

Et puis, quand je montai me coucher, elle m'accompagna avec la chandelle, elle me borda dans mon lit et fut si bonne pour moi que j'en avais honte et que je n'osais plus la regarder en face ; elle s'assit sur mon lit et resta longtemps à me parler de Tom, à me dire quel excellent garçon c'était, et tout ; et, de temps en temps, elle me demandait si je n'avais pas peur qu'il fût perdu, ou blessé, ou peut-être bien noyé ; et ses larmes coulaient en pensant qu'il souffrait peut-être quelque part, ou qu'il était peut-être mort, loin d'elle. Mais moi je lui répondais que tout allait bien pour Sid, sûrement, et qu'il serait de retour le lendemain matin ; alors elle me pressait la main, ou bien elle m'embrassait, et elle me demandait de le lui répéter encore et que ça lui faisait du bien de m'entendre, malheureuse comme elle était. Et, en parlant, elle me regarda tout droit dans les yeux et elle me dit bien doucement :

– La porte ne sera pas fermée, Tom, et il y a la fenêtre et le paratonnerre, mais tu seras sage, n'est-ce pas ? Tu ne t'en iras pas ? Ne me fais pas cela . . .

Dieu sait que j'avais assez envie d'aller voir ce que devenait Tom et que j'avais bien l'intention de filer, mais, après ça, je ne serais pas parti pour un empire.

Mais tout ça me tracassait l'esprit et je dormis bien mal. Deux fois, je descendis le paratonnerre, en pleine nuit, et je me glissai devant la maison pour la voir assise à la fenêtre, près de sa chandelle, regardant la route de ses yeux pleins de larmes ; j'aurais bien voulu faire quelque chose pour elle, mais c'était impossible ; je pouvais seulement jurer que je ne lui causerais plus jamais de chagrin. A l'aube, je me réveillai pour la troisième fois et descendis encore : elle était toujours là, sa chandelle était presque consumée, sa vieille tête grise reposait sur sa main. Elle dormait.

XLII
Pourquoi on ne pendit pas Jim

L'oncle retourna en ville une fois de plus avant le déjeuner, mais toujours pas de Tom. Ils s'assirent à table en silence, tout pensifs,· laissait tristement refroidir leur café, sans rien manger du tout. Bientôt le vieil homme dit :

— T'ai-je donné la lettre ?

— Quelle lettre ?

— Celle que j'ai prise hier à la poste.

— Non, tu ne m'as pas donné de lettre

— J'aurai oublié, alors !

Il se mit donc à fouiller ses poches, et puis il s'en alla la chercher ailleurs et la lui tendit :

— Tiens ! dit-elle, une lettre de Saint-Pétersbourg ; c'est de ma sœur !

Je me dis qu'une autre promenade me ferait du bien et pourtant je ne pus bouger ni bras ni jambes. Mais voilà qu'avant d'avoir ouvert l'enveloppe elle la laissa tomber par terre et se mit à courir, car elle venait de voir quelque chose : c'était Tom Sawyer sur un matelas, et le vieux docteur et Jim, avec la robe de calicot de la tante et les mains liées derrière le dos, et des tas d'autres gens. Je dissimulai la lettre au plus vite et je me sortis au galop. Elle se jeta sur Tom en pleurant :

— Oh ! il est mort ; il est mort. Je sais qu'il est mort !

Tom tourna un peu la tête en marmottant je ne sais quoi, qui montrait bien qu'il n'était pas dans son bon sens ; elle leva les bras au ciel en disant :

— Grâce à Dieu, il vit ! C'est l'essentiel !

Elle l'embrassa vivement et se précipita vers la maison pour lui préparer son lit, en distribuant des ordres à droite et à gauche aux nègres et aux autres, à chaque enjambée qu'elle faisait, aussi vite qu'elle pouvait parler.

Je suivis les hommes pour voir ce qu'ils allaient faire de Jim, pendant que l'oncle Silas et le vieux docteur entraient avec Tom dans la maison. Ils étaient tous de très mauvaise humeur et il y en avait qui voulaient pendre Jim en guise d'exemple, pour ôter le goût aux autres nègres de se sauver et pour lui apprendre à donner tant de tracas à tout le monde et à épouvanter une famille entière pendant des jours et des nuits. Mais d'autres disaient que ça ne servirait à rien, puisque Jim n'était pas à nous, et qu'on serait obligé de rembourser son maître quand il viendrait le réclamer. Ils furent un peu refroidis, alors, car c'est toujours la même chose : ceux qui sont le plus pressés de pendre un nègre qui n'a pas fait exactement ce qu'il fallait ont justement moins envie que personne de le payer quand ils ont obtenu ce qu'ils voulaient.

Mais ils ne se gênaient pas pour appeler Jim de toutes sortes de noms et pour lui donner un ou deux coups de poing, de temps en temps ; lui ne disait rien et faisait comme s'il ne me connaissait pas ; on le ramena dans la même case, on lui remit ses habits et on l'enchaîna de nouveau, mais pas au pied du lit, cette fois : à un gros crampon enfoncé dans le rondin du bas ; on lui enchaîna les mains aussi, et les deux jambes, et on lui dit qu'il n'aurait rien que du pain et de l'eau à manger jusqu'à ce que son maître arrive et que, s'il ne venait pas avant un certain jour, il serait vendu aux enchères. Et puis notre tunnel fut bouché, et ils lui promirent que toutes les nuits deux fermiers armés de fusils monteraient la garde autour de la case et que, le jour, on attacherait un bouledogue à la porte ; quand ils eurent l'impression d'en avoir assez dit, ils couronnèrent le tout par une bordée de jurons, et, juste à ce moment-là, le docteur entra :

— Ne soyez pas trop méchants avec lui, dit-il, car ce n'est pas un mauvais nègre. Quand je suis arrivé là-bas, j'ai bien vu que je ne pouvais ni extraire la balle sans aide, ni laisser le gamin tout seul pour aller en chercher, car son état empirait peu à peu et il vint un moment où il se mit à délirer : il ne voulait plus que je l'approche, il répétait qu'il me tuerait si je marquais son radeau... enfin toutes sortes de folies ; je voyais bien que je ne viendrais pas à bout de lui tout seul, et voilà qu'à un moment je dis tout fort : « Il me faut à tout prix quelqu'un pour m'aider. » J'avais à peine fini de parler que ce nègre-là sort, je ne sais pas d'où, et me dit qu'il allait m'aider. Et il s'en est bien tiré, même ! Je pensais bien qu'il s'était échappé, et vous voyez bien dans quelle situation j'étais. Il fallait que je reste là toute la journée et toute la nuit, et, pendant ce temps-là, j'avais deux clients en ville, avec des coups de froid, que j'aurais bien voulu aller voir, mais je n'osais pas partir de peur que le nègre n'allât prendre la fuite, car j'étais responsable et il n'y avait pas un bateau à portée de la voix. Je n'ai pas pu bouger de là avant le petit jour, et jamais on n'a vu de nègre plus dévoué ni plus adroit, et pourtant il risquait sa liberté et il ne tenait plus debout lui non plus, de fatigue. Il me plaisait bien, pour ça ; croyez-moi, messieurs, un nègre comme celui-là vaut bien mille dollars et des égards ! Il faisait tout ce que je lui demandais, et le gamin était aussi bien qu'à la maison, et mieux peut-être, car il n'était dérangé par rien ; n'empêche que j'étais bien embêté avec ces deux-là sur les bras ; mais, ce matin de bonne heure, j'ai vu des hommes en barque et, par chance, le nègre dormait près du malade ; je leur ai fait signe de venir tout doucement, ils se sont jetés sur lui, et il était ligoté avant d'avoir compris ce qui lui arrivait ; d'ailleurs, il ne nous a pas donné de mal. Comme le petit sommeillait très légèrement, on a enveloppé les rames, on a accroché le radeau à la barque et on l'a remorqué tout doucement ; eh bien ! du commencement jusqu'à la fin, le nègre n'a pas dit un mot ni fait un geste. Ça n'est pas un mauvais nègre, messieurs, je vous assure.

Quelqu'un dit :

– C'est bien, ce qu'il a fait, il faut le reconnaître !

Tous les autres s'adoucirent un peu, aussi, et j'étais bien reconnaissant à ce vieux docteur d'avoir rendu ce service à Jim ; ça ne m'étonnait pas de lui, d'ailleurs, car j'avais tout de suite pensé que c était un brave homme et qu'il avait bon cœur. Ils reconnurent tous que Jim avait bien agi et qu'il méritait une récompense. Aussi ils promirent sincèrement qu'ils ne lui parleraient plus aussi rudement.

Ils sortirent ensuite et l'enfermèrent dans la case. J'espérais qu'ils penseraient à lui enlever une ou deux des chaînes qui étaient bigrement lourdes, ou à lui permettre de manger de la viande et des légumes avec son eau et son pain, mais ça ne leur vint pas à l'esprit, et je me dis qu'il valait mieux ne pas m'en mêler. Je trouverais bien moyen de raconter l'histoire du docteur à tante Sally dès que j'aurais passé les écueils que j'avais devant moi : je veux dire quand j'aurais expliqué pourquoi j'avais oublié de parler de la blessure de Sid quand je racontais ce qu'on avait fait, cette maudite nuit de la chasse au nègre.

Mais j'avais du temps. Toute la journée et toute la nuit, tante Sally ne quitta pas la chambre du malade, et, chaque fois que je voyais l'oncle Silas traîner par là, je prenais la tangente.

Le lendemain matin, on me dit que Tom était beaucoup mieux et que tante Sally était allée faire un somme. Aussi je me glissai dans sa chambre avec l'intention de chercher avec lui une histoire que la famille pourrait avaler, s'il était éveillé. Mais il dormait ; il dormait très tranquillement et il était tout pâle et non pas rouge comme quand on l'avait ramené. Je m'assis à côté de lui en attendant qu'il se réveillât.

Au bout d'une demi-heure, ce fut tante Sally qui entra doucement ; j'étais pris comme un rat une fois de plus. Elle me fit signe de rester tranquille, s'assit près de moi et se mit à me chuchoter qu'on pouvait tous être soulagés, maintenant, car c'était bon signe qu'il dormît si longtemps. Elle disait qu'il avait meilleure mine et qu'il se réveillerait sûrement guéri.

On resta là à l'observer ; bientôt il se mit à bouger un peu et il ouvrit tout naturellement les yeux, nous regarda et dit :

— Bonjour ! Tiens, mais je suis à la maison ! Comment ça se fait ? Où est le radeau ?

Je lui dis :

— Il est en sûreté.

— Et Jim ?

— Pareil, que je fais, mais ça ne sortait pas trop bien.

Il ne remarqua rien et continua :

— Bravo, tout va bien ! Maintenant, nous sommes tous sauvés ! Tu as raconté à tante ?

J'allais répondre, mais elle mit son mot avant moi :

— Raconté quoi, Sid ?

— Eh bien ! tout, tante !

— Tout quoi ?

— Toute l'affaire, il n'y en a qu'une. Comment nous avons délivré le nègre, Tom et moi !

— Miséricorde divine ! Délivré le... Qu'est-ce que cet enfant raconte là ? Mon Dieu, mon Dieu, le voilà qui recommence à délirer !

— Non, je ne délire pas ! Je sais bien ce que je dis. C'est vrai qu'on l'a délivré, Tom et moi ! On avait décidé de le faire, et on l'a fait. Et chiquement !

Il était parti et ne s'arrêta pas. Elle se contentait d'ouvrir des yeux de plus en plus grands. Pendant qu'il bavardait, il ne me restait plus qu'à me taire : c'était clair.

— Tu sais, tante, ça nous a donné de l'ouvrage ! Pendant des semaines, on a travaillé des heures toutes les nuits, tandis que vous dormiez tous dans votre lit, et on a été obligés de voler les chandelles, le drap, la chemise, ta robe, la bassinoire, la meule, de la farine et des tas d'autres choses, et tu ne peux pas te figurer le mal qu'on a eu à faire les scies, les plumes, et les inscriptions, et tout le reste, et tu n'as pas idée comme on s'est amusés ! Et il a fallu qu'on dessine les cercueils, et tout, et qu'on écrive les lettres anonymes, et qu'on escalade le paratonnerre, et qu'on creuse le tunnel, et qu'on fasse l'échelle de corde, et qu'on l'envoie dans un pâté, et qu'on mette les cuillères et les outils dans la poche de ton tablier pour qu'il les prît !

— Seigneur Dieu !

— Et on a rempli la case de rats, de serpents et de toutes sortes de bêtes pour tenir compagnie à Jim ; et, un peu plus, tu faisais tout rater le soir où tu as empêché Tom de sortir avec le beurre dans son chapeau, car les hommes sont entrés avant qu'on fût sortis de la case, alors il a fallu trotter, mais ils nous ont entendus, ils ont tiré sur nous et j'ai reçu une balle, et puis on s'est jetés dans les buissons, sur le bord de la route, pour les laisser passer, et après ça les chiens sont venus nous voir, mais ils sont repartis vers le bruit, aussi on a pris le canot et on est allé au radeau, et tout a réussi, et Jim était libre, et on l'avait libéré tout seuls ! Tu ne trouves pas que c'était formidable, tante ?

— Jamais de ma vie je n'ai entendu de pareilles

choses, c'est donc vous, garnements, qui nous avez joue tous ces tours-là et qui nous avez mis la tête à l'envers, comme ça ? On a tous failli être malades de peur ! J'ai une fameuse envie de te faire sortir la malice du corps, et tout de suite, encore. Penser que soir après soir... Attends un peu d'être guéri, petit misérable, et je vous frictionnerai les oreilles à tous les deux !

Mais Tom était si fier et si content qu'il ne pouvait pas tenir sa langue, qui marchait, qui marchait, pendant que tante Sally crachait comme un chat en colère. Ils y allaient, tous les deux !

— Dépêche-toi d'en profiter pendant que tu es au lit, car, si je te reprends à manigancer avec ce nègre, tu verras !

— Avec qui ? dit Tom, qui ne souriait plus et avait l'air bien étonné.

— Avec qui ? Avec le nègre, bien sûr ! Avec qui veux-tu que ce soit ?

Tom me regarda avec de grands yeux et s'écria :

— Tom, tu ne viens pas de me dire qu'il avait réussi à s'enfuir ?

— Lui ? dit tante Sally. Le nègre ? pas de danger ! On l'a mis sous clé dans la case, au pain et à l'eau, bien enchaîné jusqu'à ce que quelqu'un vienne le réclamer.

Tom se redressa dans son lit, l'air furibond, avec ses narines qui palpitaient comme des nageoires, et il se mit à crier :

— Ils n'ont pas le droit de l'enfermer. Trotte, ne perds pas une seconde et va-t'en le tirer de là. Jim n'est plus un esclave ; il est aussi libre que toi et moi !

— Cet enfant déraisonne !

— Je ne déraisonne pas, tante Sally, et, si personne n'y va, j'irai moi-même. J'ai connu Jim toute ma vie, et Tom aussi. La vieille Miss Watson est morte il y a deux mois, et elle a bien regretté de l'avoir menacé de le vendre au loin, et elle a dit dans son testament qu'elle lui rendait sa liberté.

— Alors pourquoi diable voulais-tu le libérer, s'il était déjà libre ?

— C'est bien une question de femme ! Je voulais avoir des aventures, voilà tout, et j'aurais marché dans le sang jusqu'au cou pour . . . Juste ciel, tante Polly !

C'était bien elle, aussi vrai que je m'appelle Huck, debout près de la porte, et aussi tranquille et souriante qu'un ange bien nourri !

Tante Sally lui sauta au cou et manqua l'étouffer tant elle la serrait, toute pleurante de joie ; pour moi, je me dis que je serais plus à l'aise sous le lit, car ça allait sûrement chauffer ! Je glissai un œil et, après un petit bout de temps, je vis la tante Polly de Tom s'arracher aux bras de tante Sally ; puis elle se mit à regarder Tom par-dessus ses lunettes, comme si elle voulait le faire disparaître dans le plancher.

— Oui, dit-elle, tu peux te cacher, Tom, c'est ce que je ferais à ta place !

— Mon Dieu, dit tante Sally, il est si changé que ça ? Mais c'est pas Tom, c'est Sid ! Tom est . . . Tom est . . ., mais enfin où donc est Tom ; il était là il y a une minute !

— Tu veux dire où est Huck Finn ? Depuis le temps que j'élève ce chenapan de Tom, tu penses que je suis capable de le reconnaître ! Ça serait drôle autrement ! Sors de sous ce lit, Huck Finn !

Jamais je n'ai vu personne avoir l'air aussi éberlué que tante Sally, à part l'oncle Silas, quand il rentra à la maison et qu'on lui raconta l'histoire. On l'aurait cru saoul, il ne savait plus ce qu'il disait, et ce soir-là il prêcha un sermon qui lui fit une réputation formidable, car le plus vieux de tous les vieux n'y aurait pas compris un mot. La tante Polly de Tom dit à tout le monde qui j'étais, et il fallut que j'explique que le jour où Mme Phelps m'avait pris pour Tom Sawyer (« Appelle-moi tante Sally, va, me dit-elle. J'ai pris l'habitude, maintenant, ce n'est pas la peine de changer ») ; que, le jour où tante Sally m'avait pris pour Tom Sawyer, j'étais dans un tel pétrin que je n'avais pas pu lui expliquer, outre que je savais bien que ça lui serait égal, à lui, et même qu'il aimerait ça vu que c'était du mystère, et de l'aventure, et tout. Et, quand il était arrivé, il s'était fait passer pour Sid, et tout avait marché comme sur des roulettes.

Et tante Polly dit que Tom ne mentait pas au sujet du testament de Miss Watson ; ainsi donc Tom Sawyer avait fait toutes ces histoires pour libérer un nègre qui l'était déjà ! Je comprenais maintenant pourquoi il avait bien voulu m'aider à faire évader Jim, malgré ses principes et son éducation !

Donc, quand tante Polly avait reçu la lettre où tante Sally lui disait que Tom et Sid étaient bien arrivés, elle avait pensé :

— Regardez-moi ça ! J'aurais dû m'en douter ! J'ai eu tort de le laisser partir si loin sans personne pour le surveiller ; et maintenant me voilà obligée d'aller courir à des onze cents milles d'ici pour voir ce qu'il a encore pu inventer ! d'autant plus que je ne recevais aucune réponse à mes lettres !

— Comment ça ? dit tante Sally, je n'ai jamais rien reçu !

— Pas possible ! Je t'ai écrit deux fois pour te demander ce que c'était que ces histoires de Sid !

— Eh bien ! ça n'est jamais arrivé, ma bonne !

Tante Polly se tourna vers Tom et lui dit d'une voix sévère :

— Alors, Tom !

— Oui, tantine ? dit-il d'un air câlin.

— Cesse tes « oui, tantine », et donne-moi ces lettres !

— Quelles lettres ?

— Mes lettres . . . Ah ! si je t'attrape, toi . . .

— Elles sont dans la malle, voilà. Et je ne les ai pas

lues, je ne les ai même pas ouvertes ; mais je savais bien qu'elles ne feraient que compliquer les choses, et je pensais que rien ne pressait . . . c'est pour ça . . .

– Tu mériterais qu'on te pèle les fesses, en tout cas. J'en ai écrit une autre pour dire que j'arrivais, et sans doute qu'il . . .

– Non, celle-là est bien arrivée hier, je ne l'ai pas encore lue, mais je l'ai là !

J'aurais parié deux dollars qu'elle se trompait, mais je me dis que c'était plus prudent de me taire.

XLIII
Je n'ai plus rien à dire

Dès qu'on se trouva seuls tous les deux, Tom et moi, je lui demandai quelle idée il avait dans la tête au moment de l'évasion et ce qu'il aurait fait si tout avait bien marché et si on avait réussi à libérer un nègre qui était déjà libre. Il me répondit que, depuis le début, il avait eu l'intention, une fois Jim délivré, de l'emmener en radeau sur la rivière et d'aller jusqu'à la mer en menant une vie d'aventures ; et puis, ensuite, de lui dire qu'il était libre et de le ramener à la maison en vapeur, sans lésiner, et de le dédommager du temps perdu, d'annoncer son arrivée à tout le monde, de le faire accueillir par tous les nègres, qui le conduiraient en ville en cortège, avec un orchestre et des torches. Ainsi Jim serait un héros, et nous aussi. Mais, au fond, je trouvais que tout était bien comme c'était.

On se dépêcha de débarrasser Jim de ses chaînes, et, quand on raconta aux tantes et à l'oncle Silas comme il avait aidé le docteur à soigner Tom, ils se mirent à le cajoler, à le gâter, à lui donner tout ce qu'il voulait à manger, et de la distraction, et rien à faire. On le fit monter jusqu'à la chambre de Tom, qui lui donna quarante dollars pour le récompenser d'avoir été un prisonnier si patient ; Jim était près d'éclater tellement il était content ; et tout d'un coup il me dit :

— Qu'est-ce que je t'avais dit, Huck, qu'est-ce que je t'avais dit là-bas, sur l'île Jackson ? Je t'avais dit que le poil sur la poitrine c'était signe d'argent ; et je t'avais dit que Jim avait été riche une fois et qu'il serait riche encore, et voilà la fortune qui arrive ! N'oublie pas ça : les signes, c'est les signes ; et je savais que j'allais êt' riche, aussi sûr que je suis ici à cette heure.

Alors Tom se mit à parler, et à parler :

— Si on partait tous les trois une nuit, on s'achèterait un costume et on irait passer quinze jours chez les Indiens du Territoire[1], et on aurait des tas d'aventures formidables

Je répondis :

— Moi, je veux bien, mais j'ai pas de sous pour acheter le costume, car Pap a sûrement trouvé moyen de soutirer tout au juge Thatcher et de le dépenser à boire.

— Non, dit Tom. Tout est encore là-bas, six mille dollars et plus ; ton père n'est jamais revenu ; du moins pas avant mon départ.

Jim prit une espèce d'air solennel et me dit :

— Il va plus revenir jamais, Huck !

— Pourquoi, Jim ?

— Me demande pas pourquoi, Huck, mais il va plus revenir jamais !

Mais je voulais savoir, et il expliqua enfin :

— Tu sais, la maison qui flottait sur la rivière, y' avait un homme dedans qui était couvert, et je l'ai découvert et j'ai pas voulu que tu viennes voir ? Eh bien ! tu peux aller chercher les sous, car c'était lui !

Tom est presque guéri maintenant. Il a accroché la balle à une chaîne de montre qu'il porte autour de son cou, et à chaque instant il regarde quelle heure il est. Ainsi je n'ai plus rien à raconter et j'en suis bigrement content, car, si j'avais su que c'était tant de train d'écrire

1. Nom donné à une contrée déjà administrée par le Congrès fédéral, mais insuffisamment peuplée pour constituer un État.

un livre, je ne me serais pas lancé là-dedans. Et, en tout cas, c'est la dernière fois ! Mais je crois qu'il va falloir que je file au Territoire avant les autres, car tante Sally veut m'adopter et me transformer en civilisé, et je peux pas supporter ça ! Je suis déjà passé par là !

XXIV. Le roi se fait pasteur 209
XXV. Tout plein de larmes et de sornettes 218
XXVI. Je vole le butin du roi 227
XXVII. Feu Pierre retrouve son or 238
XXVIII. On perd tout en voulant tout gagner 246
XXIX. Je fuis dans la tempête 258
XXX. Le sac d'or sauve les voleurs 272
XXXI. Le bon Dieu n'aime pas les menteurs 277
XXXII. Je change de nom 288
XXXIII. La pitoyable fin de deux grands de ce monde .. 296
XXXIV. On console Jim 305
XXXV. Projets ténébreux 312
XXXVI. On essaye de venir en aide à Jim 322
XXXVII. Jim reçoit son pâté de sorcière 329
XXXVIII. Ici se brisa un cœur captif 337
XXXIX. Tom écrit des lettres anonymes 345
XL. Une évasion magnifique et mouvementée...... 353
XLI. C'étaient des esprits, pour sûr! 361
XLII. Pourquoi on ne pendit pas Jim 369
XLIII. Je n'ai plus rien à dire 379

table

I. Je découvre Moïse et les roseaux 7
II. Notre bande prête serment 12
III. On prend les Arabes en embuscade 21
IV. Les prédictions de la balle de crin 28
V. Pap commence une nouvelle vie 33
VI. Pap lutte avec l'ange de la mort 39
VII. J'emploie la ruse et je m'enfuis 48
VIII. Je fais une promesse à Jim 56
IX. La maison de la mort descend la rivière 70
X. Ce qui arrive quand on touche la peau d'un serpent 76
XI. A nos trousses 81
XII. Le mieux est l'ennemi du bien 91
XIII. On s'empare honnêtement du butin du *Walter Scott* 100
XIV. Salomon avait-il raison? 107
XV. Je fais une farce au pauvre vieux Jim 112
XVI. La peau de serpent continue son ouvrage 121
XVII. Je suis hébergé par les Grangerford 134
XVIII. Pourquoi Harvey retourna chercher son chapeau 145
XIX. Le duc et le dauphin à bord 161
XX. Sang royal à Parkville 172
XXI. Difficultés en Arkansas 183
XXII. Pourquoi on ne lyncha pas Sherburn 195
XXIII. Les rois ne valent pas cher 202